FANTASY

Die Welt der DRACHENLANZE bei Blanvalet:

Die Chronik der DRACHENLANZE
1. Drachenzwielicht (24510) · 2. Drachenjäger (24511) · 3. Drachenwinter (24512) · 4. Drachenzauber (24513) · 5. Drachenkrieg (24516) · 6. Drachendämmerung (24517)

Die Legenden der DRACHENLANZE
1. Die Brüder (24527) · 2. Die Stadt der Göttin (24528) · 3. Der Krieg der Brüder (24530) · 4. Die Königin der Finsternis (24531) · 5. Der Hammer der Götter (24533) · 6. Caramons Rückkehr (24534)

Die Raistlin-Chroniken
1. Die Zauberprüfung (24907) · 2. Der Zorn des Drachen (24930)

Die Geschichte der DRACHENLANZE
1. Die Zitadelle des Magus (24538) · 2. Der Magische Turm (24539) · 3. Die Jagd des Todes (24540) · 4. Der Zauber des Palin (24541) · 5. Der edle Ritter (24542) · 6. Raistlins Tochter (24543)

Die Krieger der DRACHENLANZE
1. Der Dieb der Zauberkraft (24816) · 2. Die Ritter der Krone (24817) · 3. Verhängnisvolle Fahrt (24845) · 4. Tödliche Beute (24846) · 5. Die Ehre des Minotaurus (24847) · 6. Die Ritter des Schwerts (24887) · 7. Theros Eisenfeld (24888) · 8. Der Lanzenschmied (24889) · 9. Diebesglück (24890) · 10. Die Ritter der Rose (24891)

Drachenauge – Stories aus der Welt der Drachenlanze (24908)

DRACHENLANZE – Die Neue Generation (24621)

Die Erben der DRACHENLANZE
1. Drachensommer (24708) · 2. Drachenfeuer (24718) · 3. Drachennest (24782) · 4. Die Grube der Feuerdrachen (24783) · 5. Der letzte Getreue (24938) · 6. Der Marionettenkönig (24939) · 7. Die blinde Priesterin (24967)

Die Nacht der DRACHENLANZE
1. Die silbernen Stufen (24143) · 2. Auf roten Schwingen (24144) · 3. Die schwarzen Ritter (24167) · 4. Der Sturz der Götter (24186) · 5. Der Tag des Sturms (24187) · 6. Die List der Drachen (24188)

Die Kinder der DRACHENLANZE
1. Drachensturm (24971) · 2. Die Drachenkönigin (24972) · 3. Krieg der Seelen (24171) · 4. Der verlorene Stern (24172)

Weitere Bände sind in Vorbereitung.

MARGARET WEIS
TRACY HICKMAN

Die Kinder der Drachenlanze 1

Drachensturm

Aus dem Amerikanischen
von Imke Brodersen

BLANVALET

Das Buch erschien im Original unter dem Titel
»DRAGONLANCE® Saga, The War of Souls I, Dragons of a Fallen Sun«
(Chapters 1–16) bei Wizards of the Coast, Inc., Renton, USA

Umwelthinweis:
Alle bedruckten Materialien dieses Taschenbuches
sind chlorfrei und umweltschonend.
Das Papier enthält Recycling-Anteile.

Deutsche Erstveröffentlichung 1/2001
© Wizards of the Coast, Inc. 2000, 2001
All rights reserved.
DRACHENLANZE and the Wizards of the Coast Logo are
registered trademarks owned by Wizards of the Coast, Inc.
All Wizards of the Coast characters, character names, and the distinctive
likenesses thereof are trademarks owned by Wizards of the Coast, Inc.

This material is protected under the copyright laws of the United States of
America. Any reproduction or unauthorized use of the material or artwork
contained herein is prohibited without the express written permission of
Wizards of the Coast, Inc.

U. S., CANADA, EUROPEAN HEADQUARTERS
ASIA, PACIFIC &   Wizards of the Coast,
LATIN AMERICA   Belgium
Wizards of the Coast, Inc.   P.B. 2031
P.O. Box 707   2600 Berchem
Renton, WA 98057-0707   Belgium
+ 1-800-324-6496 +32-70-23-32-77
Visit our website at http://www.wizards.com

Published in the Federal Republic of Germany by
Goldmann Verlag, München
Blanvalet Taschenbücher erscheinen im Goldmann Verlag, einem
Unternehmen der Verlagsgruppe Random House GmbH.
Deutschsprachige Rechte beim Wilhelm Goldmann Verlag, München,
in der Verlagsgruppe Random House GmbH
Umschlaggestaltung: Design Team München
Umschlagillustration: Agt. Schlück/Kelly
Satz: deutsch-türkischer fotosatz, Berlin
Druck: Elsnerdruck, Berlin
Verlagsnummer: 24971
Redaktion: Cornelia Köhler
V. B. · Herstellung: Peter Papenbrok
Printed in Germany
ISBN 3-442-24971-6
www. blanvalet-verlag. de

3 5 7 9 10 8 6 4 2

Minas Lied

Der Tag entgleitet unserer Macht,
Die Blüten schließen sich zur Nacht.
Die Kraft des Lichtes ist verbraucht,
Wenn still der Tag verhaucht.

Nun glitzern die Seelen der Sterne
Fremd aus der nächtlichen Ferne,
Derweil in unserer Welt uns droht
Nur Jammer, Angst und Tod.

Schlaf ein, mein Lieb', schlaf ein,
Von den Armen der Nacht liebkost,
Die deiner Seele schenkt Trost.
Schlaf ein, mein Lieb', schlaf ein.

Unser Herz ergibt sich der Finsternis,
Ihr Mantel uns bergend umhüllt,
Bis sich unser Schicksal erfüllt,
In ihrer kalten Hand.

Träumt, Krieger, vom schwarzen Firmament,
Bis euch die Geliebte der Nacht erlöst,
Deren Liebe neue Hoffnung einflößt
All denen, die ihr vertrauen.

Schlaf ein, mein Lieb', schlaf ein,
Von den Armen der Nacht liebkost,
Die deiner Seele schenkt Trost.

Schlaf ein, mein Lieb', schlaf ein.
Wir schließen die Augen, wir werden still,
Wir wollen nur, was sie von uns will,
Gestehen ihr alle Schwächen ein
Und beugen uns ihren Wünschen allein.

Die Kraft des Schweigens am Himmel steht,
Eine Kraft, durch die jedes Leid vergeht,
Eine Tiefe, der wir erliegen,
In die unsere Seelen fliegen.

Schlaf ein, mein Lieb', schlaf ein,
Von den Armen der Nacht liebkost,
Die deiner Seele schenkt Trost.
Schlaf ein, mein Lieb', schlaf ein.

BUCH I

1 Das Lied der Toten

Bei den Zwergen trug das Tal den Namen *Gamashinoch* – das Lied der Toten. Kein Lebender betrat es freiwillig. Wer hierher kam, tat dies aus Verzweiflung, aus drückender Not oder weil es sein Vorgesetzter befohlen hatte.

Sie lauschten dem »Lied« schon seit einigen Stunden, während derer sie sich dem einsamen Tal immer mehr genähert hatten. Es war ein unheimlicher, schauriger Gesang. Die Worte waren nicht deutlich zu verstehen, man hörte sie nie ganz klar – jedenfalls nicht mit den Ohren –, doch sie erzählten von Tod und von Schlimmerem als dem Tod. Das Lied erzählte von einer Falle, von bitterer Enttäuschung, von endlosen Qualen. Und in dieser Klage lag die Sehnsucht des Herzens nach einem Ort, an den es sich erinnerte, einen friedlichen, gesegneten Hafen, der unerreichbar war.

Als die Ritter die jammervolle Klage erstmals vernommen hatten, hatten sie ihre Rösser gezügelt und zu den Schwertern gegriffen, während sie sich unsicher umschauten. »Was ist das?« und »Wer da?«, hatten sie gerufen.

Doch da war niemand. Zumindest kein Lebender. Die Ritter hatten zu ihrem Anführer geblickt, der sich in den Steigbügeln aufgestellt hatte, um die Klippen zu begutachten, die sich rechts und links von ihnen auftürmten.

»Da ist nichts«, stellte er schließlich fest. »Nur der Wind zwischen den Felsen. Weiter.«

Er trieb sein Pferd weiter den Weg entlang, der sich durch die Vulkanberge schlängelte, die man die Fürsten des Unheils nannte. Die Männer unter seinem Kommando folgten ihm hintereinander, denn um Seite an Seite zu reiten, war der Pass zu schmal.

»Den Wind habe ich auch gehört, Herr«, murrte einer der Ritter, »aber er muss doch eine Menschenstimme besitzen, die uns warnt, lieber wegzubleiben. Wir sollten auf sie hören.«

»Unsinn!« Schwadronführer Ernst Magit fuhr im Sattel herum, um seinen Fährtenleser und Stellvertreter anzufunkeln, der ihm folgte. »Abergläubisches Gewäsch! Aber ihr Minotauren seid ja dafür bekannt, dass ihr an altmodischen Vorstellungen festhaltet. Ihr solltet euch allmählich der neuen Zeit stellen. Die Götter sind weg – gut so, sage ich. Wir Menschen regieren die Welt.«

Anfangs hatte eine einzelne Stimme das Lied der Toten gesungen, die Stimme einer Menschenfrau. Jetzt fiel ein beängstigender Chor aus Männern, Frauen und Kindern mit ein. Es war die erschreckende Klage hoffnungslos Verlorener, die jammervoll durch die Berge tönte.

Der Gesang machte zahlreiche Pferde scheu. Sie weigerten sich weiterzuziehen – allerdings taten ihre Reiter auch wenig, um sie zu ermutigen.

Auch Magits Pferd scheute und tänzelte. Er grub ihm die Sporen in die Flanken, so dass sie tiefe, blutige Wunden hinterließen, bis das Tier mit gesenktem Kopf und zuckenden Ohren weitertrottete. Eine halbe Meile später bemerkte Schwadronführer Magit, dass er keine anderen Hufschläge mehr hörte. Als er sich umsah, stellte er fest, dass er allein weiterzog. Keiner seiner Männer war ihm gefolgt.

Aufgebracht wendete er und galoppierte zu seiner Truppe zurück. Die Hälfte der Patrouille war abgestiegen, die andere hockte noch sehr unbehaglich auf ihren zitternden Pferden.

»Die dämlichen Viecher haben mehr Hirn als ihre Reiter«, meinte der Minotaurus vom Boden aus. Kaum ein Pferd duldete einen Minotaurus auf seinem Rücken, und ohnehin waren nur wenige Tiere groß und stark genug, um einen der gewaltigen Minotauren zu tragen. Galdar maß sieben Fuß, wenn man die Hörner einberechnete, doch er hielt mit der Patrouille mit und blieb mit Leichtigkeit am Steigbügel seines Anführers.

Magit hatte die Hände auf den Sattelknauf gelegt und sah seine Männer an. Er war ein großer, hagerer Mann von der Sorte, deren Knochen scheinbar von Stahldraht zusammengehalten wurden, denn er war weitaus stärker, als es den Anschein hatte. Seine Augen waren wässrig blau, ohne Intelligenz, ohne Tiefe. Er war für seine Grausamkeit bekannt, für seine starre – manche sagten eher hirnlose – Disziplin, aber auch für seine vollständige Ergebenheit für die eine Sache: Ernst Magit.

»Ihr steigt jetzt auf und reitet hinter mir her«, erklärte Schwadronführer Ernst Magit kalt. »Sonst melde ich jeden Einzelnen von euch dem Gruppenführer. Ich werde euch der Feigheit, des Verrats an der Vision und der Meuterei anklagen. Wie ihr wisst, steht auf jedes dieser Vergehen die Todesstrafe.«

»Kann er das tun?«, flüsterte ein frisch gebackener Ritter, für den dies die erste Patrouille war.

»Er kann«, gaben die Veteranen finster zurück, »und er wird.«

Die Ritter saßen wieder auf und trieben ihre Pferde mit den Sporen vorwärts. Sie waren gezwungen, den Minotaurus Galdar zu umgehen, der in der Mitte der Straße stehen blieb.

»Du weigerst dich, meinem Befehl zu folgen, Minotaurus?«, fluchte Magit verärgert. »Denk lieber gut nach. Auch wenn dich der Schützer des Schädels protegiert, bezweifle ich, dass er dich retten kann, wenn ich dich beim Rat als Feigling und Eidbrecher anzeige.«

Über den Hals seines Pferdes gebeugt, schlug Magit einen spöttisch vertraulichen Ton an. »Und nach allem, was ich höre, Galdar, dürfte dein Herr nicht sehr erpicht darauf sein, dich weiter zu decken. Einen einarmigen Minotaurus. Einen Minotaurus, den seine eigenen Artgenossen mit Mitleid und Verachtung strafen. Einen Minotaurus, der zum ›Fährtenleser‹ degradiert wurde. Wir alle wissen doch, dass du diesen Posten nur bekommen hast, weil man dir schließlich irgendeine Aufgabe geben musste. Obwohl mir auch der Vorschlag zu Ohren kam, dass man dich zu den anderen Kühen auf die Weide schicken könnte.«

Galdar ballte die Faust, seine verbliebene Faust, und seine scharfen Nägel gruben sich in seine Handfläche. Er wusste sehr wohl, dass Magit ihn köderte, ihn in einen Kampf verwickeln wollte. Hier, wo es kaum Zeugen gab. Hier, wo Magit den verkrüppelten Minotaurus töten konnte, um später zu Hause zu verkünden, es sei ein fairer, ehrenvoller Kampf gewesen. Seit der Verlust seines Schwertarms aus dem eindrucksvollen Krieger einen einfachen Fährtenleser gemacht hatte, hing Galdar nicht mehr besonders an seinem Leben. Aber er wollte verdammt sein, wenn er unter den Händen von Ernst Magit starb. Diese Befriedigung wollte Galdar seinem Kommandanten nicht verschaffen.

So schob sich der Minotaurus an Ernst Magit vorbei, der ihm mit einem verächtlichen Lächeln auf den schmalen Lippen höhnisch zusah.

Das Lied der Toten griff das Lachen des Mannes auf und verlieh ihm Melodie und Klang, düster, misstönend, schief, nicht in Harmonie mit den anderen Stimmen des Lieds. Das Geräusch war so entsetzlich, dass Magit erschüttert war. Hüstelnd verschluckte er sein Lachen – zur großen Erleichterung seiner Männer.

»Ihr habt uns hierher geführt, Schwadronführer«, mahnte Galdar. »Wir haben gesehen, dass dieser Teil des Tals unbewohnt ist, dass sich hier keine solamnische Streitmacht verbirgt, die sich auf uns zu stürzen droht. Damit können wir sicher zu unserem Zielort weiterziehen in der Gewissheit, dass wir *aus dem Land der Lebenden* nichts zu befürchten haben. Lasst uns nun rasch diesen Ort verlassen. Wir sollten umkehren und Bericht erstatten.«

Die Pferde hatten den südlichen Bereich des Tals so widerstrebend betreten, dass manche Reiter sich gezwungen sahen, wieder abzusteigen, um ihnen die Augen abzudecken. Sie mussten sie führen wie aus einem brennenden Haus. Menschen wie Pferde hatten es sichtlich eilig, von hier zu verschwinden. Die Pferde tänzelten schon wieder zu der Straße zurück, auf der sie hergekommen waren. Ihren Reitern war das nur recht.

Ernst Magit wollte diesen Ort ebenso dringend verlassen wie alle anderen. Genau darum aber beschloss er zu bleiben. Im Grunde seines Herzens war er ein Feigling, und er wusste es. Sein Leben lang hatte er Taten vollbracht, die ihm das Gegenteil beweisen sollten. Nichts wirklich Heldenhaftes. Wann immer es ihm möglich war, mied Magit die Gefahr. Darum ritt er auch Patrouille, anstatt zusammen mit den anderen Rittern von Neraka die von den Solamniern beherrschte Stadt Sanction zu belagern. Er bevorzugte einfache, kleinere Taten, die kein persönliches Risiko bargen, ihm und seinen Männern aber dennoch bewiesen, dass er kein Angsthase war. Zum Beispiel, indem sie die Nacht in diesem verfluchten Tal verbrachten.

Für alle sichtbar blinzelte Magit zum Himmel empor, der eine bleiche, kränklich gelbe Farbe angenommen hatte. Keiner der Ritter hatte je eine so eigenartige Tönung gesehen.

»Es dämmert bereits«, verkündete er salbungsvoll. »Ich möchte nicht, dass wir in den Bergen von der Nacht überrascht werden. Wir schlagen hier unser Lager auf und reiten morgen weiter.«

In ungläubiger Erschütterung starrten die Ritter ihren Kommandanten an. Der Wind hatte sich gelegt. Das Lied in ihren Herzen war verstummt. Stille legte sich über das Tal, eine Stille, die zuerst willkommen war, jedoch zunehmend bedrückender wurde, so schwer lastete sie auf ihnen. Keiner sagte ein Wort. Alle warteten darauf, dass ihr Anführer endlich erklärte, er hätte nur einen Scherz gemacht.

Schwadronführer Magit glitt vom Pferd. »Wir schlagen hier das Lager auf. Mein Zelt kommt an den höchsten Monolithen dort. Galdar, du bist für den Aufbau verantwortlich. Mit dieser einfachen Aufgabe wirst du doch sicher fertig?«

Seine Worte klangen unnatürlich laut, seine Stimme schrill und prahlerisch. Ein kalter, scharfer Lufthauch zischte durch das Tal, verwandelte den Sand in Staubteufel, die flüsternd über den kahlen Boden wirbelten.

»Das ist ein Fehler, Herr«, widersprach Galdar gedämpft, um die Stille so wenig wie möglich zu stören. »Wir sind hier nicht erwünscht.«

»Von wem, Galdar?«, höhnte Schwadronführer Magit. »Von diesen Felsen?« Er klatschte gegen die Flanke eines Monolithen aus schwarzem Kristall. »Hah! Was für ein dickschädeliger, abergläubischer Ochse!« Magits Stimme wurde härter. »Männer! Absitzen und das Lager aufbauen. Das ist ein Befehl.«

Ernst Magit streckte die Glieder und begann ostentativ, sich zu entspannen, indem er sich zu ein paar Lockerungsübungen bückte. Verdrossen befolgten die unglücklichen Ritter seine Befehle. Sie schnallten ihre Gepäckrollen vom Sattel und begannen, die kleinen Zweimannzelte aufzubauen, die sie mit sich führten. Andere packten Vorräte und Wasser aus.

Der Versuch, die Zelte aufzuschlagen, erwies sich als Fehlschlag. Trotz aller Bemühungen konnten sie die Eisenhaken nicht in den harten Boden treiben. Jeder Hammerschlag wurde hundertfach verstärkt von den Bergen zurückgeworfen, bis es ihnen vorkam, als ob die Berge selbst auf sie einklopften.

Galdar warf den Holzhammer weg, den er ungeschickt mit seiner verbliebenen Hand geführt hatte.

»Was ist los, Minotaurus?«, rief Magit. »Bist du so schlapp, dass du keinen Hering einschlagen kannst?«

»Versucht es selbst, Herr«, bot Galdar an.

Auch die Übrigen warfen ihre Hämmer hin und starrten den Befehlshaber in mürrischem Trotz an.

Magit wurde blass vor Wut. »Ihr könnt ja im Freien schlafen, wenn ihr zu blöd seid, ein simples Zelt aufzubauen.«

Allerdings versuchte er nicht, die Zelthaken selbst im Felsboden zu verankern. Er suchte herum, bis er vier der schwarzen Kristallmonolithen entdeckte, die annähernd im Quadrat standen.

»Bindet mein Zelt an diese vier Felsen«, ordnete er an. »*Ich* zumindest werde heute Nacht gut schlafen.«

Galdar befolgte den Befehl. Er schlang die Seile in Bodennähe um die Monolithen, murmelte dabei allerdings unablässig ein Minotaurengebet vor sich hin, das die ruhelosen Seelen der Toten beschwichtigen sollte.

Die Männer versuchten auch, die Pferde an die Monolithen zu binden, doch diese bockten und stiegen vor Entsetzen. Schließlich spannten die Ritter zwischen zwei Felsen eine Leine. Daran machten sie die Pferde fest, die sich unruhig aneinander drängten, die Augen verdrehten und möglichst viel Abstand von den schwarzen Felsen hielten.

Während die Männer arbeiteten, zog Ernst Magit eine Karte aus einer seiner Satteltaschen. Nachdem er die Männer mit einem letzten Blick an ihre Pflichten erinnert hatte, breitete er die

Karte aus und begann, sie scheinbar ungerührt zu studieren. Doch damit täuschte er niemanden. Er schwitzte, obwohl er nicht gearbeitet hatte.

Lange Schatten schoben sich über das Tal von Neraka, das viel dunkler wurde als der Himmel, denn der war von einem gelb glühenden Glanz überzogen. Die Luft war heiß, heißer als bei ihrer Ankunft. Nur gelegentlich drangen kalte Windstöße von Westen herein, die sie bis ins Mark erstarren ließen. Die Ritter hatten kein Holz mitgebracht. Sie aßen ihre Rationen kalt. Zumindest versuchten sie es, denn jeder Bissen war voller Sand, und alles, was sie zu sich nahmen, schmeckte nach Asche. Schließlich warfen sie das meiste Essen fort. Während sie auf dem harten Boden saßen, blickten sie ständig über ihre Schultern oder spähten nervös ins Dunkle. Jeder hatte sein Schwert gezogen. Eine Wache brauchten sie nicht aufzustellen, niemand hatte vor zu schlafen.

»Heda! Seht euch das an!«, triumphierte Ernst Magit. »Ich habe eine wichtige Entdeckung gemacht! Es ist gut, dass wir eine Zeit lang hier geblieben sind.« Er zeigte auf seine Karte, dann nach Westen. »Seht mal da, die Bergkette. Die steht nicht auf der Karte. Sie muss neu sein. Das muss ich unbedingt dem Schützer melden. Vielleicht wird die Kette ja nach mir benannt.«

Galdar blickte zu der Bergkette hinüber. Langsam kam er auf die Beine, während er unablässig den Westhimmel beobachtete. Auf den ersten Blick sah jenes Gebilde aus Eisengrau und dumpfem Blau tatsächlich aus, als wäre dort ein neuer Berg aus dem Boden gewachsen. Doch weil Galdar genauer hinsah, bemerkte er etwas, das dem Schwadronführer vor lauter Begeisterung entgangen war. Dieser Berg wuchs noch! Er dehnte sich erschreckend schnell aus.

»Herr!«, schrie Galdar auf. »Das ist kein Berg! Das sind Sturmwolken!«

»Nun bist du schon ein Ochse, dann benimm dich nicht auch noch wie ein Esel«, wehrte Magit ab. Er hatte einen schwarzen Stein aufgehoben, den er wie Kreide benutzen wollte, um seinen Berg den übrigen Wundern dieser Welt hinzuzufügen.

»Herr, als junger Mann bin ich zehn Jahre zur See gefahren«, gab Galdar zu bedenken. »Ich weiß, wie ein Sturm aussieht. Aber so etwas habe ich noch nie gesehen!«

Inzwischen türmte sich die Wolkenbank mit unglaublicher Schnelligkeit auf. Im Herzen war sie tiefschwarz, doch zu den Rändern hin brodelte und waberte sie wie ein vielköpfiges, gefräßiges Ungeheuer, das den Bergen die Spitzen abzubeißen schien, bis es über sie hinwegkroch, um sie vollständig zu verschlingen. Der kalte Wind frischte auf, peitschte Sand in Augen und Mund und zerrte am Zelt des Kommandanten, das wild flatternd gegen seine Stricke aufzubegehren schien.

Wieder stimmte der Wind jenes schreckliche Lied an, heulte, pfiff und jaulte voll verzweifelter Qual.

Die vom Wind geschüttelten Männer standen mühsam auf. »Kommandant! Wir sollten verschwinden!«, brüllte Galdar. »Jetzt! Bevor der Sturm losbricht!«

»Ja«, willigte Ernst Magit ein. Blass und erschüttert spie er Sand aus. »Ja, du hast Recht. Wir sollten sofort gehen. Lasst das Zelt zurück! Bringt mir mein Pferd!«

Ein Blitz zuckte aus der Finsternis und traf dicht neben den festgebundenen Pferden auf. Gleich darauf dröhnte ein Donnerschlag, dessen Hall einige Männer flach auf den Boden warf. Die Pferde wieherten schrill, bäumten sich auf und keilten aus. Die Männer, die noch standen, versuchten sie zu beruhigen, doch davon wollten die Pferde nichts wissen. Nachdem sie sich von dem Seil losgerissen hatten, galoppierten sie in haltloser Panik davon.

»Fangt sie ein!«, brüllte Ernst, aber die Männer hatten schon genug damit zu tun, angesichts dieses Windes auf den Beinen zu bleiben. Ein paar schwankten mühsam den Pferden hinterher, doch das war offensichtlich ein sinnloses Unterfangen.

Über den Himmel rasten Sturmwolken, die das Sonnenlicht bekämpften und es mit Leichtigkeit besiegten. Von der Finsternis überwältigt, verschwanden die letzten Sonnenstrahlen.

Die Nacht war hereingebrochen, eine Nacht, die von wirbelndem Sand erfüllt war. Galdar konnte nicht einmal seine Hand vor Augen sehen. Im nächsten Augenblick wurde die gesamte Umgebung von einem weiteren vernichtenden Blitzschlag erhellt.

»Runter!«, bellte er, während er sich auf den Boden warf. »Flach auf den Boden! Haltet euch von den Monolithen fern!«

Der Regen peitschte seitwärts, drang wie Pfeile von einer Million Bogensehnen auf sie ein. Scharfer Hagel marterte sie wie Geißeln mit Eisenspitzen. Galdars Haut war ledrig, so dass der Hagel für ihn eher heftigen Ameisenbissen glich. Die anderen schrien vor Schmerz und Schrecken. Wie Flammenspeere schlugen ringsumher die Blitze ein. Der Donner ließ den Boden erzittern, dröhnte, hallte.

Galdar lag flach auf dem Bauch und kämpfte gegen den Drang an, mit der Hand den Untergrund aufzureißen, um sich in den Tiefen seiner Welt zu verstecken. Verblüfft sah er im Licht des nächsten Blitzes, dass sein Kommandant aufzustehen versuchte.

»Runter, Herr!«, schrie Galdar und langte nach ihm.

Magit stieß einen Fluch aus und trat nach Galdars Hand. Mit gesenktem Kopf kämpfte sich der Schwadronführer zu einem der Monolithen durch. Er hockte sich dahinter, um Schutz vor Regen und Hagel zu finden, und lachte über den Rest seiner Männer, während er sich mit dem Rücken an den Stein lehnte und die Beine ausstreckte.

Ein Blitz blendete Galdar. Der Donnerschlag war ohrenbetäubend, seine Wucht hob ihn kurz vom Boden und ließ ihn wieder herunterprallen. Es hatte so nah bei ihm eingeschlagen, dass er das Knistern in der Luft gehört hatte, auch roch es nach Phosphor und Schwefel. Und nach etwas anderem: verbranntem Fleisch. Er rieb sich die Augen, um durch das gleißende Licht blinzeln zu können. Als er wieder etwas sah, blickte er zu seinem Kommandanten hin. Beim nächsten Blitz erkannte er eine formlose, zusammengesunkene Masse am Fuß des Monolithen.

Magits Fleisch leuchtete rot unter einer schwarzen Kruste, wie ein Stück verbrannter Braten. Sein Körper rauchte, doch der Wind trug den Rauch zusammen mit verkohlten Fleischfetzen davon. Seine Gesichtshaut war völlig verbrannt; übrig war nur ein Mund voller grässlich grinsender Zähne.

»Freut mich, dass du noch lachen kannst, Schwadronführer«, murmelte Galdar. »Immerhin habe ich dich gewarnt.«

Galdar presste sich noch fester auf die Erde. Seine verfluchten Rippen waren im Weg.

Der Regen trommelte noch härter, falls das überhaupt möglich war. Er fragte sich, wie lange dieses Unwetter noch anhalten mochte. Es schien ein ganzes Leben gedauert zu haben, als wäre er in diesen Sturm hineingeboren, als würde er in ihm altern und sterben. Eine Hand griff nach seinem Arm und rüttelte ihn.

»Herr! Seht mal!« Einer der Ritter war neben ihn gekrochen. »Herr!« Der Ritter legte den Mund an Galdars Ohr und brüllte mit heiserer Stimme hinein, was bei dem peitschenden Regen, dem prasselnden Hagel, dem unablässigen Donnern und – schlimmer noch als Regen, Hagel oder Donner – dem Lied der Toten auch nötig war. »Da drüben hat sich etwas bewegt!«

Galdar hob den Kopf, um in die Richtung zu spähen, in die der Ritter deutete. Er blinzelte tief ins Herz des Tals von Neraka.

»Wartet bis zum nächsten Blitz!«, gellte der Ritter. »Da! Da ist es!«

Der nächste Blitzschlag war kein Strahl, sondern ein Flammenmeer, das Himmel, Erde und Berge mit einem rötlich weißen Schein überzog. Vor diesem furchtbaren Glanz kam eine Silhouette langsam auf sie zu, marschierte eine Gestalt gelassen durch den tosenden Sturm, scheinbar unberührt von dem Orkan. Blitz und Donner konnten sie nicht einschüchtern.

»Ist das einer von uns?«, fragte Galdar, der erst glaubte, einer seiner Männer wäre verrückt geworden und davongelaufen wie die Pferde.

Doch schon während er diese Frage stellte, wusste er, dass es nicht so war. Die Gestalt dort rannte nicht, sie ging. Sie floh nicht, sie näherte sich.

Das Licht des Blitzes verlosch. Dunkelheit senkte sich über das Tal, die Gestalt war nicht mehr zu erkennen. Galdar wartete ungeduldig darauf, dass der nächste Blitzschlag ihm diesen Wahnsinnigen erhellte, der dort der Wut des Sturmes trotzte. Wieder wurden Boden, Berge und Himmel gleißend hell. Die Person war immer noch da, schritt immer noch auf sie zu. Inzwischen kam es Galdar so vor, als hätte sich das Lied der Toten in überschwängliche Begeisterung verwandelt.

Wieder Finsternis. Der Wind legte sich. Der Regen ging in ein stetes Gießen über, der Hagel hörte ganz auf. Aus dem Donnern wurde ein grollendes Trommeln, das die Schritte der seltsamen Gestalt aus der Finsternis zu begleiten schien, die mit jedem neuen Blitz näher heranrückte. Der Sturm setzte seine Schlacht auf der anderen Seite der Berge fort, zog in andere Teile der Welt. Galdar kam hoch.

Tropfnass wischten sich die Ritter Wasser und Schlamm aus den Augen und betrachteten bedrückt ihre durchnässten Decken. Der Wind war eisig kalt, so dass alle außer Galdar, den seine dicke Haut und das Fell vor der Kälte schützten, erbärmlich zitterten. Der Minotaurus schüttelte den Regen von den Hörnern und wartete, bis die Gestalt in Hörweite war.

Im Westen tauchten Sterne auf, glitzernd kalt und tödlich wie Speerspitzen, nachdem sich die Wolkenfetzen der Nachhut des Sturms verzogen hatten. Auch der einsame Mond trotzte dem Donnergrollen. Jetzt war die Gestalt nur noch zwanzig Fuß entfernt, und im Silberlicht des Mondes konnte Galdar die Person klar erkennen.

Ein Mensch. Sehr jung, nach dem schlanken, straffen Körper und der weichen Gesichtshaut zu urteilen. Die dunklen Haare waren kurz geschoren, so dass nur ein rötlicher Flaum den Schädel bedeckte. Das fehlende Haupthaar betonte die Züge des Gesichts mit den hohen Wangenknochen, dem scharfen Kinn und dem geschwungenen Mund. Der junge Mensch trug Hemd und Tunika des gemeinen Fußsoldaten, dazu Lederstiefel, aber kein Schwert und keine sonstige Waffe, soweit Galdar sehen konnte.

»Halt! Gib dich zu erkennen!«, rief er ihn grob an. »Bleib stehen, wo du bist! Am Rand des Lagers.«

Gehorsam blieb der Mensch stehen. Er hatte die Hände erhoben und zeigte ihnen seine Handflächen, damit sie sahen, dass diese leer waren.

Galdar zog sein Schwert. In dieser seltsamen Nacht wollte er kein Risiko eingehen. Ungeschickt hielt er es in der linken Hand, denn für ihn war die Waffe nahezu nutzlos. Im Gegensatz zu anderen Amputierten hatte er nie gelernt, mit der verbliebenen Hand zu kämpfen. Vor seiner Verletzung war er ein geschickter Schwertkämpfer gewesen, jetzt war er ungeschickt und unerfahren. Es war die Frage, wem er eher Schaden zufügte, seinem Gegner oder sich selbst. Viele Male hatte Ernst Magit Galdar beim mühsamen Trainieren zugesehen und grölend gelacht.

Magit würde nie mehr lachen.

Mit dem Schwert in der Hand rückte Galdar vor. Das Heft war vor Nässe so schlüpfrig, dass er nur hoffen konnte, es werde ihm nicht aus der Hand rutschen. Der Mensch konnte nicht wissen, dass Galdar kein richtiger Krieger mehr war. Der Minotaurus wirkte einschüchternd, und Galdar war leicht überrascht, dass der Mensch nicht vor ihm zurückschreckte, ja, noch nicht einmal besonders beeindruckt zu sein schien.

»Ich bin unbewaffnet«, begann der Mensch mit einer solch tiefen Stimme, dass sie nicht zu seiner jungen Erscheinung passte. Die Stimme hatte einen seltsamen, melodisch süßen Klang, der Galdar eigenartig an die Stimmen erinnerte, die er in dem Lied wahrgenommen hatte, einem Lied, das sich jetzt ehrfürchtig gedämpft anhörte. Es war keine Männerstimme.

Galdar sah den Menschen genauer an. Der schlanke Hals, der wie der lange Stängel einer Lilie aussah, trug einen Schädel, der unter dem roten Flaum perfekt ebenmäßig und wunderschön geformt war. Der Minotaurus betrachtete den geschmeidigen Körper. Die Arme waren ebenso muskulös wie die Beine, die in wollenen Strümpfen steckten. Das nasse, übergroße Hemd hing lose von den schmalen Schultern. Unter den nassen Falten konnte Galdar nichts erkennen und daher nicht sicher feststellen, ob dieser Mensch männlich oder weiblich war.

Die anderen Ritter sammelten sich um ihn. Alle starrten diesen nassen Menschen an, der glänzte wie ein neugeborenes Kind. Die Männer runzelten unsicher die Stirn. Man konnte es ihnen kaum verdenken, denn jeder stellte sich dieselbe Frage wie Galdar. Was im Namen des großen Gehörnten, der gestorben war und sein Volk einsam zurückgelassen hatte, tat dieser Mensch in diesem verfluchten Tal in dieser verfluchten Nacht?

»Wie heißt du?«, wollte Galdar wissen.

»Mein Name ist Mina.«

Ein Mädchen. Ein zartes Mädchen. Sie konnte höchstens siebzehn sein ... wenn überhaupt. Doch obwohl sie gerade ihren Namen gesagt hatte, einen bei den Menschen beliebten Frauennamen, obwohl er ihr Geschlecht an der weichen Nackenlinie und der Anmut ihrer Bewegungen erkennen konnte, zweifelte er noch. Sie hatte etwas sehr wenig Weibliches an sich.

Mina lächelte leicht, als könne sie seine unausgesprochenen Zweifel hören, und betonte: »Ich *bin* eine Frau.« Sie zuckte mit den Achseln. »Obwohl das kaum eine Rolle spielt.«

»Komm näher«, befahl Galdar harsch.

Gehorsam trat das Mädchen einen Schritt vor.

Galdar blickte ihr in die Augen. Ihm stockte fast der Atem. Er hatte in seinem Leben Menschen aller Farben und Größen gesehen, aber keinen, kein einziges Lebewesen, das solche Augen gehabt hätte.

Ihre Augen waren unnatürlich groß, tief liegend und bernsteinfarben, die Pupillen schwarz, die Iris von einem Schattenring umgeben. Das fehlende Haar ließ die Augen noch größer erscheinen. Mina schien nur aus Augen zu bestehen, und diese Augen zogen Galdar an und hielten ihn fest, so wie goldener Bernstein die Körper winziger Insekten umschließt.

»Bist du der Befehlshaber?«, fragte sie.

Galdar warf einen Blick auf den verkohlten Körper am Fuß des Monolithen. »Jetzt schon«, erwiderte er.

Mina folgte seinem Blick. Kühl und ungerührt betrachtete sie den Leichnam. Dann wanderten ihre Bernsteinaugen zu Galdar zurück. Der Minotaurus hätte schwören können, die Widerspiegelung des Körpers von Magit in ihnen zu sehen.

»Was machst du hier, Mädchen?«, wollte er unwirsch wissen. »Hast du dich im Sturm verlaufen?«

»Nein. Der Sturm hat mir den rechten Weg gezeigt«, gab Mina zurück. Ihre leuchtenden Augen blickten ihn unverwandt an. »Ich habe euch gefunden. Ich wurde gerufen, und ich habe geantwortet. Ihr seid doch Ritter der Takhisis, nicht wahr?«

»Früher einmal«, bestätigte Galdar trocken. »Wir haben lange auf Takhisis' Rückkehr gewartet, aber inzwischen geben die Kommandanten zu, was die meisten von uns schon seit langem wissen. Sie kommt nicht zurück. Deshalb nennen wir uns inzwischen die Ritter von Neraka.«

Mina hörte genau zu und überlegte. Der Name schien ihr zu gefallen, denn sie nickte ernst. »Ich verstehe. Ich bin gekommen, um den Rittern von Neraka beizutreten.«

Zu jeder anderen Zeit, an jedem anderen Ort hätten die Ritter höhnisch gegrinst oder rüde Bemerkungen gemacht. Doch jetzt waren die Männer nicht zum Scherzen aufgelegt, auch Galdar nicht. Der Sturm war erschreckend gewesen, anders als alles, was er kannte, dabei lebte er schließlich schon vierzig Jahre auf dieser Welt. Ihr Anführer war tot. Sie hatten einen langen Marsch vor sich, wenn nicht ein Wunder ihnen ihre Pferde zurückbrachte. Sie hatten nichts zu essen – die Pferde waren mitsamt den Vorräten durchgegangen. Und es gab nur das Wasser, das sie aus ihren triefenden Decken wringen konnten.

»Sagt der dummen Göre, sie soll nach Hause gehen, zu Mama«, warf ein Ritter ungeduldig ein. »Was sollen *wir* tun, Unterkommandant?«

»Ich schlage vor, wir verschwinden von hier«, meinte ein anderer. »Ich marschiere die ganze Nacht, wenn es sein muss.«

Die anderen gaben zustimmendes Gemurmel von sich.

Galdar blickte zu dem inzwischen klaren Himmel hoch. Das Donnergrollen war nur noch aus der Ferne zu hören. Weit im Westen zuckten lila Blitze über den Horizont. Das Mondlicht reichte zum Laufen aus. Galdar war ungewöhnlich müde. Seine Männer waren hohlwangig und hager, alle am Rand des Zusammenbruchs. Doch er wusste, wie sie sich fühlten.

»Wir gehen«, beschloss er. »Aber vorher müssen wir *damit* noch etwas anstellen.« Mit dem Daumen wies er auf den verschmorten Körper von Ernst Magit.

»Lasst ihn liegen«, sagte einer der Ritter.

Galdar schüttelte seinen gehörnten Kopf. Die ganze Zeit war er sich bewusst, dass ihn das Mädchen mit den seltsamen Augen genau beobachtete.

»Wollt ihr den Rest eures Lebens von seinem Geist verfolgt werden?«, gab Galdar zurück.

Die anderen sahen erst einander an, dann den Leichnam. Noch gestern hätten sie den Gedanken, dass Magits Geist sie verfolgen könnte, abfällig verworfen. Jetzt nicht mehr.

»Was sollen wir denn mit ihm machen?«, jammerte einer. »Wir können den Schinder nicht begraben. Der Boden ist zu hart. Für ein Feuer fehlt uns das Holz.«

»Wickelt seinen Körper in das Zelt«, bestimmte Mina. »Nehmt die Steine dort und schichtet sie über ihm auf. Er ist nicht der Erste, der im Tal von Neraka stirbt«, fügte sie kalt hinzu, »und er wird auch nicht der Letzte sein.«

Galdar warf einen Blick über die Schulter. Das Zelt, das sie zwischen den Monolithen aufgebaut hatten, war noch heil, obwohl es vom Regenwasser eingesackt war.

»Das ist eine gute Idee«, fand er. »Schneidet die Plane ab und nehmt sie als Leichentuch. Aber beeilt euch. Je schneller wir fertig sind, desto schneller können wir verschwinden. Zieht ihm die Rüstung aus«, fügte er noch hinzu. »Wir müssen sie zum Hauptquartier zurückbringen, um zu beweisen, dass er tot ist.«

»Wie denn?«, murrte einer der Ritter und zog eine Grimasse. »Sein Fleisch klebt an dem Metall wie ein Steak auf dem Grill.«

»Schneidet sie ab«, befahl Galdar. »Säubert sie, so gut ihr könnt. So gern hatte ich ihn auch wieder nicht, dass ich Teile von ihm mitschleppen möchte.«

Die Männer machten sich willig an die Arbeit, um so bald wie möglich damit fertig zu sein.

Galdar drehte sich zu Mina um, deren große Bernsteinaugen ihn fixierten.

»Du gehst lieber zurück zu deiner Familie, Kleine«, meinte er schroff. »Wir machen einen Gewaltmarsch und können auf dich keine Rücksicht nehmen. Außerdem bist du eine Frau. Diese Männer haben wenig Respekt vor weiblichen Werten. Geh nach Hause.«

»Ich bin zu Hause«, erklärte Mina mit einem Blick über das Tal. Die schwarzen Monolithen spiegelten das kalte Sternenlicht, forderten die Sterne auf, sie blass und kühl zu beleuchten. »Und ich habe meine Familie gefunden. Ich werde Ritterin. Das ist meine Berufung.«

Galdar war am Ende seiner Geduld, wusste aber nicht, was er sagen sollte. Ganz bestimmt wollte er nicht, dass diese unheimliche Kindfrau sie begleitete. Aber die war so von sich eingenommen, hatte sich selbst und die Situation so vollständig unter Kontrolle, dass er kein vernünftiges Gegenargument vorbringen konnte.

Während er noch nachdachte, schickte er sich an, sein Schwert wieder wegzustecken. Das Heft war nass und schlüpfrig, seine Hand ungeschickt. Beim Herumfummeln wäre ihm das Schwert fast aus der Hand geglitten. Nachdem er es gerade noch festgehalten hatte, sah er wütend auf. Sie sollte bloß nicht wagen, ein verächtliches oder mitleidiges Lächeln aufzusetzen.

Doch Mina sah seinen Bemühungen nur wortlos und ohne Regung zu.

Galdar schob das Schwert in die Scheide. »Wenn du den Rittern beitreten willst, solltest du am besten dort, wo du wohnst, zum Hauptquartier gehen und dich einschreiben.«

Anschließend spulte er die Rekrutierungsvorschriften sowie

den Ablauf der Ausbildung herunter. Er ging zu einem Vortrag über jahrelange ergebene Opferbereitschaft über, dachte dabei jedoch die ganze Zeit an Ernst Magit, der sich in die Ritterschaft eingekauft hatte. Plötzlich wurde Galdar klar, dass er sie verloren hatte.

Das Mädchen hörte ihm nicht zu. Sie schien einer anderen Stimme zu lauschen, einer Stimme, die er nicht hören konnte. Ihr Blick war abwesend, ihr Gesicht glatt und ausdruckslos.

Seine Worte verklangen.

»Fällt es dir nicht schwer, einarmig zu kämpfen?«, wollte sie wissen.

Er bedachte sie mit einem strengen Blick. »Vielleicht bin ich etwas umständlich«, gab er gereizt zurück, »aber ich kann gut genug mit dem Schwert umgehen, um dir deinen geschorenen Kopf abzuschlagen.«

Sie lächelte. »Wie heißt du?«

Er wendete sich ab. Diese Unterhaltung war zu Ende. Seine Männer hatten Magit inzwischen aus seiner Rüstung geschält und rollten dessen immer noch rauchende Überreste auf die Zeltplane.

»Galdar, glaube ich«, fuhr Mina fort.

Erstaunt sah er sich nach ihr um, denn er fragte sich, woher sie seinen Namen kannte.

Natürlich, dachte er, einer seiner Männer musste ihn erwähnt haben. Doch ihm fiel keine entsprechende Bemerkung ein.

»Reich mir die Hand, Galdar«, forderte Mina ihn auf.

Er funkelte sie an. »Verschwinde von hier, solange du noch kannst, Kleine! Wir sind nicht zu dummen Späßchen aufgelegt. Mein Anführer ist tot. Ich bin für diese Männer verantwortlich. Wir haben keine Pferde und nichts zu essen.«

»Reich mir die Hand, Galdar«, wiederholte Mina ruhig. Beim Klang ihrer rauen, süßen Stimme hörte er wieder das Lied zwischen den Felsen. Er spürte, wie seine Nackenhaare sich sträubten. Ein Schauer der Erregung lief ihm über den Rücken. Er wollte sich von ihr abkehren, hob aber doch die linke Hand.

»Nein, Galdar«, wehrte Mina ab. »Die Rechte. Reich mir die rechte Hand.«

»Ich habe keine rechte Hand!«, brüllte Galdar voller Wut und Pein.

Sein Schrei war wie ein Krächzen. Erschrocken drehten sich die Männer nach dem erstickten Geräusch um.

Man hatte Galdar den Arm an der Schulter abgeschlagen. Jetzt starrte er ungläubig dorthin, denn aus dem Stumpf ragte ein geisterhaftes Bild von etwas, was einst sein rechter Arm gewesen war. Das Bild waberte im Wind, als wäre sein Arm aus Rauch und Asche, doch er konnte ihn genau sehen, sogar sein Spiegelbild auf der glatten, schwarzen Seite des Monolithen. Er konnte den Phantomarm sogar fühlen, aber schließlich hatte er seinen Arm immer gefühlt, auch als er nicht mehr da war. Jetzt betrachtete er seinen Arm, seinen rechten Arm, der sich hob. Er sah seiner Hand, seiner rechten Hand, zu, die zitternde Finger ausstreckte.

Mina berührte die Phantomhand des Minotaurus.

»Dein Schwertarm ist dir wiedergegeben«, sagte sie zu ihm.

Galdar starrte fassungslos auf seinen Arm.

Sein rechter Arm war wieder da ...

Sein rechter Arm.

Kein Phantomarm mehr. Kein Arm aus Rauch und Asche, kein erträumter Arm, der beim verzweifelten Erwachen verschwand. Galdar schloss die Augen, kniff sie fest zu, dann schlug er sie wieder auf.

Der Arm war immer noch da.

Den anderen Rittern hatte es die Sprache verschlagen. Mit im Mondlicht totenbleichen Gesichtern musterten sie Galdar, den Arm, Mina.

Galdar befahl seinen Fingern, sich zu öffnen und zu schließen. Sie gehorchten. Mit der linken Hand griff er zitternd zu und berührte den Arm.

Die Haut war warm, das Fell weich – der Arm war aus Fleisch und Blut. Er war echt.

Mit der Hand griff Galdar nach seinem Schwert. Liebevoll schlossen sich seine Finger um das Heft. Plötzlich war er tränenblind.

Schwach und zitternd sank Galdar auf die Knie. »Herrin«, begann er mit vor Ehrfurcht bebender Stimme, »ich weiß nicht, was du getan hast, wie du das gemacht hast, aber ich stehe für den Rest meines Lebens in deiner Schuld. Was auch immer du von mir verlangst, ich will es dir geben.«

»Schwöre bei deinem Schwertarm, dass du mir gewährst, worum ich dich bitte«, verlangte Mina.

»Ich schwöre!«, erklärte Galdar rau.

»Ernenne mich zu deinem Kommandanten«, forderte Mina ihn auf.

Galdar klappte der Unterkiefer herunter. Sein Mund ging auf und wieder zu. Er schluckte. »Ich ... ich werde dich meinen Vorgesetzten empfehlen ...«

»Ernenne mich zu deinem Kommandanten«, beharrte sie. Ihre Stimme war hart wie der Boden, dunkel wie die Monolithen. »Ich kämpfe nicht aus Gier. Ich kämpfe nicht, um etwas zu bekommen. Ich kämpfe nicht um Macht. Ich kämpfe für eines, und das ist der Ruhm. Nicht für mich, sondern für meinen Gott.«

»Wer ist dein Gott?«, fragte Galdar beeindruckt.

Mina lächelte – ein unheimliches Lächeln, blass und kalt. »Der Name darf nicht genannt werden. Mein Gott ist der Eine. Der auf dem Sturm reitet. Der die Nacht regiert. Mein Gott ist der Eine, der dein Fleisch wieder hergestellt hat. Schwöre mir die Treue, Galdar. Folge mir zum Sieg.«

Galdar dachte an all die Kommandanten, unter denen er gedient hatte. Anführer wie Ernst Magit, welche die Augen verdrehten, wenn die Vision von Neraka erwähnt wurde. Die Vision war Täuschung, ein Trugbild, das wusste in den höheren Rängen fast jeder. Anführer wie der Herr der Lilie, Galdars Gönner, der während der Rezitation des Blutschwurs unverhohlen gähnte und der es witzig fand, einen Minotaurus in die Reihen der Ritter zu holen. Anführer wie der gegenwärtige Nachtmeister, Targonne, von dem jeder wusste, dass er sich an den Schatzkammern der Ritter persönlich bereicherte.

Galdar erhob den Kopf und blickte in die bernsteinfarbenen Augen. »Du bist meine Kommandantin, Mina«, gelobte er. »Dir und niemand anderem schwöre ich die Treue.«

Mina berührte wieder seine Hand. Ihre Berührung war schmerzhaft, sie brachte sein Blut zum Kochen. Er genoss das Gefühl. Der Schmerz war willkommen. Zu lange hatte er den Schmerz eines Armes gefühlt, der nicht da war.

»Du wirst mein Stellvertreter, Galdar.« Mina wandte den Blick ihrer Bernsteinaugen den übrigen Rittern zu. »Werdet ihr anderen mir folgen?«

Einige der Männer waren dabei gewesen, als Galdar seinen Arm verloren hatte. Sie hatten das Blut aus dem zerschmetterten Glied spritzen sehen. Vier von ihnen hatten ihn fest gehalten, als der Chirurg ihm den Arm abtrennte. Sie hatten gehört, wie er um den Tod gebettelt hatte, einen Tod, den sie ihm verweigert hatten, einen Tod, den er sich aus Gründen der Ehre nicht selbst geben durfte. Diese Männer sahen jetzt den neuen Arm, sahen Galdar wieder ein Schwert halten. Sie hatten das Mädchen unbehelligt durch diesen mörderischen, unnatürlichen Sturm laufen sehen.

Ein Teil der Männer war schon über dreißig, Veteranen aus blutigen Kriegen und harten Feldzügen. Wenn Galdar dieser fremden Kindfrau die Treue schwor, war das schön und gut. Sie hatte ihn geheilt. Aber sie selbst ...

Mina drängte niemanden, redete ihnen nicht zu, argumentierte nicht. Sie schien ihre Zustimmung für selbstverständlich zu halten. Nachdem sie zu der Stelle gelaufen war, wo der Leichnam des Schwadronführers in der Zeltplane neben dem Monolithen auf dem Boden ruhte, hob Mina Magits Brustpanzer auf, den sie eingehend betrachtete. Schließlich schob sie die Arme durch die Riemen und legte den Brustpanzer über ihrem nassen Hemd an. Die Rüstung war schwer und zu groß für sie. Galdar ging davon aus, dass ihr Gewicht das Mädchen zusammensinken lassen würde.

Stattdessen wurde er staunend Zeuge, wie das Metall rot aufglühte, sich verformte, sich an den schlanken Körper anpasste, bis es sie wie ein Liebhaber umfing.

Es war ein schwarzer Brustpanzer mit dem Bild eines Schädels darauf gewesen. Der Blitz hatte offenbar die Rüstung getroffen, doch der Schaden, den er angerichtet hatte, war ausgesprochen merkwürdig. Der Schädel, der den Brustpanzer schmückte, war gespalten. Ein stählerner Blitzstrahl ging mitten hindurch.

»Das soll mein Wappen sein«, erklärte Mina und berührte den Schädel.

Sie legte auch den Rest von Magits Rüstung an, schob die Armschienen auf die Arme und schnallte die Beinschützer um. Jedes Teil glühte rot auf, wenn es ihren Körper berührte, als käme es frisch aus dem Schmiedefeuer. Nach dem Abkühlen passte alles, als sei es für sie gemacht.

Sie hob den Helm auf, setzte ihn jedoch nicht auf den Kopf, sondern reichte ihn Galdar. »Halt das für mich, Unterkommandant«, befahl sie.

Stolz und ehrfürchtig nahm er den Helm entgegen, als wäre

der eine Reliquie, nach der Galdar sein Leben lang gesucht hatte.

Mina kniete neben dem Körper von Ernst Magit nieder. Nachdem sie seine tote, verkohlte Hand in ihre eigene genommen hatte, senkte sie den Kopf und begann zu beten.

Niemand konnte ihre Worte hören, niemand vernahm, was sie sagte, zu wem sie sprach. Das Lied der Toten zog klagend durch die Steine. Die Sterne verblassten, der Mond verschwand. Dunkelheit umhüllte sie alle. Mina betete. Ihre geflüsterten Worte brachten ihnen Trost.

Als Mina sich vom Gebet erhob, stellte sie fest, dass alle Ritter vor ihr knieten. In der Finsternis konnten sie nichts erkennen, weder einander noch sich selbst. Sie sahen nur das Mädchen.

»Du bist meine Kommandantin, Mina«, sagte einer, der sie anstarrte wie ein Hungernder das Brot, wie ein Dürstender das Wasser. »Ich gelobe, mein Leben für dich zu geben.«

»Nicht für mich«, mahnte sie. »Für den einen Gott.«

»Für den einen Gott!« Ihre Stimmen erhoben sich und wurden mit dem Lied davongetragen, das nicht länger erschreckend war, sondern jubilierte, aufwühlte, zu den Waffen rief. »Für Mina und den einen Gott!«

Die Sterne glänzten auf den Monolithen. Das Mondlicht leuchtete auf dem gezackten Blitz auf Minas Rüstung. Wieder donnerte es, aber diesmal kam das Geräusch nicht vom Himmel.

»Die Pferde!«, rief einer der Ritter. »Die Pferde kommen zurück.«

Die Pferde wurden von einem tiefroten Hengst angeführt, wie ihn keiner von ihnen je gesehen hatte. Er ließ die anderen weit hinter sich. Das Pferd trabte direkt auf Mina zu, beschnupperte sie und legte seinen Kopf auf ihre Schulter.

»Ich habe Feuerfuchs nach den Pferden geschickt. Wir werden

sie brauchen«, stellte Mina fest, während sie dem blutroten Tier die schwarze Mähne kraulte. »Heute Nacht reiten wir in schnellem Tempo nach Süden. In drei Tagen müssen wir in Sanction sein.«

»Sanction!«, japste Galdar. »Aber Kleines – ich meine, Schwadronführer –, Sanction ist in der Hand der Solamnier. Die Stadt steht unter Belagerung. Wir sind in Khur stationiert. Unser Auftrag –«

»Wir reiten noch heute nach Sanction«, wiederholte Mina. Sie blickte unverwandt nach Süden.

»Aber warum, Schwadronführer?«, wollte Galdar wissen.

»Weil wir gerufen wurden«, antwortete Mina.

2 Silvanoshei

Der seltsame, unnatürliche Sturm hatte ganz Ansalon heimgesucht. Blitze wanderten über das Land; riesige, erderschütternde Krieger schienen Feuerstrahle zu schleudern. Uralte Bäume – riesige Eichen, die beide Umwälzungen überstanden hatten – gingen in Flammen auf und wurden im Nu zu rauchenden Skeletten. Zwischen den Donnerkriegern tobten Wirbelstürme, die Häuser zerlegten, bis Bretter und Ziegel, Steine und Mörtel mit tödlicher Gleichgültigkeit durch die Luft fegten. Wahre Wolkenbrüche ließen die Flüsse anschwellen und über die Ufer treten, bis sie die jungen, grünen Getreideschösslinge wegschwemmten, die sich aus dem Dunkel in die Sonne des Frühsommers emporgekämpft hatten.

In Sanction suchten Belagerer und Belagerte gleichermaßen Schutz vor dem furchtbaren Sturm. Auf hoher See versuchten die Schiffe, ihm zu entkommen – manche davon gingen unter oder einfach spurlos verloren. Andere sollten später mit zerfetzter Takelage und unablässig laufenden Pumpen in den Heimathafen dümpeln, um von über Bord gerissenen Seeleuten zu berichten.

Im Dach der Großen Bibliothek von Palanthas zeigten sich zahllose Risse, durch die der Regen eindrang. Bertrem und die Mönche gaben sich größte Mühe, das Wasser aufzuhalten, es aufzuwischen und kostbare Folianten in Sicherheit zu bringen. In Tarsis regnete es so stark, dass das Meer, das während der Umwälzung verschwunden war, zum großen Erstaunen aller Bürger zurückkehrte. Wenige Tage später war es wieder verschwunden. Zurück blieben nur japsende Fische und fauliger Gestank.

Die Schallmeerinsel wurde besonders vernichtend heimgesucht. Im »Warmen Herd« drückte der Wind alle Fenster ein. Schiffe, die im Hafen vor Anker lagen, wurden auf die Klippen geschleudert oder gegen die Docks gedrückt. Eine Springflut riss viele Häuser und Gebäude in Küstennähe mit sich. Zahllose Menschen starben, andere wurden heimatlos. Die Flüchtlinge stürmten die Zitadelle des Lichts, wo sie die Mystiker anflehten, ihnen beizustehen.

Die Zitadelle war in dieser dunklen Zeit auf Krynn ein Leuchtfeuer der Hoffnung. Bei ihrem Bemühen, die Lücke zu schließen, die durch den Abzug der Götter entstanden war, hatte Goldmond die mystische Kraft des Herzens entdeckt und der Welt so die heilenden Kräfte zurückgebracht. Sie war der lebende Beweis, dass trotz des Verschwindens von Paladin und Mishakal die Kraft des Guten in den Herzen derer weiterlebte, die sie geliebt hatten.

Aber Goldmond wurde alt. Die Erinnerung an die Götter verblasste, und mit ihr anscheinend auch die Kraft des Herzens. Einer nach dem anderen fühlten die Mystiker ihre Kräfte schwinden, als würde das Meer bei Ebbe zurückweichen, aber nie wiederkehren. Dennoch öffneten die Mystiker in der Zitadelle bereitwillig Herz und Türen für die Opfer des Sturms, gewährten ihnen Obdach und Hilfe und versuchten, die Verletzten nach Kräften zu heilen.

Die Ritter von Solamnia, die auf der Insel eine Festung errichtet hatten, sagten dem Sturm den Kampf an – einem der furchtbarsten Gegner, dem diese tapferen Ritter je getrotzt hatten. Unter Einsatz ihres Lebens zogen die Ritter Menschen aus dem tobenden Meer oder unter zerschmetterten Gebäuden hervor. Sie arbeiteten in Wind und Regen in der von Blitzen zerrissenen Dunkelheit, um denen das Leben zu retten, die sie gemäß Eid und Maßstab zu beschützen hatten.

Die Zitadelle des Lichts trotzte der Wut des Sturms, obwohl die Gebäude von den starken Winden und dem peitschenden Regen schlimm gebeutelt wurden. Wie in einem letzten, brutalen Aufbäumen attackierte der Orkan die Kristallwände der Zitadelle schließlich mit mannskopfgroßen Hagelbrocken. Wo der Hagel aufkam, bildeten sich winzige Risse in den Kristallmauern. Durch diese Risse sickerte Regenwasser herein, das wie Tränen die Wände herunterlief.

Ein besonders lautes Krachen kam aus der Nähe der Gemächer von Goldmond, der Gründerin und Herrin der Zitadelle. Die Mystiker hörten Glas klirren und rannten erschrocken hin, um nachzusehen, ob die alte Frau in Sicherheit war. Zu ihrem Erstaunen fanden sie die Tür zu ihren Räumen verschlossen vor. Sie schlugen dagegen und riefen, sie solle sie einlassen.

Eine leise, gebrochene Stimme – Goldmonds geliebte Stimme, aber auch wieder nicht die ihre – befahl ihnen, sie in Ruhe zu lassen und an ihre Arbeit zu gehen. Andere bräuchten ihre Hilfe, nicht sie. Verdutzt und unsicher taten die meisten, wie ihnen geheißen war. Diejenigen, die zurückblieben, berichteten, sie hätten ein herzzerreißendes, verzweifeltes Schluchzen gehört.

»Auch sie hat ihre Macht verloren«, befanden die vor der Tür. Und weil sie zu verstehen glaubten, ließen sie Goldmond in Ruhe.

Als schließlich der Morgen anbrach und die Sonne einen glühend roten Schein über den Himmel warf, sahen sich die Menschen erschüttert um. Entsetzt betrachteten sie die Verwüstungen, die diese schreckliche Nacht angerichtet hatte. Wieder liefen die Mystiker zu Goldmond, um sie um Rat zu bitten, doch es kam keine Antwort. Die Tür zu Goldmonds Gemächern blieb fest verriegelt.

Der Sturm fegte auch durch Qualinesti, ein Elfenkönigreich, das von seinen Vettern durch eine Kluft getrennt war, die sowohl Hunderte von Meilen maß als auch aus uraltem Hass und Misstrauen bestand. In Qualinesti entwurzelten Wirbelstürme riesige Bäume, die wie die dünnen Stäbe des *Quin Thalasi,* eines beliebten Elfenspiels, durcheinander geworfen wurden. Den berühmten Sonnenturm erschütterte der Sturm bis in die Grundmauern und ließ das schöne, bunte Glas seiner Fenster auf den Boden regnen. Ein Anstieg des Wassers, der die unteren Räume der neu erbauten Festung der Schwarzen Ritter in Neuhafen überflutete, zwang diese zu einem Schritt, den selbst eine feindliche Armee nicht zu Stande gebracht hätte. Sie verließen ihre Posten.

Der Sturm weckte sogar die großen Drachen, die fett und aufgebläht in ihren dank der Tribute reich ausgestatteten Höhlen schlummerten. Er erschütterte den Gipfel der Malys, Hort des gewaltigen, roten Drachenweibchens Malystryx, die sich als Königin von Ansalon sah. Wenn es nach ihr ging, würde sie bald auch die Göttin von Ansalon sein. Der Regen bildete reißende Sturzbäche, die in Malys' Vulkan eindrangen. Das Wasser floss in die Lavaseen, wo es gewaltige, giftige Gaswolken erzeugte, die Gänge und Hallen durchzogen. Nass, halb blind und hustend brüllte Malys ihre Wut hinaus und flog von einer Höhle zur anderen. Sie suchte einen Unterschlupf, der trocken genug war, um weiterzuschlafen.

Schließlich musste sie sogar die unteren Hänge ihres Berges absuchen. Malys war ein sehr alter Drache voller bösartiger Weisheit. Sie fühlte, dass dieser Sturm etwas Unnatürliches an sich hatte, und das beunruhigte sie. In sich hinein murrend, betrat sie ihren Totemplatz. Hier, auf einem schwarzen Felsvorsprung, hatte Malys die Schädel aller kleineren Drachen aufgetürmt, die sie damals gefressen hatte, als sie in diese Welt eingedrungen war. Silberne und goldene, rote und blaue Schädel lagen übereinander gestapelt, ein Monument ihrer Größe. Der Anblick der Schädel tröstete Malys. Jeder barg die Erinnerung an einen gewonnenen Kampf, einen besiegten, von ihr zerfleischten Gegner. Den Wind hörte sie nicht heulen, und die Blitze störten ihren Schlaf nicht.

Genüsslich betrachtete Malys die leeren Augenhöhlen der Schädel, und vielleicht war sie dabei eingedöst, denn plötzlich kam es ihr so vor, als ob diese Augen lebendig wären, als würden sie Malys beobachten. Sie sah genauer hin. Der Lavasee im Herzen des Berges warf einen grellen Schein auf die Schädel, so dass in den leeren Augenhöhlen Schatten zwinkerten. Nachdem sie sich wegen ihrer übereifrigen Fantasie gescholten hatte, rollte Malys ihren Körper bequem um das Totem und schlief ein.

Ein anderes der großen Drachenweibchen, ein grünes mit dem beeindruckenden Namen Beryllinthranox, konnte den Sturm auch nicht einfach verschlafen. Beryls Höhle bestand aus lebenden Bäumen, Eisenholz und Rotholz und dicken, verbindenden Schlingpflanzen, die mit den Zweigen der Bäume so dicht verwoben waren, dass noch nie ein Regentropfen durch dieses

Dach gedrungen war. Aber der Regen, der aus den wogenden, schwarzen Wolken dieses Sturms prasselte, schien eine persönliche Genugtuung darin zu finden, sich einen Weg durch die Blätter zu bahnen. Nachdem sich der erste Tropfen hereingeschlichen hatte, folgten ihm Tausende. Beryl erwachte, überrascht von dem ungewohnten Gefühl, dass ihr Wasser auf die Nase tropfte. Einer der großen Rotholzbäume, ein Pfeiler ihres Horts, war vom Blitz getroffen worden. Der Baum ging in Flammen auf, die sich rasch ausbreiteten. Das Regenwasser schien sie wie Lampenöl zu nähren.

Beryls Alarmschrei ließ ihre Untergebenen herbeieilen, um die Flammen zu ersticken. Rote und blaue Drachen, die sich Beryl lieber angeschlossen hatten, als von ihr gefressen zu werden, stellten sich den Flammen, indem sie die brennenden Bäume ausrissen und ins Meer trugen. Drakonier zerrten lodernde Lianen herunter, um die Flammen mit Erde und Schlamm zu ersticken. Auch Geiseln und Gefangene wurden in den Kampf gegen das Feuer geschickt. Viele starben bei diesem Unterfangen, aber schließlich war Beryls Hort gerettet. Trotzdem hatte sie noch Tage später schreckliche Laune, denn sie steigerte sich in die Überzeugung hinein, der Sturm sei ein magischer Angriff ihrer Cousine Malys gewesen. Eines Tages wollte Beryl an Malys' Stelle herrschen. Während sie den Hort mit Hilfe ihrer magischen Kräfte reparierte – Kräfte, die in letzter Zeit nachließen, was Beryl ebenfalls Malys anlastete –, nährte das grüne Drachenweibchen seinen Groll und sann auf Rache.

Khellendros der Blaue (seinen alten Namen Skie hatte er gegen diesen eindrucksvolleren Titel eingetauscht, der »Sturm über Ansalon« bedeutete) war einer der wenigen Drachen von Krynn, welche die große Drachenlese überlebt hatten. Jetzt beherrschte er Solamnia einschließlich dessen gesamter Umgebung. Zu seinem Territorium gehörte auch die Schallmeerinsel mit der Zitadelle des Lichts, die er – seiner Aussage nach – nur duldete, weil es ihn belustigte, wie die armseligen Menschen vergeblich gegen die aufziehende Finsternis ankämpften. Der wahre Grund, weshalb er die Zitadelle in Frieden ließ, war ihr Hüter, ein Silberdrache namens Spiegel. Spiegel und Skie waren alte Gegner, die jetzt durch ihre gemeinsame Ablehnung der neuen, großen Drachen aus anderen Welten, welche so viele ihrer Verwandten getötet hatten, zwar keine Freunde geworden waren, sich aber auch nicht mehr bekämpften.

Khellendros wurde durch diesen Sturm viel mehr irritiert als die großen Drachen, obwohl der Orkan seinem Hort seltsamerweise kaum Schaden zufügte. Unruhig streifte der Drache durch seine gigantische Höhle hoch oben im Vingaardgebirge und beobachtete die Blitzkrieger, die gnadenlos auf die Bollwerke am Turm des Oberklerikers einschlugen. Er glaubte eine Stimme im Wind zu hören, eine Stimme, die vom Tod sang. Khellendros schlief nicht, sondern sah dem Sturm zu, bis der sich legte.

Als der Orkan auf das alte Elfenkönigreich Silvanesti niederbrauste, hatte er nichts von seiner Kraft verloren. Die Elfen hatten einen magischen Schild über ihrem Königreich errichtet, der sie bisher vor den plündernden Drachen, aber auch vor allen anderen Rassen beschützt hatte. Endlich hatten die Elfen ihr altes Ziel erreicht, sich von den Sorgen der restlichen Welt abzuschotten. Gewitter, Regen und Wind hielt der Schild jedoch nicht von ihnen fern.

Bäume brannten. Der starke Wind zertrümmerte Häuser. Der Thon-Thalas trat über die Ufer, so dass die, die dicht am Fluss lebten, sich eilig auf höher gelegenes Land in Sicherheit bringen mussten. Das Wasser lief in den Palastgarten, den Garten von Astarin, wo der magische Baum wuchs, der – wie viele glaubten – den Schild an seinem Platz hielt. Die Magie des Baumes bewahrte ihn. Tatsächlich war am Ende des Sturms die

Erde um den Baum knochentrocken, während alles andere im Garten verwüstet oder weggespült worden war. Den Elfengärtnern und Waldpflegern, welche die Pflanzen und Blumen, die Ziersträucher, Kräuter und Rosenbüsche wie eigene Kinder liebten, brach das Herz, als sie das Ausmaß der Verwüstung begutachteten.

Nach dem Sturm setzten sie neue Pflanzen, die sie aus ihren eigenen Gärten brachten, um den einst wundersamen Garten von Astarin aufzufüllen. Seit der Schild über Silvanesti wachte, gediehen die Pflanzen in diesem Garten nicht mehr richtig, und jetzt faulten sie in der schlammigen Erde, die wirklich viel Sonne brauchen würde, um jemals wieder trocken zu werden.

Schließlich verließ der eigenartige, schreckliche Sturm den Kontinent, wie eine siegreiche Armee vom Schlachtfeld abzieht. Und am Morgen gingen die Bewohner von Ansalon benommen daran, die Schäden zu beheben, die Hinterbliebenen zu trösten, die Toten zu begraben und sich zu fragen, was diese unheilvolle Nacht wohl zu bedeuten hatte.

Einen aber gab es, der diese Nacht genoss. Sein Name war Silvanoshei, ein junger Elf, der in dem Sturm regelrecht schwelgte. Die Angriffe der Blitzkrieger, die Lichtstrahlen, die wie Funken von den Schwertern des Donners zuckten, das alles brachte sein Blut in Wallung. Silvanoshei suchte keinen Schutz vor dem Sturm, sondern stellte sich ihm. Er stand auf einer Waldlichtung, wo er sein Gesicht dem Aufruhr entgegenhielt und sich vom Regen durchnässen ließ, der das Glühen seiner unklar gespürten Wünsche und Sehnsüchte kühlte. Er beobachtete das gleißende Schauspiel der Blitze, bestaunte die erschütternden Donnerschläge, lachte über die Windstöße, die große Bäume zum Schwanken brachten, bis sie ihre stolzen Häupter neigten.

Silvanosheis Vater war Porthios, einst stolzer Herrscher der Qualinesti, inzwischen jedoch ein Ausgestoßener, den sie einen

»Dunkelelfen« nannten. Er war dazu verurteilt, außerhalb der lichten Elfengesellschaft zu leben. Silvanosheis Mutter war Alhana Sternenwind, Exilkönigin der Nation Silvanesti, die sie wegen ihrer Ehe mit Porthios verstoßen hatte. Durch diese Ehe hatten die beiden die zwei Elfennationen endlich einen wollen. Sie wollten eine Nation schmieden, die vermutlich stark genug gewesen wäre, die verfluchten Drachen zu bekämpfen und sich ihre Freiheit zu bewahren.

Stattdessen hatte ihre Vermählung Hass und Misstrauen nur noch vertieft. Inzwischen war Qualinesti ein besetztes Land unter der Herrschaft von Beryl, einer Herrschaft, die von den Rittern von Neraka durchgesetzt wurde. Silvanesti war isoliert, von seiner Umwelt abgeschnitten, denn seine Bewohner kauerten unter ihrem Schild wie Kinder, die sich unter einer Decke verstecken, die sie hoffentlich vor den Ungeheuern da draußen im Dunkeln beschützt.

Silvanoshei war das einzige Kind von Porthios und Alhana.

»Silvan wurde im Jahr des Chaoskriegs geboren«, erzählte Alhana gerne. »Sein Vater und ich waren auf der Flucht, eine Zielscheibe für jeden mordlustigen Elfen, der sich bei den Herrschern von Qualinesti oder Silvanesti einschmeicheln wollte. Er wurde an dem Tag geboren, als Caramon Majere zwei seiner Söhne begrub. Der Tod war Silvans Hebamme, doch dann sog er die Milch von Chaos ein.«

Silvan wurde im Lager aufgezogen. Alhana und Porthios hatten aus politischem Kalkül geheiratet, doch mit der Zeit waren Liebe, Freundschaft und tiefer Respekt voreinander daraus erwachsen. Alhana und ihr Mann hatten gemeinsam einen endlosen, undankbaren Kampf geführt, anfangs gegen die Schwarzen Ritter, die heute die Herren von Qualinesti waren, dann gegen die Schreckensherrschaft von Beryl, dem Drachen, der das Land der Qualinesti für sich beanspruchte. Inzwischen forderte Beryl von den Qualinesti Tribut dafür, dass sie am Leben bleiben durften.

Als Alhana und Porthios erfuhren, dass es den Elfen von Silvanesti gelungen war, einen magischen Schild über ihr Reich zu ziehen, der sie vor den Heimsuchungen der Drachen bewahrte, hatten beide darin eine mögliche Rettung für ihr Volk gesehen. Alhana war mit ihren Leuten nach Süden gezogen und hatte Porthios den Kampf um Qualinesti überlassen.

Sie hatte versucht, den Elfen von Silvanesti einen Boten zu schicken. Sie wollte um die Erlaubnis bitten, den Schild zu passieren. Doch der Bote hatte nicht eintreten können. Alhana hatte den Schild mit Stahl und Magie bekämpft, hatte auf jede erdenkliche Weise versucht, ihn zu durchbrechen, aber ohne Erfolg. Je besser sie den Schild kennen lernte, desto erschütterter war sie, dass ihr Volk freiwillig darunter lebte.

Was der Schild berührte, starb. Der Wald an der Grenze des Schilds war voller toter oder absterbender Bäume. Die Wiesen um den Schild verdorrten. Blumen welkten, vertrockneten und zerfielen schließlich zu feinem, grauem Staub, der alles wie ein Leichentuch bedeckte.

Die Magie des Schilds ist dafür verantwortlich!, hatte Alhana ihrem Mann geschrieben. *Der Schild schützt das Land nicht. Er bringt es um!*

Das ist den Silvanesti egal, hatte Porthios geantwortet. *Sie sind krank vor Angst. Angst vor den Ogern, Angst vor den Menschen, Angst vor den Drachen, Angst vor Schrecken, die sie nicht einmal benennen können. Der Schild ist nur der äußerliche Ausdruck ihrer Ängste. Kein Wunder, dass alles, was mit ihm in Berührung kommt, dahinsiecht und stirbt.*

Das waren die letzten Worte gewesen, die sie von ihm erhalten hatte. Jahrelang war Alhana mit ihrem Mann über Botschaften in Kontakt geblieben, die von schnellen, unermüdlichen Elfenläufern überbracht wurden. Sie wusste von seinen immer nutzloseren Bemühungen, Beryl zu bekämpfen. Dann kam der Tag, an dem der Läufer nicht von ihrem Mann zurückkehrte. Sie hatte einen zweiten geschickt, aber auch der verschwand. Jetzt waren Wochen vergangen ohne jede Nachricht von Porthios. Schließlich hatte Alhana keine Läufer mehr geschickt, da sie keine weiteren Männer entbehren konnte.

Der Sturm hatte Alhana und ihre Armee im Wald nahe der Grenze von Silvanesti überrascht, wo sie wieder einmal vergeblich versucht hatten, den Schild zu durchdringen. In einem alten Grabhügel in Grenznähe hatte Alhana vor dem Sturm Schutz gesucht. Diesen Hügel hatte sie schon vor langer Zeit entdeckt, als sie gerade erst mit dem Versuch begonnen hatte, ihr Land den Händen derer zu entreißen, die es offenbar darauf anlegten, ihr Volk ins Unglück zu stürzen.

Unter anderen Umständen hätten die Elfen die Ruhe der Toten nicht gestört, doch diesmal wurden sie von ihren alten Feinden, den Ogern, verfolgt und waren dringend auf der Suche nach einer Stellung, die zu verteidigen war. Dennoch hatte Alhana den Hügel mit der Bitte um Vergebung betreten und die Geister der Toten um Verständnis angefleht.

Der Hügel war leer gewesen. Keine mumifizierten Leichen, keine Knochen, kein Hinweis darauf, dass man jemals jemanden hier beigesetzt hatte. Die Elfen in Alhanas Begleitung sahen dies als Zeichen dafür, dass sie für eine gerechte Sache kämpften. Sie widersprach nicht, hielt es jedoch für bittere Ironie, dass sie – die wahre und rechtmäßige Königin der Silvanesti – dazu gezwungen war, in einem Loch im Boden Schutz zu suchen, das selbst die Toten verlassen hatten.

Inzwischen war der Hügel Alhanas Hauptquartier. Ihre Ritter waren als persönliche Leibwache bei ihr. Der Rest der Armee lagerte ringsum im Wald. Jenseits davon hielten Elfenläufer Ausschau nach den Ogern, die bekanntlich in dieser Gegend umherstreiften. Die leicht bewaffneten Läufer trugen keine Rüstungen, denn sie sollten den Feind nicht bekämpfen, wenn sie ihn sichteten, sondern zu den Posten zurückeilen, damit die Armee gewarnt war.

Die Elfen vom Haus Waldpfleger hatten in mühevoller, magischer Arbeit eine Barrikade aus Dornbüschen geschaffen, die den Grabhügel umgab. Die Büsche besaßen lange Stacheln, die selbst die ledrige Haut eines Ogers durchbohren konnten. Innerhalb der Barrikade fanden die Soldaten der Elfenarmee wenigstens ein bisschen Schutz, als das Unwetter losbrach. Die Zelte knickten praktisch sofort zusammen, so dass die Elfen sich hinter Felsen ducken oder in Gräben kriechen mussten, möglichst weit entfernt von den hohen Bäumen, dem Hauptziel der tückischen Blitze.

Nass bis auf die Haut beobachteten die fröstelnden Soldaten ehrfürchtig einen Sturm, wie ihn nicht einmal die Ältesten unter ihnen kannten. Und kopfschüttelnd sahen sie Silvanoshei im Sturm herumspringen wie einen mondsüchtigen Tölpel.

Er war der Sohn ihrer geliebten Königin, darum würden sie nichts gegen ihn sagen. Um ihn zu verteidigen, würden sie ihr Leben hingeben, denn auf ihm ruhte die Hoffnung der Elfennationen. Die Elfensoldaten mochten ihn sogar, auch wenn sie ihn weder bewunderten noch respektierten. Silvanoshei war ein hübscher, charmanter Bursche von gewinnendem Wesen, ein angenehmer Gefährte mit einer so süßen, melodischen Stimme, dass er die Singvögel auf seine Hand locken konnte.

Darin unterschied Silvanoshei sich von seinen Eltern. Er hatte nichts von der strengen, pessimistischen Entschlossenheit seines Vaters geerbt, was zu dem Gerücht hätte führen können, er sei nicht der Sohn seines Vaters, doch die auffällige Ähnlichkeit mit Porthios war unverkennbar. Silvanoshei oder Silvan, wie seine Mutter ihn rief, hatte auch nichts von der königlichen Ausstrahlung von Alhana Sternenwind. Einen gewissen Stolz, ja, aber kaum etwas von ihrem Mitgefühl. Zwar war ihm sein Volk nicht gleichgültig, doch er besaß nicht ihre unsterbliche Liebe und Treue. Er hielt ihren Kampf gegen den Schild für hoffnungslose Zeitverschwendung, denn er begriff nicht, weshalb sie so viel Energie darauf verwandte, zu einem Volk zurückzukehren, das sie offensichtlich ablehnte.

Alhana liebte ihren Sohn abgöttisch, umso mehr, da sein Vater verschollen war. Silvans Gefühle seiner Mutter gegenüber waren komplizierter, allerdings verstand er sie auch nicht so recht. Wenn ihn jemand gefragt hätte, hätte er geantwortet, dass er sie liebte und verehrte. Das stimmte. Doch diese Liebe bildete nur die Oberfläche eines unruhigen Gewässers. Manchmal verspürte Silvan Wut auf seine Eltern, eine Wut, deren Intensität ihn erschreckte. Sie hatten ihn seiner Kindheit beraubt, sie hatten ihn aller Annehmlichkeiten beraubt, sie hatten ihn seines rechtmäßigen Platzes innerhalb seines Volkes beraubt.

Der Grabhügel blieb während des Regengusses einigermaßen trocken. Alhana stand am Eingang und blickte in den Sturm, hin- und hergerissen zwischen Sorgen um ihren Sohn, der ohne Kopfbedeckung im Regen ausharrte, wo er mörderischen Blitzen und wütenden Winden preisgegeben war, und der bitteren Erkenntnis, dass die Regentropfen den Schild um Silvanesti durchdringen konnten, was ihr mit der geballten Macht ihrer Armee nicht gelungen war.

Ein besonders naher Blitzschlag ließ sie halb geblendet zurück. Der darauf folgende Donner brachte die Höhle zum Zittern. Aus Angst um ihren Sohn wagte sie sich ein paar Schritte vor den Höhleneingang und versuchte, durch die Regenwand zu blinzeln. Ein weiterer Blitz, der den Himmel mit purpur-weißen Flammen überzog, zeigte ihr, dass er mit offenem Mund dastand und dem Donner ein trotziges Lachen entgegenbrüllte.

»Silvan!«, schrie sie. »Da draußen ist es nicht sicher! Komm herein zu mir!«

Er hörte sie nicht. Der Donner verschluckte ihre Worte, der Wind blies sie davon. Aber vielleicht spürte er ihre Besorgnis, denn er wandte den Kopf. »Ist das nicht erhebend, Mutter?«, rief er. Der Wind, der die Worte seiner Mutter davongetragen hatte, wehte seine in perfekter Klarheit zu ihr.

»Willst du, dass ich rausgehe und ihn herschleppe, meine Königin?«, fragte eine Stimme neben ihrer Schulter.

Alhana zuckte zusammen. »Samar! Du hast mich erschreckt!«

Der Elf verbeugte sich. »Das tut mir Leid, Majestät. Ich wollte Euch nicht erschrecken.«

Sie hatte ihn nicht kommen hören, aber das überraschte sie nicht weiter. Selbst ohne den ohrenbetäubenden Donner hätte sie den Elfen nicht gehört, wenn er unhörbar bleiben wollte. Er entstammte dem Haus Protector, war ihr von Porthios zur Seite gestellt worden und hatte ihr während der dreißig Jahre Krieg und Exil treu gedient.

Inzwischen war Samar ihr Stellvertreter und Führer der Armee. Dass er sie liebte, war ihr bewusst, obwohl er nie etwas davon erwähnt hatte. Schließlich war er auch ihrem Gatten Porthios, seinem Freund und Herrscher, treu ergeben. Samar wusste, dass sie seine Liebe nicht erwiderte. Sie blieb ihrem Mann treu, obwohl sie seit Monaten nichts mehr von Porthios gehört hatten. Samars Liebe war ein Geschenk, das er ihr täglich darbrachte, eine Fackel, die ihr den dunklen Weg erhellte, den sie gehen musste.

Für Silvanoshei hatte Samar wenig übrig. Er hielt den Jungen für ein verhätscheltes Balg. Samar sah das Leben als Kampf, der täglich auszutragen und zu gewinnen war. Leichtigkeit und Lachen, Scherze und Streiche gestand man einem Elfenprinzen zu, in dessen Reich Frieden herrschte. Ein solcher Elfenprinz hätte –

wie die Prinzen glücklicherer Zeiten – den ganzen Tag nichts weiter zu tun, als auf der Laute zu spielen und über die Perfektion einer Rosenknospe nachzusinnen. In dieser Welt, in der die Elfen ums schlichte Überleben kämpften, war der schwärmerische Geist der Jugend einfach fehl am Platz. Silvanosheis Vater war vermisst, vermutlich tot. Seine Mutter vergeudete ihr Leben in einem Kampf gegen das Schicksal, der sie Tag für Tag mehr Kraft und Mut kostete. Für Samar waren Silvans Lachen und seine Begeisterung ein Schlag ins Gesicht, eine Beleidigung seiner selbst wie seiner Königin.

Das Einzige, was Samar dem jungen Mann zugute hielt, war, dass Silvanoshei seiner Mutter auch dann noch ein Lächeln entlockte, wenn sonst nichts und niemand sie aufheitern konnte.

Alhana legte Samar eine Hand auf den Arm. »Sag ihm, dass ich um ihn fürchte. Die überflüssigen Ängste einer Mutter. Mehr oder weniger überflüssig«, fügte sie kopfschüttelnd hinzu, obwohl Samar bereits verschwunden war. »Es ist etwas Unheilvolles an diesem Sturm.«

Als Samar hinaustrat, war er augenblicklich so nass, als hätte er sich unter einen Wasserfall gestellt. Die Windstöße brachten ihn zum Taumeln. Fluchend und mit gesenktem Kopf stapfte er durch den Platzregen und verwünschte dabei Silvans Hirnlosigkeit.

Der Prinz stand mit zurückgelegtem Kopf, geschlossenen Augen und geöffneten Lippen im Regen. Seine Arme waren ausgebreitet, die Brust lag frei, denn das locker gewebte Hemd war so nass, dass es ihm von den Schultern gerutscht war. Das Wasser strömte über seinen halb nackten Körper.

»Silvan!«, brüllte Samar dem jungen Mann ins Ohr. Er packte ihn unsanft am Arm und schüttelte den Burschen kräftig durch. »Du machst dich zum Narren!«, warnte Samar mit leiser, drohender Stimme. Wieder schüttelte er den Jungen. »Deine Mutter hat schon genug Sorgen, auch ohne dass du dazu beiträgst. Scher dich rein zu ihr, wo du hingehörst!«

Silvan blinzelte durch seine zusammengekniffenen Augen. Sie waren violett wie die seiner Mutter, nur nicht ganz so dunkel, mehr wie dunkler Wein. Diese Augen leuchteten jetzt vor Begeisterung. Auf seinen Lippen lag ein Lächeln.

»Die Blitze, Samar! So etwas habe ich noch nie gesehen! Ich kann sie fühlen und sehen. Die Energie berührt meinen Körper, bis sich die Haare sträuben. Wie Flammenzungen, die an meiner Haut lecken, bis ich brenne. Der Donner erschüttert mich bis ins Mark, der Boden bebt unter meinen Füßen. Ich bin nicht in Gefahr, Samar.« Silvans Lächeln wurde breiter, während der Regen über sein Gesicht und seine Haare rann. »Ich bin so sicher, als läge ich mit einem Mädchen im Bett.«

»Das sind unziemliche Worte, Prinz Silvan«, mahnte Samar streng und verärgert. »Du solltest –«

Das hektische Blasen der Jagdhörner unterbrach seine Worte. Silvans ekstatischer Traum zerfiel, verjagt von den Tönen der Hörner, einem Geräusch, das ihn seit seiner Kindheit verfolgte. Eine Warnung, Gefahr.

Silvans Augen öffneten sich ganz. Er konnte nicht erkennen, aus welcher Richtung die Rufe ertönten, sie schienen von überall zugleich zu kommen. Umringt von ihren Rittern stand Alhana am Zugang zum Grabhügel, wo sie in den Sturm blinzelte.

Ein Elfenläufer brach durch das Unterholz. Keine Zeit für Verstohlenheit. Die war auch nicht nötig.

»Was ist?«, rief Silvan.

Der Soldat ignorierte ihn und wandte sich stattdessen an seinen Befehlshaber. »Oger!«, meldete er.

»Wo?«, wollte Samar wissen.

Der Soldat holte keuchend Luft. »Rundherum! Sie haben uns umzingelt. Wir haben sie nicht gehört. Sie haben sich im Schutz des Sturms angeschlichen. Die Posten haben sich hinter die Barrikaden zurückgezogen, aber die ...«

Der Elf konnte nicht fortfahren, weil er so außer Atem war. Er deutete nach Norden.

Ein seltsamer weißlich violetter Schein erleuchtete die Nacht, die Farbe der Blitze. Doch dieser Schein flammte nicht auf, um dann wieder zu erlöschen. Dieser Glanz wurde heller.

»Was ist das?«, überschrie Silvan das Dröhnen des Donners. »Was hat das zu bedeuten?«

»Die Barrikade, die unsere Waldpfleger geschaffen haben, brennt«, erwiderte Samar grimmig. »Aber natürlich wird der Regen das Feuer löschen.«

»Nein.« Jetzt bekam der Läufer wieder Luft. »Die Barrikade wurde vom Blitz getroffen. Nicht nur an einer Stelle, sondern an vielen.«

Diesmal zeigte er nach Osten und Westen. Jetzt sah man, wie das Feuer sich sprunghaft in alle Richtungen außer nach Süden hin weiter ausbreitete.

»Die Blitze setzen das Feuer in Gang. Der Regen hilft überhaupt nichts. Im Gegenteil, er scheint es zu nähren, als würde Öl vom Himmel strömen.«

»Die Waldpfleger sollen das Feuer mit ihrer Magie ersticken.«

Der Läufer machte eine hilflose Geste. »Herr, die Waldpfleger sind erschöpft. Die Zauberkraft, mit der sie die Barrikade geschaffen haben, hat sie alle Kraft gekostet.«

»Wie ist das möglich?«, schimpfte Samar los. »Das ist doch ein ganz einfacher Spruch – ach, was soll's!«

Er kannte die Antwort, obwohl er ständig dagegen ankämpfte. In letzter Zeit, in den vergangenen zwei Jahren, hatten die Elfenzauberer festgestellt, dass ihre magischen Kräfte nachließen. Es war ein allmähliches Schwinden, das man anfangs Krankheit oder Erschöpfung zugeschrieben hatte, doch inzwischen waren die Zauberer gezwungen, sich einzugestehen, dass die Magie ihnen wie Sand durch die Finger rann. Manches konnten sie festhalten, aber nicht alles. Die Elfen waren nicht die Einzigen, denen es so ging. Berichten zufolge erlebten die Menschen dasselbe, doch das war nur ein geringer Trost.

Im Schutz des Sturms waren die Oger unbemerkt an den Läufern vorbeigeschlüpft und hatten die Posten überwältigt. An zahlreichen Stellen rund um den Hügel loderte die Dornenhecke. Diesseits der Flammen war der Waldrand zu erkennen, an dem die Offiziere ihre Bogenschützen aufstellten. Die Spitzen der Pfeile glitzerten wie Funken.

Das Feuer würde die Oger noch eine Zeit lang zurückhalten, aber wenn es heruntergebrannt war, würden die Ungeheuer heranstürmen. Die Dunkelheit, der peitschende Regen und der heulende Wind würden die Zielsicherheit der Schützen beeinträchtigen, und sie würden überrannt werden. Ein furchtbares Blutbad stand ihnen bevor. Oger hassten alle anderen Rassen auf Krynn, doch ihr Hass auf die Elfen stammte vom Anbeginn der Zeiten ab, als die Oger noch schön waren, Lieblinge der Götter. Nach dem Fall der Oger wurden die Elfen die Begünstigten, die Verhätschelten. Das hatten ihnen die Oger nie verziehen.

»Offiziere zu mir!«, brüllte Samar. »Feldherr! Die Bogenschützen in einer Reihe hinter den Lanzenträgern an der Barrikade postieren. Sie dürfen nicht schießen, bevor der Befehl kommt.«

Er rannte zurück in den Hügel. Silvan folgte ihm. Die aufregende Anspannung des bevorstehenden Angriffs ersetzte die Wildheit des Sturms. Alhana warf ihrem Sohn einen besorgten Blick zu. Als sie erkannte, dass er unversehrt war, wandte sie Samar ihre volle Aufmerksamkeit zu, während die anderen Elfenoffiziere herbeiliefen.

»Oger?«, erkundigte sie sich.

»Ja, meine Königin. Sie haben den Sturm für ihre Zwecke genutzt. Der Läufer glaubt, dass sie uns umzingelt haben. Ich bin mir nicht ganz sicher. Ich glaube, der Weg nach Süden könnte noch offen stehen.«

»Was schlägst du vor?«

»Dass wir uns zur Festung der Stahllegion zurückziehen, Majestät. Geordneter Rückzug. Eure Verhandlungen mit den Menschenrittern liefen gut. Ich bin der Meinung, dass –«

Pläne, Strategien, Taktiken. Silvan hatte das alles so satt und nutzte die Gelegenheit, sich abzusondern. Der Prinz eilte in den hinteren Bereich des Hügels, wo er seine Decken ausgebreitet hatte. Unter den Decken zog er jetzt ein Schwert hervor, das er in Solace erworben hatte. Die glänzende, neue Waffe entzückte den Jungen. Das Schwert hatte einen Ziergriff in Form eines Greifenschnabels. Dieser Griff war zwar schlecht zu halten – der Schnabel grub sich in sein Fleisch –, doch er sah prächtig aus.

Silvanoshei war kein Soldat, denn er war nie dazu ausgebildet worden. Was nicht seine Schuld war, denn Alhana hatte es untersagt.

»Im Gegensatz zu meinen Händen werden diese Hände«, mit diesen Worten hatte seine Mutter Silvans Hände fest in ihre eigenen genommen, »nicht vom Blut seiner eigenen Rasse befleckt werden. Diese Hände sollen die Wunden heilen, die sein Vater und ich den Elfen gegen unseren Willen beibringen mussten. Niemals sollen die Hände meines Sohnes Elfenblut vergießen.«

Aber jetzt war nicht die Rede von Elfenblut. Es ging um Ogerblut. Diesen Kampf konnte seine Mutter ihm kaum verbieten. Da Silvan unbewaffnet und ohne militärische Ausbildung in einem Soldatenlager aufgewachsen war, glaubte er, die anderen sähen auf ihn herab. In ihrem tiefsten Inneren mussten sie ihn doch für einen Feigling halten. Er hatte das Schwert heimlich gekauft, ein paar Stunden Unterricht genommen – bis es ihm zu langweilig geworden war – und auf eine Gelegenheit gewartet, mit seiner Kühnheit zu prahlen.

Nun war diese Gelegenheit gekommen. Silvan schnallte den Gürtel um seine schmalen Hüften und kehrte zu den Offizieren zurück. Das Schwert schlug klirrend an sein Bein.

Immer noch trafen Elfenläufer mit Meldungen ein. Das unnatürliche Feuer verzehrte die Barrikade alarmierend rasch. Ein paar Oger hatten versucht, es zu überwinden. Im Licht der Flammen hatten sie ausgezeichnete Zielscheiben für die Bogenschützen abgegeben. Leider wurde jedoch jeder Pfeil vom Feuer verzehrt, bevor er sein Ziel erreichte.

Nachdem die Strategie für einen geordneten Rückzug besprochen war – Silvan hatte nicht viel davon mitbekommen, offenbar ging es um einen Rückzug nach Süden, wo man sich mit einer Truppe der Stahllegion treffen würde –, kehrten die Offiziere zu ihren Soldaten zurück. Samar und Alhana standen noch beisammen und besprachen sich in leisem, drängendem Ton.

Schwungvoll zog Silvan jetzt das Schwert aus seiner Scheide und hätte Samar dabei fast den Arm abgeschlagen.

»Was zum –« Samar starrte auf die Blutspur an seinem Ärmel und funkelte Silvan an. »Gib das her!« Bevor Silvan noch reagieren konnte, hatte der Ältere ihm das Schwert entwunden.

»Silvanoshei!« Noch nie hatte ihr Sohn Alhana so wütend gesehen. »Das ist nicht der richtige Zeitpunkt für Unsinn!« Zum Zeichen ihres Missfallens kehrte sie ihm den Rücken zu.

»Das ist kein Unsinn, Mutter«, wehrte sich Silvan. »Nein, dreh dich nicht weg! Diesmal verschanzt du dich nicht hinter einer Mauer des Schweigens. Diesmal hörst du mir zu. Du hörst dir an, was ich zu sagen habe!«

Langsam drehte Alhana sich wieder um. Sie musterte ihn durchdringend. Die Augen in ihrem blassen Gesicht wirkten groß.

Die anderen Elfen waren so peinlich berührt, dass sie nicht wussten, wo sie hinschauen sollten. Niemand widersetzte sich der Königin, niemand widersprach ihr, nicht einmal ihr dickköpfiger, eigensinniger Sohn. Silvan staunte selbst über seinen Mut.

»Ich bin ein Prinz von Silvanesti und Qualinesti«, fuhr er fort. »Es ist mein Vorrecht und meine Pflicht, an der Verteidigung meiner Leute teilzuhaben. Du hast nicht das Recht, mich davon abzuhalten!«

»Oh, doch, dieses Recht habe ich, mein Sohn«, fuhr Alhana auf. Sie griff nach seinem Handgelenk. Ihre Nägel gruben sich in sein Fleisch. »Du bist der Erbe, der einzige Erbe. Du bist alles, was mir geblieben ist ...« Alhana brach ab, denn schon bereute sie ihre Worte. »Verzeihung. Ich habe es nicht so gemeint. Eine Königin hat nichts Eigenes. Alles, was sie hat und ist, gehört ihrem Volk. Du bist alles, was deinem Volk noch geblieben ist, Silvan. Jetzt lauf und pack deine Sachen«, befahl sie. Ihrer Stimme war die angespannte Selbstbeherrschung anzuhören. »Die Ritter werden dich tiefer in den Wald bringen –«

»Nein, Mutter, ich verstecke mich nicht mehr«, erklärte Silvan, der sehr darauf achtete, fest, ruhig und respektvoll zu sprechen. Wenn er sich wie ein eigensinniges Kind anhörte, hatte er verloren. »Mein Leben lang hast du mich weggescheucht, wenn Gefahr drohte, mich in einer Höhle oder unter irgendeinem Bett versteckt. Kein Wunder, dass meine Leute wenig Respekt vor mir haben.« Sein Blick ging zu Samar, der den jungen Mann mit ernster Aufmerksamkeit betrachtete. »Ich möchte endlich meinen Beitrag leisten, Mutter.«

»Wohl gesprochen, Prinz Silvanoshei«, lobte Samar. »Aber bei den Elfen gibt es ein Sprichwort: ›Das Schwert in der Hand des unerfahrenen Freundes ist gefährlicher als das in der Hand des Feindes.‹ Wenn die Schlacht bevorsteht, ist es zu spät, das

Kämpfen zu lernen, junger Mann. Wenn du es aber ernst meinst, werde ich dich gerne zu einem späteren Zeitpunkt unterweisen. Bis dahin aber gibt es wirklich etwas, was du tun kannst. Ich hätte eine Aufgabe für dich.«

Er wusste, welche Reaktion er damit provozierte. Er hatte sich nicht geirrt. Alhanas scharfer Zorn fand ein neues Ziel.

»Samar, ich muss mit dir reden!«, befand Alhana mit eisiger, herrischer Stimme. Sie machte auf dem Absatz kehrt, um hoch aufgerichtet in den hinteren Teil des Grabhügels zu stolzieren. Samar begleitete sie ergeben.

Draußen hörte man Schreie und Rufe, Hörner erschallten, und darunter war der tiefe, einschüchternde Kriegsgesang der Oger zu vernehmen. Der Sturm tobte weiter, ohne nachzulassen, und begünstigte damit den Feind. Silvan blieb am Eingang des Hügels stehen. Er staunte über sich selbst, doch neben seinem Stolz fühlte er Erschrecken. Reue und Trotz, Furchtlosigkeit und Panik rangen in seinem Inneren miteinander. Der Aufruhr seiner Gefühle verwirrte ihn. Er versuchte zu sehen, was vor sich ging, doch der Rauch der brennenden Hecke hatte sich über die Lichtung gelegt. Die Schreie erklangen gedämpfter, wie erstickt. Er wünschte, er könnte das Gespräch zwischen Samar und Alhana belauschen. Er hätte auch näher bei ihnen bleiben können, um etwas mitzubekommen, doch das hielt er für kindisch und unter seiner Würde. Schließlich konnte er sich denken, was sie sagten, denn ähnliche Gespräche hatte er oft genug mitangehört.

Damit lag er wahrscheinlich gar nicht so falsch.

»Samar, du kennst meine Wünsche für Silvanoshei«, begann Alhana, sobald sie außer Hörweite der anderen waren. »Dennoch widersetzt du dich mir und ermutigst ihn zu diesem unverschämten Verhalten. Ich bin zutiefst enttäuscht, Samar.«

Ihre Worte wie ihr Zorn trafen Samar tief. Sein Herz blutete. Alhana war Königin und für ihr Volk verantwortlich, doch Samar war als Soldat ebenso für die Elfen verantwortlich. Er war dazu verpflichtet, seinen Leuten eine Gegenwart und eine Zukunft zu gewährleisten. In dieser Zukunft brauchten die Elfennationen einen starken Erben, keinen Schwächling wie Gilthas, den Sohn von Tanis dem Halbelfen, der gegenwärtig den Herrscher von Qualinesti mimte.

Seine wahren Gedanken sprach Samar jedoch nicht aus. Er sagte nicht: »Majestät, das ist der erste Funke Kampfgeist, den ich an Eurem Sohn beobachte, wir sollten ihn dazu ermutigen.« Schließlich war er ebenso Diplomat wie Soldat.

»Majestät«, setzte er an, »Silvan ist dreißig Jahre alt –«

»Ein Kind«, unterbrach ihn Alhana.

Silvan verbeugte sich. »Nach den Maßstäben der Silvanesti vielleicht, meine Königin. Bei den Qualinesti jedoch nicht. Dort würde er nach dem Gesetz als junger Mann gelten und bereits eine militärische Ausbildung erhalten. Silvanoshei mag jung an Jahren sein, Alhana«, fügte Samar hinzu. Diesmal verzichtete er auf den Titel, was er mitunter tat, wenn sie unter sich waren, »aber bedenke, was für ein außergewöhnliches Leben er geführt hat! Seine Wiege war ein Schild. Schlachtgesänge haben ihn in den Schlaf gelullt. Ein Zuhause hat er nie gekannt. Seit dem Tag seiner Geburt waren seine Eltern kaum einmal zur selben Zeit am selben Ort. Wenn die Schlacht begann, hast du ihn geküsst und bist ausgezogen, vielleicht in den Tod. Er wusste, dass du vielleicht nie wieder zurückkommen würdest, Alhana. Ich habe es ihm angesehen!«

»Ich habe versucht, ihn vor all dem zu beschützen«, klagte sie, während ihr Blick zu ihrem Sohn wanderte. In diesem Moment sah er seinem Vater so ähnlich, dass der Schmerz sie überwältigte. »Wenn ich ihn verliere, Samar, welchen Grund habe ich dann noch, dieses nackte, hoffnungslose Leben fortzusetzen?«

»Du kannst ihn nicht vor dem Leben beschützen, Alhana«, rügte Samar liebevoll. »Ebenso wenig wie vor seiner Bestimmung. Prinz Silvanoshei hat Recht. Er ist seinem Volk verpflichtet. Wir werden ihn seiner Pflicht nachkommen lassen *und* –«, er legte besonderen Nachdruck auf dieses Wort, »ihn gleichzeitig von der Schlacht fern halten.«

Alhana schwieg, doch ihrem Blick nach zu schließen war sie widerwillig bereit, ihn weiter anzuhören.

»Es ist nur einer der Läufer ins Lager zurückgekehrt«, fuhr Samar fort. »Die anderen sind tot oder kämpfen um ihr Leben. Ihr habt selbst gesagt, Majestät, dass wir die Stahllegion von diesem Angriff unterrichten müssen. Wir müssen sie warnen. Ich schlage vor, dass wir Silvan schicken, damit er den Rittern mitteilt, wie dringend wir Hilfe benötigen. Wir sind gerade erst von ihrem Fort zurück, er kennt den Weg. Die Straße verläuft in der Nähe des Lagers, und sie ist leicht zu finden.

Damit ist er halbwegs außer Gefahr. Die Oger haben uns noch nicht umzingelt. Außerhalb des Lagers wird er sicherer sein als hier.« Samar lächelte. »Wenn es nach mir ginge, meine Königin, würdet Ihr ihn zum Fort begleiten.«

Alhana lächelte. Ihr Zorn war verflogen. »Mein Platz ist bei meinen Soldaten, Samar. Ich habe sie hierher gebracht. Sie kämpfen für meine Sache. Wenn ich sie im Stich lasse, verlieren sie ihr Vertrauen und ihren Respekt vor mir. Ja, ich gebe zu, dass du Recht hast, was Silvan angeht«, ergänzte sie betreten. »Du brauchst in meine vielen Wunden kein Salz mehr zu streuen.«

»Meine Königin, ich wollte keinesfalls –«

»Hast du aber, Samar«, unterbrach ihn Alhana. »Aber es kam von Herzen, und es war die Wahrheit. Wir schicken den Prinzen mit dieser Aufgabe los. Er soll die Stahllegion benachrichtigen, dass wir sie dringend brauchen.«

»Wenn wir zum Fort zurückkehren, werden wir ein Loblied

auf ihn singen«, versicherte Samar. »Dann schenke ich ihm auch ein Schwert, das zu einem Prinzen passt – nicht zu einem Clown.«

»Nein, Samar«, wehrte Alhana ab. »Botschaften mag er überbringen, aber niemals soll er ein Schwert tragen. Bei seiner Geburt habe ich den Göttern gelobt, dass er nie die Waffe gegen sein Volk erheben würde. Seinetwegen soll niemals Elfenblut vergossen werden.«

Samar verbeugte sich, erwiderte jedoch klugerweise nichts. Als erfahrener Kommandant wusste er, wann er seinen Vormarsch abbrechen musste, um sich einzugraben und abzuwarten. Sehr aufrecht und mit königlicher Miene kehrte Alhana in den vorderen Teil der Höhle zurück.

»Mein Sohn«, erklärte sie dort, ohne dass ihre Stimme eine Gefühlsregung offenbarte. »Ich habe meine Entscheidung getroffen.«

Silvanoshei drehte sich nach seiner Mutter um. Die Tochter von Lorac, jenem unglückseligen König, der beinahe den Niedergang der Silvanesti herbeigeführt hätte, zahlte seit langem freiwillig für die Taten ihres Vaters, um dessen Tun wieder gutzumachen. Weil Alhana Sternenwind versucht hatte, sie mit ihrem Brudervolk, den Qualinesti, zu vereinen, weil sie sich für Allianzen mit den Menschen und Zwergen ausgesprochen hatte, war sie ausgestoßen worden. Diejenigen unter den Silvanesti, die der Meinung waren, dass sie und ihre Kultur nur isoliert vom Rest der Welt überleben konnten, hatten sich durchgesetzt.

Für eine Elfin war sie im mittleren Alter, keineswegs eine ältere Frau, und von unglaublicher Schönheit, schöner denn je. Ihre Haare waren schwarz wie die Tiefen des Meeres weit drunten, wo das Sonnenlicht nicht mehr hinreicht. Ihre einst amethystfarbenen Augen waren nachgedunkelt, als hätte der ständige Anblick von Verzweiflung und Schmerz sie verdüstert. Für alle, die sie umgaben, war ihre Schönheit kein Segen, sondern sie brach einem das Herz. Wie die legendäre Drachenlanze, deren Wiederentdeckung geholfen hatte, einer bedrängten Welt den Sieg zu schenken, wirkte sie, als sei sie in einem Pfeiler aus Eis eingeschlossen. Wer das Eis zerbrach, wer die schützende Mauer einriss, die sie um sich errichtet hatte, würde die Frau darin zerbrechen.

Nur ihr Sohn, nur Silvan hatte die Macht, dieses Eis zum Schmelzen zu bringen. Er konnte hineinlangen und die lebendige Wärme der Frau berühren, die nicht Königin, sondern Mutter war. Doch diese Frau war verschwunden. Die Mutter war verschwunden. Jene Frau, die jetzt kalt und streng vor ihm stand, war seine Königin. Ehrfürchtig und demütig fiel er auf die Knie, denn ihm war bewusst, dass er sich unmöglich benommen hatte.

»Verzeih mir, Mutter«, bat er. »Ich werde dir gehorchen. Ich werde –«

»Prinz Silvanoshei«, verkündete die Königin in dem Ton, den sie bei offiziellen Anlässen anschlug, den sie ihm gegenüber jedoch noch nie benutzt hatte. Er wusste nicht, ob er sich freuen oder um etwas unwiederbringlich Verlorenes trauern sollte. »Kommandant Samar braucht einen Boten, der schnellstmöglich zum Vorposten der Stahllegion eilt. Dort wirst du über unsere verzweifelte Lage Bericht erstatten. Sag dem Ritterfürsten, dass wir einen geordneten, kämpfenden Rückzug vorhaben. Er soll seine Truppe zusammenrufen, losreiten und uns an der Kreuzung treffen, wo er die Oger von der rechten Flanke aus angreift. Sobald seine Ritter in den Kampf eingreifen, stoppen wir unseren Rückzug und halten die Stellung. Du musst rasch durch Nacht und Sturm laufen. Lass dich von nichts aufhalten, Silvan, denn diese Botschaft muss durchkommen.«

»Ich verstehe, meine Königin«, antwortete Silvan. Rot vor

Stolz stellte er sich hin, während die Aufregung wie Blitze durch sein Blut rauschte. »Ich werde weder dich noch mein Volk enttäuschen. Ich danke dir für dein Vertrauen.«

Alhana nahm sein Gesicht in ihre kalten Hände, so dass ihn ein eisiger Schauer überlief. Dann drückte sie ihm ihre Lippen auf die Stirn. Ihr Kuss brannte wie Eis, ließ sein Herz frösteln. Immer würde er diesen Kuss von nun an fühlen. Er fragte sich, ob ihre bleichen Lippen ein unauslöschliches Mal hinterlassen hatten.

Samars kühle Knappheit war erleichternd.

»Du kennst den Weg, Prinz Silvan«, mahnte Samar. »Du bist ihn erst vor zwei Tagen geritten. Die Straße verläuft eineinhalb Meilen südlich von hier. Du kannst dich nicht an den Sternen orientieren, aber der Wind weht von Norden. So lange du den Wind im Rücken hast, läufst du in die richtige Richtung. Die Straße geht von Ost nach West, schnurgerade. Du musst sie möglicherweise überqueren. Sobald du sie erreicht hast, wendest du dich nach Westen. Dann kommt der Sturm von rechts. Du musst dich sputen, für Heimlichkeit bleibt uns keine Zeit. Deine Schritte werden im Lärm der Schlacht untergehen. Viel Glück, Prinz Silvanoshei.«

»Danke, Samar«, erwiderte Silvan bewegt und erfreut. Zum ersten Mal im Leben hatte der Elf ihn als Ebenbürtigen behandelt, sogar mit einem gewissen Respekt. »Ich werde weder dich noch meine Mutter enttäuschen.«

»Enttäusche nicht dein Volk, Prinz«, entgegnete Samar.

Nach einem letzten Blick und einem Lächeln für seine Mutter, einem Lächeln, das sie nicht erwiderte, drehte Silvan sich um und verließ den Grabhügel, um in Richtung Wald zu eilen. Er war noch nicht weit gekommen, als er Samar losbrüllen hörte.

»General Aranoshah! Von der linken Flanke zwei Einheiten Schwertkämpfer abziehen, dazu zwei von rechts. Wir brauchen vier Reserveeinheiten hier bei Ihrer Majestät, falls die Oger durchbrechen.«

Durchbrechen! Das war unmöglich. Die Linie würde halten. Sie musste halten. Silvan blieb stehen und blickte zurück. Die Elfen hatten ihren Kriegsgesang angestimmt, ein süßes, aufmunterndes Lied, das sich über den Singsang der Oger erhob. Dieser Anblick beglückte ihn, doch dann erschrak er. Eine blauweiße, gleißende Feuerkugel explodierte auf der linken Seite des Berges. Die Feuerkugel sauste den Hang herunter auf die Grabstätten zu.

»Feuert nach links!«, rief Samar vom Hang aus seinen Leuten zu.

Die Bogenschützen waren zunächst verwirrt, weil sie nicht verstanden, wohin sie eigentlich zielen sollten, doch es gelang den Offizieren, sie in die richtige Richtung zu lenken. Die Feuerkugel traf einen weiteren Teil der Barrikade, setzte das Dickicht in Brand und breitete sich von dort her aus. Zunächst dachte Silvan, es handele sich um magisches Feuer, und fragte sich, was gute Bogenschützen gegen Zauberei ausrichten sollten, doch dann sah er, dass es in Wirklichkeit riesige Heubündel waren, die von den Ogern den Hang herabgerollt wurden. Vor den lodernden Flammen konnte er die schwarzen Silhouetten ihrer schweren Körper erkennen. Die Oger trugen lange Stöcke, die sie benutzten, um die brennenden Heuballen vor sich herzuschieben.

»Wartet auf meinen Befehl!«, schrie Samar, doch die Elfen waren nervös. Eine ganze Reihe Pfeile wurde auf das brennende Heu abgeschossen.

»Nein, verdammt noch mal!«, gellte Samars wütende Stimme den Hang herunter. »Sie sind noch nicht in Reichweite! Wartet auf den Befehl!«

Ein Donnergrollen erstickte seinen Ruf. Als die übrigen

Schützen in der Linie ihre Kameraden schießen sahen, feuerten auch sie die erste Salve ab. Die Pfeile flogen durch die raucherfüllte Nacht. Drei der Oger, welche die Heubündel schoben, fielen, doch der Rest der Pfeile erreichte die Feinde nicht.

»Dennoch«, sagte sich Silvan, »sie werden sie bald aufhalten.«

In der Nähe der Elfenschützen erhob sich bellendes Geheul wie aus tausend hungrigen Wolfskehlen. Erschrocken starrte Silvan dorthin; es war, als wären die Bäume lebendig geworden.

»Feuer geradeaus!«, befahl Samar verzweifelt.

Durch das Prasseln der nahenden Flammen konnten die Schützen ihn nicht hören. Zu spät bemerkten ihre Offiziere das plötzliche Vordringen am Fuß des Berges. Eine Linie Oger stürmte ins Freie, um das Dickicht anzugreifen, das die Elfen schützte. Die Flammen hatten diese Barrikade geschwächt. Die riesigen Oger warfen sich in die glühende Masse aus verbrannten Ästen und Stämmen und bahnten sich breitschultrig einen Weg. Glimmende Holzstücke und Funken fielen auf ihre verfilzten Haare, doch in der Wut der Schlacht achteten die Oger nicht auf die schmerzhaften Verbrennungen, sondern eilten weiter.

Da sie jetzt von vorn und an der Flanke angegriffen wurden, langten die Bogenschützen verzweifelt nach ihren Pfeilen. Sie versuchten, eine zweite Salve abzufeuern, ehe die Oger näher kamen. Wieder wurden brennende Heuräder heruntergerollt. Die Elfen wussten nicht, welche der Feinde sie zuerst bekämpfen sollten. Das Chaos ließ manche kopflos reagieren. Samar brüllte Befehle. Die Offiziere bemühten sich, ihre Abteilungen unter Kontrolle zu bringen. Schon schossen die Elfen die zweite Salve ab – teilweise in die brennenden Heuballen, teilweise in die Oger, die von der Flanke her angriffen.

Eine unüberschaubare Zahl von Ogern fiel, so dass Silvan

glaubte, sie müssten sich nun endlich zurückziehen. Zu seinem Erstaunen und Entsetzen sah er jedoch, dass die Oger unbeeindruckt weiter vordrangen.

»Samar, wo bleibt die Verstärkung?«, rief Alhana aus.

»Ich glaube, sie wurde abgeschnitten«, erwiderte Samar finster. »Ihr solltet nicht hier draußen sein, Majestät. Geht hinein, wo Ihr sicher seid.«

Jetzt konnte Silvan seine Mutter sehen. Sie hatte den Grabhügel verlassen. An ihrer Seite hing ein Schwert, und sie trug ihre Silberrüstung.

»Ich führe mein Volk hier draußen«, gab Alhana zurück. »Soll ich mich in einer Höhle verstecken, während meine Leute sterben, Samar?«

»Ja«, grollte er.

Angespannt lächelte sie ihm zu, während sie das Heft des Schwerts umfasste. »Glaubst du, dass sie durchbrechen werden?«

»Wir können sie kaum davon abhalten, Majestät«, entgegnete Samar grimmig.

Die Elfenschützen sandten eine weitere Salve ab. Die Offiziere hatten die Soldaten wieder im Griff. Jeder Schuss traf. Die Oger, die von vorne her angriffen, fielen in Scharen, ihre Linie halbierte sich. Doch die übrigen rückten unaufhaltsam vor; die Lebenden trampelten einfach über die Gefallenen hinweg. Gleich würden sie die Bogenschützen erreicht haben.

»Zum Angriff!«, brüllte Samar.

Auf der linken Seite der Barrikade sprangen die Schwertkämpfer der Elfen auf. Unter Schlachtrufen stürmten sie auf die Oger zu. Stahl klirrte. Die brennenden Heuräder rollten mitten ins Lager, zerquetschten Männer, setzten Bäume, Gras und Kleider in Brand. Plötzlich jedoch drehten die Oger ohne Vorwarnung ab. Einer von ihnen hatte Alhanas Silberrüstung entdeckt, die das Licht des Feuers reflektierte. Mit kehligen Schreien deuteten sie auf die Königin und griffen jetzt den Grabhügel an.

»Mutter!«, keuchte Silvan, dem sich vor Schreck der Magen umdrehte. Er musste Hilfe holen. Sie zählten auf ihn, aber er war wie gelähmt, gebannt von dem schrecklichen Anblick. Er konnte nicht zu ihr laufen. Er konnte nicht davonlaufen. Er konnte sich nicht rühren.

»Wo bleibt die Verstärkung?«, fluchte Samar wutentbrannt. »Aranoshah! Du Hund! Wo bleiben die Schwertkämpfer Ihrer Majestät?«

»Hier, Samar!«, rief ein Krieger. »Wir mussten uns zu euch durchkämpfen, aber jetzt sind wir da!«

»Schick sie runter, Samar«, befahl Alhana gefasst.

»Eure Majestät!« Er wollte protestierten. »Ich werde Euch nicht ohne Wachen zurücklassen.«

»Wenn wir den Vormarsch nicht aufhalten, Samar«, gab Alhana zurück, »wird es keine Rolle mehr spielen, ob ich Wachen habe oder nicht. Geht jetzt. Schnell!«

Samar wollte widersprechen, doch dem entschlossenen, abweisenden Gesichtsausdruck seiner Königin konnte er entnehmen, dass dies reine Zeitverschwendung wäre. Nachdem sich die Verstärkung um ihn gesammelt hatte, stürzte sich Samar mit den neuen Soldaten in den Kampf mit den Ogern.

Alhana blieb alleine zurück. Auf ihrer Silberrüstung loderte das Spiegelbild der Flammen.

»Spute dich, Silvan, mein Sohn. Spute dich. Unser Leben hängt allein von dir ab.«

Sie sprach mit sich selbst, aber, ohne es zu wissen, auch zu ihrem Sohn.

Ihre Worte setzten Silvan in Bewegung. Er hatte einen Befehl erhalten, den er ausführen würde. Mit bitterer Reue wegen der verschenkten Zeit und voller Angst um seine Mutter drehte er sich um und verschwand im Wald.

In Silvans Adern pochte das Adrenalin. Er bahnte sich einen Weg durch das Unterholz, schob Äste beiseite, zertrat Setzlinge. Unter seinen Stiefeln knackten morsche Zweige. Der Wind drang kalt und heftig von rechts auf ihn ein. Den strömenden Regen fühlte der junge Elf nicht. Die Blitze, die seinen Weg erhellten, hieß er willkommen.

Er war vorsichtig genug, sorgfältig nach Anzeichen für Feinde Ausschau zu halten, und prüfte regelmäßig, ob die schmutzigen, Fleisch fressenden Oger zu riechen waren. Auch lauschte er aufmerksam, denn obwohl er einen für Elfen beträchtlichen Lärm verursachte, war er im Gegensatz zu den plumpen, lärmenden Ogern wie ein Hirsch, der durch den Wald glitt.

Silvan kam schnell vorwärts, denn er begegnete noch nicht einmal einem Tier, das durch die Nacht streifte. Bald verebbte der Lärm der Schlacht in der Ferne. Dann merkte er, dass er ganz allein im nächtlichen, stürmischen Wald stand. Der Rausch ließ nach. Angst und Zweifel schlichen sich in sein Herz ein. Wenn die Menschen – die für ihren Wankelmut und ihr Zögern bekannt waren – nun nicht helfen wollten? Wenn die Angreifer seine Leute bereits überwältigt hatten? Hatte er sie zum Sterben zurückgelassen? Seine Umgebung kam ihm ganz fremd vor. Er hatte eine falsche Biegung genommen, hatte sich verirrt …

Entschlossen arbeitete Silvan sich weiter vor, rannte mit der Leichtigkeit des geborenen Waldbewohners durch das Unterholz. Der Anblick einer Schlucht linker Hand flößte ihm neuen Mut ein; an diese Schlucht erinnerte er sich von früheren Reisen zum Fort. Die Angst, sich verirrt zu haben, ließ nach. Jetzt achtete er darauf, sich von dem felsigen Rand des Abgrunds fern zu halten, der sich tief in den Waldboden einschnitt.

Silvan war jung und stark. Er verdrängte die Zweifel, die an seinem Herzen nagten, und konzentrierte sich auf seinen Auftrag. Ein Blitzstrahl zeigte ihm die Straße, die direkt vor ihm lag. Dieser Anblick schenkte ihm neue Kraft und stärkte seine Entschlossenheit. Sobald er die Straße erreichte, konnte er sein Tempo steigern. Er war ein ausgezeichneter Läufer, der oft lange Strecken gerannt war, einfach weil er das Gefühl genoss, wie seine Muskeln sich dabei anstrengten, wie er schwitzte, wie ihm der Wind ins Gesicht blies und jener warme, lindernde Glanz aufkam, der alle Schmerzen mit sich nahm.

Er malte sich aus, wie er zum Ritterfürsten sprechen würde, wie er sein Anliegen vorbringen und zur Eile drängen würde. Silvan sah sich schon die rettenden Truppen anführen, sah das Gesicht seiner Mutter vor Stolz aufleuchten ...

Doch in der Realität war ihm der Weg versperrt. Verärgert kam er auf dem schlammigen Weg zum Stehen, um das Hindernis zu mustern.

Ein dicker Ast, der von einer alten Eiche abgebrochen war, war quer über den Weg gefallen. Blätter und Zweige bildeten ein unüberwindliches Hindernis. Silvan war gezwungen, den Ast zu umgehen, was ihn allerdings bedenklich nahe an den Rand der Schlucht bringen würde. Immerhin war er trittsicher. Die Blitze erhellten ihm den Weg. Also schob er sich einige Fuß von der Schlucht entfernt um das Ende des abgebrochenen Astes herum, überkletterte einen einzelnen Zweig und wollte sich an einer nahen Pinie festhalten. Da zuckte ein einzelner Blitz aus der Finsternis und traf die Pinie.

Der Baum ging in lodernd weißem Feuer auf. Die Wucht der Explosion fegte Silvan über den Rand der Schlucht. Nachdem er den felsigen Hang hinuntergerollt war, prallte er unten auch noch gegen einen Baumstumpf.

Ein brennender Schmerz durchfuhr seinen Körper, doch ein

noch schlimmerer Schmerz verbrannte sein Herz. Er hatte versagt. Er würde das Fort nicht erreichen. Die Ritter würden die Nachricht nie erhalten. Allein konnten seine Leute nicht gegen die Oger bestehen. Sie würden sterben. Seine Mutter würde in dem Glauben sterben, dass er sie im Stich gelassen hatte.

Er versuchte, sich aufzurichten, doch dabei durchzuckte ihn ein so furchtbarer, greller Schmerz, dass er glaubte, er müsse sterben. Bevor er ohnmächtig wurde, beruhigte ihn nur der Gedanke, dass er seine Leute nach seinem Tod wiedersehen würde, da er nun doch nichts für sie tun konnte.

Wie eine hohe, schwarze Welle erhoben sich Verzweiflung und Trauer, brachen über Silvan herein und rissen ihn mit sich fort.

3 Unerwarteter Besuch

Der seltsame Sturm hatte sich gelegt. Wie eine fremde Armee war er über Ansalon hereingebrochen, hatte alle Teile dieses ausgedehnten Kontinents gleichzeitig heimgesucht und die ganze Nacht lang gewütet, um sich erst mit Anbruch der Dämmerung zurückzuziehen. Hinter der finsteren, von Blitzen durchzogenen Wolkenbank kroch die Sonne hervor, bis sie triumphierend am blauen Himmel stand. Licht und Wärme heiterten die Bewohner von Solace auf, die aus ihren Häusern kamen, um nachzusehen, was das Unwetter angerichtet hatte.

Solace war weniger widerfahren als anderen Teilen von Ansalon, obwohl hier der Sturm allem Anschein nach mit besonderer Wucht getobt hatte. Die mächtigen Vallenholzbäume widerstanden den zerstörerischen Blitzen, die wieder und wieder in sie einschlugen. Ihre Kronen fingen Feuer und brannten, doch das Feuer breitete sich nicht bis auf die unteren Äste aus. Der Orkan brachte die starken Äste der Bäume zum Schwanken, hielt die dort gebauten Häuser, die sich auf sie verließen, jedoch fest. Wasserläufe schwollen an, Felder wurden überflutet, doch Häuser und Scheunen blieben verschont.

Das Grabmal der Letzten Helden, ein schöner Bau aus weißen und schwarzen Steinen auf einer Lichtung am Ortsrand, war beschädigt worden. Einer der Pfeiler war nach einem Blitzschlag geborsten, wobei große Marmorbrocken auf den Rasen gefallen waren.

Doch am schlimmsten hatte es die einfach zusammengezimmerten Hütten der Flüchtlinge getroffen, die von Westen und Süden hierher geflohen waren. Noch vor einem Jahr war ihr Land unbesetzt gewesen, doch nun stand es weitgehend unter der Herrschaft des grünen Drachen Beryl.

Vor drei Jahren hatten sich die großen Drachen, die um die Vorherrschaft auf Ansalon gerungen hatten, auf einen gewissen Waffenstillstand geeinigt. Als sie erkannten, dass die blutigen Kämpfe sie schwächten, waren die Drachen übereingekommen, dass jeder von ihnen mit dem Territorium zufrieden sein sollte, das er bereits besaß, und dass sie nicht mehr gegeneinander Krieg führen wollten, um ihren Besitz zu erweitern. An diesen Pakt hatten sich die Drachen auch bis vor einem Jahr gehalten. Doch dann hatte Beryl bemerkt, dass ihre magischen Kräfte nachließen. Zunächst hatte sie das für Einbildung gehalten, doch mit der Zeit gewann sie die Überzeugung, dass da etwas nicht stimmte.

Beryl schrieb dem roten Drachen Malys die Schuld an dem Verlust ihrer Magie zu – das alles war eine Intrige ihrer größeren und stärkeren Kusine. Auch die Menschenzauberer verdächtigte sie, die noch immer den Turm der Erzmagier von Wayreth vor ihr verbargen. Aus diesem Grund hatte Beryl ganz allmählich begonnen, ihren Einfluss auf das Gebiet der Menschen auszudehnen. Sie ging dabei langsam vor, denn sie wollte Malys nicht auf sich aufmerksam machen. Solange nur hier und da eine Stadt brannte oder ein Dorf geplündert wurde, würde Malys nicht reagieren. So war die Stadt Haven vor kurzem an Beryl gefallen. Solace blieb vorläufig unangetastet. Aber Beryl hatte bereits ein Auge auf den Ort geworfen und die Hauptstraßen dorthin schließen lassen, damit die Bewohner ihren Druck spürten, während sie sich Zeit ließ.

Die Flüchtlinge, denen es geglückt war, Haven und dessen Umgebung zu verlassen, bevor die Straßen geschlossen wurden, hatten die Einwohnerzahl von Solace auf das Dreifache anschwellen lassen. Als sie mit ihrer gebündelten oder auf Karren aufgestapelten Habe eingetroffen waren, hatten die Stadtväter ihnen »vorläufige Unterkünfte« angeboten. Die Schuppen waren tatsächlich nur für kurze Zeit gedacht gewesen, doch die Flut der Flüchtlinge, die täglich eintrafen, war stärker als die guten Absichten. So waren die Notunterkünfte leider zu Dauerlösungen geworden.

Der Erste, der am Morgen nach dem Sturm in den Flüchtlingslagern auftauchte, war Caramon Majere mit einer Wagenladung Lebensmittel, Bauholz, trockenem Feuerholz und Decken.

Caramon war über achtzig – wie weit darüber, wusste keiner so genau, nicht einmal er selbst. In Solamnia hätte man ihn als »wackeren alten Kerl« bezeichnet. Das Alter war wie ein ehrenhafter Gegner gekommen, hatte sich grüßend und offen genähert, anstatt sich heimlich von hinten anzuschleichen oder ihm den Verstand zu rauben. So war er gesund und kräftig, noch immer umfangreich, aber ungebeugt (»Ich kann gar nicht krumm werden, das lässt mein Bauch nicht zu«, pflegte er mit herzhaftem Lachen zu äußern). In der Frühe war Caramon als Erster auf den Beinen. Jeden Morgen hackte er Holz für das Küchenfeuer oder schleppte die schweren Bierfässer die Treppe hoch.

Seine zwei Töchter kümmerten sich um den Alltagsbetrieb im Wirtshaus »Zur Letzten Bleibe«, das war Caramons einziges Zugeständnis an sein Alter. Der Biertisch aber war immer noch seine Domäne, und er erzählte auch noch gerne seine Geschichten. Laura führte das Gasthaus, während die abenteuerlustigere Dezra auf den Märkten von Haven oder anderswo den besten Hopfen für das selbst gebraute Bier, Honig für den legendären hauseigenen Met und sogar Zwergenschnaps aus Thorbardin herbeischleppte. Sobald Caramon ins Freie trat, war er von einem Schwarm Solacer Kindern umgeben, die ihn samt und sonders »Opi« nannten. Sie bettelten um einen Ritt auf seinen breiten Schultern oder darum, dass er ihnen Geschichten von den alten Helden erzählte. Auch den Flüchtlingen, die wohl überhaupt keine Bleibe gehabt hätten, wenn Caramon nicht das Holz gestiftet und den Bau überwacht hätte, war er freundlich gesonnen. Derzeit verfolgte er den Plan, ihnen am Rand von Solace richtige Häuser zu bauen, wozu er die zurückhaltenden Honoratioren der kleinen Stadt immer wieder anhielt und drängte. Nie ging Caramon Majere durch Solace, ohne seinen Namen und obendrein einen Segenswunsch zu vernehmen.

Nachdem er den Flüchtlingen beigestanden hatte, zog Caramon durch das restliche Solace, um sich zu vergewissern, dass alle in Sicherheit waren, und um nach dieser furchtbaren Nacht aufzumuntern und Trost zu spenden. Erst danach setzte er sich zum Frühstück nieder, das er in letzter Zeit meist zusammen mit einem Ritter aus Solamnia einnahm. Der Mann erinnerte Caramon an seine eigenen beiden Söhne, die im Chaoskrieg umgekommen waren.

Unmittelbar nach dem Chaoskrieg hatten die Ritter von Solamnia eine Garnison in Solace errichtet. Anfangs war es nur eine kleine Niederlassung gewesen, die nur die Ehrengarde für das Grabmal der Letzten Helden stellen sollte. Doch mit der Zeit war die Garnison gewachsen, um der Bedrohung durch die großen Drachen zu begegnen, die mittlerweile die anerkannten, wenn auch verhassten Herrscher weiter Teile von Ansalon waren.

Solange die Menschen in Solace und den anderen von ihr kontrollierten Städten und Ländern Beryl Tribut zahlten, gestattete sie ihnen, ihr Leben fortzusetzen. Sollten sie ruhig mehr Reichtum anhäufen, damit sie noch mehr Tribut zahlen konnten. Im Gegensatz zu den bösen Drachen früherer Zeiten, die sich am Brennen, Plündern und Morden erfreut hatten, hatte Beryl festgestellt, dass eingeäscherte Städte keinen Profit brachten. Tote zahlen keine Steuern.

Viele fragten sich, weshalb Beryl und ihre Verwandten mit all ihrer wundersamen, schrecklichen Magie überhaupt Reichtum wünschten, Tribut verlangten. Aber Beryl und Malys waren voller List. Wenn sie als unberechenbare, grausame Räuber auftraten, die aus Spaß ganze Städte auslöschten, würden sich die Bewohner von Ansalon aus lauter Verzweiflung auflehnen und sich zusammenschließen, um die Drachen zu vernichten. So jedoch fanden die meisten Menschen das Leben unter der Herrschaft der Drachen einigermaßen erträglich. Sie waren damit zufrieden, halbwegs in Ruhe gelassen zu werden.

Manchen erging es natürlich schlechter, doch die hatten ihr Schicksal zweifellos verdient. Wenn ein paar Hundert Kender getötet oder aus ihren Häusern vertrieben wurden, wenn man Qualinesti-Rebellen folterte und einkerkerte, was ging das die Menschen an? Beryl und Malys hatten in jedem Dorf, in jeder Stadt der Menschen ihre Spione, die dort Zwietracht, Hass und Misstrauen schürten, aber auch darauf achteten, dass niemand den Drachen auch nur eine gesprungene Kupfermünze vorenthielt.

Caramon Majere war einer der wenigen, die offen aussprachen, wie verhasst ihnen der Tribut an die Drachen war. Er weigerte sich auch offen, Tribut zu zahlen.

»Keinen Tropfen Bier erhält dieses Gesocks von mir«, erregte er sich, falls ihn doch jemand ansprach (was selten vorkam, denn jeder wusste, dass Beryls Spione wahrscheinlich alle Namen notierten).

Er beharrte auf seiner Weigerung, auch wenn sie ihm sehr zu schaffen machte. Solace war inzwischen eine reiche Stadt, größer als Haven. Deshalb wurde auch relativ viel Tribut verlangt. Caramons Frau Tika hatte ihm erklärt, dass die anderen Bürger von Solace seinen Anteil mitzahlen mussten und deshalb doppelt belastet waren. Das hatte Caramon eingeleuchtet. Schließlich kam er auf die Idee, eine Sondersteuer über sich verhängen zu lassen, nur über das Gasthaus. Das Geld aus dieser Steuer durfte keinesfalls an Beryl gehen, sondern sollte diejenigen unterstützen, die unter der Zahlung der so genannten »Drachensteuer« ungebührlich zu leiden hatten.

Die Bewohner von Solace zahlten zusätzliche Abgaben, die Stadtväter entschädigten sie mit einem Anteil aus Caramons Sondersteuer, und der Drache erhielt den geforderten Tribut.

Wenn sie einen Weg gewusst hätten, Caramons Äußerungen zu diesem leidigen Thema zu beenden, hätten sie ihn genutzt, denn der alte Mann schimpfte auch weiterhin lautstark über die Drachen. Immer wieder erklärte er zornig: »Wenn wir uns einfach alle zusammentun, können wir Beryl mit einer Drachenlanze ein Auge ausstechen.« Als Beryl vor wenigen Wochen Haven angegriffen hatte – vordergründig wegen Mogeleien bei den Zahlungen –, waren die Stadtväter tatsächlich zu Caramon gekommen und hatten ihn bekniet, seine aufrührerischen Bemerkungen zu unterlassen.

Beeindruckt von ihren offenkundigen Ängsten und Sorgen willigte Caramon ein, seinen Ton zu mäßigen, worauf die Stadtväter glücklich abzogen. Caramon hielt sich tatsächlich an seine Zusage. Im Gegensatz zu der lautstarken Empörung, die er bisher an den Tag gelegt hatte, redete er nur noch gedämpft über seine Ansichten.

Diese unorthodoxe Meinung wiederholte er an diesem Morgen gegenüber seinem Frühstückskameraden, dem jungen Solamnier.

»Ein schrecklicher Sturm«, äußerte der Ritter, als er sich Caramon gegenüber hinsetzte.

In einer anderen Ecke des Wirtshauses speisten einige seiner Kameraden, doch denen schenkte Gerard uth Mondar kaum Beachtung. Sie wiederum achteten in keiner Weise auf ihn.

»Wahrscheinlich stehen uns finstere Zeiten bevor«, stimmte Caramon zu, der sich auf dem Holzstuhl mit der hohen Lehne niederließ, die sein Rücken mit der Zeit blank gerieben hatte. »Aber alles in allem fand ich ihn berauschend.«

»Vater!« Laura war fassungslos. Sie stellte ihrem Vater einen Teller mit Schnitzel und Eiern hin, dem Ritter eine Schale Haferbrei. »Wie kannst du so etwas sagen? Wo doch viele Leute verletzt sind. Angeblich wurden ganze Häuser fortgerissen.«

»So meinte ich das nicht«, wehrte sich Caramon betreten. »Um die Verletzten tut es mir natürlich Leid, aber, weißt du, in der Nacht kam mir der Gedanke, dass dieser Sturm Beryls Hort ganz schön durchgeschüttelt haben muss. Vielleicht hat er das böse, alte Biest sogar ausgeräuchert. *Das* habe ich gemeint.« Besorgt betrachtete er die Breischale des jungen Ritters. »Bist du sicher, dass dir das reicht, Gerard? Ich kann Laura sagen, sie soll dir noch ein paar Kartoffeln braten –«

»Danke, mein Herr, das ist alles, was ich gewöhnlich zum Frühstück zu mir nehme«, lehnte Gerard ab. Das war alles, was er jeden Tag auf diese immer gleiche Frage antwortete.

Caramon seufzte. So sehr ihm dieser junge Mann auch ans Herz gewachsen war, er begriff nicht, wie jemand sich nicht am

Essen erfreuen konnte. Jemand, der Otiks berühmte Würzkartoffeln verschmähte, war jemand, der auch das Leben verschmähte. Nur einmal in seinem Leben war Caramon bisher der Appetit vergangen, und das war vor einigen Monaten gewesen, nach dem Tod seiner geliebten Frau Tika. Tagelang hatte Caramon sich geweigert, einen Bissen zu sich zu nehmen. Die ganze Stadt hatte sich um ihn Gedanken gemacht und einen wahren Kochwettbewerb veranstaltet, um etwas zu finden, das ihn in Versuchung führen könnte.

Er wollte nicht mehr essen, nicht mehr sprechen, nichts mehr tun. Entweder streifte er ziellos durch die Stadt, oder er starrte mit trockenen Augen durch die bunten Scheiben des Gasthauses, in dem er das aufdringliche, rothaarige Gör kennen gelernt hatte, das seine Waffenkameradin und Geliebte, seine Freundin und Retterin geworden war. Er weinte nicht um sie und ging auch nicht zu ihrem Grab unter den Vallenholzbäumen. Er schlief nicht einmal mehr im Ehebett. Auch die Beileidsbezeugungen, die Laurana und Gilthas aus Qualinesti und Goldmond aus der Zitadelle des Lichts schickten, wollte er nicht hören.

Caramon nahm ab. Sein Fleisch wurde schlaff, seine Haut nahm einen grauen Ton an.

»Bald wird er Tika nachfolgen«, hieß es in der Stadt.

Das wäre auch geschehen, wäre da nicht eines Tages ein Kind gewesen, eines der Flüchtlingskinder, das Caramon bei seinem unglücklichen Umherstreifen vor die Füße geriet. Das Kind hatte sich vor dem alten Mann aufgebaut und ihm ein Stück Brot gereicht.

»Hier, Herr«, hatte es gesagt. »Meine Mutter sagt, wenn Ihr nichts esst, werdet Ihr sterben, und was wird dann aus uns?«

Verwundert hatte Caramon das Kind angestarrt. Dann hatte er sich hingekniet, es in die Arme geschlossen und angefangen, unkontrolliert zu schluchzen. Caramon aß das Brot, jeden Krümel, und in jener Nacht schlief er in dem Bett, das er mit Tika geteilt hatte. Am nächsten Morgen legte er Blumen auf ihr Grab und vertilgte ein Frühstück, das für drei gereicht hätte. Er lächelte, er lachte, aber in diesem Lachen war etwas, was vorher nicht darin angeklungen hatte. Keine Trauer, sondern sehnsüchtige Ungeduld.

Manchmal, wenn die Tür zum Gasthaus aufging, blickte er in den sonnenhellen, blauen Himmel hinauf und sagte ganze leise: »Ich komme, mein Schatz. Reg dich nicht auf. Es dauert nicht mehr lange.«

Gerard uth Mondar verschlang seinen Brei eilig, ohne ihn richtig zu schmecken. Er aß ihn ungewürzt, ohne braunen Zucker, Zimt oder auch nur Salz hinzuzufügen. Nahrung gab seinem Körper Kraft, dazu war sie da. Er aß seinen Haferbrei, spülte die klebrige Masse mit einem Krug Tarbeertee hinunter und hörte Caramon zu, der von den schaurigen Wundern des Sturms erzählte.

Die anderen Ritter zahlten und gingen. Von Caramon verabschiedeten sie sich höflich, zu ihrem Kameraden jedoch sagten sie kein Wort. Gerard schien das nicht zu bemerken. Konzentriert schaufelte er seinen Brei in sich hinein.

Caramon blickte den Rittern nach und unterbrach sich mitten in der Beschreibung eines Blitzes. »Ich weiß es ja zu schätzen, dass du deine Zeit mit einem alten Kauz wie mir verbringst, Gerard, aber falls du lieber mit deinen Freunden frühstücken willst –«

»Das sind nicht meine Freunde«, erklärte Gerard ohne Bitterkeit oder Schärfe. Es war eine schlichte Feststellung. »Ich ziehe es vor, mit einem weisen Mann mit gesundem Menschenverstand zu speisen.« Er prostete Caramon zu.

»Nun, du kommst mir eben ...«, Caramon brach ab, weil er kräftig auf seinem Schnitzel herumkauen musste. »Einsam vor«, endete er schließlich mit vollem Mund. Nachdem er geschluckt hatte, spießte er den nächsten Bissen auf die Gabel. »Du solltest eine Freundin haben oder ... oder eine Frau oder so.«

Gerard schnaubte. »Welche Frau würde einem Mann wie mir schon nachschauen?« Unzufrieden betrachtete er sein Spiegelbild in dem auf Hochglanz polierten Zinnbecher.

Gerard war hässlich, daran war nicht zu rütteln. Seit einer Kinderkrankheit war sein Gesicht stark vernarbt. Im Alter von zehn Jahren hatte er sich mit einem Nachbarjungen geprügelt und sich dabei die Nase gebrochen, die etwas schief verheilt war. Seine Haare waren gelb – nicht blond, nicht hell, einfach nur strohgelb. Sie hatten auch die Beschaffenheit von Stroh, so dass sie nicht flach anlagen, sondern in alle möglichen Richtungen abstanden, wenn er dies gestattete. Damit er nicht wie eine Vogelscheuche aussah – wie man ihn in der Kindheit spöttisch gerufen hatte –, trug Gerard seine Haare so kurz wie möglich.

Das einzig Schöne an ihm waren seine auffällig blauen Augen, doch auch die fanden manche eher erschreckend. Weil aus diesen Augen selten ein warmer Blick fiel und weil sie einen stets intensiv und durchdringend musterten, schreckte Gerard dadurch allerdings mehr Menschen ab, als er anzog.

»Pah!« Mit einem Schwenk seiner Gabel tat Caramon äußere Schönheit ab. »Das Aussehen eines Mannes kümmert Frauen wenig. Die wollen einen mutigen, ehrenhaften Mann. Ein junger Ritter in deinem Alter ... Wie alt bist du?«

»Achtundzwanzig«, gab Gerard Auskunft. Da er sein Frühstück beendet hatte, schob er die Schale zur Seite. »Achtundzwanzig langweilige, völlig vergeudete Jahre.«

»Langweilig?« Caramon machte ein skeptisches Gesicht. »Als Ritter? Ich habe selbst an einigen Kriegen teilgenommen. Schlachten waren alles Mögliche, soweit ich mich erinnere, aber langweilig war keine –«

»Ich war noch nie in der Schlacht«, stellte Gerard fest. Diesmal klang seine Stimme doch bitter. Er stand auf und legte eine Münze auf den Tisch. »Entschuldigt mich, Herr, ich habe heute Morgen Dienst am Grabmal. Da heute Mittsommertag und somit ein Feiertag ist, erwarten wir einen Zustrom rüpelhafter, zerstörungswütiger Kender. Man hat mir befohlen, eine Stunde früher als sonst auf meinem Posten zu sein. Ich wünsche noch einen schönen Tag und danke Euch für die Gesellschaft.«

Er verbeugte sich steif, machte auf dem Absatz kehrt, als würde er bereits gemessen vor dem Grabmal herumstolzieren, und verschwand durch die Tür des Wirtshauses. Caramon hörte die Tritte seiner Stiefel auf der langen Treppe, die vom Wirtshaus, das hoch oben in den Ästen des höchsten Vallenholzbaumes von Solace ruhte, zum Boden führte.

Caramon lehnte sich gemütlich nach hinten. Durch die roten und grünen Fensterscheiben strömte wärmendes Sonnenlicht herein. Sein Bauch war voll, er war zufrieden. Draußen räumten die Leute die Sturmschäden auf, trugen die Äste weg, die von den Bäumen abgebrochen waren, lüfteten die feuchten Häuser und verteilten Stroh auf den verschlammten Straßen. Heute Nachmittag würden alle ihre besten Kleider anziehen, sich Blumen ins Haar stecken und tanzend und tafelnd den längsten Tag des Jahres feiern. Caramon konnte Gerard sehen, der mit steifem Kreuz durch den Schlamm stapfte, ohne auf seine Umgebung zu achten, direkt zum Grabmal der Letzten Helden. Caramon sah dem Ritter nach, bis er in der Menge verschwand.

»Der ist komisch«, meinte Laura, als sie den leeren Teller abräumte und die Münze einsteckte. »Ich frage mich, wie du mit ihm essen kannst, Vater. Bei dem Gesicht wird doch die Milch sauer.«

»Für sein Gesicht kann er nichts, Tochter«, gab Caramon streng zurück. »Sind noch Eier da?«

»Ich bring dir welche. Du hast ja keine Ahnung, wie schön es ist, dich wieder essen zu sehen.« Laura hielt mit der Arbeit inne, um ihrem Vater einen zärtlichen Kuss auf die Stirn zu geben. »Und den jungen Burschen macht nicht sein Gesicht hässlich. Da habe ich schon viel Hässlichere geliebt. Seine Arroganz und sein Stolz vertreiben die anderen. Er glaubt nämlich, er sei etwas Besseres als wir anderen. Wusstest du, dass er einer der reichsten Familien von Palanthas entstammt? Sein Vater ist praktisch der Brötchengeber der Ritterschaft, heißt es. Und er zahlt gut dafür, dass sein Sohn hier in Solace stationiert ist, weit weg von den Kämpfen in Sanction und an anderen Orten. Kein Wunder, dass die anderen Ritter ihn nicht respektieren.«

Laura verschwand in die Küche, um ihrem Vater einen Nachschlag zu holen.

Erstaunt starrte Caramon seiner Tochter nach. In den letzten zwei Monaten hatte er jeden Morgen mit diesem jungen Kerl gefrühstückt, aber all das hatte er nicht gewusst. Er hatte geglaubt, sie wären einander recht nahe gekommen, und dann kam Laura, die mit dem Ritter noch kein persönliches Wort gewechselt hatte, mit seiner gesamten Lebensgeschichte.

»Frauen«, seufzte Caramon in sich hinein, während er die Sonne genoss. »Jetzt bin ich schon achtzig, aber ich komme mir vor wie sechzehn. Damals habe ich sie nicht verstanden, und heute verstehe ich sie immer noch nicht.«

Mit einem Teller voller Eier und Würzkartoffeln kam Laura zurück. Bevor sie wieder an ihre Arbeit ging, gab sie ihrem Vater noch einen Kuss.

»Aber sie ist ihrer Mutter so ähnlich«, murmelte Caramon liebevoll, ehe er sich genüsslich dem Eierteller zuwandte.

Gerard uth Mondar sann ebenfalls über Frauen nach, während er durch den knöcheltiefen Schlamm watete. Er hätte Caramon beigepflichtet, dass Frauen für Männer unverständliche Geschöpfe waren. Caramon allerdings liebte Frauen. Gerard fühlte ihnen gegenüber weder Liebe noch Vertrauen. Als er mit vierzehn gerade von seiner entstellenden Krankheit genesen war, hatte ein Nachbarsmädchen ihn ausgelacht und ihn als »Narbenfratze« verspottet.

Seine Mutter hatte bemerkt, wie er seine Tränen herunterschlucken musste. Tröstend hatte sie erklärt: »Mach dir nichts aus der dummen Gans, mein Sohn. Eines Tages werden dich die Frauen lieben.« Und mit einem kurzen Nachsatz hatte sie ergänzt: »Schließlich bist du sehr reich.«

Vierzehn Jahre später wachte er des Nachts auf und hörte noch immer das schrille, spöttische Lachen des Mädchens. Dann wand sich seine Seele vor Scham und Schande. Wenn ihm der Rat seiner Mutter einfiel, wurde die Beschämung zu Wut, einer Wut, die umso heißer brannte, weil seine Mutter sich als Prophetin erwiesen hatte. Als die beiden achtzehn waren, hatte die »dumme Gans« begriffen, dass Geld das hässlichste Unkraut schön wie eine Rose machen konnte. Es hatte ihm große Befriedigung bereitet, sie verächtlich abzuweisen. Seit jenem Tag hatte er jede Frau, die sich für ihn interessierte, im Verdacht, heimlich seinen Wert abzuschätzen, während sie ihren Abscheu ihm gegenüber hinter einem süßen Lächeln und klimpernden Wimpern verbarg.

Getreu dem Sprichwort, dass Angriff die beste Verteidigung ist, hatte Gerard einen vorzüglichen Schutzwall um sich errichtet, einen Wall voller scharfer Dornen mit Mauern aus beißenden Bemerkungen, umwogt von düsteren Anwandlungen und geschützt durch einen Morast aus mürrischem Trotz.

Diese Festung hielt allerdings auch Männer hervorragend fern. Lauras Tratsch traf weitgehend zu. Gerard uth Mondar entstammte tatsächlich einer der wohlhabendsten Familien von Palanthas, vermutlich einer der reichsten von ganz Ansalon. Vor dem Chaoskrieg war Gerards Vater, Mondar uth Alfric, Eigentümer der erfolgreichsten Werft von Palanthas gewesen. Da er das Erstarken der Schwarzen Ritter vorhergesehen hatte, hatte Sir Mondar klugerweise möglichst viel von seinem Besitz gegen guten, harten Stahl eingetauscht und war mit seiner Familie ins südliche Ergod umgezogen, wo er eine neue Werft gegründet hatte. Inzwischen blühte auch dieses Unternehmen.

Unter den Rittern von Solamnia hatte Sir Mondar großen Einfluss, denn er steuerte mehr als jeder andere Ritter zur Unterstützung und Versorgung der Ritterschaft bei. So hatte er auch dafür gesorgt, dass sein Sohn ein Ritter wurde, allerdings mit der Auflage, dass er den besten und sichersten aller verfügbaren Posten erhielt. Mondar hatte Gerard nie gefragt, was dieser von seinem Leben erwartete. Der alte Mann hielt es für selbstverständlich, dass sein Sohn Ritter werden wollte. Auch der Sohn hatte das für selbstverständlich gehalten – bis zu der Nacht vor seinem Ritterschlag, die er traditionsgemäß durchwacht hatte. In dieser Nacht war ihm eine Vision gekommen: Keine Vision von Ehre und Ruhm auf dem Schlachtfeld, sondern das Bild eines Schwertes, das in seiner Scheide verrostete, eine Vorstellung von Laufburschenaufträgen und Wacheschieben rund um Staub und Asche, die eigentlich keinen Schutz brauchten.

Zu spät zum Zurückscheuen. Damit hätte er mit einer Familientradition gebrochen, die vermutlich bis zu Vinas Solamnus zurückreichte. Sein Vater würde ihn verstoßen, ihn für immer hassen. Seine Mutter, die zur Feier des Tages Hunderte von Einladungen verschickt hatte, würde sich einen Monat ins Bett legen. Gerard hatte die Zeremonie über sich ergehen lassen. Er hatte sein Gelübde abgelegt, ein Gelübde, das für ihn bedeutungslos war. Und er hatte die Rüstung angelegt, die ihn nun gefangen hielt.

Mittlerweile diente er seit sieben Jahren in der Ritterschaft. Eines davon hatte er »ehrenvoll« damit verbracht, ein paar

Leichname zu bewachen. Davor hatte er seinem Kommandanten im südlichen Ergod Tarbeertee aufgebrüht und Briefe geschrieben. Dann hatte er um seine Versetzung nach Sanction gebeten. Kurz vor seinem Aufbruch wurde die Stadt jedoch von den Armeen der Ritter von Neraka angegriffen, woraufhin sein Vater dafür gesorgt hatte, dass sein Sohn stattdessen nach Solace geschickt wurde. Nach seiner Rückkehr zum Fort wischte sich Gerard den Schlamm von den Stiefeln und gesellte sich zu seinem Kameraden. Er hasste seinen Ehrenplatz vor dem Grabmal der Letzten Helden.

Das Grabmal war ein schlichter, eleganter Zwergenbau aus weißem Marmor und schwarzem Obsidian. Es war von Bäumen umgeben, welche die Elfen gepflanzt hatten. Das ganze Jahr über trugen sie duftende Blüten. Drinnen ruhten die sterblichen Überreste von Tanis dem Halbelfen, der in der Schlacht um den Turm des Oberklerikers als Held gefallen war, und Stahl Feuerklinge, Sohn von Sturm Feuerklinge und Held der Entscheidungsschlacht gegen Chaos. Neben ihnen lagen die Körper der Ritter, die gegen Gott Chaos gekämpft hatten. Über der Tür des Grabmals war ein einzelner Name eingraviert: Tolpan Barfuß, der Kenderheld des Chaoskriegs.

Aus ganz Ansalon strömten die Kender herbei, um ihrem Helden Tribut zu zollen, indem sie auf den Wiesen tafelten, Lieder über Onkel Tolpan sangen und Geschichten von seinen mutigen Taten erzählten. Leider kamen die Kender einige Jahre nach Errichtung des Grabmals auf die Idee, dass jeder einen Glücksbringer vom Grab mitzunehmen hatte. Zu diesem Zweck begannen sie, mit Hammer und Meißel auf die Steine loszugehen, bis die Solamnier sich dazu gezwungen sahen, einen schmiedeeisernen Zaun um das Grabmal zu ziehen, das bereits aussah wie von Mäusen benagt.

Während die Sonne ihn langsam in seiner Rüstung röstete wie

Laura ihren Braten, legte Gerard langsam und feierlich die hundert Schritte zurück, die ihn von der linken Seite des Grabmals zur Mitte führten. Dort begegnete er seinem Kameraden, der die gleiche Entfernung zurückgelegt hatte. Sie salutierten voreinander, machten eine Vierteldrehung, salutierten vor den toten Helden, machten eine weitere Vierteldrehung und marschierten zurück, genau spiegelbildlich zueinander.

Hundert Schritte hin. Hundert Schritte zurück.

Wieder und wieder und wieder.

Für Ritter wie den, der heute mit Gerard Wache hielt, war dies wirklich eine Ehre. Dieser Ritter hatte sich den Posten nicht mit Geld, sondern mit Blut erkauft. Der Veteran hinkte leicht beim Gehen, aber er marschierte voller Stolz. Es war ihm nicht zu verdenken, dass er Gerard bei jeder Begegnung mit verächtlicher Feindseligkeit musterte.

Gerard marschierte auf und ab. Mit der Zeit sammelten sich die Besucher. Viele waren eigens zu diesem Festtag nach Solace gereist. Ganze Trauben von Kendern trafen ein, die auf der Wiese Picknick machten, aßen und tranken, tanzten und spielten – Goblinball und »Halt den Kender fern«. Den Kendern machte es Spaß, die Ritter zu beobachten und sie zu ärgern. Darum tanzten sie um die beiden herum, versuchten, sie zum Lachen zu bringen, kitzelten sie, klopften an ihre Rüstungen, schimpften sie »Kesselkopf« und »Dosenfleisch« oder boten ihnen zu essen an, weil sie schließlich hungrig sein könnten.

Gerard uth Mondar mochte keine Menschen. Elfen misstraute er. Aber Kender hasste er. Er verabscheute sie. Er hasste alle Kender gleichermaßen, einschließlich der so genannten »verschreckten« Kender, die von den meisten Leuten inzwischen bemitleidet wurden. Diese Kender hatten einen Angriff des großen Drachen Malys auf ihre Heimat überlebt. Angeblich hatten sie so viel Gewalt und Grausamkeit mit ansehen müssen, dass sie nun den Menschen sehr ähnlich waren: misstrauisch, vorsichtig und rachsüchtig. Gerard glaubte nicht an dieses »verschreckte« Getue. Für ihn war das nur ein neuer Trick der Kender, ihre gierigen kleinen Hände in fremde Taschen zu stecken.

Kender waren wie Ungeziefer. Sie konnten ihren biegsamen, kleinen Körper flach zusammendrücken und in jedes Gebäude eindringen, das Menschen oder Zwerge errichtet hatten. Davon war Gerard fest überzeugt, darum war er kaum überrascht, als er gegen Ende seiner Wache am späten Nachmittag eine schrille Stimme rufen hörte. Das Rufen kam aus dem Grabmal.

»Ich hab was gesagt!«, wiederholte die Stimme. »Könnte mich bitte jemand rauslassen? Hier drin ist es furchtbar dunkel, darum finde ich die Türklinke nicht.«

Gerards Wachkamerad ließ tatsächlich einen Schritt aus. Er blieb stehen und drehte sich um. »Hast du das gehört?«, fragte er, nachdem er stirnrunzelnd auf das Grabmal geblickt hatte. »Das klingt, als wäre jemand da drin.«

»Was gehört?«, gab Gerard zurück, obwohl er die Stimme deutlich vernommen hatte. »Das bildest du dir nur ein.«

Doch sie hatten sich nicht geirrt. Das Geräusch wurde lauter. Jetzt gesellten sich Klopfgeräusche zu dem Rufen.

»He, ich habe eine Stimme im Grab gehört«, schrie ein Kenderkind, das vorgesprungen war, um einen Ball zurückzuholen, der von Gerards linkem Fuß abgeprallt war. Das Kind presste sein Gesicht an den Zaun und deutete auf die schweren, versiegelten Türen des Grabmals. »In dem Grab sitzt jemand fest! Und er will *raus*!«

Die Kender wie die anderen Bewohner von Solace, die gekommen waren, um den Toten bei Bier und kaltem Hähnchen ihren Respekt zu bezeugen, vergaßen das Essen und die Spiele. Staunend drängten sie sich um den Zaun, wobei sie die Ritter fast überrannt hätten.

»Da drin ist einer lebendig begraben!«, kreischte ein Mädchen.

Die Menge drängte näher heran.

»Zurückbleiben!«, befahl Gerard, der schon sein Schwert zog. »Dies ist heiliger Boden! Jeder, der ihn entweiht, wird festgenommen! Randolph, lauf und hol Verstärkung! Wir müssen den Platz räumen.«

»Bestimmt ist das ein Geist«, überlegte der andere Ritter mit Ehrfurcht in den Augen. »Ein Geist von einem der gefallenen Helden. Er ist zurückgekehrt, um uns vor schrecklichem Unheil zu warnen.«

Gerard schnaubte. »Du hast zu lange den Barden gelauscht! Das ist nichts weiter als einer von diesen dreckigen, kleinen Flöhen, der irgendwie da hineingeraten ist und nicht mehr raus kann. Den Schlüssel für den Zaun habe ich, aber wie man das Grabmal öffnet, weiß ich nicht.«

Das Hämmern gegen die Tür wurde lauter.

Der Ritter warf Gerard einen angewiderten Blick zu. »Ich hole den Offizier. Er wird wissen, was zu tun ist.«

Als Randolph davoneilte, hielt er sein Schwert fest, damit es nicht gegen seine Rüstung klirrte.

»Weg da! Geht beiseite!«, schimpfte Gerard in festem Ton.

Er zog den Schlüssel heraus, lehnte sich rücklings mit dem Gesicht zur Menge an das Tor und fummelte hinter seinem Rücken herum, bis es ihm gelang, den Schlüssel ins Schloss zu stecken. Nach dem Klicken öffnete er das Tor – zum großen Entzücken der Menge, aus der es einigen gelang, sich mit hineinzudrängen. Den Kühnsten zog Gerard mit der flachen Klinge eins über und trieb sie so für kurze Zeit zurück. Das genügte, um sich eilig hinter den Zaun zu schieben und das Tor zuzuschlagen.

Menschen wie Kender drängten sich um den Zaun. Die Kinder steckten ihre Köpfe zwischen den Gitterstäben hindurch, blieben prompt stecken und begannen zu heulen. Einige kletterten ein Stück hoch, um vielleicht doch hinübersteigen zu können, während andere ohne ersichtlichen Grund Arme und Beine hinein streckten. Das alles bewies nur, was er schon lange geargwöhnt hatte – dass er von hirnlosen Idioten umgeben war.

Nachdem sich der Ritter vergewissert hatte, dass das Tor fest verschlossen war, ging er zum Grabmal, wo er sich vor dem Eingang aufbauen wollte, bis der Offizier kam und etwas mitbrachte, womit man das Siegel aufbrechen konnte.

Als er die Stufen aus Marmor und Obsidian emporstieg, hörte er die Stimme fröhlich sagen: »Ach, macht nichts. Ich hab's!«

Ein lautes Schnappen wie von einem geknackten Schloss, dann öffneten sich knarrend die Tore des Grabmals.

Erschrocken, aber auch begeistert japste die Menge auf und drückte sich noch fester an den Zaun. Jeder wollte einen möglichst guten Blick auf den Ritter haben, der gleich von einer Horde Skelettkrieger zerrissen werden würde.

Aus dem Grabmal trat eine Gestalt. Sie war schmutzig und staubig, die Haare vom Wind zerzaust, die Kleider verknittert und angesengt. Selbst die Beutel waren völlig verheddert und damit schwer zu tragen. Doch es war kein Skelett. Auch kein Blut saugender Vampir oder ausgemergelter Ghul.

Es war ein Kender.

Enttäuscht stöhnte die Menge auf.

Der Kender blinzelte halb geblendet ins helle Sonnenlicht. »Hallo«, sagte er. »Ich bin –« Er musste niesen. »Verzeihung. Es ist schrecklich staubig da drin. Hast du mal ein Taschentuch? Ich muss meines verlegt haben. Nun ja, eigentlich gehörte es Tanis, aber ich glaube, jetzt, da er tot ist, braucht er es nicht mehr. Wo bin ich überhaupt?«

»Unter Arrest«, erklärte Gerard. Der Ritter hatte den Kender fest gepackt und schleifte ihn die Stufen hinunter.

Die Leute, die verständlicherweise enttäuscht waren, weil sie den Ritter nun doch nicht gegen Untote kämpfen sehen würden, kehrten zu ihrem Picknick zurück oder spielten weiter Goblinball.

»Diesen Ort kenne ich doch«, staunte der Kender, der sich nach allen Seiten umschaute, anstatt darauf zu achten, wohin er lief. Prompt stolperte er. »Ich bin in Solace. Gut! Da wollte ich auch hin. Mein Name ist Tolpan Barfuß, und ich bin gekommen, um die Grabrede für Caramon Majere zu halten. Wenn du mich also einfach zum Wirtshaus bringen würdest, ich muss wirklich wieder zurück. Gleich wird mich nämlich dieser Riesenfuß zerquetschen – patsch, mitten auf mich drauf, und das kann ich doch nicht verpassen, darum –«

Gerard steckte den Schlüssel ins Torschloss, drehte ihn um und schob das Tor auf. Er versetzte dem Kender einen Schubs, dass dieser der Länge nach hinfiel. »Du gehst einzig und allein ins Gefängnis. Du hast schon genug Unruhe gestiftet.«

Unbekümmert rappelte sich der Kender wieder auf. Er wirkte nicht im Geringsten wütend oder beunruhigt. »Schrecklich nett von dir, dass du mir einen Schlafplatz besorgt hast. Aber so lange wollte ich gar nicht bleiben. Ich will doch nur ...« Er hielt inne. »Habe ich eigentlich schon erwähnt, dass ich Tolpan Barfuß heiße?«

Gerard grunzte uninteressiert. Er hielt den Kender fest gepackt und wartete darauf, dass jemand ihm die kleine Ratte abnahm.

»*Der* Tolpan«, betonte der Kender.

Gerard musterte die Menge mit müdem Blick und rief: »Jeder, der Tolpan Barfuß heißt, Hand hoch!«

Siebenunddreißig Hände flogen in die Luft, und zwei Hunde bellten.

»Huch!«, machte der Kender erstaunt.

»Du siehst, warum ich nicht beeindruckt bin«, konstatierte

Gerard, der hoffnungsvoll auf ein Zeichen wartete, dass endlich Rettung nahte.

»Dann dürfte es wohl wenig helfen, wenn ich dir versichere, dass ich der echte Tolpan bin ... Nein, wohl kaum.« Der Kender seufzte. Unruhig stand er in der heißen Sonne. Einfach aus Langeweile glitt seine Hand in Gerards Geldbeutel, doch darauf war der Ritter vorbereitet. Er verpasste dem Kender einen raschen, scharfen Schlag auf die Fingerknöchel.

Der saugte an seiner geschundenen Hand. »Was ist hier eigentlich los?« Er sah sich unter den Leuten um, die sich auf der Wiese vergnügten. »Was machen all die Leute hier? Wieso sind sie nicht bei Caramons Beerdigung? Das ist das größte Ereignis, das Solace je gesehen hat!«

»Wahrscheinlich, weil Caramon Majere noch nicht gestorben ist«, schnaubte Gerard gereizt. »Wo bleibt denn dieser nichtsnutzige Offizier?«

»Nicht tot?« Der Kender starrte ihn an. »Ganz sicher?«

»Noch heute Morgen habe ich selbst mit ihm gefrühstückt«, bestätigte Gerard.

»Oh, nein!« Der Kender stieß einen Jammerlaut aus und schlug sich vor die Stirn. »Ich habe *schon wieder* alles vermasselt! Und jetzt habe ich bestimmt keine Zeit mehr für einen dritten Versuch. Wegen dem Riesenfuß und allem.« Er begann, in seinem Beutel herumzuwühlen. »Trotzdem, ich sollte es lieber versuchen. Wo ist denn bloß der Apparat –«

Gerard sah sich finster um und packte den Kender noch fester am Kragen seiner staubigen Jacke. Die siebenunddreißig Kender namens Tolpan waren alle angerückt, um Nummer achtunddreißig zu begrüßen.

»Ihr anderen, verschwindet!« Gerard versuchte, sie wie die Hühner wegzuscheuchen.

Natürlich schenkten ihm die Kender keine Beachtung. Obwohl sie zutiefst enttäuscht waren, dass Tolpan sich nicht als zerfallender Zombie entpuppt hatte, wollten sie nur zu gern wissen, woher er kam, was er gesehen hatte und was in seinen Beuteln steckte.

»Willst du ein Stück Mittsommerkuchen?«, erkundigte sich eine hübsche Kenderfrau.

»Oh, danke. Der ist aber gut. Ich –« Die Augen des Kenders klappten weit auf. Er wollte etwas sagen, konnte aber vor lauter Kuchen nicht sprechen und war am Ende halb erstickt. Seine Kameraden klopften ihm hilfsbereit auf den Rücken, bis er den Kuchen herauswürgte, hustete und keuchte: »*Welcher* Tag ist heute?«

»Mittsommer!«, jauchzte alles.

»Dann bin ich doch nicht so falsch!«, rief der Kender triumphierend. »Das ist sogar besser, als ich gehofft hatte! Jetzt kann ich Caramon erzählen, was ich morgen bei seiner Beerdigung sagen werde! Bestimmt findet er das äußerst interessant.«

Der Kender warf einen Blick zum Himmel. Nachdem er festgestellt hatte, dass die Sonne bereits auf halbem Weg zum Horizont war, meinte er: »Oje. Ich habe gar nicht mehr so viel Zeit. Ihr entschuldigt mich bitte, aber ich muss mich beeilen.«

Und schon war er auf und davon. Gerard stand wie angewurzelt auf der Wiese, in der Hand eine Kenderjacke.

Für einen verdutzten Augenblick fragte sich Gerard, wie der Irrwisch es geschafft hatte, sich aus der Jacke zu winden, ohne dabei seine Beutel einzubüßen, die jetzt beim Rennen herumtanzten und zur Begeisterung der siebenunddreißig Tolpans ihren Inhalt preisgaben. Nachdem er entschieden hatte, dass er dieses Phänomen wohl ebenso wenig begreifen würde wie den Abzug der Götter, wollte Gerard dem flüchtigen Kender nachlaufen. Da fiel ihm ein, dass er seinen Posten nicht unbesetzt zurücklassen konnte.

An diesem entscheidenden Punkt kam der Offizier in Sicht, der von einer ganzen Abteilung Ritter von Solamnia begleitet wurde. Alle marschierten feierlich in ihren besten Rüstungen herbei, um die wiedergekehrten Helden in Empfang zu nehmen, denn so hatten sie die Meldung verstanden.

»Nur ein Kender, Herr«, erläuterte Gerard. »Es ist ihm irgendwie gelungen, sich im Grabmal einschließen zu lassen. Er ist von selbst herausgekommen. Mir ist er entwischt, aber ich glaube, ich weiß, wohin er wollte.«

Der Offizier, ein untersetzter Mann, der gern dem Bier zusprach, lief puterrot an. Die Ritter wirkten äußerst fehl am Platz – inmitten eines Kreises tanzender Kender –, und alle warfen Gerard, dem sie die alleinige Schuld an dem ganzen Zwischenfall gaben, finstere Blicke zu.

»Ihre Sache«, murmelte Gerard, während er seinem Gefangenen nachsetzte.

Der Kender hatte einen ordentlichen Vorsprung. Er war schnell und gewitzt und Verfolgungsjagden gewohnt. Gerard war ein kräftiger, guter Läufer, doch die schwere Prunkrüstung behinderte ihn. Sie klapperte, rasselte und kniff ihn zudem an empfindlichen Stellen. Wahrscheinlich hätte er seinen Häftling nie mehr eingeholt, wäre der nicht an verschiedenen Biegungen stehen geblieben, um sich laut zu fragen: »Wo kommt *das* denn her?« (mit einem Blick auf eine neu erbaute Garnison). Ein Stück weiter kam: »Was machen denn die alle hier?« Das bezog sich auf die Flüchtlingsunterkünfte. Und: »Wer hat denn *das* hier aufgestellt?« Damit war ein großes Schild gemeint, das die Stadtväter hatten aufstellen lassen. Es tat kund, dass Solace dem Drachen treu seine Steuern gezahlt hatte und daher ein sicherer Ort für alle Besucher war.

Dieses Schild schien den Kender ganz besonders zu irritieren. Mit strengem Blick blieb er davor stehen. »Das kann hier nicht bleiben«, stellte er vernehmlich fest. »Es wird der Beerdigungsprozession den Weg versperren.«

Gerard dachte schon, jetzt hätte er ihn, doch der Kender schlug einen Haken und flitzte wieder davon. Jetzt musste Gerard anhalten und erst einmal Luft holen. Ihm war vom Rennen in der Hitze in der schweren Rüstung schwindelig geworden. Schon tanzten kleine Sternchen vor seinen Augen. Doch sie befanden sich bereits in der Nähe des Wirtshauses. Mit grimmiger Befriedigung sah der Ritter den Kender die Stufen hocheilen und durch die Vordertür hüpfen.

»Gut«, befand Gerard entschlossen. »Ich habe ihn.«

Nachdem er seinen Helm abgenommen hatte, warf er diesen auf den Boden und lehnte sich an den Pfosten des Schilds, bis er wieder normal atmen konnte. Gleichzeitig beobachtete er die Treppe, um sicher zu sein, dass der Kender nicht verschwand. Allen Vorschriften zum Trotz entledigte sich Gerard der Teile seiner Rüstung, die ihn am meisten einengten, wickelte sie in seinen Mantel und verstaute das Bündel in einer dunklen Ecke des nächsten Holzschuppens. Anschließend ging er zum öffentlichen Wasserfass, wo er die Schöpfkelle tief eintauchte. Das Fass stand an einem schattigen Platz unter einem Vallenholzbaum. Sein Wasser war kühl und wohlschmeckend. Ohne die Tür zum Wirtshaus aus den Augen zu lassen, hob Gerard die Kelle und goss sich das Wasser über den Kopf.

Wunderbar erfrischend rann es ihm über Brust und Rücken. Nach einem langen Schluck strich er seine Haare zurück, wischte sich das Gesicht ab, klemmte den Helm unter den Arm und machte sich an den langen Aufstieg zum Wirtshaus. Die Stimme des Kenders war deutlich zu vernehmen. Dem förmlichen Tonfall und der unnatürlich tiefen Stimme nach trug der Kender eine Rede vor.

»›Caramon Majere war ein außergewöhnlicher Held. Er

kämpfte gegen Drachen und Untote, Goblins und Hobgoblins, Oger und Drakonier und alle möglichen anderen, die mir nicht mehr einfallen. Er ist in die Vergangenheit zurückgereist, mit genau diesem Gerät – diesem hier, diesem Gerät –‹« Der Kender redete einen Augenblick lang wieder normal, um einzuwerfen: »Dann zeige ich den Leuten das Gerät, Caramon. Ich würde es auch dir jetzt gern zeigen, aber leider finde ich es gerade nicht. Keine Sorge, ich gebe es nicht aus der Hand. So, wo war ich?«

Eine Pause. Papier raschelte.

Gerard stieg weiter nach oben. Noch nie zuvor hatte er bemerkt, wie viele Stufen es tatsächlich waren. Seine Beine, die bereits vom Laufen steif und müde waren, brannten, und er keuchte schon wieder. Er wünschte, er hätte die ganze Rüstung abgelegt. Es beschämte ihn, wie sehr er sich hatte gehen lassen. Sein einstmals starker, athletischer Körper war verweichlicht wie der eines Mädchens. Auf der Veranda machte er eine Pause und hörte zu, wie der Kender seine Rede wieder aufnahm.

»›Caramon Majere ist in die Vergangenheit gereist. Er hat Lady Crysania aus dem Abgrund gerettet.‹ Sie wird übrigens hier sein, Caramon. Ein Silberdrache bringt sie her. Goldmond wird auch kommen, ebenso Flusswind und ihre schönen Töchter, dazu Silvanoshei, der König der Vereinten Elfennationen, mit Gilthas, dem neuen Botschafter der Vereinten Nationen der Menschen, und natürlich Laurana. Sogar Dalamar wird kommen! Denk bloß, Caramon! Das Oberhaupt der Versammlung kommt zu deiner Beerdigung. Er wird gleich da drüben neben Palin stehen, dem Oberhaupt der Weißen Roben, aber das weißt du ja bestimmt längst, wo er doch schließlich dein Sohn ist. Jedenfalls glaube ich, dass sie so gestanden haben. Als ich das letzte Mal zu deiner Beerdigung hier war, war alles vorbei, und sie gingen nach Hause. Palin erzählte mir später, es täte ihnen Leid, wenn sie gewusst hätten, dass ich komme, hätten sie gewartet.

Aber Palin sagte auch, sie hätten mich alle für tot gehalten, was ich im Augenblick natürlich nicht bin. Und weil ich deine Beerdigung schon beim ersten Mal verpasst habe, musste ich es einfach noch einmal versuchen.«

Gerard stöhnte. Er musste sich nicht nur mit einem Kender abgeben, sondern obendrein auch noch mit einem verrückten Kender. Wahrscheinlich einer von denen, die sich als »verschreckt« bezeichneten. Nur um Caramon tat es ihm Leid, und er hoffte, dass der Zwischenfall den Alten nicht zu sehr aufregte. Wahrscheinlich würde Caramon Verständnis haben. Aus für Gerard unerfindlichen Gründen schien Caramon diese kleinen Landplagen wirklich zu mögen.

»Jedenfalls geht meine Rede so weiter«, fuhr der Kender fort. »›All das hat Caramon Majere getan und mehr. Er war ein großer Held und ein großer Krieger, aber wisst ihr, was noch mehr zählt?‹« Seine Stimme wurde sanfter. »›Er war ein wunderbarer Freund. Er war mein Freund, der allerbeste Freund auf der ganzen Welt. Ich bin zurückgekommen – oder eher in die Zukunft gekommen –, um das zu sagen, weil ich es für wichtig halte, und Fizban fand es auch wichtig, deshalb ließ er mich auch gehen. Ich finde, ein guter Freund zu sein ist wichtiger, als ein großer Held oder ein großer Krieger zu sein. Ein guter Freund zu sein ist das Wichtigste, was es gibt. Denkt doch nur, wenn alle auf der Welt gute Freunde wären, dann wären wir nicht solch schreckliche Feinde. Manche von euch hier sind jetzt Feinde –‹ An diesem Punkt sehe ich Dalamar an, Caramon, ganz streng fasse ich ihn ins Auge, denn der hat einiges getan, was ich ganz und gar nicht nett fand. Aber dann spreche ich weiter und sage: ›Aber ihr alle seid heute hier, weil ihr Freunde dieses einen Mannes wart, und er war ebenso euer Freund wie meiner. Wenn wir also Caramon Majere jetzt zur Ruhe betten, werden wir vielleicht freundlichere Gefühle füreinander hegen, wenn wir sein

Grab verlassen. Und vielleicht ist das der Beginn des Friedens.‹ Dann verbeuge ich mich, und fertig. Wie findest du das?«

Gerard erreichte die Tür gerade noch rechtzeitig, um zu sehen, wie der Kender von einem Tisch hüpfte, den er offenbar als Podium für seine Rede benutzt hatte. Nun eilte er zu Caramon hin. Laura wischte sich mit den Zipfeln ihrer Schürze die Augen. Der Gossenzwerg, der ihr zur Hand ging, saß hemmungslos plärrend in der Ecke, während die Stammgäste wild applaudierten, mit den Krügen auf die Tische hämmerten und riefen: »Hört, hört!«

Caramon saß auf einem der Stühle mit den hohen Rückenlehnen. Er lächelte, ein Lächeln, das von den letzten goldenen Sonnenstrahlen berührt wurde, als wären diese zum Abschiednehmen ins Gasthaus geschlüpft.

»Ich bedauere, dass es dazu kommen musste, Herr«, begann Gerard, der nun eintrat. »Mir war nicht klar, dass er Euch belästigen würde. Ich nehme ihn jetzt mit.«

Caramon streckte die Hand aus und streichelte den Haarknoten des Kenders, aus dem die Haare wie die einer erschrockenen Katze herausragten.

»Er belästigt mich gar nicht. Ich bin froh, ihn wiederzusehen. Das über die Freundschaft war wunderbar, Tolpan. Einfach wunderbar. Danke.«

Doch dann schüttelte Caramon stirnrunzelnd den Kopf. »Aber den Rest deiner Rede habe ich nicht verstanden, Tolpan. Das mit den Vereinten Elfennationen – und dass Flusswind gekommen sein soll. Der ist doch schon seit vielen Jahren tot. Irgendetwas stimmt da nicht. Ich muss darüber nachdenken.« Caramon erhob sich und ging zur Tür. »Ich mache nur meinen Abendspaziergang, Laura.«

»Wenn du wiederkommst, ist dein Essen fertig, Vater«, erwiderte sie. Nachdem sie ihre Schürze glatt gestrichen hatte, rüttelte sie den Gossenzwerg, der sich zusammenreißen und wieder an die Arbeit gehen sollte.

»Denk aber nicht zu lange nach, Caramon«, rief Tolpan ihm nach. »Weil ... ach, du weißt schon.«

Er sah Gerard an, der dem Kender eine feste Hand auf die Schulter gelegt hatte. Diesmal hielt er nicht nur die Kleider fest.

»Weil er doch bald tot sein wird«, flüsterte Tolpan hörbar. »Das wollte ich nicht so gern erwähnen. Es wäre doch unhöflich gewesen, meinst du nicht auch?«

»Ich meine, dass du das nächste Jahr im Gefängnis zubringen wirst«, gab Gerard gemessen zurück.

Caramon Majere stand auf der obersten Stufe. »Ja, meine liebe Tika. Ich komme«, sagte er. Damit legte er eine Hand auf sein Herz und stürzte kopfüber nach unten.

Der Kender riss sich von Gerard los, warf sich auf den Boden und brach in Tränen aus.

Gerard sprang hinterher, konnte Caramons Sturz jedoch nicht mehr aufhalten. Der schwere Hüne polterte die Treppe seines geliebten Wirtshauses hinunter. Laura schrie auf. Die Gäste riefen erschrocken um Hilfe. Die Leute auf der Straße, die Caramon fallen sahen, eilten zum Wirtshaus.

So schnell er nur konnte, hastete Gerard die Treppe hinunter. Er war der Erste, der Caramon erreichte. Er befürchtete, der Alte würde schreckliche Schmerzen leiden, denn er musste sich jeden Knochen im Leib gebrochen haben, doch Caramon schien nicht zu leiden. Die Schmerzen und Sorgen der Sterblichen lagen bereits hinter ihm, und seine Seele verweilte nur noch, um sich zu verabschieden. Laura warf sich neben ihm auf die Erde, nahm seine Hand und presste sie an ihre Lippen.

»Weine nicht, mein Liebling«, tröstete er sie lächelnd. »Deine Mutter ist hier bei mir. Sie wird gut auf mich aufpassen. Alles wird wieder gut.«

»Ach, Papa!«, schluchzte Laura. »Verlass mich noch nicht!«

Caramons Blick glitt über die Menschen aus dem Ort, die sich versammelt hatten. Lächelnd nickte er ihnen zu, suchte aber weiter die Menge ab, bis er die Stirn runzelte.

»Aber wo ist Raistlin?«, fragte er.

Laura wirkte verschreckt, sagte aber mit brechender Stimme: »Vater, dein Bruder ist schon lange, lange tot –«

»Er hat gesagt, er würde auf mich warten«, widersprach Caramon. Anfangs war seine Stimme noch kräftig gewesen, doch jetzt wurde sie schwächer. »Er müsste hier sein. Tika ist doch auch da. Das verstehe ich nicht. Da stimmt etwas nicht. Tolpan … Was Tolpan gesagt hat … Eine andere Zukunft …«

Sein Blick streifte Gerard. Er winkte den Ritter zu sich.

»Du musst da noch etwas … tun«, flüsterte Caramon mit brüchiger Stimme.

Gerard kniete neben ihm nieder. Der Tod dieses Mannes berührte ihn mehr, als er es für möglich gehalten hätte. »Ja, Herr«, versicherte er. »Was denn?«

»Versprich es«, wisperte Caramon. »Bei deiner Ehre … als Ritter.«

»Ich verspreche es«, gelobte Gerard. Vermutlich wollte der Alte, dass er auf seine Töchter aufpasste oder sich seiner Enkel annahm, unter denen auch ein Ritter von Solamnia war. »Was soll ich für Euch tun, Herr?«

»Dalamar wird es wissen … Bring Tolpan zu Dalamar«, verlangte Caramon, dessen Stimme plötzlich wieder erstarkte. Er sah Gerard durchdringend an. »Versprichst du das? Schwörst du, dass du es tun wirst?«

»Aber, Herr«, wollte Gerard einwenden, »Ihr verlangt Unmögliches von mir! Dalamar wurde seit Jahren nicht mehr gesehen. Die meisten halten ihn für tot. Und was diesen Kender angeht, der sich für Tolpan ausgibt …«

Caramon streckte die Hand aus, die von seinem Sturz blutig war. Er griff nach Gerards höchst widerwilliger Rechter und umfasste sie fest.

»Ich verspreche es«, lenkte Gerard ein.

Caramon lächelte. Er atmete aus und nicht wieder ein. Im Sterben wurden seine Augen starr, ruhten nur noch auf Gerard. Die Hand packte auch noch im Tod fest zu. Gerard musste die Finger des Alten einzeln lösen. Seine Handfläche war blutverschmiert.

»Ich begleite dich wirklich gern zu Dalamar, Herr Ritter, aber nicht morgen«, schniefte der Kender, der sich mit dem Hemdsärmel das tränennasse Gesicht abwischte. »Da muss ich nämlich Caramons Grabrede halten.«

4 Seltsames Erwachen

Silvans Arm stand in Flammen. Er konnte das Feuer nicht löschen, doch niemand kam ihm zu Hilfe. Er rief nach Samar und nach seiner Mutter, aber seine Rufe verhallten ungehört. Er war wütend, so furchtbar wütend und verletzt, weil sie nicht kamen. Sie ignorierten ihn einfach. Dann fiel ihm ein, dass sie nicht kamen, weil sie wütend auf ihn waren. Er hatte versagt. Er hatte sie im Stich gelassen. Sie würden nie mehr kommen ...

Sein eigener Aufschrei weckte Silvan. Als er die Augen aufschlug, sah er ein graues Dach über sich. Alles war leicht verschwommen, deshalb hielt er die graue Masse dort oben für die graue Decke des Grabhügels. Sein Arm tat weh, und er erinnerte sich an das Feuer. Erschrocken versuchte er, die Flammen auszuschlagen. Da schoss der Schmerz durch seinen Arm, hämmerte in seinem Kopf. Er sah keine Flammen. Allmählich wurde ihm klar, dass er das Feuer nur geträumt hatte. Die Schmerzen in seinem linken Arm waren jedoch kein Traum, sie waren echt. Er untersuchte den Arm so gut wie möglich, obwohl jede Bewegung seines Kopfes ihn aufjapsen ließ.

Es gab keinen Zweifel, der Arm war dicht über dem Handgelenk gebrochen und so dick angeschwollen, dass er dank seiner erschreckenden, grünlich blauen Verfärbung wie ein Monsterarm aussah. Silvan lehnte sich zurück, schaute sich um und tat sich selbst Leid. Warum nur kam seine Mutter nicht, wenn er solche Qualen litt …

»Mutter!« Er setzte sich so plötzlich auf, dass er sich gleich darauf vor Schmerz übergeben musste.

Er hatte keine Ahnung, wie er hierher gekommen war oder wo er sich überhaupt befand. Er wusste, wo er hätte sein sollen. Er hatte für sein bedrängtes Volk Hilfe holen sollen. Während er sich umsah, versuchte er, ein gewisses Zeitgefühl zu entwickeln. Die Nacht war vorüber, die Sonne stand am Himmel. Er hatte ein Dach aus grauen Blättern für die Decke des Grabhügels gehalten. Tote, graue Blätter, die leblos an toten Ästen hingen. Sie waren nicht wie im Herbst eines natürlichen Todes gestorben, wenn sie sich vom Baum lösten, um wie in rotgoldenen Träumen durch die kühle Luft zu tanzen. Blättern und Zweigen, Stamm und Wurzeln war das Leben ausgesaugt worden. Nur ausgedörrte, mumifizierte Hüllen waren stehen geblieben, Zerrbilder von Bäumen.

Silvan hatte noch keine Baumkrankheit gesehen, die so viele Bäume gleichzeitig dahinraffte. Es war ein erschreckender Anblick. Doch ihm blieb keine Zeit, darüber nachzudenken. Er musste seinen Auftrag zu Ende bringen.

Der Himmel über ihm war perlgrau mit einem seltsamen Schimmer, den er für eine Nachwirkung des Sturms hielt. Sicher waren noch nicht allzu viele Stunden vergangen. Die Armee hatte durchgehalten. Ich habe noch nicht ganz versagt. Ich kann immer noch Hilfe bringen.

Er musste den Arm schienen, darum suchte er im Unterholz nach einem kräftigen Stock. Als er glaubte, das Passende gefunden zu haben, streckte er die Hand danach aus. Der Stock zerfiel zwischen seinen Fingern zu Staub. Fassungslos starrte er ihn an. Die Asche war feucht und hinterließ ein schmieriges Gefühl. Angewidert wischte er die Hand an seinem regennassen Hemd ab.

Ringsherum standen graue Bäume. Grau und sterbend oder grau und tot. Das Gras war grau, die Kräuter waren grau, die alten Äste waren grau, wie ausgesaugt.

Er hatte so etwas schon gesehen oder wenigstens davon gehört ... Es fiel ihm jedoch nicht ein, und zum Nachdenken hatte er keine Zeit. Mit wachsender Hast durchstöberte er das graue Unterholz nach einem Stock. Schließlich fand er einen, der zwar staubig, aber nicht von der seltsamen Krankheit befallen war. Als er ihn an seinen Arm legte, musste er gegen den aufflammenden Schmerz die Zähne zusammenbeißen. Er riss einen Streifen von seinem Hemd ab, mit dem er die Schiene festband. Der Schmerz und das hässliche Geräusch ließen ihn fast wieder ohnmächtig werden. Zusammengekauert und mit gesenktem Kopf blieb er sitzen und kämpfte gegen die Übelkeit und die plötzliche Hitze an, die seinen Körper zu überwältigen drohten.

Endlich verschwanden die Sterne vor seinen Augen. Auch die Schmerzen ließen etwas nach. Den verletzten Arm dicht am Körper haltend, kam Silvan mühsam hoch. Der Wind hatte sich gelegt, so dass dem jungen Elfen seine Führung fehlte. Die Sonne war hinter den perlgrauen Wolken nicht zu sehen, doch an einer Stelle war der Himmel heller, also musste dort Osten sein. Silvan kehrte dem Licht den Rücken zu und blickte nach Westen.

Er erinnerte sich weder an seinen Sturz noch an das, was unmittelbar vor dem Sturz geschehen war. Deshalb begann er, mit sich selbst zu reden. Der Klang seiner Stimme wirkte tröstlich.

»Ich erinnere mich nur noch daran, dass ich die Straße sehen konnte, die mich nach Sithelnost hätte bringen sollen«, sagte er. Er redete in Silvanesti, seiner Muttersprache, die von Alhana bevorzugt wurde.

Vor ihm ragte ein Berg auf. Er stand auf dem Grund einer Schlucht, an die er sich aus der vergangenen Nacht vage erinnern konnte.

»Jemand ist in die Schlucht heruntergeklettert oder gefallen«, stellte er fest, als er die unregelmäßige Spur in der grauen Asche betrachtete, die sich über den Abhang zog. Er lächelte reumütig. »Das dürfte wohl ich gewesen sein. Ich muss in der Dunkelheit einen falschen Schritt gemacht haben und bin in den Abgrund gestürzt. Was bedeutet«, fügte er ermutigt hinzu, »dass gleich da oben die Straße liegen dürfte. Es ist gar nicht so weit.«

Sogleich machte er sich daran, die steilen Hänge der Schlucht zu erklimmen, doch das erwies sich als schwieriger, als er gedacht hatte. Der Regen hatte die graue Asche in Schlick verwandelt, sie war rutschig und matschig. Zweimal rutschte er ab, schlug seinen verletzten Arm an und verlor beinahe das Bewusstsein.

»Das wird jedenfalls nichts«, murmelte Silvan.

Jetzt blieb er am Grund der Schlucht, wo ihm das Gehen leichter fiel, behielt aber immer die Spitze des Berges im Auge. Er hoffte, einen Felsvorsprung zu erspähen, der ihm auf dem rutschigen Hang als Treppe dienen könnte.

Umnebelt von Schmerz und Furcht stolperte er durch das unebene Gelände. Jeder Schritt erzeugte stechende Schmerzen in seinem Arm, doch er zwang sich weiter. Er trottete durch den grauen Schlamm, der ihn zwischen die tote Vegetation zu ziehen schien, suchte einen Weg aus diesem grauen Tal des Todes, das er bereits zu hassen begann, wie ein Gefangener seine Zelle hasst.

Er war vor Durst wie ausgedörrt. Zu gern hätte er den Aschegeschmack in seinem Mund mit einem Schluck Wasser weggespült. Einmal fand er eine Pfütze, doch die war von einem grauen Film überzogen. Er brachte es nicht über sich, daraus zu trinken, sondern taumelte lieber weiter.

»Ich muss die Straße erreichen«, sagte er sich. Wie ein Mantra wiederholte er diesen Satz viele Male im Rhythmus seiner Schritte. »Ich muss weitergehen«, sprach er sich halb im Traum Mut zu, »denn wenn ich hier unten sterbe, werde ich zu einer grauen Mumie wie diese Bäume, und niemand wird mich jemals finden.«

Plötzlich stand er vor dem Ende der Schlucht, vor einem Durcheinander aus Gesteinsbrocken und umgestürzten Bäumen. Silvan straffte sich, holte tief Luft und wischte den kalten Schweiß von der Stirn. Nachdem er einen Augenblick ausgeruht hatte, begann er nach oben zu klettern. Seine Füße rutschten von den Steinen ab. Mehr als einmal konnte er sich gerade noch fangen. Doch er kämpfte sich grimmig weiter voran, denn er war entschlossen, dieser Schlucht zu entkommen, und wenn es das Letzte war, was er in diesem Leben vollbrachte. Immer näher arbeitete er sich zur Abbruchkante hin, bis er meinte, er müsse gleich die Straße erblicken.

Als er zwischen den Stämmen der grauen Bäume hindurchspähte, war er sicher, dass die Straße dort liegen musste. Doch eine seltsame Verzerrung in der Luft versperrte ihm die Sicht, eine Verzerrung, welche die Bäume vor seinen Augen wabern ließ.

Silvan setzte den Aufstieg fort.

»Ein Trugbild«, murmelte er. »So wie man an einem heißen Tag mitten auf der Straße Wasser sieht. Bis ich dort bin, ist es verschwunden.«

Er erreichte die Spitze und wollte wieder einen Blick auf die

Straße werfen, die er gleich dahinter vermutete. Um trotz der Schmerzen weitergehen zu können, musste er sich ganz auf die Straße konzentrieren; sie beherrschte seine Gedanken.

»Ich muss die Straße erreichen«, nahm er sein Mantra wieder auf. »Die Straße ist das Ende der Schmerzen, die Straße rettet mich und mein Volk. Wenn ich an der Straße bin, stoße ich bestimmt auf einen Spähtrupp meiner Mutter. Ich übergebe ihnen meine Botschaft. Dann lege ich mich auf die Straße, meine Schmerzen sind zu Ende, und die graue Asche kann mich bedecken ...«

Er rutschte aus. Fast wäre er gestürzt. Die Angst riss ihn aus seiner schauerlichen Andacht. Zitternd stand Silvan da und schaute sich um, während er seinem Verstand befahl, von jenem tröstlichen Ort zurückzukehren, an dem er sich Zuflucht erhoffte. Er war nur wenige Fuß von der Straße entfernt. Dort waren die Bäume glücklicherweise nicht tot, obwohl auch sie von einer Art Krankheit befallen waren. Ihre Blätter waren noch grün, doch sie hingen welk herab. Die Rinde der Bäume hatte eine ungesunde Färbung; an manchen Stellen schälte sie sich bereits ab.

Silvan blickte an den Bäumen vorbei. Er konnte die Straße zwar erkennen, aber nicht deutlich. Sie waberte, bis ihm von diesem Anblick schwindelig wurde. Unsicher fragte er sich, ob das an seinem Sturz lag.

»Vielleicht werde ich blind«, sagte er sich.

Erschrocken sah er sich nach hinten um. Sein Blickfeld klärte sich. Die grauen Bäume standen fest und gerade, ohne zu schimmern. Erleichtert blickte er wieder nach vorn. Die Verzerrung kehrte zurück.

»Seltsam«, wunderte er sich. »Ich frage mich, woher das kommt.«

Unwillkürlich wurde er langsamer, um die Verzerrung aus der Nähe zu begutachten. Er hatte den merkwürdigen Eindruck, sie wäre wie ein Spinnennetz, welches eine grässliche Spinne zwischen ihm und der Straße gesponnen hatte. Er kam dem Schimmern nur ungern näher, denn dabei überkam ihn das beunruhigende Gefühl, dass dieses Netz ihn packen, festhalten und aussaugen würde, wie es die Bäume ausgesaugt hatte. Doch hinter dem Schleier lag die Straße, und die war sein Ziel, seine Hoffnung.

Er machte einen Schritt auf die Straße zu, kam aber abrupt zum Stehen. Er konnte nicht weitergehen. Da vorne lag die Straße, nur wenige Schritte entfernt. Mit zusammengebissenen Zähnen schob er sich mühsam voran, obwohl er jeden Moment damit rechnete, klebrige Spinnweben im Gesicht zu spüren.

Der Weg war versperrt, obwohl Silvan nichts fühlte. Kein Hindernis war zu sehen, doch er konnte sich nicht rühren. Das heißt, er kam nicht vorwärts. Seitwärts oder rückwärts ging es durchaus, aber nicht nach vorn.

»Eine unsichtbare Grenze. Graue Asche. Tote, sterbende Bäume«, flüsterte er.

Jenseits des wirbelnden Abgrunds aus Schmerzen, Angst und Verzweiflung fand er die Antwort.

»Der Schild. Das ist der Schild!«, wiederholte er entgeistert.

Der magische Schild, den die Silvanesti über ihre Heimat gezogen hatten. Er hatte ihn noch nie gesehen, doch er kannte die Beschreibungen seiner Mutter. Auch andere hatten von dem seltsamen Schimmern erzählt, von dem Wabern der Luft, das der Schild erzeugte.

»Das kann nicht sein«, schrie Silvan auf. »Der Schild gehört nicht hierher. Er ist weiter im Süden! Ich war auf der Straße, unterwegs in Richtung Westen. Der Schild war südlich von mir.« Er drehte sich um, denn er wollte nach der Sonne sehen, doch die Wolken waren dichter geworden. Die Sonne war nicht zu finden.

Und dann fiel ihm die Antwort ein, und bittere Verzweiflung überkam ihn. »Ich habe die falsche Richtung eingeschlagen«, stellte er fest. »Ich bin so weit gelaufen ... in die falsche Richtung!«

In seinen Augen brannten die Tränen. Die Vorstellung, diesen Berg hinabzusteigen, jeden seiner Schritte, die ihn so viel Mühe gekostet hatten, zurückzugehen, war nahezu unerträglich. Er sank auf den Boden und überließ sich seinem Leid.

»Alhana! Mutter!«, jammerte er verzweifelt. »Vergib mir! Ich habe versagt! Mein Leben lang habe ich dich enttäuscht ...«

»Wer bist du, dass du den verbotenen Namen aussprichst?«, erklang eine Stimme. »Wer bist du, der den Namen Alhana ausspricht?«

Silvan sprang auf. Mit dem Handrücken wischte er sich die Tränen aus den Augen und sah sich erschrocken nach demjenigen um, der sich zu Wort gemeldet hatte.

Zuerst bemerkte er nur einen Fleck leuchtenden, lebenden Grüns und glaubte schon, einen Teil des Waldes entdeckt zu haben, der von der Krankheit verschont geblieben war. Doch dann regte sich der Fleck und enthüllte ein Gesicht, Augen, Mund und Hände. Er entpuppte sich als Elf.

Die Augen des Elfen waren grau wie der Wald ringsumher, doch sie reflektierten nur den Tod, den er wahrnahm, spiegelten die Trauer wider, die er angesichts dieses Verlusts fühlte.

»Wer bin ich, dass ich den Namen meiner Mutter ausspreche?«, wehrte sich Silvan ungeduldig. »Ihr Sohn natürlich.« Mit ausgestreckter Hand hinkte er einen Schritt vor. »Aber die Schlacht ... Wie ist die Schlacht ausgegangen? Wie steht es?«

Der Elf entzog sich Silvans Berührung. »Welche Schlacht?«, wollte er wissen.

Silvan starrte ihn an. Gleichzeitig bemerkte er Bewegungen hinter sich. Drei weitere Elfen tauchten auf. Wenn sie sich nicht bewegt hätten, hätte er sie nie gesehen, deshalb fragte er sich, wie lange sie wohl schon da waren. Er erkannte sie nicht, doch das war nichts Ungewöhnliches. Er hielt sich nicht oft zwischen den einfachen Soldaten des Heeres seiner Mutter auf. Sie ermutigte ihren Sohn auch nicht, sich solche Kameraden zu suchen, denn eines Tages sollte er ihr König sein, sie regieren.

»Die Schlacht!«, wiederholte Silvan ungeduldig. »Heute Nacht haben die Oger angegriffen! Ihr müsst doch ...«

Allmählich begriff er. Diese Elfen waren nicht zum Krieg gerüstet. Sie trugen Reisekleider. Vielleicht wussten sie wirklich nichts von der Schlacht.

»Ihr müsst Teil der Fernpatrouille sein. Ihr seid gerade rechtzeitig zurück.« Silvan hielt inne, um sich zu konzentrieren, denn er musste den lastenden Nebel aus Schmerz und Verzweiflung durchdringen. »Vergangene Nacht wurden wir angegriffen, während des Sturms. Eine Ogerarmee. Ich ...« Er brach ab und biss sich auf die Lippen, denn er wollte sein Versagen nur ungern eingestehen. »Ich sollte Hilfe holen. Die Stahllegion hat bei Sithelnost ein Fort. Diese Straße entlang.« Er machte eine klägliche Geste. »Wahrscheinlich bin ich gestürzt. Ich habe mir den Arm gebrochen. Dann habe ich den falschen Weg eingeschlagen, und jetzt muss ich zurück, aber ich habe keine Kraft mehr. Ich schaffe es nicht, aber ihr bestimmt. Bringt dem Kommandanten der Legion folgende Botschaft. Sagt ihm, Alhana Sternenwind wird angegriffen ...«

Er verstummte. Einer der Elfen hatte eine Art Aufschrei von sich gegeben. Der vorderste Elf, der Silvan angesprochen hatte, brachte ihn mit einem Wink zum Schweigen.

Silvan wurde immer wütender. Es beschämte ihn zutiefst, dass er eine so traurige Gestalt abgab, weil er den verwundeten Arm an die Seite drückte wie ein verletzter Vogel, der seinen Flügel nachschleift. Aber er war verzweifelt. Es musste bereits spät am Vormittag sein. Er konnte nicht mehr weiter, war dem Zusammenbruch nahe. Er richtete sich auf und griff auf den Mantel seines Titels zurück, auf die Würde, die dieser ihm verlieh.

»Ihr steht im Dienst meiner Mutter, Alhana Sternenwind«, mahnte er mit herrischer Stimme. »Sie ist nicht hier, aber vor euch steht ihr Sohn, Silvanoshei, euer Prinz. In ihrem wie in meinem Namen befehle ich euch, der Stahllegion ihre Bitte um Unterstützung zu überbringen. Eilt euch! Ich verliere die Geduld!«

Außerdem würde er bald wieder das Bewusstsein verlieren, aber er wollte nicht, dass diese Soldaten ihn für schwach hielten. Weil er nur noch wacklig auf den Beinen stand, stützte er sich an einem Baumstamm ab. Die Elfen hatten sich nicht gerührt. Jetzt sahen sie ihn mit misstrauischem Erstaunen an, das ihre Mandelaugen weitete. Anschließend blickten sie zu der Straße hinter dem Schild hinüber, dann wieder auf ihn.

»Warum starrt ihr mich so an?«, fluchte Silvan. »Tut, was ich euch befohlen habe! Ich bin euer Prinz!« Ihm kam ein Gedanke. »Ihr braucht keine Angst zu haben, mich hier zurückzulassen«, wehrte er ab. »Ich komme schon zurecht.« Er winkte. »Lauft schon! Lauft! Rettet euer Volk!«

Der Anführer kam näher. Seine grauen Augen waren wie gebannt auf Silvan gerichtet; forschend musterten sie ihn.

»Was meinst du damit, du hättest den falschen Weg eingeschlagen?«

»Warum vergeudest du Zeit mit dummen Fragen?«, gab Silvan ergrimmt zurück. »Ich werde dich Samar melden! Ich lasse dich degradieren!« Er funkelte den Elfen an, der ihn weiter durchdringend anblickte. »Der Schild liegt südlich der Straße. Ich war auf dem Weg nach Sithelnost. Durch den Sturz muss ich die Orientierung verloren haben! Denn der Schild ... die Straße ...«

Er drehte sich um. Er versuchte, seinen Gedanken zu Ende zu bringen, doch Schmerzen vernebelten sein Hirn.

»Das kann nicht sein«, flüsterte er.

Welche Richtung er auch eingeschlagen hatte, er müsste dennoch in der Lage sein, die Straße zu erreichen, die außerhalb des Schilds lag.

Die Straße lag noch immer außerhalb des Schilds. Er war derjenige, der sich innerhalb befand.

»Wo bin ich?«, fragte er.

»Du bist in Silvanesti«, erwiderte der Elf.

Silvan schloss die Augen. Alles war verloren. Er hatte völlig versagt. Er ging in die Knie und sank vornüber in die graue Asche. Er hörte Stimmen, doch die waren weit weg und entfernten sich immer weiter.

»Glaubt ihr, er ist es wirklich?«

»Ja. Er ist es.«

»Wie kannst du da sicher sein, Rolan? Vielleicht ist das eine Finte!«

»Ihr habt ihn doch gesehen. Ihr habt ihn gehört. Ihr habt das Drängen in seiner Stimme wahrgenommen, ihr habt die Verzweiflung in seinen Augen gesehen. Sein Arm ist gebrochen. Seht euch die Blutergüsse in seinem Gesicht an, die zerrissenen, schmutzigen Kleider. Wir haben die Spur in der Asche gefunden, die sein Sturz hinterlassen hat. Wir haben seine Selbstgespräche belauscht, als er noch nicht wusste, dass wir hier sind. Wir haben mit angesehen, wie er versucht hat, zur Straße zu gelangen. Wie könnt ihr da noch zweifeln?«

Schweigen. Dann folgte ein scharfes Zischen: »Aber wie ist er durch den Schild gekommen?«

»Irgendein Gott muss ihn geschickt haben«, vermutete der Anführer. Silvan fühlte, wie eine Hand sanft seine Wange berührte.

»Was für ein Gott?« Der andere klang bitter. »Es gibt keine Götter mehr.«

Als Silvan erwachte, konnte er klarer sehen. Er hatte seine Sinne wieder beisammen. Dumpfe Kopfschmerzen erschwerten ihm das Denken, so dass er zunächst damit zufrieden war, still liegen zu bleiben und seine Umgebung wahrzunehmen, während sein Gehirn zu begreifen suchte, was eigentlich vor sich ging. Die Straße ...

Silvan wollte sich aufsetzen.

Eine feste Hand auf seiner Brust hielt ihn davon ab.

»Nicht so schnell bewegen. Ich habe Euren Arm geschient und mit einem Umschlag verbunden, damit er schneller heilt. Aber Ihr müsst ihn trotzdem schonen.«

Silvan schaute sich um. Zuerst dachte er, er hätte alles nur geträumt und läge wieder in dem Grabhügel. Aber es war kein Traum gewesen. Die Bäume sahen aus, wie er sich an sie erinnerte – hässlich grau, krank, im Sterben. Das Blätterbett, auf dem er lag, war ein Totenbett aus verrottenden Pflanzen. Die jungen Bäume, Pflanzen und Blumen, die den Waldboden überzogen, kränkelten welk vor sich hin.

Silvanoshei befolgte den Rat des Elfen und legte sich zurück, eher um sich Zeit zu lassen, seine Verwirrung über das Geschehene zu bekämpfen, als um des Ausruhens willen.

»Wie geht es Euch?« Die Stimme des Elfen klang respektvoll.

»Ich habe noch Kopfschmerzen«, antwortete Silvan. »Aber die Schmerzen im Arm sind weg.«

»Gut«, meinte der Elf. »Dann dürft Ihr Euch aufsetzen. Langsam, langsam. Sonst werdet Ihr wieder ohnmächtig.«

Ein starker Arm half Silvan, bis der junge Elf saß. Er verspürte einen Anflug von Schwindel und Übelkeit, deshalb schloss er die Augen, bis das unangenehme Gefühl vorbei war.

Der Elf hielt Silvan eine Holzschale an die Lippen.

»Was ist das?«, wollte der Prinz wissen. Misstrauisch betrachtete er die braune Flüssigkeit in der Schale.

»Ein Kräutertrank«, erwiderte der Elf. »Ich glaube, Ihr habt eine leichte Gehirnerschütterung. Das hier lindert die Kopfschmerzen und fördert die Heilung. Kommt, trinkt. Warum zögert Ihr?«

»Man hat mich gelehrt, nichts zu essen oder zu trinken, solange ich nicht weiß, wer es zubereitet hat, und nicht gesehen habe, dass andere davon probiert haben«, gab Silvan zurück.

Der Elf war erstaunt. »Nicht einmal von einem anderen Elfen?«

»*Am allerwenigsten* von einem anderen Elfen«, bestätigte Silvanoshei grimmig.

»Ah«, machte der Elf, der ihn nun mitleidig ansah. »Ja, natürlich. Ich verstehe.«

Silvan versuchte, auf die Beine zu kommen, doch ihm wurde wieder schwindelig. Der Elf setzte die Schale an seine eigenen Lippen und trank mehrere Schlucke. Nachdem er dann höflich den Rand abgewischt hatte, bot er sie Silvan erneut an.

»Denkt mal nach, junger Mann. Wenn ich Euren Tod wollte, hätte ich Euch leicht umbringen können, solange Ihr bewusstlos wart. Oder ich hätte Euch nur einfach hier liegen lassen müssen.« Er sah sich unter den grauen, dürren Bäumen um. »Das wäre ein langsamerer, schmerzhafterer Tod gewesen, aber er hätte Euch ebenso ereilt wie zu viele von uns.«

Darüber dachte Silvanoshei nach, so gut es angesichts seiner Kopfschmerzen ging. Die Worte des Elfen klangen einleuchtend. Silvan nahm die Schale in beide Hände und hob sie an die Lippen. Es war ein bitterer Trunk, der nach Baumrinde roch und schmeckte. Sein Körper wurde von angenehmer Wärme durchflutet. Die Kopfschmerzen ließen nach, der Schwindel verflog.

Silvanoshei fragte sich, wie er auf die Idee gekommen war, dieser Elf gehöre der Armee seiner Mutter an. Er trug einen Umhang, wie Silvan ihn noch nie gesehen hatte, aus einem Leder, das wie Blätter und Sonnenlicht, wie Gras und Büsche und Blumen aussah. So lange der Elf sich nicht bewegte, verschmolz er so nahtlos mit seiner Waldumgebung, dass er nicht auszumachen war. Hier inmitten des Todes fiel er auf, denn sein Umhang bewahrte wie im Trotz die grüne Erinnerung an einen lebenden Wald.

»Wie lange war ich bewusstlos?«, fragte Silvan.

»Mehrere Stunden, seit wir Euch heute Morgen fanden. Es ist Mittsommer, falls Euch das weiterhilft.«

Silvan schaute sich um. »Wo sind die anderen?« Vielleicht versteckten sie sich irgendwo.

»Wo sie hingehören«, antwortete der Elf.

»Ich danke dir für deine Hilfe. Du hast anderswo zu tun, genau wie ich.« Silvan stand auf. »Ich muss gehen. Vielleicht ist es zu spät ...« Er schmeckte bittere Galle in seinem Mund und nahm sich kurz Zeit, sie herunterzuschlucken. »Dennoch muss ich meinen Auftrag ausführen. Wenn du mir die Stelle zeigst, wo ich durch den Schild komme ...«

Der Elf betrachtete ihn wieder mit dieser merkwürdigen Intensität. »Es gibt keinen Weg durch den Schild.«

»Aber es muss einen geben!«, fuhr Silvan ihn wütend an. »Ich bin doch schließlich durchgekommen, oder?« Er blickte zu den Bäumen bei der Straße, wo sich die eigenartige Verzerrung befand. »Ich gehe zu der Stelle zurück, wo ich gestürzt bin. Da wird es gehen.«

Entschlossen machte er sich daran, seine Schritte zurückzuverfolgen. Der Elf versuchte nicht, ihn aufzuhalten, sondern begleitete ihn schweigend.

Ob seine Mutter und ihre Armee so lange gegen die Oger durchgehalten hatten? Die Armee hatte schon Unglaubliches vollbracht. Silvan musste glauben, dass sie es geschafft hatten. Er musste einfach glauben, dass noch Zeit war.

Schließlich fand er die Stelle, wo er den Schild durchdrungen haben musste. Er sah die Spur, die sein Körper beim Herunterrollen in die Schlucht hinterlassen hatte. Bei seinem ersten Versuch, hier hochzuklettern, war die graue Asche schlüpfrig gewesen, doch inzwischen war sie getrocknet. Jetzt ging es einfacher. Während Silvan den Hügel hinaufkletterte, gab er gut Acht, nicht mit dem verletzten Arm anzustoßen. Der Elf wartete am Boden der Schlucht, ohne ihn aus den Augen zu lassen.

Silvan erreichte den Schild. Wie zuvor schreckte er vor der Berührung zurück. Aber genau hier war er hereingelangt, wenn auch unwissentlich. Er konnte die Spur sehen, die sein Stiefelabsatz im Schlamm hinterlassen hatte. Er sah den umgekippten Baum über dem Weg liegen. Ihm kam die vage Erinnerung an seinen Versuch, das Hindernis zu umgehen.

Bis auf einen kaum wahrnehmbaren Schimmer, wenn die Sonne genau im richtigen Winkel darauf fiel, war der Schild unsichtbar. Ansonsten konnte er nur durch den Anblick der Bäume und Pflanzen dahinter erkennen, dass der Schild da war. Er erinnerte ihn an Hitzewogen, die von einer sonnendurchglühten Straße aufstiegen, bis alles hinter den Wogen scheinbar wie Wasser flimmerte.

Mit zusammengebissenen Zähnen marschierte Silvan direkt in den Schild hinein.

Die Barriere ließ ihn nicht durch. Schlimmer noch: Sobald er den Schild berührte, überkam ihn ein übelkeitserregendes Gefühl, als würde der Schild graue Lippen auf sein Fleisch drücken und versuchen, ihn auszusaugen.

Erschauernd wich Silvan zurück. Das wollte er nicht noch einmal probieren. Voll ohnmächtiger Wut musterte er den Schild. Seine Mutter hatte monatelang versucht, diese Barriere zu überwinden, monatelang war sie gescheitert. Sie hatte ganze Armeen dagegen geführt und mit angesehen, wie diese davon abprallten. Unter Lebensgefahr hatte sie den Schild auf ihrem Greif angeflogen, vergeblich. Was konnte er als einzelner Elf da schon tun?

»Dennoch«, hielt Silvan wütend gegen. »Ich bin drin! Der Schild hat mich eingelassen. Er wird mich auch wieder rauslassen! Es muss eine Möglichkeit geben. Der Elf. Es muss etwas mit diesem Elfen zu tun haben. Er und seine Kumpane haben mich in die Falle gelockt, mich eingesperrt.«

Silvan fuhr herum. Der Elf stand immer noch auf dem Grund der Schlucht. Der Prinz ließ sich halb kletternd, halb rutschend den Hang hinab. Die Sonne war bereits am Sinken. Mittsommer war der längste Tag des Jahres, aber irgendwann musste auch dieser Tag der Nacht weichen. Schließlich kam Silvan unten an.

»Ihr habt mich hierhergebracht!«, begann Silvan so wütend, dass er tief Luft holen musste, um diese Worte überhaupt auszusprechen. »Ihr werdet mich wieder rauslassen. Ihr *müsst* mich rauslassen!«

»Das war das Mutigste, was ich je gesehen habe.« Der Elf warf einen düsteren Blick auf den Schild. »Ich selbst ertrage es nicht, so nahe heranzugehen, dabei bin ich kein Feigling. Mutig, aber sinnlos. Ihr kommt nicht durch. Niemand kommt durch.«

»Du lügst!«, tobte Silvan. »Ihr habt mich reingezerrt. Lass mich raus!«

Ohne wirklich zu wissen, was er tat, wollte er den Elfen an der Kehle packen und würgen. Er wollte ihn dazu zwingen, ihm zu gehorchen, und sei es auch nur aus Angst.

Der Elf hielt Silvan am Handgelenk fest und drehte gekonnt. Ehe der Prinz wusste, wie ihm geschah, fand er sich auf den Knien wieder. Sofort ließ der Elf ihn los.

»Ihr seid jung, und Ihr habt einiges durchgemacht. Ihr kennt mich nicht, das werde ich Euch zugute halten. Mein Name ist Rolan. Ich gehöre den Kirath an. Meine Kameraden und ich haben Euch auf dem Boden der Schlucht gefunden. Das ist die Wahrheit. Wenn Ihr von den Kirath gehört habt, wisst Ihr, dass wir nicht lügen. Ich habe keine Ahnung, wie Ihr durch den Schild gekommen seid.«

Silvan hatte seine Eltern von den Kirath sprechen hören, einer Elfentruppe, welche die Grenzen von Silvanesti kontrollierte. Die Kirath hatten die Pflicht, Fremde vom Betreten Silvanestis abzuhalten.

Seufzend legte Silvan seinen Kopf in beide Hände.

»Ich habe versagt! Ich habe versagt, und darum müssen sie jetzt sterben!«

Rolan kam näher. Er legte dem jungen Elfen eine Hand auf die Schulter. »Als wir Euch fanden, sagtet Ihr Euren Namen bereits, aber ich möchte Euch bitten, ihn mir noch einmal zu nennen. Ihr habt nichts zu befürchten und keinen Grund, Eure Identität geheim zu halten, außer natürlich«, fügte er freundlich hinzu, »wenn Ihr Euch Eures Namens schämt.«

Verletzt blickte Silvan auf. »Ich bin stolz auf meinen Namen. Ich sage ihn voller Stolz. Wenn er mir den Tod bringt, sei's drum.« Seine Stimme zitterte. »Der Rest meiner Leute ist mittlerweile tot. Tot oder im Sterben. Warum sollte ich verschont bleiben?«

Er zwinkerte die Tränen aus den Augen und sah seinen Häscher an. »Ich bin der Sohn derer, die ihr ›Dunkelelfen‹ nennt, die aber in Wahrheit die einzigen Elfen sind, die in dieser alles überziehenden Finsternis klar sehen können. Ich bin der Sohn von Alhana Sternenwind und Porthios von den Qualinesti. Mein Name ist Silvanoshei.«

Er rechnete mit Gelächter. Zumindest mit Unglauben.

»Und warum glaubt Ihr, Euer Name würde Euch den Tod bringen, Silvanoshei vom Hause Caladon?«

»Weil meine Eltern als Dunkelelfen gelten. Weil elfische Meuchelmörder mehr als einmal versucht haben, sie umzubringen«, erklärte Silvan.

»Dennoch haben Alhana Sternenwind und ihre Armeen viele Male versucht, den Schild zu durchdringen und dieses Land zu betreten, in dem sie eine Gesetzlose ist. Ich habe sie selbst gesehen, als ich mit meinen Gefährten das Grenzland durchstreift habe.«

»Ich dachte, man dürfte ihren Namen hier nicht aussprechen«, murmelte Silvan verdrossen.

»In Silvanesti sind viele Dinge verboten«, grinste Rolan. »Die Liste scheint täglich länger zu werden. Warum will Alhana Sternenwind in ein Land zurück, das sie nicht will?«

»Es ist ihre Heimat«, antwortete Silvan. »Wo sonst sollte sie hin?«

»Und wohin sonst sollte ihr Sohn gehen?«, erkundigte sich Rolan sanft.

»Also glaubst du mir?«, fragte Silvan zurück.

»Ich kannte Eure Eltern, Hoheit«, erwiderte Rolan. »Vor dem Krieg war ich Gärtner bei dem unglückseligen König Lorac. Eure Mutter kannte ich schon, als sie noch klein war. Mit Eurem Vater Porthios habe ich gegen den Traum gekämpft. Ihm seht Ihr ähnlich, aber Ihr habt auch eine Art, die sehr an sie erinnert. Nur die Ungläubigen glauben nicht. Das Wunder ist geschehen. Ihr seid zu uns zurückgekehrt. Es überrascht mich nicht, dass der Schild sich für Euch, Hoheit, geteilt hat.«

»Aber er lässt mich nicht wieder raus«, bemerkte Silvan trocken.

»Vielleicht weil Ihr dort seid, wo Ihr hingehört, Hoheit. Euer Volk braucht Euch.«

»Wenn das stimmt, warum hebt ihr dann nicht den Schild an und lasst meine Mutter in ihr Reich zurückkehren?«, schimpfte Silvanoshei. »Warum muss sie draußen bleiben? Eure eigenen Landsleute? Die Elfen, die für sie gekämpft haben, sind in Lebensgefahr. Dann müsste meine Mutter jetzt nicht gegen Oger kämpfen, säße nicht in der Falle –«

Rolans Gesicht verdüsterte sich. »Glaubt mir, Majestät, wenn wir, die Kirath, diesen verwünschten Schild wegreißen könnten, würden wir das tun. Für jeden, der sich ihm nähert, wird der Schild zum Leichentuch. Er tötet alles Lebende, das ihn berührt. Seht nur! Seht Euch das an.«

Rolan deutete auf den Kadaver eines Eichhörnchens, das auf dem Boden lag, neben ihm sein totes Junges. Er zeigte auf die goldenen Vögel, die in der Asche lagen. Ihr Lied war für immer verstummt.

»So stirbt allmählich auch unser Volk«, klagte er.

»Was sagst du da?« Silvan war schockiert. »Es stirbt?«

»Viele Elfen, junge und alte, ziehen sich eine Krankheit zu, für die es kein Heilmittel gibt. Ihre Haut wird grau wie die Haut dieser armen Bäume. Ihre Glieder werden kraftlos, die Augen matt. Zuerst können sie nicht mehr rennen, ohne zu ermüden, später nicht mehr gehen, schließlich nicht mehr stehen oder sitzen. Sie siechen dahin, bis der Tod sie holt.«

»Aber warum entfernt ihr den Schild dann nicht?«, wunderte sich Silvan.

»Wir haben versucht, die Leute zu einen, damit sie sich gegen General Konnal und die Oberhäupter der Häuser erheben, die beschlossen haben, den Schild zu errichten. Doch die meisten wollen nichts davon hören. Sie sagen, die Krankheit sei eine Seuche, die von außerhalb stammt. Der Schild ist alles, was zwischen ihnen und dem Bösen der Welt steht. Wenn er entfernt wird, werden wir alle sterben.«

»Vielleicht haben sie da sogar Recht«, gestand Silvan, der durch den Schild blinzelte und an den Ogerangriff der vergangenen Nacht dachte. »Eine Seuche, von der die Elfen befallen sind, gibt es meines Wissens nicht. Dafür aber andere Feinde. Die Welt ist voller Gefahren. Hier drin seid ihr wenigstens sicher.«

»Euer Vater sagte, wir Elfen müssten uns der Welt anschließen, ein Teil von ihr werden«, widersprach Rolan mit grimmigem Lächeln. »Sonst würden wir welken und sterben wie ein abgehackter Ast oder –«

»– eine gepflückte Rose«, beendete Silvan den Satz. Die Erinnerung brachte ihn zum Lächeln. »Wir haben lange nichts von ihm gehört«, fügte er hinzu. Er blickte in die graue Asche und strich sie mit der Stiefelspitze glatt. »Er kämpfte bei Qualinesti gegen Beryl; sie hat dort die Oberherrschaft. Manche halten ihn für tot – auch meine Mutter, obwohl sie es nicht zugeben will.«

»Wenn er tot ist, ist er im Kampf für eine Sache gestorben, an die er geglaubt hat«, versicherte Rolan. »Sein Tod war nicht sinnlos. Noch mag alles hoffnungslos erscheinen, aber sein Opfer wird dazu beitragen, das Böse zu zerstören und das Licht in diese finstere Welt zurückzuholen. Er wurde aus dem Leben gerissen, trotzig, mutig. Wenn unsere Leute sterben«, fuhr Rolan mit wachsender Bitterkeit in der Stimme fort, »bemerkt man ihr Verschwinden kaum noch. Die Feder flattert und fällt schlaff zu Boden.«

Er sah Silvan an. »Ihr seid jung, voller Leben. Ich spüre, wie Ihr vor Lebenskraft sprüht, so wie ich diese Kraft früher in der Sonne gespürt habe. Vergleicht Euch mit mir. Ihr merkt es, oder? Dass ich dahinsieche. Dass uns allen allmählich das Leben ausgesaugt wird? Seht mich an, Hoheit. Dann erkennt Ihr, dass ich sterbe.«

Silvan wusste nicht, was er darauf erwidern sollte. Gewiss, der Elf war blasser als üblich. Seine Haut hatte einen grauen Farbton, doch das hatte Silvan dem Alter oder dem grauen Staub zugeschrieben. Jetzt fiel ihm wieder ein, dass die anderen Elfen, die er gesehen hatte, genauso hager und hohläugig gewirkt hatten.

»Wenn unser Volk Euch sieht, wird es merken, was es verloren hat«, spann Rolan seinen Gedanken weiter. »Deshalb wurdet Ihr zu uns geschickt. Damit sie begreifen, dass es da draußen keine Seuche gibt. Die einzige Seuche kommt von innen.« Rolan legte eine Hand aufs Herz. »Sie ist in uns! Ihr müsst den Leuten sagen, dass wir uns von diesem Schild befreien müssen. Nur so können wir das Land retten und selbst am Leben bleiben.«

Mein Leben ist ohnehin zu Ende, sagte sich Silvan. Die Schmerzen in Kopf und Arm kehrten zurück. Rolan betrachtete ihn besorgt.

»Ihr seht nicht gut aus, Hoheit. Wir sollten diesen Ort verlassen. Wir haben uns schon zu lange in der Nähe des Schilds aufgehalten. Ihr müsst hier weg, bevor die Krankheit auch Euch befällt.«

Silvanoshei schüttelte den Kopf. »Danke, Rolan, aber ich kann nicht gehen. Vielleicht öffnet sich der Schild ja wieder und lässt mich raus, wie er mich reingelassen hat.«

»Wenn Ihr hier bleibt, werdet Ihr sterben, Majestät«, mahnte Rolan. »Das hätte Eure Mutter nicht gewollt. Sie würde sich wünschen, dass Ihr nach Silvanost zieht und Euren rechtmäßigen Platz auf dem Thron einnehmt.«

Eines Tages wirst du auf dem Thron der Vereinten Elfenreiche sitzen, Silvanoshei. Dann wirst du die Fehler der Vergangenheit bereinigen. Du wirst unser Volk von den Sünden befreien, die wir Elfen begangen haben, der Sünde des Stolzes, der Sün-

de des Vorurteils, der Sünde des Hasses. Diese Sünden haben uns nur Unheil gebracht. Du wirst uns erlösen.

Die Worte seiner Mutter. Er erinnerte sich daran, wie sie das erste Mal so gesprochen hatte. Er war fünf oder sechs gewesen. Sie hatten bei Qualinesti im Freien gelagert. Es war Nacht gewesen, Silvan hatte geschlafen. Plötzlich hatte ihn ein Schrei aus seinen Träumen gerissen. Trotz des heruntergebrannten Feuers hatte er erkennen können, dass sein Vater mit einer Art Schatten rang. Sie waren von weiteren Schatten umgeben. Mehr hatte er nicht gesehen, denn seine Mutter hatte ihren Körper über seinen geworfen und ihn auf die Erde gedrückt. Er konnte nichts sehen, konnte nicht atmen, konnte nicht aufschreien. Mit ihrer Angst und ihrem warmen Gewicht hatte sie ihn nahezu zerquetscht.

Dann war alles vorbei gewesen. Das warme, dunkle Gewicht seiner Mutter hatte sich gehoben. Alhana hatte ihn in den Armen gewiegt, geweint, ihn geküsst und ihn gebeten, ihr zu verzeihen, falls sie ihm wehgetan hatte. An der Hüfte hatte sie eine blutende Wunde gehabt. Porthios hatte ein Messerstich in die Schulter getroffen, dicht am Herzen. Drei schwarz gekleidete Elfenkörper hatten um das Feuer gelegen. Jahre später war Silvanoshei abrupt aus dem Schlaf geschreckt, weil ihm plötzlich klar geworden war, dass einer dieser Meuchelmörder seinetwegen geschickt worden war.

Sie hatten die Körper weggeschleift und den Wölfen überlassen, weil man sie nicht rituell beisetzen wollte. Seine Mutter hatte ihn in den Schlaf gewiegt und ihn mit diesen Worten zu trösten versucht, die er noch viele Male hören sollte.

Vielleicht war sie jetzt tot. Wie sein Vater. Doch ihr Traum lebte in ihm weiter.

Er wandte sich vom Schild ab. »Ich begleite dich«, erklärte er Rolan von den Kirath.

5 Das heilige Feuer

In den alten, ruhmreichen Tagen vor dem Lanzenkrieg war die Straße von Neraka zur Hafenstadt Sanction gut instand gehalten worden, denn diese Straße war der einzige Weg durch die Fürsten des Unheils. Die »Hundert-Meilen-Straße« – sie war tatsächlich annähernd hundert Meilen lang – war mit kleinen Steinen gepflastert gewesen. Über diese Steine waren seither Tausende von Füßen marschiert, gestiefelte Menschenfüße, haarige Goblinfüße, klauenbewehrte Drakonierfüße. So viele, dass die Steine in den Boden gestampft und jetzt tief in ihn eingesunken waren.

Während des Höhepunkts des Lanzenkriegs war die Hundert-Meilen-Straße voller Männer, Tiere und Wagen gewesen. Wer es eilig hatte, schwang sich auf den Rücken schneller, blauer Drachen in die Luft oder flog in schwebenden Zitadellen. Diejenigen, die gezwungen waren, die Straße zu nehmen, mussten tagelange Verzögerungen hinnehmen, denn der Weg war von Fußsoldaten versperrt, die sich mühsam dahinschleppten, entweder nach Neraka oder von dort fort. Dazwischen rumpelten schaukelnd die Wagen. Es war ein steiler Hang, der von dem hoch gelegenen Bergtal den ganzen Weg bis hin zum Meer abfiel und die Reise gefährlich machte.

Die Wagen waren mit Gold und Silber, Stahl und Kisten voller gestohlener Schmuckstücke beladen, Beute von den Völkern, die die Armee besiegt hatte. Sie wurden von angsteinflößenden Mammuts gezogen, den einzigen Tieren, die stark genug waren, die schwer beladenen Karren die Bergstraße emporzuziehen. Mitunter kippte ein Wagen um, so dass sein Inhalt sich über die Straße verstreute, oder sie verloren ein Rad, oder eines der

Mammuts wurde wild und zertrampelte seine Wärter und jeden, der ihm dummerweise vor die Füße geriet. In diesen Fällen wurde die Straße ganz gesperrt, so dass alles zum Stillstand kam. Dann bemühten sich die Offiziere voller Wut über diese Verzögerung, ihre Männer zur Ordnung zu rufen.

Inzwischen waren die Mammuts ausgestorben. Auch die Männer waren verschwunden. Die meisten waren alt, manche schon tot, aber alle vergessen. Nur der pfeifende Wind zog über die menschenleere Straße, die mit ihrer glatt getretenen Kiesoberfläche als eines der von Menschen geschaffenen Wunder von Krynn galt.

Der Wind blies den Schwarzen Rittern in den Rücken, als sie über diesen gewundenen Serpentinenweg galoppierten. Es war ein letzter Rest vom Sturm, der um die Bergspitzen heulte, ein Echo der Totenklage, die sie in Neraka vernommen hatten, aber auch nur das, weniger schrecklich, weniger Furcht erregend. Die Ritter eilten dahin wie benommen, ohne jede klare Vorstellung, warum sie hier ritten oder wo sie eigentlich hin wollten. Sie waren wie in Ekstase, mit so viel Aufregung hätten sie nie gerechnet.

Jedenfalls hatte Galdar noch nichts dergleichen erlebt. Mit neuer Kraft sprang er neben Mina her. Er hätte ohne Pause von hier bis nach Eismauer laufen können. Seine eigene Energie hätte er noch der schieren Freude über den nachgewachsenen Arm zuschreiben können, aber in den Gesichtern der Männer, die ihn auf diesem berauschenden, irrsinnigen Eilmarsch begleiteten, erkannte er ein Spiegelbild seiner Ehrfurcht und Inbrunst. Es war, als brächten sie den Sturm mit sich, denn die Täler waren vom Gedonner der Hufe erfüllt, und die Hufeisen der Pferde ließen Funken von den Steinen aufstieben.

Mina ritt an der Spitze. Sie drängte die Soldaten weiter, als sie vor Müdigkeit anhalten wollten, zwang sie, ein wenig mehr Kraft aus sich herauszuholen, als sie in sich vermutet hatten. Sie ritten die ganze Nacht hindurch. Nur die Blitze erhellten ihnen den Weg. Sie ritten auch den ganzen Tag, hielten nur an, um die Pferde zu tränken und im Stehen schnell etwas zu essen.

Als die Pferde kurz vor dem Zusammenbruch standen, ließ Mina ihre Abteilung anhalten. Die Ritter hatten deutlich mehr als die Hälfte der Strecke hinter sich gebracht. Ihr eigenes Ross, Feuerfuchs, hätte durchaus noch weiterlaufen können. Er schien von der Pause nichts zu halten, denn er stampfte und schnaubte vor Missfallen. Sein irritiertes Wiehern spaltete die Luft und wurde von den Gipfeln zurückgeworfen.

Feuerfuchs war seiner Herrin – ihr allein – bedingungslos ergeben. Jeder andere war ihm gleichgültig. Während der ersten kurzen Rast beging Galdar den Fehler, sich dem Pferd zu nähern, um Mina beim Absteigen den Steigbügel zu halten. Das hatte er für seinen Kommandanten immer getan, doch jetzt bewegte er sich erheblich bereitwilliger als für Ernst Magit. Feuerfuchs zog die Lefzen zurück. Seine Augen leuchteten wild und verschlagen. Galdar bekam einen gewissen Eindruck, wie das Tier zu seinem Namen gekommen war. Hastig rückte er von dem Pferd ab.

Viele Pferde hatten Angst vor Minotauren, deshalb befahl Galdar einem der anderen, ihrer Befehlshaberin zu helfen.

Mina hob seinen Befehl auf. »Ihr bleibt alle zurück. Feuerfuchs hasst jeden außer mir. Er gehorcht nur meinen Befehlen, und auch das nur, wenn sie seinen eigenen Instinkten entsprechen. Er hat mir gegenüber einen starken Beschützerinstinkt, daher könnte ich ihn nicht davon abhalten, nach euch zu schnappen, wenn ihr zu nahe kommt.«

Geschickt schwang sie sich ohne Hilfe aus dem Sattel. Nachdem sie ihr Tier selbst abgesattelt hatte, führte sie es zur Tränke. Auch das Füttern und Striegeln übernahm sie höchstpersönlich. Die anderen Soldaten versorgten ihre müden Tiere und kümmerten sich darum, dass sie einen sicheren Platz für die

Nacht erhielten. Mina gestattete ihnen kein Lagerfeuer. Die Solamnier würden wachsam sein, erklärte sie, und das Feuer wäre weithin sichtbar.

Die Männer waren genauso müde wie ihre Pferde. Sie hatten zwei Tage und eine Nacht nicht geschlafen. Der Schrecken des Sturms hatte sie ausgelaugt, und nach dem Gewaltritt zitterten alle vor Erschöpfung. Die Aufregung, die sie bis hierher getragen hatte, ließ langsam nach. Sie sahen wie Gefangene aus, die aus einem wunderbaren Traum von Freiheit erwachten und feststellen mussten, dass sie immer noch in Ketten lagen.

Ohne die krönenden Blitze und das Gewand des Donners sah Mina wie ein ganz normales Mädchen aus – nicht einmal ein besonders hübsches, eher eine magere Halbwüchsige. Zusammengesunken saßen die Ritter im Mondlicht und murmelten, das alles wäre doch völlig verrückt. Sie warfen Mina finstere und verärgerte Blicke zu. Ein Mann ging so weit, zu bemerken, dass jeder von den dunklen Mystikern Galdars Arm hätte wiederherstellen können. Das sei doch nichts Besonderes.

Galdar hätte sie leicht zum Schweigen bringen können, indem er erklärte, dass eben kein dunkler Mystiker seinen Arm wiederhergestellt hatte, obwohl er sie oft genug angefleht hatte. Ob sie es abgelehnt hatten, weil dies ihre Macht überstieg oder weil er nicht genug Stahl dafür besaß, war ihm gleich. Die dunklen Mystiker der Ritter von Neraka hatten ihm keinen neuen Arm geschenkt. Doch dieses fremde Mädchen hatte es getan, deshalb war er ihr für den Rest seines Lebens verpflichtet. Aber er schwieg. Notfalls würde er Mina mit seinem Leben verteidigen, doch er war neugierig, wie sie die zunehmend gespannte Stimmung entschärfen würde.

Mina schien überhaupt nicht zu merken, dass ihr die Befehlsgewalt allmählich entglitt. Sie saß abseits von den Männern, auf einem gewaltigen Felsen über ihnen. Von dieser Stelle aus konnte sie die Bergkette überblicken, deren zerklüftete, schwarze Zähne in den Sternenhimmel zu beißen schienen. Hier und da leuchteten die Vulkanfeuer wie orangefarbene Punkte vor der Schwärze. Sie war so abwesend, so in Gedanken verloren, dass sie die zunehmend aufrührerischen Worte hinter ihrem Rücken gar nicht wahrzunehmen schien.

»Ich bin doch nicht so blöd und reite nach Sanction!«, schimpfte einer der Ritter gerade. »Ihr wisst, was uns dort erwartet. Tausend verfluchte Solamnier!«

»Bei Tagesanbruch verschwinde ich nach Khur«, meinte ein anderer. »Ich muss verrückt gewesen sein, so weit mitzugehen.«

»Ich halte nicht als Erster Wache«, brummte ein dritter. »Sie gesteht uns nicht einmal ein Feuer zu, um unsere Kleider zu trocknen oder was Anständiges zu kochen. Soll sie doch Wache halten.«

»Genau, sie soll Wache halten«, stimmten die anderen zu.

»Das habe ich auch vor«, sprach Mina mit ruhiger Stimme. Sie hatte sich von ihrem Platz erhoben und stieg zur Straße herunter. Breitbeinig stand sie da. Mit vor der Brust gekreuzten Armen stellte sie sich den Männern. »Ich übernehme diese Nacht alle Wachen. Ihr müsst euch für morgen ausruhen. Ihr solltet schlafen.«

Sie war nicht verärgert. Sie zeigte auch kein Mitleid. Ganz gewiss wollte sie sich nicht bei ihnen einschmeicheln, um ihre Gunst zu erlangen. Ihre Worte waren eine Feststellung und vollkommen logisch. Die Männer brauchten vor dem morgigen Tag wirklich Ruhe.

Die Ritter waren besänftigt, aber immer noch verstimmt, denn sie kamen sich plötzlich wie Kinder vor, über die sich jemand lustig machte, und das gefiel ihnen gar nicht. Mina befahl ihnen, ihre Betten zu richten und sich hinzulegen.

Die Ritter befolgten ihre Anordnung, obwohl sie murrten,

dass ihre Decken noch nass wären. Wie sollten sie auf dem harten Gestein überhaupt schlafen? Einmütig gelobten sie, sich bei Sonnenaufgang davonzumachen.

Mina kehrte zu ihrem Platz auf dem Felsen zurück, wo sie wieder zu den Sternen und zum aufgehenden Mond aufschaute. Sie begann zu singen.

Ihr Lied ähnelte nicht dem Lied der Toten, das sie von den klagenden Geistern von Neraka gehört hatten. Minas Lied war ein Schlachtgesang, wie ihn die Tapferen singen, wenn sie dem Gegner entgegenziehen, ein Lied, das die Herzen derer erhebt, die es anstimmen, und ihre Feinde vor Angst erstarren lässt.

> Uns ruft der Ruhm
> Mit Trompetenschall,
> Ruft uns zu großen Taten
> Auf dem Feld der Ehre,
> Kommt, unser Blut wird nähren,
> Die Flamme,
> Die Erde,
> Die dürstende Erde,
> Das heilige Feuer.

Ihr Lied ging weiter, ein Siegeslied für den Augenblick des Triumphs, ein Lied, mit dem ein alter Soldat von der Stunde seines Ruhms erzählen konnte.

Wenn Galdar die Augen schloss, sah er mutige Taten. Voller Stolz sah er sich selbst Heldentaten vollbringen. Sein Schwert gleißte wie ein Blitz; er trank das Blut seiner Feinde, marschierte von einer glorreichen Schlacht zur anderen, immer mit diesem Lied auf den Lippen. Und immer ritt Mina vor ihm her, führte, inspirierte, drängte ihn, ihr mitten in die Schlacht zu folgen. Der gleißende Schein, der von ihr ausging, beleuchtete auch ihn.

Dann war das Lied vorüber. Galdar blinzelte, denn er erkannte zu seiner Beschämung und zu seinem Erstaunen, dass er eingeschlafen war. Er hatte mit ihr wachen wollen. Während er sich die Augen rieb, wünschte er, sie würde weitersingen, denn ohne ihr Lied war die Nacht kalt und leer. Er sah sich um. Den anderen musste es doch genauso gehen.

Mit einem Lächeln auf den Lippen schlummerten seine Kameraden friedlich vor sich hin. Ihre Schwerter lagen griffbereit neben ihnen, die Hände waren um die Griffe geschlossen, als wollten sie augenblicklich aufspringen und sich ins Getümmel stürzen. Offenbar träumten sie denselben Traum wie Galdar, den Traum aus dem Lied.

Staunend schaute er Mina an, die ihrerseits ihn anblickte.

Er erhob sich und kletterte zu ihr auf den Felsen.

»Weißt du, was ich gesehen habe, Kommandant?«, fragte er.

In ihren bernsteinfarbenen Augen spiegelte sich der Mond. »Ja, ich weiß es«, antwortete sie.

»Wirst du das für mich tun? Für uns? Uns zum Sieg führen?«

Der Blick ihrer Augen, in denen sich der Mond verfangen hatte, richtete sich auf ihn. »Das werde ich.«

»Ist es dein Gott, der dir das verspricht?«

»Ja«, erwiderte sie ernst.

»Sag mir den Namen dieses Gottes, damit ich ihn anbeten kann«, bat Galdar.

Mina schüttelte langsam, aber nachdrücklich den Kopf. Ihr Blick löste sich von dem Minotaurus und wanderte sinnend zum Himmel zurück, der ungewöhnlich dunkel war, nachdem sie den Mond gefangen hielt. Das einzige Licht stand in ihren Augen. »Es ist noch nicht der rechte Zeitpunkt.«

»Wann ist der rechte Zeitpunkt?«, wollte Galdar wissen.

»Die Sterblichen glauben an nichts mehr. Sie sind wie jemand, der sich im Nebel verlaufen hat und nicht weiter als bis zu seiner Nasenspitze sieht. Deshalb folgen sie ihrer eigenen Nasenspitze – wenn sie denn überhaupt etwas folgen. Manche sind vor Angst so gelähmt, dass sie sich gar nicht mehr rühren. Die Menschen müssen wieder den Glauben an sich selbst gewinnen, ehe sie bereit sind, an etwas anderes als sich selbst zu glauben.«

»Und das hast du vor, Kommandant? Das willst du vollbringen?«

»Morgen wirst du Zeuge eines Wunders«, kündigte sie an.

Galdar setzte sich. »Wer bist du, Kommandant?«, erkundigte er sich. »Woher kommst du?«

Mina blickte ihm ins Gesicht und gab mit dem Anflug eines Lächelns zurück: »Wer bist du, Unterkommandant? Woher kommst du?«

»Na, ich bin ein Minotaurus. Ich stamme aus –«

»Nein.« Freundlich schüttelte sie den Kopf. »Davor.«

»Vor meiner Geburt?« Galdar reagierte verwirrt. »Das weiß ich nicht. Das weiß niemand.«

»Genau«, bestätigte Mina und drehte sich um. Galdar kratzte sich zwischen den Hörnern und zuckte mit den Schultern. Offenbar wollte sie es ihm nicht verraten, warum auch? Es ging ihn nichts an. Es spielte auch keine Rolle. Sie hatte Recht. Bisher hatte er an nichts geglaubt. Jetzt hatte er etwas gefunden, woran er glauben konnte. Er hatte Mina.

Das Mädchen sah ihn wieder an und sagte unvermittelt: »Bist du noch müde?«

»Nein, Schwadronführer, überhaupt nicht«, erklärte Galdar. Er hatte nur wenige Stunden geschlafen, doch dieser Schlaf war ungewöhnlich erholsam gewesen.

Mina schüttelte den Kopf. »Nenn mich nicht ›Schwadronführer‹. Ich möchte, dass ihr mich ›Mina‹ nennt.«

»Das gehört sich aber nicht, Schwadronführer«, wehrte Galdar ab. »Es wäre respektlos.«

»Wenn die Männer mich nicht respektieren, spielt es dann eine Rolle, wie sie mich nennen?«, gab sie zurück. »Außerdem«, fügte sie mit ruhiger Überzeugung hinzu, »gibt es meinen Rang bisher noch gar nicht.«

Diesmal dachte Galdar wirklich, sie wäre ein wenig größenwahnsinnig geworden und müsste dringend auf die Erde zurückgeholt werden. »Vielleicht solltest du den Nachtmeister ablösen?«, schlug er vor. Das sollte ein Scherz sein, denn immerhin war das der ranghöchste Ritter von Neraka.

Mina lachte nicht. »Eines Tages wird der Nachtmeister vor mir niederknien.«

Galdar kannte Lord Targonne recht gut, weshalb die Vorstellung, dass dieser habgierige, ehrgeizige Mann vor jemandem niederknien würde – außer um ein Kupferstück aufzulesen –, ihm schwer fiel. Auf eine so absurde Idee wusste er keine Antwort, deshalb schwieg er, um innerlich zu dem Traum vom Ruhm zurückzukehren. Danach sehnte er sich wie ein Verdurstender nach Wasser. So gern wollte er daran glauben. Er wollte glauben, dass es mehr als ein Trugbild war.

»Wenn du sicher bist, Galdar, dass du dich genug ausgeruht hast«, spann Mina ihren Gedanken weiter, »möchte ich dich um einen Gefallen bitten.«

»Jederzeit, Schw – Mina«, stammelte er.

»Morgen ziehen wir in die Schlacht.« Ein leichtes Stirnrunzeln zeichnete sich auf Minas glatter Stirn ab. »Ich habe weder eine Waffe noch hatte ich jemals Kampftraining. Haben wir heute Nacht wohl Zeit dafür?«

Galdar klappte der Unterkiefer hinunter. Er fragte sich, ob er richtig gehört hatte. Vor lauter Verblüffung konnte er zunächst gar nichts erwidern. »Du ... du hast noch nie eine Waffe geführt?«

Mina schüttelte schweigend den Kopf.

»Bist du je in die Schlacht geritten, Mina?«

Wieder schüttelte sie den Kopf.

»Hast du schon einmal eine Schlacht mit angesehen?« Galdar war am Verzweifeln.

»Nein, Galdar.« Mina lächelte ihn an. »Deshalb bitte ich dich um Hilfe. Wir gehen zum Üben ein Stück die Straße hinunter, damit wir die anderen nicht stören. Keine Sorge, sie sind in Sicherheit. Feuerfuchs würde mich warnen, wenn Feinde nahen. Wähle eine Waffe für mich aus, die ich deiner Meinung nach schnell beherrschen könnte.«

Und schon spazierte Mina auf der Suche nach einem geeigneten Übungsplatz die Straße hinunter. Der verblüffte Galdar blieb zurück, um aus den Waffen seiner Abteilung etwas Passendes für sie auszusuchen – für ein Mädchen, das noch nie eine Waffe in der Hand gehabt hatte, das diese Waffe aber morgen mit in die Schlacht nehmen wollte.

Galdar zermarterte sein Gehirn, um wieder klar denken zu können. Traum und Wirklichkeit schienen sich zu vermischen, deshalb zog er seinen Dolch. Einen Augenblick sah er zu, wie das Mondlicht quecksilbrig über die Klinge strömte. Dann stieß er die Spitze des Dolchs in seinen Arm, den Arm, den Mina ihm geschenkt hatte. Ein stechender Schmerz und das warme, fließende Blut bewiesen, dass der Arm echt war. Auch war er jetzt tatsächlich wach.

Galdar hatte sein Versprechen gegeben, und wenn es eines gab, was er noch nicht verkauft, zerschlagen oder fortgeworfen hatte, dann war das seine Ehre. Er schob den Dolch in die Scheide an seinem Gürtel zurück und sah das Waffenarsenal durch.

Ein Schwert kam nicht in Frage. Da er keine Zeit mehr hatte, sie ausreichend im Schwertkampf zu unterweisen, würde sie sich und den Umstehenden mehr Schaden zufügen als dem Gegner. Daher fand er zunächst nichts, was ihm passend erschien, bis das Mondlicht eine Waffe ganz besonders beleuchtete, als ob es ihn darauf aufmerksam machen wollte. Es handelte sich um einen Morgenstern, den Galdar genau betrachtete. Mit nachdenklichem Stirnrunzeln nahm er ihn zur Hand. Der Morgenstern war ein Streithammer mit Stacheln am Ende. Sein Name stammte von den Stacheln, die fantasiebegabte Krieger gern mit einem Stern verglichen. Ein Morgenstern war nicht schwer, der Umgang damit war relativ leicht zu erlernen, und er war besonders wirkungsvoll gegen Ritter in Rüstung. Man schlug einfach damit auf den Gegner ein, bis dessen Rüstung aufknackte wie eine Nussschale. Natürlich musste man dabei auch noch der Waffe des Feindes aus dem Weg gehen. Galdar nahm noch einen kleinen Schild und trabte mit beidem die Straße hinunter. Die Wache überließ er einem Pferd.

»Ich bin verrückt geworden«, murmelte er. »Total komplett verrückt.«

Mina hatte einen freien Platz zwischen den Felsen gefunden, der bestimmt einmal als Zwischenlager für jene Armeen gedient hatte, die vor langer Zeit über diese Straße marschiert waren. Sogleich nahm sie den Morgenstern zur Hand, musterte ihn kritisch und hob ihn hoch, um Gewicht und Balance zu prüfen. Galdar zeigte ihr, wie sie den Schild halten musste, damit er ihr den wirkungsvollsten Schutz bot. Er erklärte ihr auch, wie man den Morgenstern verwendete, und zeigte ihr ein paar einfache Übungen, damit sie ein Gefühl für die Waffe entwickeln konnte.

Zu seiner Freude (und Erleichterung) stellte er fest, dass Mina rasch lernte. Trotz ihrer schmalen Gestalt war sie kräftig. Sie hatte einen festen Stand, dazu gleichmäßige, geschmeidige Bewegungen. Galdar hob seinen eigenen Schild, damit sie ein paar Übungsschläge platzieren konnte. Ihr erster Schlag war beeindruckend, der zweite trieb ihn zurück, der dritte schlug eine tiefe Delle in den Schild und erschütterte seinen Arm bis ins Mark.

»Ich mag diese Waffe, Galdar«, lobte sie. »Du hast gut gewählt.«

Galdar grunzte, rieb seinen verletzten Arm und setzte den Schild ab. Anschließend zog er sein Breitschwert aus der Scheide, umwickelte es mit einem Umhang, den er mit einem Strick festzurrte, und stellte sich kampfbereit auf.

»Jetzt geht es an die Arbeit«, forderte er Mina heraus.

Nach zwei Stunden staunte Galdar über die Fortschritte seiner Schülerin.

»Bist du sicher, dass du keinerlei militärische Ausbildung hast?«, fragte er nach, als er innehielt, um Luft zu holen.

»Allerdings«, versicherte Mina. »Hier ist der Beweis.« Sie legte die Waffe hin und zeigte ihm die Hand, die im Mondlicht den Morgenstern geschwungen hatte. »Entscheide selbst, ob ich die Wahrheit sage.«

Ihre weiche Handfläche war voller frischer, teilweise aufgesprungener Blutblasen. Doch sie hatte sich kein einziges Mal beklagt, hatte bei ihren Schlägen nicht gezuckt, obwohl die Wunden sehr schmerzhaft sein mussten.

Galdar betrachtete sie mit unverhohlener Bewunderung. Die Fähigkeit, Schmerzen mit stoischem Schweigen zu ertragen, war bei den Minotauren hoch angesehen. »Du musst den Geist eines großen Kriegers in dir haben, Mina. In meinem Volk glaubt man an so etwas. Wenn einer unserer Krieger mutig im Kampf stirbt, ist es in meinem Stamm Brauch, sein Herz herauszuschneiden und zu verzehren, weil wir hoffen, dass sein Geist auf uns übergeht.«

»Die einzigen Herzen, die ich essen werde, sind die meiner Feinde«, erklärte Mina. »Meine Kraft und mein Können sind ein Gottesgeschenk.« Sie bückte sich nach dem Morgenstern.

»Nein, heute Nacht wird nicht mehr geübt«, sagte Galdar, der ihr bereits die Waffe aus den Fingern wand. »Wir müssen uns um diese Blasen kümmern. Zu schade«, meinte er mit einem Blick auf Mina. »Ich fürchte, du wirst morgen nicht einmal die Zügel halten können, geschweige denn eine Waffe. Vielleicht sollten wir ein paar Tage hier bleiben, bis deine Hände verheilt sind.«

»Wir müssen morgen in Sanction sein«, widersprach Mina. »So lautet mein Befehl. Wenn wir einen Tag später kommen, ist die Schlacht vorbei. Dann wird unsere Armee eine schreckliche Niederlage erlitten haben.«

»Sanction wird schon lange belagert«, hielt Galdar ungläubig dagegen. »Seit die verdammten Solamnier sich mit dem Hundesohn Hogan Bight verbündet haben, der die Stadt regiert. Wir können sie nicht ausheben, und sie sind nicht stark genug, uns zu vertreiben. Zurzeit herrscht ein Kräftegleichgewicht. Wir greifen jeden Tag an, und sie verteidigen sich. Ein paar Zivilisten kommen um. Teile der Stadt geraten in Brand. Irgendwann werden sie ermüden und aufgeben. Die Belagerung dauert schon ein gutes Jahr. Ich kann mir nicht vorstellen, dass ein einziger Tag da einen Unterschied macht. Bleib hier und ruh dich aus.«

»Du begreifst es nicht, weil deine Augen noch nicht weit genug sehen können«, widersprach Mina. »Hol mir Wasser, damit ich mir die Hände waschen kann, dazu ein sauberes Tuch. Keine Angst. Ich werde reiten und kämpfen.«

»Warum heilst du dich nicht selbst, Mina?«, schlug Galdar vor, der insgeheim auf ein weiteres Wunder hoffte. »Heile dich, wie du mich geheilt hast.«

Ihre bernsteingelben Augen spiegelten das Licht der anbrechenden Morgenröte wider, die gerade den Himmel zu erhellen begann. Als sie zum Horizont blickte, kam es ihm so vor, als könnte sie schon den morgigen Sonnenaufgang sehen.

»Hunderte werden einen qualvollen Tod erleiden«, murmelte sie mit sanfter Stimme. »Meine Schmerzen ertrage ich ihnen zu

Ehren. Ich schenke sie meinem Gott. Weck die anderen, Galdar. Es wird Zeit.«

Galdar rechnete damit, dass die Hälfte der Soldaten abzog, wie sie es am Vorabend angedroht hatten. Bei seiner Rückkehr ins Lager sah er, dass die Männer sich bereits rührten. Sie waren bester Laune. Aufgeregt und voller Zuversicht redeten sie von den kühnen Taten, die sie heute vollbringen wollten. Taten, die sie in Träumen gesehen hatten, die ihnen wirklicher als die Wirklichkeit vorkamen.

Dann trat Mina zwischen sie. Sie trug den Schild und den Morgenstern in ihren immer noch blutenden Händen. Galdar betrachtete sie besorgt. Das Training und der harte Ritt vom Vortag hatten sie ermüdet. So ganz allein auf der Straße wirkte sie plötzlich sterblich und zerbrechlich. Sie ließ den Kopf und die Schultern hängen. Ihre Hände mussten glühen, alle Muskeln schmerzen. Mit einem tiefen Seufzer blickte sie zum Himmel, als ob sie fragte, ob sie wirklich die Kraft zum Weitermachen hatte.

Bei ihrem Anblick hoben die Ritter die Schwerter und hämmerten damit grüßend gegen ihre Schilde.

»Mina! Mina!«, stimmten sie an. Ihre Rufe hallten wie erregende Fanfarentöne von den Hängen wider.

Mina hob den Kopf. Dieser Gruß war wie Wein für ihre müden Lebensgeister. Ihre Lippen öffneten sich, als würde sie alles in sich einsaugen. Die Müdigkeit fiel von ihr ab. Im fahlen Licht der aufgehenden Sonne nahm ihre Rüstung eine rote Tönung an.

»Wir reiten mit aller Kraft. Heute reiten wir zum Ruhm«, verkündete sie zum wilden Applaus der Ritter.

Sie rief Feuerfuchs zu sich, stieg auf und griff mit ihren blutigen, blasigen Händen nach den Zügeln. In diesem Moment bemerkte Galdar, der seinen Platz neben ihrem Steigbügel eingenommen hatte, dass sie ein silbernes Medaillon an einer Silberkette um den Hals trug. Er sah genauer hin, weil er wissen wollte, was darauf eingraviert sein mochte.

Das Medaillon war glatt. Schlichtes, glattes Silber. Seltsam. Warum sollte jemand ein glattes Medaillon tragen? Ihm blieb keine Zeit, danach zu fragen, denn in diesem Moment gab Mina ihrem Pferd die Sporen.

Feuerfuchs galoppierte die Straße entlang.

Minas Ritter folgten.

6 Die Beerdigung von Caramon Majere

Bei Sonnenaufgang – ein prachtvolles Farbenspiel aus Gold und Lila mit einem tiefroten, kraftvollen Herzen – versammelten sich die Bewohner von Solace vor dem Gasthaus »Zur Letzten Bleibe« zur schweigenden Totenwache, um dem tapferen, guten, liebevollen Mann, der oben lag, ihren Respekt zu bezeugen.

Es wurde kaum gesprochen. Die Menschen waren still und nahmen damit das lange Schweigen vorweg, das irgendwann jeden von uns überkommt. Die Mütter beruhigten ihre zappelnden Kinder, die zum hell erleuchteten Wirtshaus hochschauten, ohne zu begreifen, was geschah. Sie spürten nur, dass etwas Großes, Ehrfurchtgebietendes vor sich ging, etwas, das sich ihren unschuldigen Köpfen einprägte, damit sie sich bis ans Ende ihrer Tage daran erinnerten.

»Es tut mir wirklich Leid, Laura«, äußerte Tolpan in dieser stillen Stunde vor Tagesanbruch.

Laura stand an der Ecke, wo Caramon gewöhnlich sein Frühstück eingenommen hatte. Sie stand tatenlos dort und starrte mit bleichem, angespanntem Gesicht ins Nichts.

»Caramon war mein allerbester Freund auf der ganzen Welt«, erklärte Tolpan.

»Danke.« Sie lächelte, doch es war ein mühsames Lächeln. Ihre Augen waren rot geweint.

»Tolpan«, erinnerte der Kender, weil er dachte, sie hätte vielleicht seinen Namen vergessen.

»Ja.« Laura wirkte unsicher. »Ähm ... Tolpan.«

»Ich *bin* Tolpan Barfuß. Der echte«, fügte der Kender hinzu, als ihm seine siebenunddreißig Namensvettern einfielen – neununddreißig, wenn man die Hunde mitrechnete. »Caramon hat mich wiedererkannt. Er hat mich umarmt und gesagt, er sei froh, mich zu sehen.«

Laura schaute ihn zweifelnd an. »Du siehst Tolpan wirklich ähnlich. Aber ich war ganz klein, als ich ihn zum letzten Mal zu Gesicht bekommen habe, und Kender sehen sowieso alle gleich aus, und es ist einfach so schwer zu glauben! Tolpan Barfuß ist seit dreißig Jahren tot!«

Tolpan hätte es ihr gern erklärt – alles über den Zeitreiseapparat und wie Fizban den Apparat beim ersten Mal falsch eingestellt hatte, so dass Tolpan bei Caramons erster Beerdigung für seine Rede zu spät gekommen war, doch der Kender hatte einen Frosch im Hals, der so dick war, dass er kein Wort herausbrachte.

Lauras Blick glitt zur Außentreppe. Wieder stiegen ihr die Tränen in die Augen. Sie schlug die Hände vors Gesicht.

»Na, na, na«, beruhigte Tolpan, während er ihr die Schulter tätschelte. »Bald kommt Palin. Er weiß, wer ich bin, er kann alles erklären.«

»Palin kommt nicht«, schluchzte Laura. »Ich kann ihn nicht benachrichtigen. Es ist zu gefährlich! Sein Vater ist tot, und er kann nicht einmal zur Beerdigung kommen. Palins Frau und meine geliebte Schwester sitzen in Haven fest, seit der Drache die Straßen geschlossen hat. Nur ich bin hier, um unserem Vater Lebewohl zu sagen. Das ist so schlimm! Es ist kaum auszuhalten!«

»Aber natürlich wird Palin hier sein«, beharrte Tolpan. Er fragte sich, welcher Drache die Straßen geschlossen hatte und wieso überhaupt. Er hätte sich gern danach erkundigt, aber er hatte so viel anderes im Kopf, dass diese eine Frage sich nicht nach vorne durchkämpfen konnte. »Es wohnt doch ein junger Zauberer im Wirtshaus. Zimmer siebzehn. Sein Name ist ... also, den Namen habe ich vergessen, aber den kannst du doch zum Turm der Erzmagier von Wayreth schicken, wo Palin Oberhaupt der Weißen Roben ist.«

»Welcher Turm in Wayreth?«, entgegnete Laura. Sie hatte aufgehört zu weinen und sah jetzt ganz verwirrt aus. »Der Turm ist weg, verschwunden wie der Turm von Palanthas. Palin war Dekan der Zauberakademie, aber inzwischen ist ihm nicht einmal mehr das geblieben. Fast genau vor einem Jahr hat der Drache Beryl die Akademie zerstört. Und ein Zimmer siebzehn gibt es auch nicht. Nicht seit das Wirtshaus zum zweiten Mal wieder aufgebaut wurde.«

Tolpan war zu sehr mit seinen Erinnerungen beschäftigt, um genau zuzuhören. »Palin wird bald eintreffen, und er bringt auch Dalamar und Jenna mit. Außerdem benachrichtigt er Lady Crysania im Tempel des Paladin und Goldmond und Flusswind in Qué-shu und Laurana und Gilthas und Silvanoshei in Silvanesti. Sie werden alle bald da sein, damit wir ... wir ...«

Tolpan verstummte.

Laura starrte ihn an, als wären ihm plötzlich zwei Köpfe gewachsen. Das wusste Tolpan, weil er einmal genauso fassungslos gewesen war, als das genau vor seiner Nase einem Troll passiert war. Ohne Tolpan aus den Augen zu lassen, rückte Laura langsam von ihm ab.

»Du bleibst jetzt genau hier sitzen«, ermahnte sie ihn mit sehr leiser, sehr sanfter Stimme. »Bleib hier sitzen, dann ... dann bring ich dir einen großen Teller –«

»Würzkartoffeln?«, bat Tolpan hoffnungsvoll. Wenn etwas gegen den Kloß in seinem Hals helfen konnte, dann Otiks Würzkartoffeln.

»Genau, einen großen, gehäuften Teller Würzkartoffeln. Wir haben heute Morgen noch kein Feuer gemacht, denn die Köchin war so verstört, dass ich ihr freigegeben habe, deshalb kann es eine Weile dauern. Bleib du sitzen und versprich mir, dass du nirgendwo hingehst«, wiederholte Laura, während sie sich rückwärts entfernte. Sie schob einen Stuhl zwischen sich und Tolpan.

»Oh, ich gehe bestimmt nirgendwo hin«, gelobte Tolpan, der schwungvoll Platz nahm. »Ich muss doch noch meine Rede halten.«

»Ja, richtig.« Laura presste die Lippen fest aufeinander, so dass sie einige Augenblicke gar nichts mehr sagen konnte. Nachdem sie tief Luft geholt hatte, fügte sie hinzu: »Du musst auf der Beerdigung sprechen. Also bleib hier und sei ein guter Kender.«

Obwohl »gut« und »Kender« zwei Worte waren, die fast niemals miteinander in Verbindung gebracht wurden, blieb Tolpan tatsächlich sitzen. Er dachte darüber nach, was wohl ein guter Kender sein mochte und ob er einer war. Vermutlich ja, denn immerhin war er ein Held und so. Nachdem diese Frage zu seiner Zufriedenheit geklärt war, holte er seine Notizen heraus und ging noch einmal seine Rede durch. Dabei summte er vor sich hin, um sich selbst Gesellschaft zu leisten und die Traurigkeit zu verdrängen.

Er hörte Laura mit einem jungen Mann reden, vielleicht dem Zauberer aus Zimmer siebzehn, aber Tolpan achtete wirklich nicht besonders auf das, was sie sagte. Es schien um einen armen, verschreckten Wicht zu gehen, jemanden, der verrückt geworden und vielleicht gefährlich war. Zu jedem anderen Zeitpunkt hätte es Tolpan interessiert, einen gefährlichen, verschreckten Verrückten kennen zu lernen, aber er musste sich mit seiner Rede beschäftigen, und da er eigens deshalb überhaupt hierher gereist war – nun schon zum zweiten Mal –, konzentrierte er sich auch darauf.

Selbst als ein Teller Kartoffeln und ein Krug Bier neben ihm abgesetzt wurde, konzentrierte er sich noch, bis er merkte, dass ein großer Mann mit finsterem Gesichtsausdruck neben ihm stand.

»Oh, hallo«, grüßte Tolpan lächelnd, als er feststellte, dass der große Mensch sein allerneuester Freund war, der Ritter, der ihn erst gestern verhaftet hatte. Da er ein so guter Freund war, war es schade, dass ihm der Name des Mannes nicht mehr einfiel. »Bitte, setz dich. Möchtest du Kartoffeln? Vielleicht ein paar Eier?«

Der Ritter lehnte jedes der Angebote ab. Er nahm Tolpan gegenüber Platz und musterte den Kender mit strengem Gesicht.

»Ich habe gehört, dass du Ärger machst«, bemerkte der Ritter mit kalter, unangenehmer Stimme.

Rein zufällig war Tolpan gerade zu diesem Zeitpunkt ziemlich stolz darauf, eben *keinen* Ärger zu machen. Schließlich hatte er still am Tisch gesessen, trüben Gedanken über Caramons Dahinscheiden nachgehangen und glücklichen Erinnerungen an die wunderbaren Zeiten, die sie miteinander durchlebt hatten. Nicht ein einziges Mal hatte er nachgesehen, ob in der Holzkiste etwas Interessantes zu finden war. Auch seine übliche Inspektion der Silbertruhe hatte er unterlassen, und er hatte nur eine fremde Börse bei sich, von der er nicht mehr genau wusste, wie er zu ihr gekommen war. Vermutlich hatte sie jemand fallen lassen. Er musste daran denken, sie nach der Beerdigung zurückzugeben.

Deshalb war Tolpan rechtschaffen empört über die Andeutung des Ritters. Er fasste ihn streng ins Auge – in zwei strenge Augen, um genau zu sein. »Ich bin sicher, dass du nicht absichtlich hässlich bist«, meinte Tolpan. »Du bist eben durcheinander. Das verstehe ich.«

Das Gesicht des jungen Ritters nahm eine sehr merkwürdige Farbe an, denn es wurde puterrot, fast schon lila. Er wollte etwas erwidern, doch er regte sich so auf, dass er kein vernünftiges Wort mehr hervorbrachte.

»Oh, ich sehe schon«, berichtigte sich Tolpan. »Kein Wunder, dass du mich nicht verstanden hast. ›Hässlich‹ habe ich natürlich nicht so gemeint. Mir ging es um deine Bemerkung, nicht um dein Gesicht, das allerdings bemerkenswert hässlich ist. Ich weiß nicht, ob ich je ein hässlicheres gesehen habe. Tja, aber dafür kannst du wohl nichts, und für deine Laune vielleicht ebenso wenig, wo du doch ein Ritter von Solamnia bist und so. Aber du hast dich trotzdem geirrt. Ich habe *keinen* Ärger gemacht. Ich habe hier am Tisch gesessen und Kartoffeln gegessen. Sie sind wirklich gut, bist du sicher, dass du keine willst? Na, dann eben nicht, dann esse ich jetzt den Rest. Wo war ich? Ach ja. Ich habe hier gesessen und an meiner Rede gearbeitet. Für die Beerdigung.«

Als der Ritter endlich in der Lage war, zu sprechen, ohne dabei Gift und Galle zu verbreiten, war sein Ton noch kälter und unangenehmer, falls das überhaupt möglich war. »Die Dame Laura hat einen ihrer Gäste zu mir geschickt mit der Nachricht, dass dein absurdes, ausländisches Gefasel ihr Angst macht. Meine Vorgesetzten haben mir den Befehl gegeben, dich wieder ins Gefängnis zu stecken. Außerdem wüssten sie gern«, fügte er grimmig hinzu, »wie es dir heute Morgen gelungen ist, aus dem Gefängnis auszubrechen.«

»Natürlich begleite ich dich gern zurück zum Gefängnis. Es war ein sehr hübsches Gefängnis«, antwortete Tolpan höflich.

»Ein kendersicheres habe ich ohnehin noch nie gesehen. Gleich nach der Beerdigung können wir gehen. Ich habe sie nämlich schon einmal verpasst, weißt du, das darf mir nicht nochmal passieren. Hupsala! Nein, das hatte ich vergessen.« Tolpan seufzte. »Ich kann dich gar nicht zum Gefängnis begleiten.« Er wünschte wirklich, ihm würde der Name des Ritters wieder einfallen. Es kam ihm so unhöflich vor, nachzufragen. »Ich muss danach doch gleich zurück in meine eigene Zeit. Ich habe Fizban versprochen, nicht herumzustreunen. Vielleicht kann ich ein anderes Mal im Gefängnis vorbeischauen.«

»Vielleicht solltet Ihr ihn bleiben lassen, Sir Gerard«, schlug Laura vor, die sich gerade näherte. Sie knetete ihre Schürze zwischen den Händen. »Er scheint fest entschlossen zu sein, und ich will nicht, dass er Ärger macht. Außerdem«, sie begann wieder zu weinen, »vielleicht sagt er die Wahrheit! Vater dachte schließlich auch, er wäre Tolpan.«

Gerard! Tolpan war ausgesprochen erleichtert. Der Ritter hieß Gerard.

»Wirklich?« Gerard war skeptisch. »Hat er das gesagt?«

»Ja«, schluchzte Laura, während sie mit der Schürze ihre Augen wischte. »Der Kender kam hereinspaziert. Papa saß hier auf seinem Lieblingsplatz. Der Kender marschierte direkt auf ihn zu und sagte: ›Hallo, Caramon! Ich wollte deine Grabrede halten. Bin ein bisschen früh dran, und da dachte ich, du würdest vielleicht gerne hören wollen, was ich sagen werde‹, und Papa war ganz überrascht. Am Anfang glaubte er ihm wohl nicht, aber dann sah er genauer hin und rief: ›Tolpan!‹ Danach hat er ihn fest umarmt.«

»Stimmt.« Tolpan unterdrückte ein Schniefen. »Er hat mich gedrückt und gesagt, er sei froh, mich wiederzusehen, und wo ich denn die ganze Zeit gesteckt hätte. Ich sagte, das sei eine sehr lange Geschichte, und da er wirklich nicht mehr so viel Zeit hätte, würde ich ihm lieber erst seine Grabrede vortragen.« Jetzt musste er doch schniefen. Die laufende Nase wischte er sich am Ärmel ab.

»Vielleicht sollten wir noch warten bis nach der Beerdigung«, bat Laura. »Ich glaube, das wäre in Papas Sinn. Wenn Ihr … nun … einfach ein Auge auf ihn hättet.«

Gerard hatte sichtlich seine Zweifel. Er wollte sogar zu streiten beginnen, aber Laura hatte ihre Entscheidung getroffen. Darin war sie ihrer Mutter sehr ähnlich. Von einem einmal gefällten Entschluss würde auch eine Horde Drachen sie nicht mehr abbringen können.

Laura öffnete die Türen des Wirtshauses, um Sonne, Leben und alle Trauernden einzulassen, die dem Toten die letzte Ehre erweisen wollten. Caramon Majere lag in einem einfachen Holzsarg vor dem großen Kamin des Gasthauses, das er geliebt hatte. Es brannte kein Feuer, nur Asche lag im Kamin. Die Bewohner von Solace zogen an dem Toten vorbei, doch jeder blieb einen Moment stehen, um ihm noch ein Geschenk zu machen – ein stilles Lebewohl, einen wortlosen Segen, ein Lieblingsspielzeug, frisch gepflückte Blumen.

Die Trauernden stellten fest, dass er einen friedlichen, ja, fröhlichen Gesichtsausdruck hatte, fröhlicher, als man ihn seit dem Tod seiner geliebten Tika gekannt hatte. »Irgendwo sind sie zusammen«, hieß es, und das entlockte den Leuten trotz ihrer Tränen ein Lächeln.

Laura stand an der Tür, wo sie die Beileidsbezeugungen entgegennahm. Sie trug ihre Alltagskleider – eine schneeweiße Bluse, eine frische, saubere Schürze, den feschen, königsblauen Rock mit den weißen Unterröcken. Man wunderte sich, dass sie nicht von Kopf bis Fuß in Schwarz gekleidet war.

»Das hätte Vater nicht gewollt«, lautete ihre schlichte Antwort.

Andere fanden es traurig, dass Laura die Einzige aus der Familie war, die ihren Vater zur ewigen Ruhe bettete. Ihre Schwester Dezra war nach Haven gefahren, um dort Hopfen für das berühmte Bier des Gasthauses zu kaufen, doch seit der Drache Beryl die Stadt angegriffen hatte, saß sie dort fest. Es war ihr gelungen, eine Nachricht für ihre Schwester hinauszuschmuggeln, die besagte, dass es ihr gut ging, doch die Heimreise wagte sie nicht anzutreten. Für Reisende waren die Straßen nicht sicher.

Caramons Sohn Palin hatte Solace einmal mehr verlassen, um eine seiner geheimnisvollen Reisen zu unternehmen. Falls Laura wusste, wo er war, sagte sie es nicht. Seine Frau Usha, eine anerkannte Porträtmalerin, hatte Dezra nach Haven begleitet. Da Usha die Familien einiger Kommandanten der Ritter von Neraka gemalt hatte, verhandelte sie jetzt mit ihnen um eine sichere, unbehelligte Heimfahrt für sich und Dezra. Ushas Kinder, Ulin und Linsha, waren zu eigenen Abenteuern ausgezogen. Von Linsha, einer Ritterin von Solamnia, hatte man seit Monaten nichts mehr gehört. Ulin war verschwunden, nachdem er von einem magischen Gegenstand gehört hatte. Vermutlich steckte er in Palanthas.

Tolpan hockte, von Gerard bewacht, in einer Ecke. Als er die Leute hereinströmen sah, schüttelte der Kender den Kopf.

»Und ich sage dir, so war Caramons Beerdigung nicht gedacht«, wiederholte Tolpan beharrlich.

»Halt den Mund, du kleine Kröte«, befahl Gerard mit gedämpfter Stimme. »Für Laura und die Freunde ihres Vaters ist es schon schwer genug, auch ohne dass du mit deinem dummen Geschnatter alles noch schlimmer machst.« Um seinen Worten Nachdruck zu verleihen, ergriff er den Kender an den Schultern und schüttelte ihn kräftig durch.

»Du tust mir weh«, beschwerte sich Tolpan.

»Gut«, knurrte Gerard. »Dann sei einfach still und tu, was man dir sagt.«

Tolpan hielt den Mund, was für ihn eine bemerkenswerte Leistung war, ihm in diesem Augenblick jedoch leichter fiel, als alle seine Freunde vermutet hätten. Seine ungewöhnliche Schweigsamkeit lag an dem Kloß Traurigkeit, der immer noch in seinem Hals steckte und den er irgendwie nicht schlucken konnte. In die Trauer mischte sich Verwirrung, so dass er kaum klar denken konnte.

Caramons Beerdigung verlief ganz und gar nicht so, wie sie gedacht war. Das wusste Tolpan ganz genau, denn er war schon einmal bei Caramons Beerdigung gewesen und erinnerte sich sehr genau daran. Das hier war sie jedenfalls nicht. Dementsprechend hatte Tolpan sehr viel weniger Spaß als erwartet.

Alles Mögliche war verkehrt. Total verkehrt. Restlos und unwiederbringlich verkehrt. Keiner der Würdenträger, die eigentlich anwesend sein sollten, war gekommen. Palin war noch nicht da. Allmählich glaubte Tolpan, Laura würde womöglich Recht behalten und er würde nicht mehr auftauchen. Lady Crysania war nicht gekommen. Goldmond und Flusswind fehlten ebenfalls. Nicht einmal Dalamar war plötzlich aus dem Nichts erschienen und hatte allen einen Riesenschrecken eingejagt. Tolpan stellte fest, dass er seine Rede nicht halten konnte. Der Kloß war zu groß, er ließ es nicht zu. Noch etwas, was nicht stimmte.

Es waren Unmengen Menschen da – die gesamte Bevölkerung von Solace und den umliegenden Gemeinden kam, um Abschied zu nehmen und eine letzte Erinnerung an den beliebten Mann mit nach Hause zu nehmen. Aber es waren dennoch nicht so viele wie bei Caramons erster Beerdigung.

Caramon wurde neben seinem geliebten Wirtshaus begraben, gleich neben den Gräbern seiner Frau und seiner Söhne. Die Vallenholzbäume, die er für seine gefallenen Söhne gepflanzt hatte, waren bereits hoch und stolz. Sie glichen darin den Rittern von Solamnia, die Caramon eine Ehre erwiesen, welche einem Nichtritter nur selten zuteil wurde: Sie geleiteten seinen Sarg zum Grab. Laura pflanzte den Vallenholzbaum zum Andenken an ihren Vater mitten ins Herz von Solace, gleich neben den Baum, den sie für ihre Mutter gesetzt hatte. Viele Jahre lang waren die beiden das Zentrum von Solace gewesen, so dass jeder diesen Platz für passend hielt.

Der Setzling stand ein wenig wacklig in der frisch aufgeworfenen Erde. Er sah richtig verloren aus. Die Leute sagten, was ihnen wichtig war, und bezeugten Caramon ihren Respekt. Die Ritter steckten mit feierlicher Miene ihre Schwerter ein, und damit war die Beerdigung vorbei. Alle gingen nach Hause zum Essen.

Zum ersten Mal, seit der rote Drache es im Krieg der Lanze vom Baum gepflückt hatte, war das Wirtshaus geschlossen. Lauras Freundinnen boten ihr an, die erste einsame Nacht bei ihnen zu verbringen, doch sie lehnte ab, denn sie wollte lieber allein vor sich hinweinen, wie sie sagte. Auch die Köchin schickte sie nach Hause, denn als die endlich zur Arbeit erschienen war, brauchte das Essen nicht mehr gesalzen zu werden, so viele Tränen landeten darin. Der Gossenzwerg war seit dem Moment, als er von Caramons Tod gehört hatte, nicht mehr aus seiner Ecke herausgekommen. Noch immer lag er zusammengeknäuelt dort und heulte schauerlich, bis er sich zur Erleichterung aller schließlich in den Schlaf geweint hatte.

»Ade, Laura«, verabschiedete sich Tolpan. Er streckte ihr die Hand hin. Er und Gerard waren die Letzten, die gingen, denn der Kender hatte sich nicht weg gerührt, ehe alle anderen verschwunden waren und er mit Gewissheit sagen konnte, dass wirklich nichts so eingetreten war, wie eigentlich vorgesehen. »Die Beerdigung war sehr schön. Nicht so schön wie die andere, aber dafür konntest du wohl nichts. Ich begreife *wirklich* nicht, was hier los ist. Vielleicht hat Caramon Sir Gerard deshalb gebeten, mich zu Dalamar zu bringen. Ich würde auch mitkommen, nur glaube ich, dass Fizban das wohl als Herumstreunen ansehen würde. Jedenfalls auf Wiedersehen und danke.«

Laura sah den Kender an, der nicht mehr fröhlich und aufgeregt war, sondern sehr niedergeschlagen und verloren wirkte. Auf einmal kniete sie sich neben ihn und schloss ihn in die Arme.

»Ich glaube wirklich, dass du Tolpan bist!«, versicherte sie mit leiser, fester Stimme. »Danke, dass du hier warst.« Sie drückte ihm den Atem aus dem schmalen Körper, drehte sich um und eilte durch die Tür zu den privaten Räumen der Familie. »Ihr schließt ab, ja, Sir Gerard?«, rief sie noch über die Schulter, ehe sie die Tür hinter sich verriegelte.

Im Wirtshaus war es still. Das einzige Geräusch, das zu vernehmen war, war das Rascheln der Vallenholzblätter und das Knarren der Äste. Das Rascheln hatte etwas Wehmütiges an sich, und es war, als würden die Äste klagen. Tolpan hatte das Wirtshaus noch nie leer gesehen. Als er sich umschaute, fiel ihm der Abend ein, an dem sie nach fünfjähriger Trennung wieder hier zusammengekommen waren. Er konnte Flints Gesicht und sein schroffes Murren hören, er sah Caramon schützend bei seinem Zwillingsbruder stehen, er sah, wie Raistlins scharfe Augen alles beobachteten. Fast hörte er Goldmonds Lied erneut.

> Der Stab flammt auf in blauem Licht
> Und sie beide vergehen;
> Verblasst sind die Wiesen, der Herbst ist da.

»Alle sind weg«, murmelte Tolpan in sich hinein. Wieder kündigte sich ein Schniefen an.

»Gehen wir«, mahnte Gerard.

Mit einer Hand auf der Schulter des Kenders lenkte der Ritter Tolpan zur Tür, wo er den Kender anhalten ließ, um ein paar wertvollere Dinge auf den Schanktisch zu legen, die zufällig in Tolpans Beutel geraten waren. Ihre Eigentümer konnten sie hier abholen. Anschließend nahm er den Schlüssel von einem Haken an der Tür und schloss ab. Er hängte den Schlüssel draußen an einen Haken, falls jemand zu später Stunde noch ein Zimmer brauchte, und führte den Kender die Treppe hinunter.

»Wo geht's denn hin?«, fragte Tolpan. »Was hast du da für ein Bündel? Kann ich mal einen Blick reinwerfen? Bringst du mich zu Dalamar? Den habe ich schon lange nicht mehr gesehen. Kennst du eigentlich die Geschichte, wie ich Dalamar kennen gelernt habe? Da waren Caramon und ich –«

»Halt einfach den Mund, ja?«, fauchte Gerard übellaunig. »Von deinem Geplapper bekomme ich Kopfschmerzen. Wir sind auf dem Weg zur Garnison. Und was das Bündel angeht, das ich trage: Wenn du das berührst, jage ich dir mein Schwert durch den Leib.«

Mehr wollte der Ritter nicht sagen, obwohl Tolpan fragte und fragte und riet und fragte, ob er richtig geraten hätte und ob Gerard ihm nicht einen Hinweis geben könnte. War das, was in dem Bündel steckte, größer als ein Brotkasten? War es eine Katze? Vielleicht eine Katze in einem Brotkasten? Alles vergeblich. Der Ritter verriet nichts und ließ den Kender auch nicht los.

Gemeinsam erreichten sie die Garnison der Solamnier, wo die Wachen Gerard kühl begrüßten. Sir Gerard gab den Gruß nicht zurück, sondern erklärte, er müsse den Schildfürsten sprechen. Die Wachen, die zum persönlichen Gefolge des Fürsten zählten, wehrten ab. Der Fürst sei gerade erst von der Beerdigung zurück und wünsche, nicht gestört zu werden. Sie wollten wissen, was Gerard vom Fürsten wolle.

»Es geht um eine persönliche Angelegenheit«, erwiderte der Ritter. »Sagt dem Fürsten, dass ich eine Auslegung des Maßstabs brauche. Es ist sehr dringend.«

Eine Wache verschwand. Kurz darauf kam der Mann zurück und teilte Gerard knurrend mit, dass er eintreten dürfe.

Mit Tolpan im Schlepptau wollte Gerard hineingehen.

»Nicht so schnell, mein Herr«, widersprach der Wächter, der ihnen mit seiner Hellebarde den Weg versperrte. »Von einem Kender war nicht die Rede.«

»Der Kender ist in meinem Gewahrsam«, erklärte Gerard, »und zwar auf ausdrücklichen Befehl des Fürsten. Es ist mir nicht gestattet, ihn jemand anderem zu übergeben. Ich wäre höchstens bereit, ihn hier bei Euch zu lassen, wenn Ihr mir garantiert, dass er nichts anstellt, solange ich beim Fürsten bin – was einige Stunden dauern kann, da es um eine schwierige Frage geht. Außerdem muss er noch hier sein, wenn ich wiederkomme.«

Der Ritter zögerte.

»Bestimmt erzählt er Euch gern, wie er damals den Zauberer Dalamar kennen gelernt hat«, fügte Gerard trocken hinzu.

»Nehmt ihn mit«, maulte der andere Ritter.

Tolpan und sein Begleiter betraten die Garnison durch das Tor in der Palisade. Drinnen befanden sich Pferdeställe, ein kleiner Übungsplatz mit einer Zielscheibe für die Bogenschützen und einige Häuser. Die Garnison war nicht groß. Ursprünglich war sie nur zur Unterbringung der Ehrengarde für das Grab der Helden erbaut worden, doch später hatte man sie erweitert. Die Ritter, die jetzt hier stationiert waren, würden wohl das letzte Bollwerk von Solace darstellen, falls der Drache Beryl angriff.

Gerard hatte es geradezu entzückt, dass die Tage, in denen er das Grab bewacht hatte, gezählt zu sein schienen, da der Kampf mit dem Drachen in greifbare Nähe rückte. Allerdings hatten er und die anderen Ritter strengen Befehl, dies niemandem gegenüber zu erwähnen. Die Ritter hatten keinen Beweis, dass Beryl vorhatte, Solace anzugreifen, und sie wollten bestimmt keinen Angriff provozieren. Aber im Stillen schmiedeten die solamnischen Befehlshaber bereits Pläne.

Innerhalb der Palisade diente ein langes, niedriges Gebäude als Schlafstätte für die Ritter und die Soldaten, die von ihnen befehligt wurden. Darüber hinaus gab es einige Vorrats- und Lagerschuppen sowie ein Hauptquartier, in dem der Befehlshaber der Garnison wohnte und arbeitete.

Jetzt kam sein Adjutant auf Gerard zu und schob ihn hinein.

»Der Fürst kommt gleich, Sir Gerard«, meinte der Adjutant.

»Gerard!«, ertönte eine Frauenstimme. »Wie schön, dich zu sehen! Ich dachte gleich, ich hätte deinen Namen gehört.«

Fürstin Warren war eine schöne alte Dame mit weißen Haaren und sanft gebräuntem Gesicht. Während der vierzig Jahre ihrer Ehe hatte sie ihren Mann auf allen seinen Reisen begleitet. Sie war direkt und barsch wie ein Soldat, obwohl sie im Augenblick eine mehlbestäubte Schürze trug. Erst küsste sie Gerard auf die Wange – er stand stramm aufgerichtet da mit seinem Helm unter dem Arm –, dann warf sie einen entgeisterten Blick auf den Kender.

»Du meine Güte. – Midge!«, brüllte sie mit einer Stimme, die auch ein Schlachtfeld übertönt hätte, in den hinteren Teil des Hauses. »Schließ meinen Schmuck weg!«

»Tolpan Barfuß, hocherfreut«, stellte Tolpan sich vor und reichte ihr die Hand.

»Schon wieder so einer?«, gab die Fürstin zurück, die prompt ihre mehligen Hände, an denen einige interessante Ringe blitzten, unter der Schürze versteckte. »Und wie geht es deinen guten Eltern, Gerard?«

»Ganz gut, vielen Dank««, antwortete Gerard.

»Du Lümmel«, schalt Fürstin Warren. Sie drohte ihm mit dem Finger. »Du weißt es nämlich gar nicht. Du hast deiner guten

Mutter seit zwei Monaten nicht mehr geschrieben. Sie hat sich deswegen bei meinem Mann beklagt, ihn sogar flehentlich darum gebeten, ihr zu schreiben, ob es dir gut geht und ob du auch trockene Füße hast. Eine Schande. Deiner armen Mutter solche Sorgen zu machen! Der Fürst hat zugesagt, dass du ihr noch heute antwortest. Es würde mich nicht überraschen, wenn er dir befiehlt, dich auf der Stelle hinzusetzen und an die Arbeit zu gehen, gleich hier.«

»Ja, Madame«, erwiderte Gerard.

»Ihr dürft eintreten«, unterbrach der Adjutant und öffnete eine Tür, die vom Haupthaus in die Privatgemächer des Fürsten führte.

Fürstin Warren verabschiedete sich, nicht ohne Gerard zu ermahnen, seine liebe Mutter von ihr zu grüßen. Mit ausdrucksloser Stimme versprach Gerard alles, verbeugte sich und folgte dem Adjutanten.

Ein großer Mann mittleren Alters mit der schwarzen Haut der Bewohner von Südergod begrüßte den jungen Mann sehr warmherzig. Der junge Ritter erwiderte die Begrüßung mit ebensolcher, für ihn ungewöhnlicher Wärme.

»Wie schön, dass du dich mal wieder blicken lässt, Gerard!«, freute sich Fürst Warren. »Komm, setz dich. Das ist also der Kender?«

»Ja, Herr. Danke, Herr. Ich komme sofort.« Gerard führte Tolpan zu einem Stuhl, setzte ihn darauf und holte einen Strick heraus. So schnell, dass Tolpan gar keine Einwände erheben konnte, fesselte er dessen Handgelenke an die Armlehnen des Stuhls. Dann zog er einen Knebel aus der Tasche und stopfte ihn Tolpan in den Mund.

»Ist das nötig?«, erkundigte sich Fürst Warren mild.

»Wenn wir uns halbwegs ungestört unterhalten wollen, schon, Herr«, gab Gerard zurück, während er sich einen Stuhl heranzog. Das geheimnisvolle Bündel legte er neben seinen Füßen auf den Boden. »Sonst würdet Ihr zum Beispiel mit anhören müssen, dass Caramon Majere schon einmal gestorben ist. Der Kender würde Euch erzählen, wie sich seine heutige Beerdigung von der anderen unterschieden hat. Ihr würdet mit anhören müssen, wer beim ersten Mal dabei war und wer diesmal alles gefehlt hat.«

»Aha.« Fürst Warrens Gesicht nahm einen mitleidigen Ausdruck an. »Er muss einer von den Verschreckten sein. Armer Kerl.«

»Was ist denn ein Verschreckter?«, wollte Tolpan wissen. Wegen des Knebels kamen seine Worte allerdings so gedämpft heraus, dass es sich anhörte, als spräche er Zwergisch mit ein wenig Gnomisch dazwischen. Deshalb verstand ihn auch niemand, und keiner ließ sich zu einer Antwort herab.

Gerard und Fürst Warren sprachen über die Beerdigung. Fürst Warren redete in so warmen Worten von Caramon, dass der Kloß in Tolpans Hals zurückkehrte. Jetzt hätte er den Knebel gar nicht mehr gebraucht.

»So, Gerard, was kann ich nun für dich tun?«, fragte Fürst Warren, als das Thema Beerdigung abgeschlossen war. Er musterte den jungen Ritter eindringlich. »Mein Adjutant sagte, du hättest eine Frage zum Maßstab.«

»Ja, Herr. Ich brauche eine Auslegung.«

»Du, Gerard?« Fürst Warren zog eine Augenbraue hoch. »Seit wann gibst du einen Pfifferling auf die Vorschriften des Maßstabs?«

Gerard lief rot an und machte ein betretenes Gesicht.

Die Verlegenheit des Ritters brachte Fürst Warren zum Lächeln. »Ich habe mitbekommen, wie du dich sehr deutlich über die ›altmodischen, festgefahrenen‹ Methoden ausgelassen hast, nach denen hier manches abläuft –«

Gerard rutschte unbehaglich in seinem Stuhl hin und her. »Herr, vielleicht habe ich gewisse Vorschriften des Maßstabs gelegentlich in Zweifel gezogen –«

Fürst Warrens Augenbraue wölbte sich noch mehr.

Gerard fand, es sei an der Zeit, das Thema zu wechseln. »Herr, gestern kam es zu einem Zwischenfall, bei dem verschiedene Zivilisten anwesend waren. Man wird Fragen stellen.«

Fürst Warren machte ein ernstes Gesicht. »Müssen wir einen Ritterrat einberufen?«

»Nein, Herr. Ich habe die allergrößte Hochachtung vor Euch und werde Eure Entscheidung in dieser Sache annehmen. Ich habe einen Auftrag erhalten, von dem ich nicht weiß, ob ich ihn befolgen oder ihn in Ehren ablehnen soll.«

»Wer hat dir diesen Auftrag erteilt? Ein anderer Ritter?« Fürst Warren wirkte ein wenig unsicher. Er wusste, dass Gerard in der Garnison ein Außenseiter war. Schon lange befürchtete er, dass es eines Tages Streit geben würde, der zu einer eigentlich vermeidbaren Herausforderung auf dem Feld der Ehre führen könnte.

»Nein, Herr«, wehrte Gerard gelassen ab. »Er stammt von einem Sterbenden.«

»Ach so!«, folgerte Fürst Warren. »Von Caramon Majere.«

»Ja, Herr.«

»Eine letzte Bitte?«

»Weniger eine Bitte, Herr«, erklärte Gerard. »Eher ein Auftrag. Nahezu ein Befehl, aber Majere war kein Ritter.«

»Vielleicht war er keiner von Geburt her«, stellte Fürst Warren sanft richtig, »aber seine Einstellung konnte jedem Ritter zum Vorbild dienen.«

»Ja, Herr.« Gerard schwieg einen Augenblick. Zum ersten Mal bemerkte Tolpan, dass der junge Mann ernsthaft um Caramon trauerte.

»Die letzten Bitten Sterbender sind dem Maßstab heilig. Das bedeutet, dass solche Wünsche zu erfüllen sind, wenn dies menschenmöglich ist. Der Maßstab unterscheidet nicht, ob der Sterbende ein Ritter war oder nicht, er unterscheidet nicht zwischen Mann und Frau, Mensch, Elf, Zwerg, Gnom oder Kender. Deine Ehre verpflichtet dich, diese Aufgabe zu übernehmen, Gerard.«

»Wenn es menschenmöglich ist«, hielt Gerard dagegen.

»Ja«, bestätigte Fürst Warren. »So steht es geschrieben. Mein Sohn, ich sehe, diese Sache macht dir schwer zu schaffen. Falls es nichts Vertrauliches ist, bitte ich dich, mir Caramons letzten Wunsch zu verraten.«

»Es ist nicht vertraulich, Herr. Ich muss es Euch ohnehin mitteilen, denn um diesem Wunsch nachzukommen, müsstet Ihr mir gestatten, mich von meinem Posten zu entfernen. Caramon Majere bat mich, diesen Kender hier – einen Kender, der behauptet, Tolpan Barfuß zu sein, obwohl der seit dreißig Jahren tot ist – zu Dalamar zu bringen.«

»Dem Zauberer Dalamar?«, fragte Fürst Warren ungläubig nach.

»Ja, Herr. Es war folgendermaßen: Als Caramon im Sterben lag, redete er davon, seine tote Frau wiederzusehen. Dann schien er in der versammelten Menge nach jemandem Ausschau zu halten. Er sagte: ›Aber wo ist Raistlin?‹«

»Also sein Zwillingsbruder«, unterbrach Fürst Warren.

»Ja, Herr. Dann fügte Caramon hinzu: ›Er sagte, er würde auf mich warten.‹ Angeblich hat Raistlin ihm versprochen, auf ihn zu warten, ehe er von dieser Welt in die nächste übergeht, so jedenfalls hat Laura es mir erklärt. Caramon hätte oft behauptet, weil sie Zwillinge seien, könne der eine nicht ohne den anderen in das gesegnete Reich eintreten.«

»Ich kann mir nicht vorstellen, dass Raistlin Majere überhaupt in ein ›gesegnetes Reich‹ eingelassen wird«, bemerkte Fürst Warren trocken.

»Richtig, Herr.« Gerard lächelte abfällig. »Falls es überhaupt ein gesegnetes Reich gibt, was ich bezweifle, dann ...«

Er hielt inne und gab ein verlegenes Hüsteln von sich. Fürst Warren runzelte streng die Stirn. Offenbar wollte Gerard diese philosophische Diskussion lieber überspringen, denn er fuhr mit seiner Geschichte fort.

»Caramon sagte noch etwas wie: ›Raistlin müsste hier sein. Mit Tika. Das verstehe ich nicht. Da stimmt etwas nicht. Tolpan ... Was Tolpan gesagt hat ... Eine andere Zukunft ... Dalamar wird es wissen ... Bring Tolpan zu Dalamar.‹ Er war sehr verstört, darum dachte ich, er könnte nicht in Frieden sterben, wenn ich nicht verspreche, seine Bitte zu erfüllen. Also habe ich ihm mein Wort gegeben.«

»Der Zauberer Raistlin ist schon fünfzig Jahre tot!«, rief Fürst Warren aus.

»Ja, Sir. Der angebliche Held Barfuß ist dreißig Jahre tot, also kann er nicht dieser Kender hier sein. Und der Zauberer Dalamar ist untergetaucht. Seit dem Verschwinden des Turms der Erzmagier hat ihn niemand mehr gesehen oder von ihm gehört. Angeblich haben ihn die Mitglieder der Letzten Versammlung offiziell für tot erklärt.«

»Das ist richtig. Palin Majere hat es mir bestätigt. Aber wir haben keinen Beweis dafür, und es geht immerhin um die letzte Bitte eines Sterbenden. Ich bin mir nicht sicher, wie das auszulegen ist.«

Gerard schwieg. Tolpan hätte sich gern zu Wort gemeldet, doch daran hinderten ihn der Knebel und die Erkenntnis, dass nichts, was er sagte, etwas ändern würde. Um ehrlich zu sein – Tolpan wusste selbst nicht so recht, was er tun sollte. Er hatte strengen Befehl von Fizban, zur Beerdigung zu reisen und sofort zurückzukommen. »Und kein Herumstreunen!«, waren die genauen Worte des alten Zauberers gewesen, und dabei hatte er ziemlich einschüchternd ausgesehen. So saß Tolpan auf seinem Stuhl, nagte nachdenklich an seinem Knebel herum und grübelte über die exakte Bedeutung des Begriffs »herumstreunen« nach.

»Ich muss Euch noch etwas zeigen, Herr«, meinte Gerard schließlich. »Wenn Ihr gestattet ...«

Gerard hob das Bündel hoch, legte es auf Fürst Warrens Tisch und begann, es aufzuschnüren.

In der Zwischenzeit gelang es Tolpan, seine Hände aus dem Strick zu winden. Endlich konnte er den Knebel abnehmen und diesen wahrlich interessanten Raum erforschen. An der Wand hingen ein paar wunderbare Schwerter, ein Schild stand herum, und dann war da noch ein ganzer Kasten voller Karten. Sehnsüchtig blinzelte Tolpan zu den Karten hin. Fast hätten seine Füße ihn einfach dorthin getragen, aber er war auch äußerst gespannt auf den Inhalt des Bündels.

Gerard brauchte ziemlich lange zum Öffnen; anscheinend hatte er Schwierigkeiten mit den Knoten.

Tolpan hätte gern seine Hilfe angeboten, aber bisher hatte Gerard seine Hilfsbereitschaft noch kein einziges Mal zu schätzen gewusst. Daher beschränkte sich Tolpan darauf, die Sandkörner zu beobachten, die aus der oberen Hälfte eines Stundenglases in die untere rieselten, und zu versuchen, sie dabei zu zählen. Das war eine echte Herausforderung, denn die Körner fielen ziemlich schnell. Immer wenn er ein paar auseinander halten konnte, fielen ein paar gleichzeitig und brachten seine Berechnungen durcheinander.

Tolpan war irgendwo zwischen fünftausendsiebenhundertsechsunddreißig und fünftausendsiebenhundertachtunddreißig, als der Sand zu Ende ging. Gerard fummelte immer noch an den

Knoten herum. Fürst Warren streckte den Arm aus und drehte das Glas um. Tolpan begann von vorne: »Eins, zwei, dreivierfünf ...«

»Na endlich!«, murmelte Gerard, der jetzt die Schnur von dem Bündel löste.

Tolpan unterbrach das Zählen und setzte sich so gerade wie möglich hin, um besser sehen zu können.

Gerard zog die Falten des Sacks herunter, gab aber Acht – wie Tolpan bemerkte –, den Inhalt nicht zu berühren. Die Strahlen der untergehenden Sonne brachten Edelsteine zum Funkeln. Tolpan war so aufgeregt, dass er vom Stuhl sprang und den Knebel fortwarf.

»He!«, rief er und schnappte nach dem Ding. »Das sieht genauso aus wie meins! Wo hast du das her? – Na, hör mal!«, empörte er sich, nachdem er genauer hingesehen hatte. »Das *ist* meins!«

Gerard hielt die Hand des Kenders fest, die bereits über dem edelsteinbesetzten Ding schwebte. Fürst Warren starrte den Gegenstand ungläubig an.

»Das habe ich im Beutel des Kenders gefunden«, meldete Gerard. »Gestern Abend, als wir ihn durchsuchten, bevor wir ihn ins Gefängnis gesteckt haben. Ein Gefängnis, möchte ich hinzufügen, das weniger kendersicher ist, als wir dachten. Ich bin mir nicht sicher – schließlich bin ich kein Zauberer –, aber mir scheint, es ist ein magischer Gegenstand. *Ziemlich* magisch.«

»Natürlich ist er das«, erklärte Tolpan stolz. »So bin ich doch hierher gekommen. Früher hat er Caramon gehört, aber der hatte immer solche Angst, dass ihn jemand stehlen und missbrauchen könnte – ich kann mir ja wirklich nicht vorstellen, wer zu so etwas fähig wäre. Ich habe ihm angeboten, ihn für ihn aufzubewahren, aber Caramon sagte, nein, er sollte lieber irgendwo hin, wo er wirklich sicher wäre, und Dalamar meinte, er würde ihn nehmen, darum hat Caramon ihn Dalamar gegeben, und der ...« Tolpan brach ab, denn es hörte ihm sowieso niemand zu.

Fürst Warren hatte die Hände vom Tisch gelöst. Das Ding war etwa so groß wie ein Ei und über und über mit leuchtenden, funkelnden Edelsteinen besetzt. Wenn man näher hinsah, war zu erkennen, dass es aus unzähligen Einzelteilen bestand, die beweglich aussahen. Fürst Warren begutachtete den Apparat misstrauisch. Gerard hielt derweil den Kender fest.

Die Sonne näherte sich dem Horizont und schien jetzt hell durch das Fenster. Das Büro war kühl und voller Schatten, doch das Ding glitzerte und strahlte, als wäre es selbst eine kleine Sonne.

»So etwas habe ich noch nie gesehen«, staunte Fürst Warren.
»Ich auch nicht, Herr«, sagte Gerard. »Aber Laura.«
Überrascht blickte Fürst Warren auf.
»Sie sagt, ihr Vater hätte so etwas besessen. Er bewahrte es in einem Geheimversteck auf, in einem Zimmer im Wirtshaus, das seinem Zwillingsbruder Raistlin gewidmet ist. Sie erinnert sich genau an den Tag einige Monate vor dem Chaoskrieg, an dem er das Ding aus seinem Geheimversteck geholt hat. Er gab es ...« Gerard machte eine Pause.

»Dalamar?«, fragte Fürst Warren verwundert. Wieder starrte er den Apparat an. »Hat ihr Vater mehr darüber erzählt? Zu welcher Magie es fähig ist?«

»Er hat behauptet, es wäre ein Geschenk von Par-Salian, mit dem er auf magische Weise durch die Zeit gereist wäre.«

»Ist er auch«, warf Tolpan ein. »Ich war dabei. Deshalb weiß ich ja, wie das Gerät funktioniert. Aber dann kam mir der Gedanke, dass Caramon vielleicht älter wird als ich –«

Fürst Warren stieß mit großem Nachdruck ein Schimpfwort aus. Tolpan war beeindruckt. Solche Wörter hörte man von Rittern normalerweise nicht.

»Hältst du es für möglich?« Jetzt starrte der Fürst Tolpan an, als wären dem Kender zwei Köpfe gewachsen.

Offensichtlich hatte er noch nie einen Troll gesehen. Diese Leute sollten wirklich mehr vor die Tür gehen, dachte sich Tolpan.

»Glaubst du, er ist der echte Tolpan Barfuß?«

»Caramon Majere hat ihm geglaubt, Herr.«

Fürst Warren sah wieder das seltsame Gerät an. »Ganz offenkundig ist es ein altes Kunstwerk. Heutzutage ist kein Zauberer mehr dazu in der Lage, so etwas herzustellen. Sogar ich kann seine Macht fühlen, dabei bin ich bestimmt kein Zauberer, dem Schicksal sei Dank.« Er schaute zurück zu Tolpan. »Nein, das kann nicht sein. Der Kender hat es gestohlen und sich diese absurde Geschichte ausgedacht, um sein Verbrechen zu vertuschen. Natürlich müssen wir es den Zauberern zurückgeben, aber nicht unbedingt dem Zauberer Dalamar, würde ich sagen.«

Fürst Warren runzelte die Stirn. »Jedenfalls sollte der Apparat außer Reichweite des Kenders bleiben. Wo steckt Palin Majere? Mir scheint, er wäre der richtige Mann dafür.«

»Aber ihr könnt gar nicht verhindern, dass das Gerät immer zu mir zurückkommt«, erklärte Tolpan. »Es ist nämlich so gedacht, also wird es früher oder später auch geschehen. Par-Salian – der große Par-Salian, den kannte ich nämlich, wisst ihr. Er hatte echten Respekt vor Kendern. Viel Respekt.« Tolpan fasste Gerard streng ins Auge, weil er hoffte, der Ritter würde die Anspielung verstehen. »Jedenfalls hat Par-Salian Caramon erklärt, das Gerät wäre so gebaut, dass es immer zu dem zurückkehrt, der es benutzt hat. Eine Sicherheitsvorkehrung, damit man nicht irgendwo in der Vergangenheit strandet, ohne wieder nach Hause zu können. Das ist ganz praktisch, weil ich ziemlich oft etwas verliere. Einmal habe ich sogar ein Mammut verloren. Das war nämlich so, ich –«

»Ich bin derselben Meinung, Herr«, unterbrach Gerard ihn laut. »Schweig, Kender. Du redest, wenn du gefragt wirst.«

»Entschuldigung«, murrte Tolpan, der sich allmählich langweilte. »Aber wenn ihr sowieso nicht zuhört, kann ich mir wenigstens die Karten ansehen? Karten sind meine große Leidenschaft.«

Fürst Warren wedelte mit der Hand. Tolpan marschierte los und war bald ganz in die Karten vertieft, die wirklich hinreißend waren. Je länger er sie allerdings betrachtete, desto verwirrender fand er sie.

Gerard senkte seine Stimme so weit, dass Tolpan wirklich Schwierigkeiten hatte, alles zu verstehen.

»Unglücklicherweise ist Palin Majere gerade auf einer geheimen Reise ins Elfenkönigreich Qualinesti, um sich dort mit den Elfenzauberern zu treffen. Solche Begegnungen wurden vom Drachen Beryl untersagt, und wenn sie davon erführe, würde sie furchtbare Rache nehmen.«

»Trotzdem habe ich den Eindruck, er sollte schnellstmöglich davon erfahren«, hielt Fürst Warren dagegen.

»Außerdem muss man ihm den Tod seines Vaters mitteilen. Wenn Ihr gestattet, Herr, würde ich diesen Kender mit dem Gerät nach Qualinesti geleiten. Dort könnte ich beide Palin Majere übergeben und ihm auch die traurige Nachricht überbringen. Ich werde Palin den letzten Wunsch seines Vaters ausrichten und ihn bitten zu entscheiden, ob er durchführbar ist oder nicht. Ich zweifle nicht daran, dass er mich davon freisprechen wird.«

Fürst Warrens besorgtes Gesicht glättete sich. »Du hast Recht. Wir sollten die Entscheidung seinem Sohn überlassen. Wenn er der Meinung ist, dass der letzte Wunsch seines Vaters unerfüllbar ist, darfst du in Ehren davon Abstand nehmen. Ich wünschte jedoch, du müsstest dazu nicht nach Qualinesti. Wäre es nicht klüger, abzuwarten, bis der Zauberer zurück ist?«

»Das könnte sehr lange dauern, Herr. Besonders jetzt, da Beryl die Straßen geschlossen hat. Ich glaube, diese Sache ist von allerhöchster Dringlichkeit. Außerdem«, Gerard senkte die Stimme, »könnten wir den Kender bestimmt nicht auf unabsehbare Zeit hier festhalten.«

»Fizban hat mir eingeschärft, gleich in meine eigene Zeit zurückzukommen«, informierte Tolpan die beiden. »Ich werde nicht herumstreunen. Aber ich würde Palin wirklich gerne sehen und ihn fragen, warum bei der Beerdigung alles schief gegangen ist. Glaubt ihr, das wäre ›herumstreunen‹?«

»Qualinesti liegt tief in Beryls Territorium«, stellte Fürst Warren fest. »Das Land wird durch die Ritter von Neraka regiert, die sicher nur allzu gern jemanden aus unserem Orden in die Finger bekommen würden. Und wenn die Ritter von Neraka dich nicht erwischen und als Spion hinrichten, dann die Elfen. Nicht einmal eine ganze Armee unserer Ritter könnte in dieses Reich eindringen und das überleben.«

»Ich bitte nicht um eine Armee, Herr. Ich bitte nicht einmal um eine Eskorte«, beharrte Gerard mit fester Stimme. »Ich wäre lieber allein unterwegs. *Viel* lieber«, fügte er mit Nachdruck hinzu. »Ich bitte Euch, mich eine Zeit lang von meinen Pflichten zu befreien, Herr.«

»Sicher, gewährt.« Fürst Warren schüttelte den Kopf. »Obwohl ich nicht weiß, was dein Vater dazu sagen wird.«

»Er wird sagen, dass er stolz ist auf seinen Sohn, denn Ihr werdet ihm mitteilen, dass ich zu einer Reise von höchster Wichtigkeit aufgebrochen bin. Außerdem geht es um den letzten Wunsch eines Sterbenden.«

»Du bringst dich in Gefahr«, gab Fürst Warren zu bedenken. »Das wird ihm überhaupt nicht gefallen. Und was deine Mutter angeht –« Er runzelte zweifelnd die Stirn.

Gerard richtete sich hoch auf. »Seit zehn Jahren diene ich als

Ritter, Herr, und alles, was ich aufzuweisen habe, ist der Staub eines Grabmals an meinen Stiefeln. Ich habe es mir verdient, Herr.«

Fürst Warren erhob sich. »So lautet meine Entscheidung: Die letzte Bitte eines Sterbenden ist dem Maßstab heilig. Unsere Ehre verpflichtet uns dazu, sie zu erfüllen, so weit es menschenmöglich ist. Du wirst nach Qualinesti ziehen und dich dort mit dem Zauberer Palin beraten. Ich kenne ihn als klugen, umsichtigen Mann – jedenfalls für einen Zauberer. Man darf nicht zu viel erwarten. Dennoch glaube ich, dass du darauf zählen kannst, dass er dir dabei hilft, das Rechte herauszufinden. Oder er befreit dich wenigstens von dem Kender und diesem gestohlenen magischen Gegenstand.«

»Danke, Herr.« Gerard sah richtig glücklich aus.

Natürlich ist er glücklich, dachte Tolpan. Schließlich darf er durch ein Land reisen, das von einem Drachen beherrscht wird, der alle Straßen geschlossen hat. Vielleicht wird er ja sogar von Schwarzen Rittern gefangen genommen, die ihn für einen Spion halten, und wenn daraus nichts wird, kommt er wenigstens ins Elfenreich, wo er Palin, Laurana und Gilthas kennen lernen kann.

Im Bereich von Tolpans Rückgrat entstand jenes angenehme Prickeln, das Kender so gut kennen, ein Prickeln, nach dem sie wirklich süchtig waren. Es bahnte sich einen Weg zu seinen Füßen, die zu jucken begannen, schoss durch die Arme bis in die Finger, die sogleich zuckten, und bis hinauf in seinen Kopf. Tolpan fühlte, wie seine Haare sich vor Aufregung allmählich lockten.

Das Prickeln gelangte zu Tolpans Ohren, und wegen des Blutandrangs im Gehirn stellte er fest, dass Fizbans Ermahnung, *bald* zurückzukommen, inmitten der Gedanken an Schwarze Ritter und Spione und insbesondere DIE STRASSE unterzugehen drohte.

Außerdem, kam Tolpan plötzlich in den Sinn, rechnet Sir Gerard fest damit, dass ich ihn begleite! Ich kann doch einen Ritter nicht im Stich lassen. Und Caramon! Den kann ich auch nicht im Stich lassen, selbst wenn er sich bei dem Treppensturz einmal zu oft den Kopf angeschlagen hat.

»Ich komme mit, Sir Gerard«, erklärte Tolpan daher großzügig. »Ich habe gründlich darüber nachgedacht, und es kommt mir nicht wie Herumstreunen vor. Eher wie eine Suche. Fizban stört es bestimmt nicht, wenn ich ein bisschen suche.«

»Mir wird schon etwas einfallen, um deinen Vater zu besänftigen«, äußerte Fürst Warren gerade. »Kann ich noch etwas zu dieser Reise beisteuern? Wie willst du vorwärtskommen? Du weißt, dass der Maßstab uns verbietet, unsere wahre Identität zu verschleiern.«

»Ich werde als Ritter reisen, Herr«, gab Gerard mit leicht hochgezogener Augenbraue zurück. »Darauf gebe ich Euch mein Wort.«

Fürst Warren betrachtete ihn nachdenklich. »Du führst doch etwas im Schilde. Nein, sag lieber nichts. Je weniger ich darüber weiß, desto besser.« Nach einem letzten Blick auf das glitzernde Ding auf dem Tisch stieß er einen Seufzer aus. »Magie und Kender. Meiner Meinung nach eine ziemlich gefährliche Kombination. Mein Segen begleitet dich.«

Gerard wickelte das Gerät vorsichtig wieder ein. Fürst Warren begleitete den Ritter zur Tür. Unterwegs sammelte er Tolpan ein, dem Gerard einige der kleineren Karten abnahm, die rein zufällig unter Tolpans Hemd geraten waren.

»Ich wollte sie nur in Ordnung bringen lassen«, wehrte sich Tolpan mit anklagendem Blick auf Fürst Warren. »Du hast wirklich sehr schlechte Kartenzeichner. Sie haben einige üble Fehler gemacht. Die Schwarzen Ritter sind doch gar nicht mehr in Palanthas. Zwei Jahre nach dem Chaoskrieg haben wir sie vertrieben. Und was hat dieser komische, kleine Kreis da um Silvanesti zu bedeuten?«

Die Ritter steckten mitten in einer eigenen Diskussion, die etwas mit Gerards Auftrag zu tun hatte; deshalb achteten sie nicht auf ihn. Tolpan zog eine andere Karte hervor, die er irgendwie in seine Hose gestopft hatte, die ihn aber gerade an einem empfindlichen Körperteil piekte. Er schob sie von der Hose in seinen Beutel. Dabei stießen seine Knöchel an etwas Hartes, Scharfes, Eiförmiges.

Das Zeitreisegerät. Das Gerät, das ihn in seine eigene Zeit zurückbringen würde. Es war pflichtschuldig zu ihm zurückgekommen, jetzt hatte er es wieder. Fizbans Befehl schien in seinen Ohren zu dröhnen.

Tolpan sah das Gerät an. Er dachte an Fizban und an das Versprechen, das er dem alten Zauberer gegeben hatte. Offensichtlich blieb ihm nur eines zu tun übrig.

Er nahm das Gerät fest in die Hand, gab aber gut Acht, es nicht versehentlich zu aktivieren. Dann schlich er zu Gerard zurück, der nur auf Fürst Warren achtete, und löste vorsichtig eine Ecke von dessen Bündel. So geschickt und still, wie nur ein Kender vorgehen kann, schob Tolpan das Gerät wieder zurück.

»Und da bleibst du jetzt!«, befahl er ihm streng.

7 Der Beckardsteig

Sanction, die Stadt am Neumeer, war Nordansalons wichtigster Hafen.

Es war eine alte Stadt, die lange vor der Umwälzung gegründet worden war. Über ihre Geschichte war wenig bekannt, nur dass die Leute bis vor der Umwälzung gern in Sanction gelebt hatten.

So mancher fragte sich, woher der merkwürdige Name stammte. Der Legende nach hatte es in dem kleinen Dorf einst eine Menschenfrau vorgerückten Alters gegeben, deren Ansichten weit und breit bekannt und geschätzt waren. Man legte der Alten Streitigkeiten und Unstimmigkeiten aller Art vor, vom Besitz von Booten bis hin zu Eheverträgen. Wenn sie allen Parteien zugehört hatte, sprach sie ihr Urteil, das immer gerecht und unparteiisch, weise und rechtschaffen ausfiel. »Die Alte hat es sanktioniert«, so kommentierte man ihre Urteile, deshalb war das kleine Dorf, in dem sie lebte, als Sitz von Recht und Gesetz bekannt.

Als die Götter in ihrem Zorn den Feuerberg auf die Welt schleuderten, traf der Berg den Kontinent Ansalon und brach ihn entzwei. Das Wasser des Sirrionmeers strömte in die frisch gebildeten Krater und Abgründe, wodurch ein neues Meer entstand, das praktisch Veranlagte kurzerhand das Neumeer tauften. Die Vulkane der Schicksalsberge nahmen ihre ungezügelte Tätigkeit auf. Ganze Lavaströme ergossen sich in Richtung Sanction.

Die widerstandsfähige Menschheit nutzte die Katastrophe rasch zu ihrem Vorteil. Wer einst die Erde gepflügt hatte, um Bohnen und Gerste zu säen, erntete nun die Früchte des Meeres. Überall entlang der Küste des Neumeers entstanden kleine Fischerdörfer.

Die Bewohner von Sanction zogen in Richtung Strand, wo der Seewind die Dämpfe der Vulkane vertrieb. Der Ort gedieh, doch erst mit dem Eintreffen großer Schiffe wurde er nennenswert größer. Abenteuerlustige Seefahrer aus Palanthas steuerten das Neumeer an, weil sie hofften, eine schnelle, leichte Durchfahrt zur anderen Seite des Kontinents zu entdecken, mit der sie sich die lange, gefährliche Fahrt durch das Sirrionmeer nach Norden ersparen konnten. Die Hoffnungen der Entdecker zerschlugen sich, ein solcher Weg existierte nicht. Was sie jedoch fanden, war ein natürlicher Hafen in Sanction, mit einer nicht allzu schwierigen Landstraße dahinter und Märkten auf der anderen Seite des Khalkists, wo man auf ihre Waren wartete.

Die Stadt dehnte sich aus und wurde reicher, bis sie wie jedes heranwachsende Kind zu träumen begann. Sanction sah sich als zweites Palanthas: berühmt und behäbig, gesetzt und wohlhabend. Doch aus diesen Träumen wurde nichts. Über Palanthas wachten die Ritter von Solamnia. Sie lenkten die Stadt und regierten mit Eid und Maßstab. Sanction gehörte stets dem, der über genügend Macht und Einfluss verfügte. Die Stadt wurde dickköpfig und verwöhnt, denn sie hatte keine Regeln, keine Gesetze, aber zu viel Geld.

Was ihre Verbündeten anging, war Sanction nicht gerade wählerisch. Hier waren die Gierigen willkommen, die Habsüchtigen und die Skrupellosen. Diebe und Räuber, Zuhälter und Huren, Söldner und Meuchelmörder waren in Sanction zu Hause.

Dann kam der Zeitpunkt, wo Takhisis, Königin der Finsternis, versuchte, in die Welt zurückzukehren. Sie ließ Armeen ausheben, die in ihrem Namen Ansalon erobern sollten. Ariakas, der General dieser Armeen, erkannte den strategischen Wert von Sanction für Neraka, die heilige Stadt der Königin, und den militärischen Vorposten in Khur. Deshalb marschierte Lord Ariakas mit seinen Soldaten in Sanction ein und besetzte die Stadt (die kaum Widerstand leistete). Er ließ Tempel für seine Königin erbauen und erhob die Stadt zu seinem Hauptquartier.

Die Fürsten des Unheils, der Vulkanring um Sanction, fühlten den heißen Ehrgeiz der Königin in ihrem Inneren und erwachten wieder zum Leben. Lavaströme flossen aus den Vulkanen und tauchten Sanction des Nachts in ein schauriges Licht. Erdbeben ließen den Boden erzittern. Sanctions Wirtshäuser büßten unzählige irdene Teller und Becher ein, bis man dazu überging, das Essen auf Blechtellern und die Getränke in Holzbechern zu servieren. Die Luft war von giftigen Schwefeldämpfen erfüllt. Zauberer in schwarzen Roben bemühten sich unablässig darum, die Stadt bewohnbar zu halten.

Takhisis schickte sich an, die Welt zu erobern, doch letztendlich stand sie sich selbst im Weg. Ihre Generäle bekämpften sich gegenseitig. Liebe und Opferbereitschaft, Treue und Ehre siegten. Die Steine von Neraka lagen versprengt und verflucht in dem überschatteten Tal, das nach Sanction führte.

Dann griffen die Ritter von Solamnia Sanction an. Nach einer heftigen Schlacht mit den Bewohnern eroberten sie die Stadt. Da sie sowohl Sanctions strategischen Wert als auch seine finanzielle Bedeutung für diesen Teil von Ansalon kannten, errichteten die Ritter in der Stadt eine starke Garnison. Sie rissen die Tempel des Bösen ein, legten Feuer an die Sklavenmärkte und schlossen die Bordelle. Die Versammlung der Zauberer schickte einige Mitglieder, um die giftige Luft rein zu halten.

Als die Ritter der Takhisis rund zwanzig Jahre später wieder erstarkten, stand Sanction ganz oben auf ihrer Liste. Die Ritter hätten durchaus siegreich sein können, denn ihre Gegner, die Solamnier, hatte der lange Frieden schlaff und unaufmerksam gemacht. Sie dösten auf ihren Posten vor sich hin. Doch bevor die Schwarzen Ritter Sanction angreifen konnten, lenkte der Chaoskrieg sie von der Stadt ab und weckte die Solamnier.

Der Chaoskrieg ging zu Ende. Die Götter zogen ab. Die Bewohner von Sanction begriffen, dass die Götter weg waren. Auch die Magie – wie sie sie gekannt hatten – war verschwunden. Wer den Krieg überlebt hatte, den drohten jetzt die giftigen Dämpfe zu ersticken. Die Bürger flohen an die Strände, wo sie reine Seeluft atmen konnten. Damit kehrte Sanction für eine Weile zu seinen Ursprüngen zurück.

Ein geheimnisvoller fremder Zauberer mit Namen Hogan Bight führte Sanction nicht nur zu seiner einstigen Größe zurück, sondern half der Stadt, sich selbst zu übertreffen. Er vollbrachte etwas, das keinem anderen Zauberer gelungen war, denn er reinigte nicht nur die Luft, sondern lenkte auch die Lava von der Stadt weg. Kaltes, reines Wasser floss von den verschneiten Bergspitzen. Man konnte tatsächlich vor die Tür treten und tief Luft holen, ohne gleich hustend nach Atem zu ringen.

Da Sanction mittlerweile älter und weiser geworden war, mauserte es sich nun zu einer wohlhabenden, respektablen Stadt. Unter dem Schutz von Bight ließen sich ehrliche Kaufleute dafür gewinnen, in die Stadt zu ziehen. Sowohl die Ritter von Solamnia als auch die Ritter von Neraka, ehemals die Schwarzen Ritter der Takhisis, boten Bight an, Sanction zu übernehmen und vor der jeweils anderen Seite zu schützen.

Bight jedoch vertraute keiner Seite und ließ keine Ritter in die Stadt. Die Ritter von Neraka pochten verärgert darauf, dass Sanction zu dem Land gehörte, das der Rat ihnen im Gegenzug für ihre Dienste während des Chaoskriegs zugesprochen hatte. Die Ritter von Solamnia versuchten, weiter mit Bight zu verhandeln, der jedoch dabei blieb, jeden Beistandspakt auszuschlagen.

Währenddessen nahm die Stärke der Ritter von Neraka zu – sie wurden reicher und mächtiger, weil sie den Tribut an die Drachen eintrieben. Sie beobachteten Sanction wie die Katze das Mauseloch. Schon lange begehrten die Ritter diesen Hafen, der ihnen als Operationsbasis für Fahrten über das Neumeer dienen konnte, um an allen umliegenden Küsten Fuß zu fassen. Als die Katze sah, dass die Mäuse mit eigenen Fehden beschäftigt waren, schnellte sie los.

Die Ritter von Neraka begannen, Sanction zu belagern, obwohl sie mit einer langen Belagerung rechneten. Beim ersten Angriff vereinten sich die Splittergruppen zum Widerstand. Doch die Ritter waren geduldig. Sie konnten die Stadt nicht aushungern, weil immer wieder Blockadebrecher neue Vorräte brachten. Andererseits konnten sie alle Handelswege zu Lande schließen, womit sie den Kaufleuten wirkungsvoll die Lebensgrundlage entzogen und Sanctions Wirtschaft zum Erliegen brachten.

Unter dem Druck der Bürger hatte Hogan Bight im letzten Jahr eingewilligt, eine Truppe Ritter von Solamnia als Verstärkung in die Stadt zu holen. Zunächst hatte man die Ritter als Retter gefeiert, denn die Bewohner von Sanction erwarteten, dass sie die Belagerung sofort beenden würden. Die Solamnier jedoch wollten zunächst die Lage sondieren. Nachdem man dieser Sondierung monatelang zugesehen hatte, bedrängten die Bürger die Solamnier erneut, die Belagerung zu brechen. Die Ritter erwiderten, sie seien zu wenige. Sie bräuchten Verstärkung.

Des Nachts bombardierten die Belagerer die Stadt mit Felsbrocken und brennenden Heuballen, die sie von Katapulten abschossen. Die Heuballen setzten Gebäude in Brand, die Felsbrocken schlugen Löcher in die Dächer. Es gab Tote und viele Schäden. Niemand konnte mehr ruhig schlafen. Wie die Anführer der Ritter von Neraka vorhergesehen hatten, ließen Aufregung und Inbrunst, die zu Beginn der Verteidigung hell in den Herzen der Bürger gelodert hatten, mit den Monaten immer weiter nach. Sie suchten die Schuld bei den Solamniern, die sie als Feiglinge beschimpften. Nachdem die Ritter von Neraka von ihren Spionen vernommen hatten, dass die Einheit der Verteidiger bröckelte, zogen sie langsam Truppen für einen größeren Angriff zusammen. Die Armeeführung wartete nur auf ein Zeichen, dass die Risse bis zum Herz des Feindes durchgedrungen waren.

Östlich von Sanction lag das weitläufige Zhakartal. Dieses Tal samt all seinen Pässen in Richtung Sanction hatten die Ritter von Neraka schon frühzeitig in ihre Gewalt gebracht. Dieses versteckte Tal in den Ausläufern des Zhakarmassivs nutzten die Ritter jetzt als Sammelpunkt für ihre Armeen.

»Unser Ziel ist das Zhakartal«, teilte Mina ihren Rittern mit. Doch als sie gefragt wurde, was sie dort sollten, erklärte sie nur: »Wir wurden gerufen.«

Mina und ihre Männer trafen zur Mittagszeit ein. Die Sonne stand hoch am wolkenlosen Himmel, wo sie erwartungsvoll auf alles herabstarrte, was dort unten vor sich ging. Vor lauter Erwartung hatte auch der Wind sich gelegt, so dass die Luft still und heiß über dem Tal lag.

Am Eingang des Tals ließ Mina ihre kleine Abteilung Halt machen. Direkt gegenüber lag ein Pass, der Beckardsteig. Durch diesen Pass konnten die Ritter einen Blick auf die belagerte Stadt werfen und einen kleinen Teil von Sanctions Stadtmauer erspähen. Zwischen ihnen und Sanction stand ihre eigene Armee. Im Tal war eine Zeltstadt entstanden, in der zwischen Lagerfeuern, Wagen und Zugtieren die Soldaten und der Heerestross ihren Tätigkeiten nachgingen.

Offenbar waren Mina und ihre Ritter gerade rechtzeitig eingetroffen, denn im Lager der Ritter von Neraka herrschte lauter Jubel. Trompeten erschallten, Offiziere brüllten Befehle, auf der Straße zogen sich Kompanien zusammen. Die ersten Truppen marschierten bereits durch den Pass nach Sanction, andere würden ihnen rasch folgen.

»Gut«, sagte Mina. »Wir kommen noch pünktlich.«

Dicht gefolgt von ihren Rittern ließ sie ihr Pferd die steile Straße hinabgaloppieren. Im Trompetenschall hörten sie die Melodie des Liedes, das sie im Schlaf vernommen hatten. Ihre Herzen pochten schneller, obwohl sie keine Ahnung hatten, weshalb.

»Finde heraus, was hier vor sich geht«, wies Mina Galdar an.

Der Minotaurus befragte den ersten Offizier, den er ausfindig machen konnte. Nachdem er zu Mina zurückgekehrt war, rieb sich der Minotaurus grinsend die Hände.

»Die verfluchten Solamnier haben die Stadt verlassen«, meldete er. »Der Zauberer, der Sanction regiert, hat die Ritter rausgeworfen. In den Hintern getreten. Vor die Tür gesetzt. Seht«, Galdar drehte sich um und deutete durch den Beckardsteig, »die kleinen schwarzen Punkte dort am Horizont sind ihre Schiffe.«

Die Ritter unter Minas Kommando begannen zu jubeln. Mina schaute zu den fernen Schiffen, ohne zu lächeln. Feuerfuchs schüttelte unruhig seine Mähne und stampfte auf.

»Du hast uns rechtzeitig hergeführt, Mina«, begeisterte sich Galdar. »Sie rüsten sich zum letzten Sturmangriff. Heute werden wir das Blut von Sanction trinken. Und heute Nacht das Bier von Sanction!«

Die Männer lachten. Mina äußerte sich nicht. Ihr Gesicht verriet weder Begeisterung noch Freude. Stattdessen überflogen ihre bernsteinfarbenen Augen suchend das Lager. Zunächst fand sie das Gewünschte offenbar nicht. Ein leichtes Stirnrunzeln malte sich auf ihrer Stirn, und sie schürzte missbilligend die Lippen. Dennoch setzte sie ihre Musterung fort, und schließlich hellte sich ihr Gesicht auf. Sie nickte in sich hinein, während sie Feuerfuchs beruhigend den Hals tätschelte.

»Galdar, siehst du die Kompanie Bogenschützen da drüben?«

Galdar blickte in die angezeigte Richtung und nickte.

»Sie tragen nicht die Uniform der Ritter von Neraka.«

»Das ist eine Söldnerkompanie«, erklärte Galdar. »Sie werden von uns bezahlt, kämpfen aber unter eigenen Offizieren.«

»Ausgezeichnet. Bring ihren Kommandanten zu mir.«

»Aber, Mina, warum –«

»Tu, was ich befohlen habe, Galdar«, mahnte Mina.

Ihre Ritter, die sich hinter ihr gesammelt hatten, wechselten überraschte Blicke und zuckten verwundert mit den Schultern. Galdar wollte widersprechen. Er hätte Mina gern gedrängt, ihn am letzten Sturmangriff vor dem Sieg teilnehmen zu lassen, anstatt ihm absurde Aufträge zu erteilen. Doch dann betäubte ein lähmendes, prickelndes Gefühl seinen rechten Arm. Es war, als hätte er sich den »Musikantenknochen« angestoßen. Einen schrecklichen Moment lang konnte er die Finger nicht mehr bewegen. Seine Nerven waren völlig überreizt. Gleich darauf war das Gefühl vorüber. Galdar war erschüttert. Wahrscheinlich hatte er nur einen Nerv eingeklemmt, doch das Prickeln erinnerte ihn an das, was er ihr schuldete. Daher schluckte Galdar seine Widerworte herunter und befolgte Minas Befehl.

Zusammen mit dem Kommandanten der Bogenschützen kehrte er zurück, einem Menschen zwischen vierzig und fünfzig Jahren mit den unglaublich starken Armen der Schützen. Der Söldneroffizier machte ein mürrisches, feindseliges Gesicht. Am liebsten wäre er gar nicht gekommen, doch wer sagt das schon einem Minotaurus ins Gesicht, der einen um Kopf, Schultern und Hörner überragt und auf dem Mitkommen besteht.

Mina trug ihren Helm, das Visier war jedoch hochgeschoben. Ein kluger Schachzug, dachte Galdar. Der Helm verbarg ihr mädchenhaftes, junges Gesicht.

»Wie lauten Eure Befehle, Schwadronführer?«, wollte Mina wissen. Der Helm verlieh ihrer Stimme einen metallisch harten, kalten Klang.

Der Kommandant sah die Ritterin mit einer gewissen Verachtung an, ohne sich einschüchtern zu lassen.

»Ich bin kein verdammter ›Schwadronführer‹, Frau Ritter«, entgegnete er mit unverschämtem Sarkasmus. »Ich habe den Rang eines eigenständigen Hauptmanns mit eigener Einheit. Von Euresgleichen nehmen wir keine Befehle entgegen. Nur Geld. Wir tun, was immer uns verdammt noch mal beliebt.«

»Redet gefälligst höflich mit dem Schwadronführer«, knurrte Galdar. Er verpasste dem Offizier einen Stoß, der diesen zum Taumeln brachte.

Der Mann fuhr herum. Ergrimmt langte er nach seinem Kurzschwert. Auch Galdar griff zum Schwert. Seine Kameraden zogen klirrend die Waffen. Mina rührte sich nicht.

»Wie lauten Eure Befehle, Hauptmann?«, fragte sie erneut.

Da der Offizier einsah, dass er gegen diese Übermacht nicht ankam, steckte er sein Schwert wieder zurück – betont langsam, um anzudeuten, dass er noch immer verstimmt, aber nicht dumm war.

»Wir sollen warten, bis der Angriff erfolgt ist. Danach nehmen wir die Wachen auf der Mauer aufs Korn«, erklärte er mürrisch. Verdrossen fügte er hinzu: »Wir werden die Stadt ganz zuletzt betreten, das heißt, die besten Beutestücke sind dann längst weg.«

Mina betrachtete ihn nachdenklich. »Ihr habt wenig Respekt vor den Rittern von Neraka und unserer Sache.«

»Welcher Sache?« Der Offizier stieß ein knappes, bellendes Lachen aus. »Eure eigenen Schatztruhen zu füllen? Etwas anderes interessiert Euch doch nicht. Ihr und Eure lächerlichen Visionen.« Er spie aus.

»Dennoch wart Ihr einst einer von uns, Hauptmann Samuval. Einst wart Ihr ein Ritter der Takhisis«, erinnerte sich Mina. »Ihr habt den Dienst quittiert, weil die Sache, deretwegen Ihr ihn angetreten hattet, nicht mehr da war. Ihr seid gegangen, weil Ihr Euren Glauben verloren hattet.«

Der Hauptmann machte große Augen. Sein Unterkiefer sackte herunter. »Woher –« Er klappte den Mund wieder zu. »Und wenn schon«, grollte er. »Ich bin nicht desertiert, wenn es das ist, was Ihr meint. Ich habe mich freigekauft. Ich habe Papiere –«

»Wenn Ihr nicht an unsere Sache glaubt, warum kämpft Ihr dann für uns, Hauptmann?«, fragte Mina.

Samuval schnaubte. »Oh, zur Zeit glaube ich durchaus an Eure Sache«, erwiderte er höhnisch. »Ich glaube an Geld, genau wie der Rest Eurer Leute.«

Mina saß auf Feuerfuchs, der unter ihren Händen still und ruhig dastand. Sie spähte durch den Beckardsteig nach Sanction. Plötzlich hatte Galdar den merkwürdigen Eindruck, sie könne durch die Stadtmauer blicken, durch die Rüstungen derer, die die Stadt verteidigten, durch ihre Körper bis hinein in ihre Herzen, so wie sie ihn durchschaut hatte. Wie sie auch den Hauptmann durchschaut hatte.

»Niemand wird Sanction heute betreten, Hauptmann Samuval«, stellte Mina leise fest. »Die Einzigen, denen ein Festmahl bevorsteht, sind die Aasvögel. Auf den Schiffen, die davongesegelt sind, befinden sich keine Ritter von Solamnia. An Deck stehen Strohmänner in den Rüstungen der Solamnier. Es ist eine Falle.«

Fassungslos starrte Galdar sie an. Er glaubte ihr. So sicher, als hätte er selbst in die Schiffe und hinter die Mauern geblickt, wo die feindliche Armee lauerte.

»Woher wisst Ihr das?«, wollte der Hauptmann wissen.

»Wenn ich Euch nun etwas gäbe, an das Ihr glauben könnt, Hauptmann Samuval?«, gab sie anstelle einer Antwort zurück. »Wenn ich Euch zum Held der Schlacht machen würde? Würdet Ihr mir dann die Treue schwören?« Sie lächelte fein. »Ich kann Euch kein Geld anbieten. Ich habe nur dieses sichere Wissen, das ich bereitwillig mit Euch teile – kämpft für mich, dann lernt Ihr heute den einen, wahren Gott kennen.«

Hauptmann Samuval starrte sie wortlos an. Er wirkte verstört, wie vom Donner gerührt.

Mina zeigte ihre aufgeplatzten, blutigen Hände vor. »Ihr habt die Wahl, Hauptmann Samuval. In der einen Hand halte ich den Tod. In der anderen den Ruhm. Was wollt Ihr?«

Samuval kratzte sich den Bart. »Ihr seid befremdlich, Schwadronführer. Jemandem wie Euch bin ich noch nie begegnet.«

Er sah zum Beckardsteig zurück.

»Die Männer glauben, die Stadt sei aufgegeben«, berichtete Mina. »Sie haben gehört, Sanction würde die Tore öffnen und sich ergeben. Diese Soldaten sind nichts als ein wilder Mob, sie laufen in den Untergang.«

Damit hatte sie Recht. Ohne auf die Rufe ihrer Offiziere zu achten, die sich vergeblich bemühten, eine gewisse Ordnung aufrecht zu erhalten, lösten sich die Fußsoldaten aus ihren Reihen. Galdar beobachtete, wie die Armee sich auflöste. Im Nu war sie nur noch eine disziplinlose Horde, die voller Blutgier und Habsucht durch den Steig trampelte. Hauptmann Samuval spuckte erneut angewidert aus. Mit düsterer Miene wandte er sich Mina zu.

»Was verlangt Ihr von mir, Schwadronführer?«

»Nehmt Eure Bogenschützen und stellt sie auf diesem Berg dort auf. Seht Ihr ihn?« Mina zeigte auf einen Grat über dem Beckardsteig.

»Jawohl«, bestätigte er nach einem Blick über die Schulter. »Und was machen wir, sobald wir dort sind?«

»Meine Ritter und ich werden uns ebenfalls dort aufstellen. Sobald wir eingetroffen sind, erwartet Ihr meine Anordnungen«, antwortete Mina. »Wenn ich einen Befehl gebe, werdet Ihr ihn blind befolgen.«

Sie streckte ihre blutbeschmierte Hand aus. War das die Hand, die das Leben bot, oder die, welche den Tod brachte, fragte sich Galdar.

Vielleicht stellte Hauptmann Samuval sich dieselbe Frage, denn er zögerte, ehe er schließlich ihre Hand in die seine nahm.

Er hatte eine schwere Pranke, braun und schmutzig, schwielig von der Bogensehne. Ihre Hand war schmal und zart, die Handfläche blasig, voller Blutkrusten. Dennoch war es der Hauptmann, der leicht zusammenzuckte.

Als sie ihn losließ, sah er seine Hand an und rieb diese an seinem Lederpanzer, als hätte er sich verbrannt oder gestochen.

»Sputet Euch, Hauptmann. Wir haben nicht viel Zeit«, ordnete Mina an.

»Wer seid Ihr überhaupt, Frau Ritterin?«, wunderte sich Hauptmann Samuval, der noch immer seine Hand massierte.

»Ich bin Mina.«

Sie griff so ruckhaft nach den Zügeln, dass Feuerfuchs sich einmal um sich selbst drehte. Dann gab sie dem Tier die Sporen und galoppierte direkt auf die Anhöhe über dem Beckardsteig zu. Ihre Ritter jagten hinterher. Galdar hielt sich neben ihrem Steigbügel, doch seine Beine mussten sich anstrengen, um mitzuhalten.

»Woher weißt du, ob Hauptmann Samuval dir gehorchen wird?«, brüllte der Minotaurus ihr über das Hufgetrappel hinweg zu.

Sie sah auf ihn herab und lächelte dabei. Ihre Bernsteinaugen unter dem Helm leuchteten.

»Er wird gehorchen«, versicherte sie, »und wenn auch nur, um zu beweisen, wie sehr er seine Vorgesetzten und deren unsinnige Befehle verachtet. Aber der Hauptmann ist ein Mann, der am Verhungern ist, Galdar. Er verlangt nach Nahrung. Sie haben ihn mit Lehm gefüttert. Ich werde ihm Fleisch geben. Fleisch für die Seele.«

Mina beugte sich über den Hals ihres Pferdes und spornte es zu noch schnellerem Galopp an.

Hauptmann Samuvals Bogenschützen stellten sich auf dem Berg über dem Beckardsteig auf. Es waren mehrere hundert starke, erfahrene Berufsschützen, die schon in vielen Kriegen für Neraka gekämpft hatten. Sie verwendeten jene Elfenlangbögen, die unter Bogenschützen so geschätzt sind. Nachdem sie ihre Position bezogen hatten, standen sie dicht an dicht ohne viel Bewegungsfreiheit, denn viel Platz gab es hier oben nicht. Es herrschte eine schlechte Stimmung. Als sie die Armee der Ritter von Neraka losstürmen sahen, murrten die Männer, es würde nichts mehr für sie übrig bleiben – die schönsten Frauen wären längst vergeben, die reichsten Häuser längst geplündert. Sie könnten auch gleich nach Hause gehen.

Über ihnen ballten sich Wolken zusammen, brodelnde, graue Wolken, die über dem Zhakarmassiv aufkamen und allmählich den Hang herunterkrochen.

Das Lager der Armee war inzwischen leer. Nur noch die Zelte, die Wagen sowie ein paar Verwundete, die ihre Kameraden nicht begleiten konnten und ihr Geschick verwünschten, waren dort geblieben. Der Lärm der Schlacht entfernte sich. Die umliegenden Berge und die herabsinkenden Wolken warfen den Schall zurück. Das Tal war unheimlich still.

Verdrossen sahen die Schützen ihren Hauptmann an, der seinerseits ungeduldig auf Mina blickte.

»Wie lauten Eure Befehle, Schwadronführer?«, fragte er.

»Abwarten«, äußerte sie nur.

Sie warteten. Die Armee wogte gegen die Mauern von Sanction, donnerte an das Tor. Lärm und Unruhe waren weit fort, ein fernes Grollen. Mina nahm den Helm ab und fuhr mit der Hand über ihren geschorenen Kopf mit dem dunkelroten Flaum. Hoch aufgerichtet saß sie auf ihrem Pferd und reckte das Kinn. Ihr Blick war nicht auf Sanction gerichtet, sondern auf den blauen Himmel über ihr, einen Himmel, der zunehmend dunkler wurde.

Die Bogenschützen staunten über ihre Jugend und ihre eigentümliche Schönheit, doch sie schenkte weder ihren Blicken noch den rauen Bemerkungen Beachtung, die von der Stille geschluckt wurden, welche sich im Tal ausbreitete. Die Stille hatte etwas Unheilvolles an sich. Wer immer noch Bemerkungen machte, tat dies aus Mutwillen und wurde umgehend von seinen verunsicherten Nachbarn zum Schweigen gebracht.

Eine Explosion erschütterte den Boden um Sanction und durchbrach die Stille. Die Wolken brodelten, das Sonnenlicht verschwand. Die prahlerischen Siegesschreie der Armee hörten abrupt auf. Der Triumph schlug in Panik um.

»Was ist geschehen?«, wollten die Schützen wissen. Nun war das Schweigen gebrochen. Alles redete durcheinander. »Seht ihr was?«

»Ruhe in den Rängen!«, bellte Hauptmann Samuval.

Einer der Ritter, der als Beobachter am Steig stationiert worden war, kam heraufgeeilt.

»Eine Falle!«, brüllte er schon aus einiger Entfernung. »Die Tore von Sanction haben sich geöffnet, aber nur, um die Solamnier herauszulassen! Es sind mindestens tausend, angeführt von Zauberern, die uns mit ihren verfluchten Tricks den Tod bringen!«

Der Ritter zügelte sein erregtes Pferd. »Du hast die Wahrheit gesagt, Mina!« Seine Stimme bebte vor ehrfürchtigem Staunen. »Eine furchtbare, magische Explosion hat Hunderte getötet. Ihre verkohlten Leichen liegen noch auf dem Feld. Unsere Soldaten fliehen! Sie laufen in unsere Richtung, um sich durch den Steig zurückzuziehen. Es herrscht ein heilloses Durcheinander!«

»Dann ist alles verloren«, stellte Hauptmann Samuval fest, obwohl er Mina dabei forschend ansah. »Die solamnischen Truppen werden die Armee ins Tal treiben. Wir werden zwischen dem Amboss der Berge und dem Hammer der Solamnier feststecken.«

Seine Worte sollten sich als wahr erweisen. Die Nachhut strömte bereits durch den Beckardsteig zurück. Viele hatten keine Ahnung, wohin sie eigentlich liefen. Sie wollten nur möglichst weit weg sein von Blut und Tod. Ein paar der weniger Verwirrten oder der Klügeren hielten auf den schmalen Weg zu, der sich durch die Berge nach Khur wand.

»Eine Fahne!«, drängte Mina. »Ich brauche eine Fahne!«

Hauptmann Samuval nahm seinen schmierigen, weißen Schal vom Hals und reichte ihn ihr. »Bitte sehr, Mina.«

Mina nahm den Schal in beide Hände und senkte den Kopf. Sie flüsterte Worte, die niemand hören konnte, küsste die Fahne und gab sie an Galdar weiter. Das Blut aus den offenen Blasen ihrer Hände hatte rote Flecken auf dem weißen Stoff hinterlassen. Einer von Minas Rittern bot seine Lanze an. Galdar befestigte den blutigen Schal an der Lanze und reichte Mina die Standarte.

Nachdem sie Feuerfuchs gewendet hatte, ritt sie mit ihm auf einen hohen Felsvorsprung, wo sie die Standarte hochhielt.

»Zu mir, Männer!«, brüllte sie. »Zu Mina!«

Die Wolken teilten sich. Ein Sonnenstrahl drang vom Himmel herab und beleuchtete nur Mina, die auf ihrem Pferd auf dem Grat stand. Ihre schwarze Rüstung glühte wie in Feuer getaucht. Aus ihren Bernsteinaugen strahlte die Kampfeslust. Ein Fanfarenstoß nahm ihren Ruf auf und brachte die fliehenden Soldaten zum Stehen. Sie sahen sich nach der Quelle des Rufes um. Wie ein Leuchtfeuer strahlte Mina feuerrot hoch oben auf dem Berg.

Die Soldaten unterbrachen ihre heillose Flucht und blickten verwirrt nach oben.

»Zu mir!«, schrie Mina wieder. »Dies ist der Tag unseres Ruhms!«

Erst zögerten die Soldaten, doch dann rannte einer in ihre

Richtung, um den Hang zu erklettern. Ein zweiter folgte, auch ein dritter, denn sie waren froh, wieder ein Ziel zu haben.

»Bring diese Männer da drüben zu mir«, wies Mina Galdar an. Sie zeigte auf eine andere Abteilung in vollem Rückzug. »So viele dir folgen. Sorg dafür, dass sie bewaffnet sind. Stell sie dort auf den Felsen in Schlachtordnung auf.«

Galdar befolgte ihren Befehl. Zusammen mit den anderen Rittern versperrte er den zurückweichenden Soldaten den Weg und schickte sie zu ihren Kameraden, die bereits zu Minas Füßen einen dunklen See bildeten. Mehr und mehr Soldaten strömten durch den Steig, dazwischen Ritter von Neraka, deren Offiziere teilweise tapfer versuchten, den Rückzug aufzuhalten, während andere gemeinsam mit den Fußsoldaten um ihr Leben rannten. Ihnen folgten in strahlenden Silberrüstungen und mit weiß gefiederten Helmen die Ritter von Solamnia. Tödliches, silbernes Licht blitzte auf, und überall, wo es erschien, starben die Männer in seiner magischen Hitze. Die Ritter von Solamnia erreichten den Steig. Wie Vieh trieben sie die Truppen der Ritter von Neraka vor sich her, geradewegs zur Schlachtbank.

»Hauptmann Samuval«, brüllte Mina, die jetzt wieder herunterkam. Die Standarte flatterte hinter ihr her. »Lasst Eure Männer jetzt feuern.«

»Die Solamnier sind noch nicht in Reichweite«, widersprach Samuval kopfschüttelnd. Wie konnte sie nur so dumm sein! »Das sieht doch jeder.«

»Die Solamnier sind auch nicht unser Ziel, Hauptmann«, gab Mina kühl zurück. Sie deutete auf die Soldaten von Neraka, die durch den Steig eilten. »Die da sind unser Ziel.«

»Unsere eigenen Männer?« Hauptmann Samuval starrte sie an. »Ihr seid verrückt!«

»Seht Euch das Schlachtfeld an, Hauptmann«, beharrte Mina. »Es ist unsere einzige Chance.«

Hauptmann Samuval sah hin. Er wischte sich mit der Hand über das Gesicht, dann gab er den Befehl: »Schützen, Feuer.«

»Welches Ziel?«, vergewisserte sich einer.

»Ihr habt Mina gehört!«, fluchte der Hauptmann. Er riss einem seiner Männer den Bogen weg, legte einen Pfeil auf und schoss selbst.

Der Pfeil drang einem der fliehenden Ritter von Neraka in die Kehle. Der Mann stürzte rücklings vom Pferd und wurde von seinen Kameraden zertrampelt.

Die Schützenkompanie feuerte. Hunderte von Pfeilen, jeder sorgfältig ausgerichtet, erfüllten die Luft mit einem tödlichem Surren. Die meisten trafen. Viele Fußsoldaten griffen sich an die Brust und fielen zu Boden. Die gefiederten Schäfte durchdrangen die hochgeklappten Visiere der Ritterhelme oder bohrten sich den Rittern in den Hals.

»Neue Salve, Hauptmann«, kommandierte Mina.

Noch mehr Pfeile flogen. Noch mehr Männer fielen. In heller Panik erkannten die Soldaten, dass die Pfeile jetzt von vorne kamen. Sie stockten, hielten an, versuchten herauszufinden, wo dieser neue Gegner stand. Ihre Kameraden prallten in heilloser Angst vor den anrückenden Rittern von Solamnia gegen sie. Die steilen Wände des Beckardsteigs verhinderten jedes Entkommen.

»Feuer!«, brüllte Hauptmann Samuval erneut. Jetzt war seine Blutgier entflammt. »Für Mina!«

»Für Mina!«, nahmen die Bogenschützen den Ruf auf und feuerten.

Mit tödlicher Genauigkeit fanden die summenden Pfeile ihr Ziel. Schreiend gingen die Männer zu Boden. Schon stapelten sich die Sterbenden wie ein grausiger Korken im Steig, bildeten eine blutgetränkte Barrikade.

Wutentbrannt stürmte ein Offizier mit blankem Schwert zu den Schützen herauf. »Du Vollidiot!«, schrie er Hauptmann Samuval an. »Wer hat dir diesen Befehl gegeben? Ihr feuert doch auf die eigenen Männer!«

»Ich habe den Befehl gegeben«, meldete sich Mina ruhig.

Ergrimmt fuhr der Ritter zu ihr herum. »Verräterin!« Er hob sein Schwert.

Mina saß ungerührt auf ihrem Pferd. Sie achtete nicht auf den Ritter, denn ihr Blick richtete sich auf das Blutbad dort unten. Krachend senkte sich Galdars Faust auf den Helm des Ritters. Der kugelte mit gebrochenem Hals den Abhang hinunter. Galdar saugte an seinen angeschlagenen Knöcheln und schaute Mina an.

Zu seinem Erstaunen wurde er Zeuge, wie ihr die Tränen über die Wangen strömten. Ihre Hand umklammerte das Medaillon an ihrem Hals. Den Bewegungen ihrer Lippen nach sprach sie vielleicht ein Gebet.

Gefangen zwischen dem Angriff von vorne und dem von hinten drehten sich die Soldaten im Steig verwirrt im Kreis. Ihre Kameraden hinter ihnen standen vor einer schrecklichen Wahl. Entweder ließen sie sich von den Solamniern von hinten aufspießen, oder sie drehten sich um und kämpften. Also wählten sie den offenen Kampf, wehrten sich mit der Verzweiflung der in die Enge Getriebenen.

Die Solamnier setzten den Kampf fort, doch nun kam ihr Sturmangriff ins Stocken und schließlich zum Stillstand.

»Feuer einstellen!«, befahl Mina. Sie reichte Galdar die Standarte, nahm den Morgenstern zur Hand und hielt ihn hoch über den Kopf. »Ritter von Neraka! Unsere Stunde ist gekommen! Dies ist unser ruhmreicher Tag!«

Feuerfuchs machte einen weiten Satz und galoppierte den Hang hinunter. Er trug Mina direkt auf die Vorhut der Solamnier zu. Er war so schnell, und Minas Ruf war so überraschend gekommen, dass ihre Ritter zurückblieben. Mit aufgesperrtem

Mund sahen sie zu, wie Mina offenbar in ihren Untergang ritt. Da riss Galdar die Standarte hoch.

»Der Tod ist gewiss!«, donnerte der Minotaurus. »Aber der Ruhm ebenso! Für Mina!«

»Für Mina!«, wiederholten die Ritter mit tiefer, entschlossener Stimme und lenkten ihre Pferde nach unten.

»Für Mina!«, gellte Hauptmann Samuval, der jetzt den Bogen hinwarf und sein Kurzschwert zog. Mit der ganzen Schützenkompanie stürzte er sich ins Getümmel.

»Für Mina!«, schrien auch die Soldaten, die sich um ihre Fahne gesammelt hatten. Mit neuem Mut eilten sie ihr nach, eine todbringende Flut, die den Berg hinunterdonnerte.

Galdar stürmte mit langen Sätzen nach unten. Er musste Mina unbedingt einholen, damit er sie verteidigen und schützen konnte. Es war ihre erste Schlacht! Sie war ungenügend vorbereitet, völlig untrainiert und würde zweifellos umkommen. Vor ihm erhoben sich die Gesichter seiner Feinde. Ihre Schwerter schlugen nach ihm, die Speere stachen nach ihm, die Pfeile verletzten ihn. Er fegte die Schwerter zur Seite, zerbrach die Speere und achtete nicht auf die Pfeile. Der Feind war nur lästig, denn er hinderte ihn daran, sein Ziel zu erreichen. Er verlor sie aus den Augen. Dann sah er sie wieder, inmitten des Feindes.

Galdar nahm wahr, wie ein Ritter Mina mit seinem Schwert aufspießen wollte. Sie wehrte den Schlag ab und traf stattdessen mit ihrem Morgenstern. Ihr erster Hieb ließ seinen Helm zersplittern. Der zweite Treffer spaltete ihm den Schädel. Doch während sie noch kämpfte, wollte ein anderer sie von hinten angreifen. Galdar stieß einen Warnschrei aus, obwohl ihm verzweifelt klar war, dass sie ihn nicht hören konnte. Mit aller Kraft kämpfte er sich zu ihr durch, streckte jeden nieder, der zwischen ihm und seiner Kommandantin stand, sah nicht mehr die Gesichter, nur die blutigen Streiche seines zuschlagenden Schwerts.

Sein Blick war nur auf sie gerichtet. Ihm blieb vor Schreck das Herz stehen, als er sah, wie man sie vom Pferd zerrte, doch er focht ergrimmter denn je, denn er wollte sie um jeden Preis retten. Ein Schlag von hinten lähmte ihn. Er ging in die Knie. Noch einmal versuchte der Minotaurus, sich aufzurichten, doch nun prasselte ein Hieb nach dem anderen auf ihn nieder, bis er nichts mehr spürte.

Gegen Anbruch der Dämmerung war die Schlacht vorüber. Die Ritter von Neraka hatten standgehalten, das Tal war sicher. Die Solamnier und die Soldaten von Sanction waren gezwungen, sich wieder hinter die Stadtmauer zurückzuziehen. Ihre vernichtende Niederlage schockierte und verstörte die Stadt. Sie waren so siegessicher gewesen, doch dann hatte man ihnen den Triumph grausam entrissen. Entmutigt verbanden die geschlagenen Ritter von Solamnia ihre Wunden und verbrannten ihre Toten. Monatelang hatten sie auf diesen Tag hingearbeitet. Dieser Plan war ihre einzige Hoffnung gewesen, die Belagerung von Sanction zu brechen. Wieder und wieder fragten sie sich, wieso sie gescheitert waren.

Ein Ritter erzählte von einem Krieger, der wie der Zorn der verschwundenen Götter über ihn gekommen wäre. Auch ein anderer hatte diesen Krieger bemerkt, dann noch einer und noch einer. Manche behaupteten, es sei ein Jüngling gewesen, aber andere widersprachen: Nein, ein Mädchen, ein Mädchen mit einem Gesicht, für das ein Mann in den Tod gehen würde. Sie hätte den Gegenangriff angeführt, sei wie ein Donnerschlag in ihre Reihen gebraust. Ohne Helm oder Schild hätte sie gekämpft, mit einem Morgenstern, der vor Blut triefte.

Nachdem man sie vom Pferd gezogen hatte, hatte sie allein zu Fuß weitergekämpft.

»Sie muss tot sein«, beharrte einer verärgert. »Ich sah sie fallen.«

»Stimmt, sie ist gefallen, aber ihr Pferd hat über sie gewacht«, ergänzte ein anderer. »Mit seinen Hufen hat es nach jedem geschlagen, der sich in die Nähe wagte.«

Doch ob die schöne Zerstörerin umgekommen war oder überlebt hatte, konnte niemand sagen. Die Schlacht war zurückgeflutet, über Mina hinweg, an ihr vorbei, um dann über den Köpfen der Solamnier zusammenzuschlagen und sie als verwirrten Haufen in die Stadt zurückzutreiben.

»Mina?«, rief Galdar heiser. »Mina!«

Er bekam keine Antwort.

Verzweifelt setzte der Minotaurus seine Suche fort.

Über dem Tal hing der Rauch der Bestattungsfeuer. Die Nacht war noch nicht hereingebrochen, noch herrschte graues Zwielicht voller Rauch und orangeroter Glut. Der Minotaurus lief zu den Zelten der schwarzen Mystiker, wo die Verwundeten versorgt wurden, konnte Mina jedoch nicht finden. Er ging die Reihen der Leichen ab, die zur Verbrennung bereitlagen, eine Aufgabe, die ihm viel abverlangte. Wenn er einen Körper angehoben hatte, rollte er ihn herum, sah sich das Gesicht an, schüttelte den Kopf und ging weiter zum nächsten.

Auch unter den Toten fand er Mina nicht, jedenfalls nicht unter denen, die man bisher zum Lager zurückgetragen hatte. Doch die Soldaten würden noch die ganze Nacht Leichen aus dem blutgetränkten Steig hierher bringen. Galdar ließ die Schultern hängen. Er war verwundet und erschöpft, doch er wollte seine Suche keinesfalls abbrechen. In der rechten Hand trug er noch immer Minas Standarte. Das weiße Tuch war nicht mehr weiß, sondern bräunlich rot und steif vor getrocknetem Blut.

Es war seine Schuld. Er hätte an ihrer Seite sein müssen. Dann wäre er wenigstens mit ihr gestorben, wenn er sie schon nicht schützen konnte. Er hatte versagt, weil er von hinten niedergeschlagen worden war. Als er schließlich wieder zu sich gekommen war, war die Schlacht vorbei gewesen. Man hatte ihm erzählt, dass seine Seite gesiegt hatte.

Galdar war schwindelig vor Schmerzen, als er zu der Stelle humpelte, wo er sie zuletzt gesehen hatte. Auf dem Boden lagen die Leichen ihrer Feinde aufgetürmt, doch von ihr fand sich keine Spur.

Sie war nicht unter den Lebenden. Sie war nicht unter den Toten. Allmählich glaubte Galdar, dass er sich das Mädchen erträumt hatte. Er hatte sie selbst erschaffen, weil er so gern an etwas oder jemanden glauben wollte. Da merkte er, wie jemand seinen Arm berührte.

»Minotaurus«, sprach ihn der Mann an. »Verzeihung, ich habe deinen Namen nicht mitbekommen.«

Für einen Augenblick konnte Galdar den Soldaten nicht einordnen, dessen Gesicht beinahe vollständig von einem blutigen Verband verdeckt war. Dann erkannte er den Hauptmann der Schützenkompanie.

»Du suchst nach ihr, nicht wahr?«, meinte Hauptmann Samuval. »Nach Mina?«

Mina! In seinem Herzen hörte er wieder den Jubelschrei. Galdar nickte. Er war zu müde, zu entmutigt, um zu sprechen.

»Komm mit«, forderte Samuval ihn auf. »Ich muss dir etwas zeigen.«

Zusammen trotteten die beiden durch das Tal zum Schlachtfeld. Die Soldaten, die der Schlacht unverletzt entronnen waren, waren mit dem Wiederaufbau des Lagers beschäftigt, das während des ungeordneten Rückzugs verwüstet worden war. Die Männer arbeiteten mit ungewohntem Eifer, ohne dass die Peitsche oder die Beschimpfungen der Waffenmeister sie anfeuern mussten. Dieselben Männer hatte Galdar nach anderen Schlachten verdrossen um die Lagerfeuer kauern sehen, wo sie ihre

Wunden leckten, Zwergenschnaps in sich hineinkippten und prahlend zum Besten gaben, wie sie verwundeten Feinden den Rest gegeben hatten.

Als er an den Gruppen vorbeikam, die Zeltpfosten einschlugen, Dellen aus Brustpanzern und Schilden hämmerten, verschossene Pfeile einsammelten oder unzähligen anderen Pflichten nachgingen, hörte er dem zu, was sie erzählten. Sie sprachen nicht von sich, sondern von ihr, der Gesegneten, der Verzauberten. Mina.

Ihr Name war auf aller Lippen, überall erzählte man von ihren Taten. Ein neuer Geist erfüllte das Lager, als hätte das Gewitter, aus dem Mina getreten war, Energie freigesetzt, die jetzt von Mann zu Mann übersprang.

Galdar lauschte staunend, schwieg jedoch. Er begleitete Hauptmann Samuval, der wenig gesprächig erschien und keine von Galdars Fragen beantwortete. Zu jeder anderen Zeit hätte der Minotaurus dem Mann zornig den Kopf zurecht gerückt, aber nicht jetzt. Sie hatten einen überwältigenden Augenblick des Triumphs geteilt, wie ihn keiner von ihnen je im Kampf erlebt hatte. Beide waren über sich selbst hinausgewachsen, hatten Heldentaten vollbracht, die sie nie von sich erwartet hätten. Sie hatten für eine Sache gekämpft, hatten dafür zusammengestanden, hatten gegen alle Widrigkeiten gesiegt.

Als Hauptmann Samuval strauchelte, streckte Galdar den Arm aus, um ihn zu halten. Als Galdar in einer Blutlache ausrutschte, stützte ihn der Hauptmann. Schließlich erreichten sie den Rand des Schlachtfelds. Hauptmann Samuval blinzelte durch den Rauch, der über dem Tal hing. Die Sonne war hinter den Bergen verschwunden. Ihr Glanz überzog den Himmel mit einem blassroten Schimmer.

»Da«, sagte der Hauptmann. Er deutete in eine Richtung.

Mit dem Sonnenuntergang hatte sich ein Wind erhoben, der

nun den Rauch wie wirbelnde Seidenschals auseinandertrieb. Plötzlich hoben sich die Schleier und gaben den Blick auf ein blutrotes Pferd frei, neben dem eine Gestalt auf dem Schlachtfeld kniete.

»Mina!«, hauchte Galdar. Vor lauter Erleichterung erschlafften all seine Muskeln. Seine Augen brannten, doch das schrieb er dem Rauch zu, denn Minotauren weinten nicht. Sie konnten nicht weinen. Er wischte sich die Augen. »Was macht sie da?«, fragte er schließlich.

»Beten«, erwiderte Hauptmann Samuval. »Sie betet.«

Mina kniete neben dem Leichnam eines Soldaten. Der Pfeil, der ihn getötet hatte, war durch die ganze Brust gegangen und hatte ihn an den Boden genagelt. Mina hob die Hand des Toten, legte sie an ihre Brust und senkte den Kopf. Falls sie etwas sagte, konnte Galdar es nicht verstehen, doch er wusste, dass Samuval Recht hatte. Sie betete zu ihrem Gott, diesem einen, wahren Gott. Diesem Gott, der die Falle vorhergesehen, diesem Gott, der sie geleitet hatte, damit sie die Niederlage in einen glorreichen Sieg verwandeln konnte.

Nachdem sie ihre Gebete beendet hatte, legte Mina die Hand des Mannes auf die schreckliche Wunde. Sie beugte sich über ihn, drückte ihre Lippen auf die kalte Stirn, küsste sie und stand wieder auf.

Sie hatte kaum noch die Kraft zum Laufen. Das Mädchen war von Blut überzogen, teilweise von ihrem eigenen. Jetzt blieb sie stehen und ließ Kopf und Schultern hängen. Doch dann hob sie das Gesicht zum Himmel, aus dem sie neue Kraft zu schöpfen schien, denn sie straffte die Schultern und lief mit festem Schritt weiter.

»Seit die Schlacht entschieden ist, geht sie von einem Toten zum nächsten«, berichtete Hauptmann Samuval. »Sie kümmert sich vor allem um die, die unseren eigenen Pfeilen zum Opfer gefallen sind. Dort hält sie an und kniet sich in Blut und Matsch, um zu beten. So etwas habe ich noch nie gesehen.«

»Es ist richtig, dass sie diese Toten ehrt«, gab Galdar barsch zurück. »Diese Männer haben uns mit ihrem Blut den Sieg erkauft.«

»*Sie* hat uns mit deren Blut den Sieg erkauft«, hielt Hauptmann Samuval dagegen und runzelte die eine Augenbraue, die unter dem Verband zu sehen war.

Hinter Galdar erhob sich ein Geräusch. Es erinnerte ihn an Gamashinoch, das Lied der Toten. Aber dieses Lied entstammte lebenden Kehlen. Anfangs war es leise, von wenigen Männern angestimmt. Doch dann fielen mehr Stimmen mit ein, trugen es weiter, so wie die Soldaten ihre hingeworfenen Schwerter aufgehoben hatten, um in die Schlacht zu eilen.

»Mina … Mina …«

Das Lied schwoll an. Als leiser, ehrfürchtiger Ruf hatte es begonnen, doch nun war es bereits ein Triumphmarsch, ein feierliches Heldenlied, zu dem die Männer ihre Schwerter auf die Schilde schlugen, mit den Füßen stampften und in die Hände klatschten.

»Mina! Mina! Mina!«

Als Galdar sich umdrehte, sah er, dass die restliche Armee sich am Rand des Schlachtfelds versammelte. Wer nicht aus eigener Kraft laufen konnte, ließ sich von denen stützen, die dazu in der Lage waren. Die blutenden, zerlumpten Soldaten riefen ihren Namen.

Galdar erhob seine Stimme zu einem durchdringenden Schrei und reckte Minas Standarte hoch in die Luft. Aus dem Singsang wurde ein Jubelruf, der wie Donner durch die Berge rollte und den Boden erschütterte, auf dem sich die Leichen türmten.

Mina hatte gerade wieder niederknien wollen. Das Lied hielt sie davon ab. Sie blieb stehen und wendete sich langsam der jubelnden Menschenmenge zu. Ihr Gesicht war totenbleich. Um die goldgelben Augen lagen tiefe, aschfarbene Ringe der Erschöpfung. Minas Lippen waren ausgedörrt und gesprungen, von den Küssen der Toten befleckt. Sie überblickte die vielen hundert Lebenden, die ihren Namen riefen, sangen und priesen.

Dann erhob sie die Hände.

Augenblicklich verstummten die Rufe. Selbst das Stöhnen und Schreien der Verwundeten brach ab. Das einzige Geräusch war das Echo ihres Namens von den Bergen her, doch auch das erstarb allmählich. Stille senkte sich über das Tal.

Mina bestieg ihr Pferd, damit die Menge, die sich am Schlachtfeld versammelt hatte, das bald »Minas Ruhm« heißen sollte, sie besser sehen und hören konnte.

»Nicht mir gebührt die Ehre!«, verkündete sie. »Ich bin nur das Gefäß. Die Ehre und der Ruhm dieses Tages gebühren dem Gott, der mich auf meinem Weg führt.«

»Minas Weg ist unser Weg!«, brüllte jemand.

Wieder erhob sich Beifall.

»Hört mir zu!«, rief Mina. Ihre Stimme hallte vor Autorität und Macht. »Die alten Götter sind verschwunden. Sie haben euch im Stich gelassen. Sie kommen nie mehr zurück! Statt ihrer ist der eine Gott gekommen. Der eine Gott, der die Welt regieren wird. Nur ein einziger Gott. Diesem Gott schulden wir die Treue!«

»Wie heißt dieser Gott?«, erhob sich ein Ruf.

»Den Namen darf ich nicht aussprechen«, gab Mina zur Antwort. »Er ist zu heilig, zu mächtig.«

»Mina!«, begann wieder einer. »Mina! Mina!«

Die Menge nahm ihren Namen auf und war nicht zu bremsen.

Für einen Augenblick wirkte Mina irritiert, ja, verärgert. Sie hob die Hand und legte die Finger um das Medaillon an ihrem Hals, worauf ihre Züge sich wieder klärten.

»Also gut! Sagt meinen Namen«, gestand sie ihnen laut zu. »Aber wisset, dass ihr ihn im Namen meines Gottes sagt.«

Der Jubel war ohrenbetäubend. Von den Berghängen lösten sich bereits Steine.

Galdar hatte seine Schmerzen vergessen und stimmte herzhaft mit ein. Als er sich umsah, merkte er, dass sein Kamerad grimmiges Schweigen bewahrte, während sein Blick in eine andere Richtung gewandert war.

»Was?«, überbrüllte Galdar den Tumult. »Was ist denn?«

»Sieh doch«, mahnte Hauptmann Samuval. »Beim Kommandozelt.«

Nicht jeder im Lager war beglückt. Eine Gruppe Ritter von Neraka hatte sich um ihren Anführer gesammelt, einen Schädelmeister. Mit finsteren Mienen und vor der Brust verschränkten Armen beobachteten sie das Geschehen.

»Wer ist das?«, wollte Galdar wissen.

»Lord Milles«, entgegnete Samuval. »Er hat diesen katastrophalen Angriff befohlen. Wie du siehst, ist er mit heiler Haut davongekommen. Kein Tropfen Blut auf seiner schönen, glänzenden Rüstung.«

Lord Milles versuchte, die Aufmerksamkeit der Soldaten auf sich zu ziehen. Er winkte mit beiden Armen und rief Worte, die keiner hören konnte. Niemand achtete im Geringsten auf ihn. Schließlich ließ er von seinem vergeblichen Unterfangen ab.

Galdar grinste. »Ich frage mich, wie es diesem Milles gefällt, wenn er sieht, wie seine Befehlsgewalt sich einfach in Luft auflöst.«

»Nicht besonders, vermutlich«, meinte Samuval.

»Er und die anderen Ritter dachten, sie wären die Götter endlich los«, sagte Galdar. »Sie reden schon lange nicht mehr von Takhisis' Rückkehr. Vor zwei Jahren änderte Nachtmeister Targonne unseren offiziellen Namen in Ritter von Neraka. In alten

Zeiten teilte die Göttin ihren Rittern in der Vision ihren Platz im großen Plan mit. Nachdem Takhisis aus der Welt geflohen war, versuchten unsere Anführer noch eine Zeit lang, die Vision über verschiedene mystische Methoden aufrechtzuerhalten. Noch immer erhalten Ritter eine Vision, aber jetzt empfangen sie nur noch das, was Targonne und dessen Kumpane ihnen eintrichtern.«

»Ein Grund, weshalb ich gegangen bin«, bestätigte Samuval. »Targonne und Offiziere wie dieser Milles lieben es, auch einmal diejenigen zu sein, die etwas zu sagen haben. Es wird ihnen nicht gefallen, wenn sie erfahren, dass sie bald vom Thron gestoßen werden könnten. Du kannst sicher sein, dass Milles dem Hauptquartier von dieser Fremden aus dem Nichts Bericht erstatten wird.«

Mina stieg vom Pferd, um Feuerfuchs am Zügel ins Lager zu führen. Die Männer schrien und jubelten, bis sie bei ihnen war. Als sie aber kam, brachte etwas Unbegreifliches alle dazu, still zu werden und niederzuknien. Einige streckten die Hände nach ihr aus, als sie vorbeiging, andere riefen, sie solle sie ansehen, sie segnen.

Mit vor Abscheu verzerrtem Gesicht sah Lord Milles diesen Triumphzug mit an. Dann machte er auf dem Absatz kehrt und stolzierte ins Kommandozelt zurück.

»Pah! Sollen sie doch schmollen und intrigieren!«, tat Galdar die Sache ab. »Jetzt hat sie eine Armee. Was können die ihr schon anhaben?«

»Die werden sich eine heimtückische Gemeinheit einfallen lassen, dessen kannst du sicher sein«, beharrte Samuval. Er warf einen Blick zum Himmel. »Mag sein, dass es einen gibt, der von oben über sie wacht. Aber auch hier unten braucht sie Freunde, die auf sie aufpassen.«

»Weise gesprochen«, pflichtete Galdar bei. »Also bist du auf ihrer Seite, Hauptmann?«

»Bis ans Ende meiner Tage oder der Welt, was auch immer zuerst eintritt«, bestätigte Samuval. »Meine Männer ebenfalls. Und du?«

»Ich habe schon immer zu ihr gehört«, beteuerte Galdar, und es kam ihm auch wirklich so vor.

Minotaurus und Mensch wechselten einen Händedruck. Stolz erhob Galdar Minas Standarte und trat neben sie, als sie im Triumph durch das Lager marschierte. Hauptmann Samuval reihte sich mit blankem Schwert hinter ihr ein, um ihren Rücken zu decken. Minas Ritter folgten der Standarte. Jeder, der ihr von Neraka hierher gefolgt war, hatte eine Verletzung davongetragen, aber alle hatten überlebt. Schon jetzt erzählten sie Wundergeschichten.

»Ein Pfeil kam direkt auf mich zu«, berichtete einer. »Ich wusste, ich war ein toter Mann. Da sagte ich Minas Namen, und der Pfeil fiel vor mir auf die Erde.«

»Einer von den verfluchten Solamniern hielt mir das Schwert an die Kehle«, sagte ein anderer. »Ich habe Mina angerufen, da zerbrach die Klinge.«

Manche Soldaten boten ihr etwas zu essen an. Sie brachten Wein und Wasser. Andere schnappten sich kurzerhand ein Offizierszelt, warfen dessen Besitzer hinaus und bereiteten es für Mina vor. Mit brennenden Ästen von den Lagerfeuern begleiteten die Soldaten Minas Marsch durch die Dunkelheit. Wenn sie vorbeikam, riefen sie ihren Namen wie ein Zauberwort.

»Mina«, jubelten die Männer, der Wind und die Dunkelheit. »Mina!«

8 Unter dem Schild

Seit jeher verehrten die Silvanesti die Nacht.

Die Qualinesti hingegen bevorzugten das Sonnenlicht. Ihr Herrscher war die Stimme der Sonne. Sie ließen das Sonnenlicht in ihre Häuser fluten, erledigten ihre Geschäfte tagsüber und hielten auch alle wichtigen Zeremonien wie Hochzeiten und dergleichen bei Tag ab, damit das Sonnenlicht sie segnen konnte.

Die Silvanesti liebten die sternklare Nacht.

Ihr Anführer war der Sternensprecher. Einst war die Nacht in Silvanost, der Hauptstadt des Elfenstaats, eine heilige Zeit gewesen. Die Nacht brachte die Sterne, süßen Schlummer und Träume von der Schönheit ihres geliebten Landes. Doch dann kam der Krieg der Lanze. Die Sterne verschwanden hinter den Schwingen böser Drachen. Besonders ein Drache, ein Grüner mit dem Namen Cyan Blutgeißel, beanspruchte Silvanesti für sich. Schon lange hasste er die Elfen, diesmal wollte er sie leiden sehen. Er hätte sie zu Tausenden umbringen können, aber er war grausam und verschlagen. Sterbende litten zwar, doch ihr Schmerz war flüchtig und bald vergessen, wenn die Toten aus dieser Existenz in die nächste übergingen. Cyan wollte ihnen Schmerzen zufügen, die nicht zu lindern waren und Jahrhunderte andauern sollten.

Der damalige Herrscher von Silvanesti war ein hoch begabter Zauberer. Lorac Caladon sah das Erstarken des Bösen auf Ansalon voraus. Er schickte sein Volk ins Exil, versicherte jedoch, er hätte die Macht, das Reich vor den Drachen zu bewahren. Denn Lorac hatte unbemerkt eine der magischen Drachenkugeln aus dem Turm der Erzmagier gestohlen. Man hatte ihn gewarnt, dass jeder Versuch, die Drachenkugel zu benutzen, für jemanden, der nicht stark genug war, die Magie zu beherrschen, katastrophale Folgen haben konnte. Lorac jedoch hielt sich für stark genug, die Kugel seinem Willen zu unterwerfen. Als er in die Kugel blickte, sah ihn ein Drache an. Lorac war gefangen und saß im Bann des Drachen fest.

Damit hatte Cyan Blutgeißel seine Chance. Er hatte Lorac auf dessen Thron im Sternenturm gefunden, wo dieser die Kugel umklammerte. Cyan flüsterte Lorac einen Traum von Silvanesti ins Ohr, einen schrecklichen Traum, in dem wunderbare Bäume sich abscheulich verdrehten und jene angriffen, die sie einst geliebt hatten. Einen Traum, in dem Lorac sein Volk sterben sah. Ein Elf nach dem anderen fand einen grausamen, schmerzhaften Tod. Einen Traum, in dem sich das Wasser des Thon-Thalas blutrot färbte.

Der Krieg der Lanze ging zu Ende. Königin Takhisis wurde besiegt. Cyan Blutgeißel war gezwungen, aus Silvanesti zu fliehen, doch er verschwand in der zufriedenen Überzeugung, dass er sein Ziel erreicht hatte. Er hatte den Silvanesti einen Alptraum hinterlassen, aus dem sie nie mehr erwachen sollten. Als die Elfen nach Ende des Krieges in ihre Heimat zurückkehrten, stellten sie entsetzt fest, dass der Alptraum wahr geworden war. Der Traum, den Cyan Blutgeißel Lorac eingeflüstert hatte, hatte das einst bezaubernde Land grausam gezeichnet.

Die Silvanesti bekämpften den Traum, bis sie ihn unter der Führung des Qualinesti-Generals Porthios schließlich besiegt hatten. Doch der Preis war hoch. Viele Elfen fielen dem Traum zum Opfer, und selbst als er schließlich vertrieben war, blieben die Bäume, Pflanzen und Tiere erschreckend verändert. Allmählich führten die Elfen ihre Wälder wieder zur Schönheit zurück, heilten die Wunden, die der Traum geschlagen hatte, durch neu entdeckte Magie und verdeckten damit die Narben.

Dann erwachte das Bedürfnis nach Vergessen. Porthios, der mehr als einmal sein Leben riskiert hatte, um das Land den Klauen des Traums zu entreißen, wurde zur lebenden Erinnerung an den Traum. Man sah ihn nicht mehr als Retter. Er war ein Fremder, ein Eindringling, eine Bedrohung für die Silvanesti, die zu ihrer isolierten, abgeschiedenen Lebensweise zurückkehren wollten. Porthios wollte die Elfen der Welt näher bringen, sie mit dem Rest der Welt vereinen. Er wollte die Union mit ihren Vettern, den Qualinesti, und hatte sich aus dieser Hoffnung heraus mit Alhana Sternenwind, der Tochter von Lorac, vermählt. Wenn ein neuer Krieg käme, sollten die Elfen nicht allein kämpfen. Sie sollten Verbündete haben, die ihnen zur Seite standen.

Aber die Elfen wollten keine Verbündeten, die womöglich beschließen würden, im Gegenzug für ihre Hilfe Silvanesti-Land zu besetzen. Verbündete, die womöglich die Söhne und Töchter der Silvanesti heiraten und so das reine Silvanesti-Blut verdünnen würden. Darum erklärten die Verfechter der Selbstisolierung Porthios und seine Frau Alhana zu »Dunkelelfen«, die bei Todesstrafe nie mehr in ihre Heimat zurückkehren durften.

Porthios wurde davongejagt. General Konnal übernahm die Herrschaft über die Nation und verhängte das Kriegsrecht, bis ein wahrer König für Silvanesti gefunden wäre. Die Silvanesti hatten taube Ohren für die Bitten ihrer Verwandten, der Qualinesti, ihnen beim Kampf gegen das Joch des großen Drachen Beryl und der Ritter von Neraka beizustehen. Sie ignorierten das Flehen derer, die gegen die großen Drachen kämpften und die Elfen um Hilfe ersuchten. Die Silvanesti wollten nicht an der Welt teilhaben. Sie waren ganz mit sich selbst beschäftigt, blickten in den Spiegel des Lebens und sahen dort nur sich selbst. Doch während sie so dünkelhaft ihren eigenen Gedanken nachhingen, kehrte Cyan Blutgeißel in das Land zurück, jener grüne

Drache, der schon einmal ihr Fluch gewesen war und das Land fast zerstört hatte. So jedenfalls meldeten es die Kirath, die an den Grenzen wachten.

»Errichtet keinen Schild!«, warnten die Kirath. »Sonst sitzen wir mit unserem schlimmsten Feind in der Falle.«

Die Elfen wollten nicht hören. Sie glaubten nicht an die Gerüchte. Cyan Blutgeißel war eine Gestalt aus dem Dunkel der Vergangenheit. Er war bei der großen Drachenlese umgekommen. Er musste tot sein. Denn wenn er tatsächlich zurück war, warum hatte er sie dann nicht angegriffen? Die Elfen hatten solche Angst vor der Außenwelt, dass die Oberhäupter der Häuser sich einstimmig für den magischen Schild aussprachen. Jetzt konnte man den Silvanesti verkünden, dass ihr innigster Wunsch erfüllt war. Unter dem magischen Schild waren sie wahrhaft isoliert und von allen abgeschnitten. Sie waren vor dem Bösen der Außenwelt sicher.

»Dennoch kommt es mir nicht so vor, als hätten wir das Böse ausgesperrt«, erklärte Rolan dem jungen Prinzen. »Eher haben wir es hier eingesperrt.«

Über Silvanesti war die Nacht hereingebrochen. Silvan hieß die Dunkelheit willkommen, obwohl es ihm Leid tat. Den ganzen Tag waren sie durch den Wald gelaufen. Sie hatten viele Meilen zurückgelegt, ehe Rolan entschieden hatte, dass sie weit genug von den schädlichen Auswirkungen des Schilds entfernt waren, um Rast zu machen. Für Silvanoshei war es ein Tag voller Wunder gewesen.

Er hatte seine Mutter mit sehnsüchtigem Bedauern von der Schönheit ihrer Heimat sprechen hören. Er erinnerte sich daran, wie sie ihm früher von Silvanesti erzählt hatte, um ihn zu beruhigen, wenn er sich mit seinen ausgestoßenen Eltern vor den Gefahren der Umgebung in einer Höhle verbarg. Damals hatte er die Augen geschlossen und nicht die Finsternis, sondern das

Smaragdgrün, das Gold und das Silber des Waldes gesehen. Dann hörte er nicht mehr Wölfe und Goblins heulen, sondern er vernahm das zarte Läuten der Glockenblumen oder die süße, getragene Melodie des Flötenbaums.

Die Realität jedoch ließ seine Fantasien verblassen. Er konnte nicht fassen, dass es solche Schönheit gab. Den ganzen Tag war er wie in einem Wachtraum gelaufen, war über Steine, Baumwurzeln und seine eigenen Füße gestolpert. Vor Staunen über die Wunder um ihn herum waren ihm die Tränen in die Augen getreten, und sein Herz war von Freude erfüllt gewesen.

Bäume mit silbern schimmernder Rinde erhoben ihre Äste mit anmutigem Schwung zum Himmel und ließen ihre silbrig geränderten Blätter im Sonnenlicht erstrahlen. Der Weg war von unzähligen breitblättrigen Büschen gesäumt, die feurige Blüten trugen, deren süßer Duft die Luft durchzog. Er hatte den Eindruck, weniger durch einen Wald als durch einen Garten zu laufen, denn es gab keine abgebrochenen Äste, keine Schlingpflanzen, keine Brombeerdickichte. Die Waldpfleger duldeten nur schöne, Frucht tragende und wohltuende Pflanzen in ihren Wäldern. Ihr magischer Einfluss erstreckte sich auf das ganze Land. Nur an den Grenzen blieb er wirkungslos, denn dort erstickte der Schild das Werk ihrer Hände.

Die Dunkelheit schenkte Silvans berauschten Augen eine Ruhepause. Doch die Nacht hatte ihre eigene herzergreifende Schönheit. Die Sterne leuchteten mit einem durchdringenden Glanz, als wollten sie den Schild herausfordern. Nachtblumen öffneten sich dem Sternenlicht. Sie erfüllten die warme Finsternis mit exotischen Düften und den Wald mit einem sanften, silberweißen Licht.

»Was meinst du damit?«, wollte Silvan wissen. Hinter der Schönheit, die er überall wahrnahm, konnte doch nichts Böses lauern.

»Zum einen die grausame Bestrafung, die wir über Eure Eltern verhängt haben, Majestät«, erklärte Rolan. »Zum Dank dafür, dass Euer Vater uns geholfen hat, haben wir ihn in den Rücken gestochen. Als ich davon hörte, schämte ich mich für mein Volk. Aber inzwischen haben wir die Quittung dafür. Wir büßen für unsere Schande und Ehrlosigkeit, dafür, dass wir uns vom Rest der Welt entfernt haben – für das Leben unter dem Schild, der uns vor den Drachen schützt, während andere leiden. Diesen Schutz bezahlen wir mit unserem Leben.«

Sie hatten auf einer Lichtung an einem rasch fließenden Bach angehalten. Silvan war froh über die Pause, denn seine Verletzungen taten wieder weh, aber er wollte es nicht erwähnen. Die Aufregung und der Schreck über die plötzliche Veränderung in seinem Leben hatten ihm alle Energie geraubt. Er fühlte sich ausgelaugt.

Rolan brachte frische Früchte und honigsüßes Wasser zum Abendessen. Dann kümmerte er sich mit einer respektvollen Umsicht um Silvans Wunden, die der junge Mann als sehr angenehm fand.

Samar hätte mir einen Lumpen zugeworfen und mir befohlen, das Beste daraus zu machen, dachte Silvanoshei.

»Vielleicht möchten Majestät jetzt einige Stunden schlafen«, schlug Rolan nach dem Essen vor.

Silvan hatte geglaubt, er würde vor Müdigkeit gleich umkippen, doch nach dem Essen fühlte er sich richtig erfrischt und gekräftigt.

»Ich würde gern mehr über meine Heimat erfahren«, wehrte er ab. »Meine Mutter hat mir natürlich einiges erzählt, aber sie weiß nicht, was geschehen ist, seit sie ... gegangen ist. Du hast den Schild erwähnt.« Silvan schaute sich um. Die Schönheit war atemberaubend. »Ich kann verstehen, weshalb ihr das hier«, er deutete auf die Bäume, deren Stämme schimmerten, und auf die

Sternenblumen im Gras, »vor den Raubzügen unserer Feinde schützen wollt.«

»Ja, Majestät«, bestätigte Rolan in freundlicherem Ton. »Manche behaupten, für einen solchen Schutz wäre kein Preis zu hoch, nicht einmal der Preis unseres eigenen Lebens. Aber wenn wir alle sterben, wer soll diese Schönheit dann preisen? Außerdem glaube ich, dass nach unserem Tod irgendwann auch die Wälder sterben, denn die Seelen der Elfen sind mit allem Lebenden verbunden.«

»Unser Volk ist zahlreich wie die Sterne«, wandte Silvan belustigt ein. Er fand, dass Rolan nun doch stark übertrieb.

Der Kirath warf einen Blick zum Himmel. »Streicht die Hälfte der Sterne weg, Majestät, dann werdet Ihr feststellen, dass das Licht schon deutlich nachlässt.«

»Die Hälfte?« Silvanoshei war erschüttert. »Doch nicht die *Hälfte*!«

»Allein in Silvanost ist die Hälfte der Bevölkerung der Seuche zum Opfer gefallen, Majestät.« Er hielt einen Augenblick inne, dann flüsterte er: »Was ich jetzt sage, würde als Verrat gelten, für den man mich hart bestrafen würde.«

»Bestrafen, also ausstoßen?« Silvan war verstört. »Als Dunkelelf ins Exil schicken?«

»Nein, das machen wir nicht mehr, Majestät«, erwiderte Rolan. »Wir können wohl kaum jemanden ausstoßen, denn die Leute kommen nicht durch den Schild. Wer heutzutage etwas gegen General Konnal sagt, verschwindet einfach. Niemand weiß, was aus den Leuten wird.«

»Wenn das stimmt, warum gibt es dann keinen Aufstand?«, fragte Silvan befremdet. »Warum stürzen die Elfen Konnal nicht und verlangen, dass der Schild aufgehoben wird?«

»Weil nur wenige die Wahrheit kennen. Und die wenigen haben keine Beweise. Wir könnten uns natürlich in den Sternenturm stellen und behaupten, Konnal sei verrückt geworden. Er hätte solche Angst vor der Welt da draußen, dass er uns alle lieber tot sehen würde, anstatt Teil der Welt zu werden. Das alles könnten wir sagen, aber dann würde Konnal aufstehen und erklären: ›Alles Lüge! Sobald wir den Schild senken, dringen die Schwarzen Ritter mit ihren Äxten in unseren geliebten Wald ein, die Oger werden die Bäume fällen, die großen Drachen werden auf uns herabschießen und uns fressen.‹ Das wird er sagen, und dann heult das Volk: ›Rette uns, lieber Generalgouverneur Konnal! Wer sonst soll uns beschützen!‹ Und fertig.«

»Verstehe«, sagte Silvan nachdenklich. Er blickte Rolan an, der konzentriert in die Dunkelheit starrte.

»Jetzt bekommt das Volk jemand anderen, an den es sich wenden kann, Majestät«, fuhr Rolan fort. »Den rechtmäßigen Erben des Throns von Silvanesti. Aber wir müssen mit größter Vorsicht vorgehen.« Er lächelte bedrückt. »Sonst könntet auch Ihr ›verschwinden‹.«

In der Dunkelheit erklang das süße Lied einer Nachtigall. Rolan spitzte die Lippen und pfiff zurück. Aus den Schatten tauchten drei Elfen auf. Silvan erkannte die drei, die er heute Morgen am Schild gesehen hatte.

Heute Morgen, staunte der junge Elf. War es wirklich erst ein paar Stunden her? Es mussten doch Tage, Monate, Jahre vergangen sein.

Rolan erhob sich, um die drei zu begrüßen. Sie reichten einander die Hände und tauschten die traditionellen Wangenküsse aus.

Die Elfen trugen Umhänge wie Rolan. Obwohl Silvan wusste, dass sie nun auf der Lichtung waren, konnte er sie nur schwer erkennen, denn sie schienen in Dunkelheit und Sternenlicht gewandet zu sein.

Rolan befragte sie nach der Patrouille. Sie berichteten, an der

Grenze hinter dem Schild sei alles ruhig, »totenstill«, wie einer mit schrecklicher Ironie meinte. Dann wendeten sie ihre Aufmerksamkeit Silvan zu.

»Du hast ihn also verhört, Rolan?«, erkundigte sich einer, der Silvanoshei mit strengem Blick musterte. »Ist er es wirklich?«

Verlegen kam Silvan auf die Beine. Er fühlte sich beschämt. Zuerst wollte er sich höflich vor den Älteren verneigen, wie man es ihn gelehrt hatte, doch dann kam ihm der Gedanke, dass er schließlich ihr König war. Sie müssten sich vor ihm verbeugen. Etwas verwirrt sah er Rolan an.

»Ich habe ihn nicht ›verhört‹«, antwortete der Elf mit fester Stimme. »Wir haben über gewisse Dinge geredet. Und, ja, ich glaube, er ist Silvanoshei, der rechtmäßige Sternensprecher, Sohn von Alhana und Porthios. Unser König ist zu uns zurückgekehrt. Der Tag, auf den wir gewartet haben, ist gekommen.«

Die drei Elfen betrachteten Silvan von oben bis unten, ehe sie sich wieder Rolan zuwandten.

»Er könnte ein Hochstapler sein«, gab einer zu bedenken.

»Ganz sicher nicht«, wehrte Rolan ab. »Ich kannte seine Mutter, als sie so alt war wie er jetzt. Ich habe mit seinem Vater gegen den Traum gekämpft. Er sieht beiden ähnlich, wenn auch eher seinem Vater. Drinel! Du hast für Porthios gekämpft. Sieh dir den Jungen an. Du kannst die Züge des Vaters in denen des Sohns erkennen.«

Der Elf starrte Silvanoshei durchdringend an, welcher seinen Blick aufnahm und ihm standhielt.

»Sieh mit dem Herzen, Drinel«, drängte Rolan. »Die Augen lassen sich blenden, das Herz nicht. Du hast ihn gehört, als wir ihm gefolgt sind, als er keine Ahnung hatte, dass wir in der Nähe waren. Du hast gehört, was er zu uns gesagt hat, als er uns für Soldaten seiner Mutter hielt. Das war nicht vorgespielt. Darauf setze ich mein Leben.«

»Ich gebe zu, dass er seinem Vater ähnlich sieht, und in den Augen hat er etwas von seiner Mutter. Aber welches Wunder lässt den Sohn unserer Exilkönigin durch den Schild?«, fragte Drinel.

»Ich weiß nicht, wie ich hinter den Schild gelangt bin«, warf Silvan beschämt ein. »Ich muss durchgefallen sein. Ich kann mich nicht daran erinnern. Aber als ich wieder rauswollte, hat der Schild mich daran gehindert.«

»Er hat sich gegen den Schild geworfen«, mahnte Rolan. »Er wollte fort, wollte Silvanesti verlassen. Würde ein Hochstapler so etwas versuchen, nachdem er so viel auf sich genommen hat, um hereinzukommen? Würde ein Hochstapler zugeben, dass er nicht weiß, wie er durch den Schild gelangt ist? Nein, so ein Mann hätte eine Geschichte parat, die logisch und glaubhaft wäre.«

»Du hast gesagt, ich soll mit dem Herzen sehen«, erinnerte ihn Drinel. Er schaute die anderen Elfen an. »Wir sind einverstanden. Wir möchten den Wahrheitsfinder anwenden.«

»Euer Misstrauen entehrt uns!«, widersprach Rolan empört. »Was soll er von uns denken?«

»Dass wir weise und vorsichtig sind«, gab Drinel trocken zurück. »Wenn er nichts zu verbergen hat, wird er keine Einwände erheben.«

»Das ist einzig Silvanosheis Entscheidung«, stellte Rolan klar. »Aber ich an seiner Stelle würde mich weigern.«

»Was ist das?« Verwirrt blickte Silvan von einem zum anderen. »Was ist dieser Wahrheitsfinder?«

»Ein magischer Spruch, Majestät«, antwortete Rolan, dessen Stimme jetzt traurig wurde. »Es gab einmal eine Zeit, als die Elfen einander fraglos vertrauen konnten. Einst gab es eine Zeit, zu der kein Elf jemanden aus seinem Volk anlügen konnte. Loracs Traum hat diese Zeiten beendet. Sein Traum hat Trugbilder von unseren Leuten geschaffen, falsche Bilder von Elfen, die jedem, der sie ansah, sie berührte oder mit ihnen sprach, ganz echt vorkamen. Diese Trugbilder konnten die, die ihnen glaubten, ins Unheil locken. Ein Mann sah seine Frau winken und stürzte kopfüber von einer Klippe, wenn er zu ihr eilen wollte. Eine Mutter sah ein Kind im Feuer umkommen, stürzte hinterher, doch das Kind war verschwunden.

Damals entwickelten wir Kirath den Wahrheitsfinder, um zu überprüfen, ob diese Bilder echt waren oder Teil des Traums. Denn die falschen Elfen waren innen leer, richtig hohl. Sie hatten keine Erinnerungen, keine Gedanken, keine Gefühle. Wenn wir jemandem die Hand aufs Herz legten, erkannten wir, ob wir es mit Lebenden oder mit dem Traum zu tun hatten. Als der Traum endete, brauchten wir den Wahrheitsfinder nicht mehr.«

»Jedenfalls hofften wir das«, fuhr Rolan fort. »Eine Hoffnung, die sich als vergeblich erwies. Als der Traum endete, waren die verrenkten, blutenden Bäume verschwunden. Die Hässlichkeit, die unser Land überzogen hatte, wich. Aber die Hässlichkeit, die in die Herzen mancher Elfen Einzug gehalten hatte, höhlte sie innerlich so aus wie die Herzen derer, die vom Traum geschaffen wurden. Jetzt können Elfen andere Elfen anlügen, und sie tun es. Wir haben neue Wörter in unserer Sprache, Menschenwörter. Wörter wie Misstrauen, unehrlich, Ehrlosigkeit. Inzwischen wenden wir den Wahrheitsfinder untereinander an, doch mir scheint, je häufiger wir das tun, desto größer wird das Bedürfnis danach.« Er warf Drinel einen sehr finsteren Blick zu, doch der zeigte trotzige Entschlossenheit.

»Ich habe nichts zu verbergen«, meinte Silvan. »Von mir aus dürft ihr den Wahrheitsfinder bei mir anwenden. Obwohl es meine Mutter tief bekümmern würde, wenn sie wüsste, wie es um ihr Volk steht. Nie würde sie die Loyalität derer in Frage stellen, die ihr folgen, wie auch ihre Anhänger nie ihre Fürsorge in Frage stellen würden.«

»Da hörst du es, Drinel.« Rolan war rot geworden. »Merkst du, welche Schande du uns machst!«

»Trotzdem, ich muss die Wahrheit wissen«, beharrte Drinel störrisch.

»Wirst du das?«, hakte Rolan nach. »Und wenn deine Magie wieder versagt?«

Drinels Augen blitzten auf. Er warf seinem Kameraden einen wütenden Blick zu. »Hüte deine Zunge, Rolan. Ich erinnere dich daran, dass wir bis jetzt nichts über den jungen Mann wissen.«

Silvanoshei schwieg. Es stand ihm nicht zu, sich in diesen Streit einzumischen. Dennoch merkte er sich ihre Worte, um später darüber nachzudenken. Vielleicht waren die Elfenzauberer in der Armee seiner Mutter nicht die Einzigen, die bemerkt hatten, dass ihre Kräfte schwanden.

Drinel näherte sich Silvan, der steif dastand und den Elfen befremdet ansah. Dann streckte Drinel seine linke Hand aus, die Hand, die direkten Kontakt zum Herzen hat, und legte sie Silvan auf die Brust. Seine Berührung war leicht, doch Silvan spürte, wie sie bis in seine Seele drang.

Aus der Tiefe seiner Seele stiegen Erinnerungen auf, gute wie schlechte, die sich hinter den Gefühlen und Gedanken an der Oberfläche regten und in Drinels Hand strömten. Erinnerungen an seinen Vater, eine strenge, unnahbare Gestalt, die selten lächelte und niemals lachte. Nie hatte sein Vater seine Zuneigung offen gezeigt, die Taten seines Sohnes gelobt oder diesen überhaupt so recht zur Kenntnis genommen. Doch aus diesem glitzernden Strom der Erinnerungen stieg eine Nacht auf, in der Silvanoshei und seine Mutter nur knapp dem Tod entronnen waren. Porthios hatte beide in die Arme geschlossen, seinen kleinen Sohn fest an die Brust gedrückt und auf Elfisch ein Gebet für sie gemurmelt, ein altes Gebet zu Göttern, die es nicht mehr hören konnten. Silvanoshei erinnerte sich an die kalten, nassen Tränen, die seine Wange berührt hatten. Er wusste noch, dass er gedacht hatte, dass dies nicht seine Tränen waren. Sie stammten von seinem Vater.

Diese und andere Erinnerungen teilten sich nun Drinel mit, als hielte er glitzerndes Wasser in der Schale seiner Hände.

Sein Gesichtsausdruck veränderte sich. Jetzt betrachtete er Silvan mit neuen Augen, neuem Respekt.

»Bist du nun zufrieden?«, fragte Silvan kalt. Die Erinnerungen hatten eine klaffende Wunde in ihm aufgerissen.

»In seinem Gesicht sehe ich den Vater, in seinem Herzen die Mutter«, erwiderte der andere Elf. »Ich schwöre Euch die Treue, Silvanoshei. Ich fordere andere dazu auf, es mir nachzutun.«

Drinel verbeugte sich tief und hielt dabei die Hand auf die Brust gedrückt. Die beiden anderen Elfen beteuerten ebenfalls ihr Einverständnis und ihre Ergebenheit. Silvan bedankte sich großmütig, doch die ganze Zeit über fragte er sich mit einem gewissen Zynismus, was solche Kniefälle ihm eigentlich bedeuteten. Auch seiner Mutter hatten Elfen die Treue geschworen, und Alhana Sternenwind war kaum mehr als eine Banditenführerin, die sich im Wald versteckte.

Wenn seine Erhebung zum rechtmäßigen Sternensprecher nur bedeutete, dass er noch länger in Grabhügeln versteckt bleiben und gedungenen Mördern entkommen musste, konnte Silvan darauf verzichten. Er hatte diese Lebensweise so satt; er wollte nichts mehr davon wissen. Bis jetzt hatte er sich das nie so recht eingestanden. Nun erst wurde ihm klar, wie wütend – gnadenlos wütend – er auf seine Eltern war, dass sie ihm ein solches Leben aufgezwungen hatten.

Schon im nächsten Augenblick schämte er sich für diese Wut. Er dachte daran, dass seine Mutter entweder tot oder gefangen war, doch seltsamerweise erhöhten Kummer und Sorgen seinen Zorn nur noch. Er brauchte Zeit zum Nachdenken, und die bekam er nicht, so lange diese Elfen ihn wie eine Art ausgestopftes Wesen aus dem Zauberwarenladen anstarrten.

Die Elfen blieben stehen. Irgendwann merkte Silvan, dass sie wohl darauf warteten, dass er sich setzte, ehe auch sie sich ausruhen durften. Er war in einem Elfenhofstaat aufgewachsen, wenn auch mitten im Wald, so dass er höfische Manieren durchaus kannte. So bat er die anderen Elfen, doch Platz zu nehmen, sie müssten müde sein. Auch lud er sie dazu ein, sich von den Früchten und dem Wasser zu nehmen. Danach entschuldigte sich Silvan bei seinen neuen Gefährten mit der Ausrede, er müsse sich erleichtern.

Als Rolan ihn warnte, vorsichtig zu sein und ein Schwert mitzunehmen, reagierte er überrascht.

»Warum?«, fragte Silvan ungläubig. »Was gibt es hier zu fürchten? Ich dachte, der Schild hielte alle Feinde draußen.«

»Mit einer Ausnahme«, gab Rolan trocken zurück. »Berichten zufolge wurde der große, grüne Drache Cyan Blutgeißel – aufgrund eines ›Rechenfehlers‹ seitens des Generals Konnal – im Schild mit eingesperrt.«

»Pah! Das ist nichts als eine Legende, die Konnal ausstreut, damit wir etwas zu tun haben«, versicherte Drinel. »Nenn mir einen Elfen, der dieses Ungeheuer gesehen hat! Es gibt keinen. Es heißt, der Drache sei hier. Dann heißt es, er sei dort. Wir laufen hierhin, wir eilen dorthin, aber nie finden wir eine Spur von ihm. Ist doch auffällig, Rolan, dass dieser Cyan Blutgeißel immer gerade dann gesichtet wird, wenn Konnal von den Anführern der Häuser wegen seiner Regierungsweise unter Druck gesetzt wird.«

»Richtig, niemand hat Cyan Blutgeißel gesehen«, räumte Rolan ein. »Dennoch gebe ich zu, dass ich glaube, dass der Drache sich irgendwo in Silvanesti aufhält. Einmal habe ich Spuren gefunden, die anders sehr schwer zu erklären wären. Also seid vorsichtig, Majestät. Und nehmt mein Schwert mit. Nur zur Sicherheit.«

Das Schwert wies Silvan zurück. Er dachte daran, wie er Samar beinahe verstümmelt hatte, und wollte die anderen auf keinen Fall merken lassen, dass er nicht mit der Waffe umgehen konnte. Er schämte sich für seine mangelhafte soldatische Ausbildung. Deshalb versicherte er Rolan, er würde gut aufpassen, und lief in den funkelnden Wald. Seine Mutter hätte ihm eine bewaffnete Wache mitgegeben ...

Zum ersten Mal im Leben, stellte Silvan plötzlich fest, bin ich frei. Wirklich frei.

Er wusch Gesicht und Hände in einem klaren, kalten Bach, fuhr mit den Fingern durch seine langen Haare. Dann betrachtete er sein Spiegelbild in den Wellen. Er konnte in seinem Gesicht keine Ähnlichkeit mit seinem Vater entdecken, deshalb war er immer etwas irritiert, wenn jemand so etwas behauptete. Wenn Silvan an Porthios dachte, sah er einen ernsten, stahlharten Krieger vor sich, der – falls er je gewusst hatte, wie man lächelt – das Lächeln längst aufgegeben hatte. Die einzige Zärtlichkeit, die Silvan an seinem Vater beobachtet hatte, hatte in dessen Augen gestanden, wenn deren Blick sich auf Alhana richtete.

»Du bist der König der Elfen«, flüsterte Silvan seinem Spiegelbild zu. »In einem Tag hast du vollbracht, was deine Eltern in dreißig Jahren nicht erreichen konnten. Konnten ... oder wollten.«

Er setzte sich ans Ufer. Sein Spiegelbild schillerte im Licht des aufgehenden Mondes. »Jetzt kannst du das, worum sie gerungen haben, mit den Händen greifen. Bisher wolltest du es gar nicht unbedingt, aber jetzt, da man es dir anbietet, könntest du doch zupacken.«

Silvans Spiegelbild zerfiel, als ein Windstoß über die Wasseroberfläche fuhr. Dann legte sich der Wind, das Wasser glättete sich, und das Spiegelbild war wieder klar zu sehen.

»Du musst vorsichtig vorgehen. Nachdenken, bevor du redest, jedes Wort und dessen Folgen überdenken. Du musst genau überlegen, was du tust. Du darfst dich von nichts ablenken lassen. – Meine Mutter ist tot«, sagte er und wartete auf den Schmerz.

In ihm stiegen Tränen auf, die seiner Mutter, seinem Vater und ihm selbst galten, der nun ihres stützenden Trosts beraubt war. Doch tief innen wisperte eine feine Stimme: *Wann haben dich deine Eltern je unterstützt? Wann haben sie dir denn etwas zugetraut? Sie haben dich in Watte gewickelt, weil sie fürchteten, du könntest sonst zerbrechen. Das Schicksal hat dir diese Gelegenheit geschickt, deinen Wert zu beweisen. Greif zu!*

Neben dem Bach wuchs ein Busch mit duftenden, herzförmigen, weißen Blüten. Silvan pflückte eine Hand voll Zweige und streifte die kleinen Blüten von den Stängeln. »Zu Ehren meines toten Vaters«, sagte er, als er die Blüten in den Bach streute. Sie fielen auf sein Spiegelbild, das durch die Wellenringe auseinanderbrach. »Zu Ehren meiner toten Mutter.«

Er verstreute die letzten Blüten. Danach fühlte er sich gereinigt, frei von Tränen, frei von Gefühlen. Nun konnte er ins Lager zurückkehren.

Die Elfen wollten sich erheben, doch er bat sie, sitzen zu bleiben und seinetwegen keine Umstände zu machen. Diese Bescheidenheit schien den Elfen zu gefallen.

»Ich hoffe, mein langes Ausbleiben hat euch keine Sorgen bereitet«, begann er, obwohl er genau wusste, dass es so war. Er sah ihnen doch an, dass sie über ihn gesprochen hatten. »Diese Veränderungen kamen so plötzlich, sie sind so überwältigend. Ich brauchte Zeit zum Nachdenken.«

Die Elfen verneigten sich zustimmend.

»Wir haben gerade besprochen, wie wir die Sache Eurer Majestät am besten vorantreiben können«, berichtete Rolan.

»Ihr habt die volle Unterstützung der Kirath, Majestät«, ergänzte Drinel.

Das nahm Silvan mit einem Nicken zur Kenntnis. Er dachte daran, in welche Richtung er dieses Gespräch lenken wollte und wie er das am besten anstellen könnte. Dann fragte er in mildem Ton: »Wer sind die ›Kirath‹? Meine Mutter hat mir viel von ihrer Heimat erzählt, davon aber nicht.«

»Sie hatte wohl auch keinen Grund dazu«, erwiderte Rolan. »Euer Vater hat unseren Orden ins Leben gerufen, um den Traum zu bekämpfen. Wir Kirath waren diejenigen, die in den Wald eingedrungen sind, um nach Orten zu suchen, die immer noch in den Fängen des Traums verharrten. Diese Arbeit war körperlich und seelisch anstrengend, denn um den Traum zu bekämpfen, mussten wir ihn betreten.

Andere Kirath verteidigten die Waldpfleger und Kleriker, die in den Wald kamen, um ihn zu heilen. Zwanzig Jahre lang haben wir uns gemeinsam bemüht, unsere Heimat wiederherzustellen – und schließlich gelang es uns. Als der Traum besiegt war, brauchte man uns nicht mehr. Damals trennten wir uns und nahmen das Leben wieder auf, das wir vor dem Krieg geführt hatten. Doch wir Kirath hatten ein Band geknüpft, das stärker war als zwischen Geschwistern. Wir blieben in Verbindung und tauschten Informationen aus.

Dann versuchten die Schwarzen Ritter der Takhisis, den Kontinent Ansalon zu erobern, und danach folgte der Chaoskrieg. Während dieser Zeit übernahm General Konnal die Herrschaft über Silvanesti, denn er behauptete, nur das Militär könne uns vor den bösen Kräften retten, die in der Welt am Werk seien.

Den Chaoskrieg haben wir gewonnen, doch der Preis war immens. Wir haben die Götter verloren, die angeblich ein letztes

Opfer gebracht haben – sie zogen sich aus der Welt zurück, damit Krynn mit seinen Bewohnern weiterexistieren konnte. Mit ihnen verschwanden die Magie und die heilenden Kräfte von Solinari. Lange trauerten wir um die Götter, um Paladin und Mishakal, doch wir mussten weiterleben.

Wir arbeiteten weiterhin am Wiederaufbau von Silvanesti. Man entdeckte neue Zauberkraft, die Magie des Landes, der lebenden Wesen. Obwohl der Krieg vorbei war, gab General Konnal nichts von seiner Macht ab. Er behauptete, nun käme die Bedrohung von Alhana und Porthios, den Dunkelelfen, die sich an ihrem Volk rächen wollten.«

»Und das habt ihr geglaubt?«, wollte Silvan empört wissen.

»Natürlich nicht. Wir kannten Porthios. Wir wussten, welche Opfer er für dieses Land gebracht hat. Wir kannten Alhana und wussten, wie sehr sie ihr Volk liebt. Wir haben ihm nicht geglaubt.«

»Demnach habt ihr meine Eltern unterstützt?«, hakte Silvan nach.

»Das haben wir«, bestätigte Rolan.

»Aber warum habt ihr ihnen dann nicht geholfen?«, schimpfte Silvan in schärferem Ton. »Ihr wart bewaffnet und zudem geübte Krieger. Du sagst, ihr hattet engen Kontakt miteinander. Meine Eltern haben an der Grenze gewartet, denn sie vertrauten darauf, dass die Silvanesti sich erheben und gegen das Unrecht protestieren würden, das man ihnen angetan hat. Doch das taten sie nicht. Ihr habt nichts getan. Meine Eltern haben vergeblich gewartet.«

»Ich könnte Euch viele Entschuldigungen nennen, Majestät«, antwortete Rolan leise. »Wir waren des Kämpfens überdrüssig. Wir wollten keinen Bürgerkrieg heraufbeschwören. Wir dachten, die Sache ließe sich mit der Zeit bestimmt auf friedlichem Wege lösen. Mit anderen Worten«, er lächelte trübsinnig, »wir haben die Decke über den Kopf gezogen und sind wieder schlafen gegangen.«

»Falls es Euch tröstet, Majestät, wir haben für unsere Sünden bezahlt«, warf Drinel ein. »Teuer bezahlt. Als der magische Schild errichtet wurde, merkten wir es, aber da war es zu spät. Wir konnten nicht mehr hinaus. Eure Eltern konnten nicht mehr herein.«

Allmählich begann Silvan zu begreifen. Es war wie ein blendend heller, erschreckender Blitz, der direkt vor ihm eingeschlagen war. Zuvor war alles unbegreiflich dunkel gewesen, doch dann war es im Nu taghell, jede Einzelheit im grellweißen Licht klar zu erkennen.

Seine Mutter gab vor, den Schild zu hassen. In Wahrheit diente ihr der Schild als Ausrede. Angeblich hielt er sie davon ab, in Silvanesti einzumarschieren. Doch das hätte sie in den Jahren vor dem Schild jederzeit tun können. Sie und sein Vater hätten mit einer Armee in Silvanesti einziehen können und wären vom Volk unterstützt worden. Warum hatten sie es nicht getan?

Man hätte Elfenblut vergossen. Das war damals ihre Ausrede gewesen. Sie wollten nicht, dass ein Elf den anderen erschlug. In Wahrheit hatte Alhana darauf gewartet, dass ihr Volk zu ihr kam und ihr die Krone von Silvanesti vor die Füße legte. Das war nicht geschehen. Wie Rolan gesagt hatte, sie hatten bloß wieder einschlafen wollen. Sie wollten Loracs Alptraum durch angenehmere Träume verdrängen. Alhana war die Katze gewesen, die unter ihrem Fenster gejault und ihre Ruhe gestört hatte.

Das hatte seine Mutter sich nicht eingestehen wollen. Deshalb war der Schild, gegen den sie so gewettert hatte, eigentlich eine Erleichterung für sie gewesen. Natürlich hatte sie getan, was in ihrer Macht stand, um ihn zu zerstören. Sie hatte sich mit allen Mitteln bewiesen, dass sie diese Schranke unbedingt durchdringen wollte. Sie hatte Armeen gegen den Schild geführt, hatte sich selbst dagegen geworfen. Doch die ganze Zeit über hatte sie insgeheim gar nicht eintreten wollen. Vielleicht war das der Grund, weshalb der Schild sie erfolgreich fern gehalten hatte.

Aus genau demselben Grund waren Drinel, Rolan und die übrigen Elfen drinnen. Der Schild war an Ort und Stelle, er existierte, weil die Elfen es so wollten. Die Silvanesti hatten sich immer danach gesehnt, vor der Welt sicher zu sein. Sie hatten die verderblichen Einflüsse der ungehobelten, disziplinlosen Menschen gefürchtet. Sie wollten Schutz vor den Gefahren der Welt, vor Ogern und Goblins, Minotauren und Drachen. Sie wünschten Sicherheit inmitten von Bequemlichkeit, Luxus und Schönheit. Deshalb hatte seine Mutter einen Weg hinter den Schild gesucht – damit auch sie endlich warm und sicher schlafen konnte, nicht in Grabhügeln.

Er sagte nichts, doch jetzt wusste er, was er zu tun hatte.

»Ihr schwört mir die Treue. Woher weiß ich, dass ihr mich nicht im Stich lasst, sobald es schwierig wird, so wie ihr meine Eltern im Stich gelassen habt?«

Rolan wurde blass. Drinels Augen flammten wütend auf. Er wollte aufbrausen, doch sein Freund legte ihm beruhigend eine Hand auf den Arm.

»Silvanosheis Vorwurf ist berechtigt, mein Freund. Seine Majestät hat das Recht, uns diese Frage zu stellen.« Rolan wandte sich Silvan zu. »Mit Hand und Herz gelobe ich Eurer Majestät meine Treue und die meiner Familie. Möge meine Seele auf dieser Welt festhängen, wenn ich versage.«

Silvan nickte ernst. Das war ein beeindruckender Eid. Sein Blick wanderte zu Drinel und den anderen beiden Kirath. Drinel zögerte.

»Ihr seid sehr jung«, stellte er unfreundlich fest. »Wie alt seid Ihr? Dreißig Jahre? In unserem Volk geltet Ihr damit noch als Jüngling.«

»Nicht bei den Qualinesti«, hielt Silvanoshei dagegen. »Und ich gebe eines zu bedenken«, fügte er hinzu, weil er wusste, dass die Silvanesti sich von Vergleichen mit ihren weltlicheren (und deshalb verführbareren) Vettern nicht beeindrucken ließen. »Ich bin nicht behütet in einem gepflegten Silvanesti-Haushalt aufgewachsen. Ich wurde in Höhlen, Schuppen und Hütten aufgezogen – wo auch immer meine Eltern Schutz finden konnten. Die Nächte, die ich in einem Zimmer in einem Bett gelegen habe, kann ich an zwei Händen abzählen. Zweimal wurde ich in der Schlacht verwundet, diese Narben trage ich an meinem Körper.«

Silvan erwähnte nicht, dass er diese Wunden nicht im aktiven Kampf erhalten hatte. Er erwähnte nicht, dass er verletzt worden war, während seine Leibwächter ihn eilig in Sicherheit schleppten. Er hätte gekämpft, dachte er bei sich, wenn jemand ihm die Chance dazu gegeben hätte. Er war jetzt bereit, den Kampf aufzunehmen.

»Ich gebe euch dasselbe Versprechen, das ich von euch verlangt habe«, erklärte Silvan stolz. »Mit Herz und Hand verspreche ich, alles zu tun, was in meiner Macht steht, um den Thron wieder einzunehmen, der mir rechtmäßig zusteht. Ich gelobe, unserem Volk Reichtum, Frieden und Wohlstand zurückzubringen. Möge meine Seele auf dieser Welt festhängen, wenn ich versage.«

Drinels Augen wandten sich nach innen, suchten nach dieser Seele. Das, was er sah, schien den Elfen zufrieden zu stellen. »Ich schwöre Euch die Treue, Silvanoshei, Sohn von Porthios und Alhana. Indem wir dem Sohn helfen, können wir vielleicht wieder gutmachen, was wir den Eltern angetan haben.«

»Und jetzt«, lenkte Rolan ab, »müssen wir Pläne schmieden. Wir müssen ein geeignetes Versteck für Seine Majestät suchen –«

»Nein«, widersprach Silvan fest. »Die Zeit des Versteckens ist vorbei. Ich bin der rechtmäßige Thronerbe. Ich habe einen Rechtsanspruch. Ich habe nichts zu befürchten. Wenn ich wie ein Verbrecher herumschleiche, wird man mich als Verbrecher ansehen. Wenn ich als König in Silvanost einziehe, wird man mich als König ehren.«

»Aber die Gefahr –«, fing Rolan an.

»Seine Majestät hat Recht, mein Freund«, lenkte Drinel ein. Inzwischen betrachtete er Silvan mit merklichem Respekt. »Wenn er viel Aufsehen verursacht, wird er weniger in Gefahr sein, als wenn er sich irgendwo versteckt. Um die zu beschwichtigen, die seine Herrschaft in Frage stellen, hat Konnal viele Male verkündet, er würde den Sohn von Alhana gern auf seinem rechtmäßigen Thron sehen. Dieses Versprechen war leicht zu geben, denn schließlich wusste er – oder glaubte zu wissen –, dass der Sohn angesichts des Schildes kaum eintreffen würde.

Wenn Eure Majestät im Triumph in die Stadt einzieht und die Leute von allen Seiten jubeln, wird Konnal gezwungen sein, seine Versprechungen vor aller Öffentlichkeit einzulösen. Es dürfte ihm schwer fallen, den rechtmäßigen Erben einfach verschwinden zu lassen, wie manch anderen in der Vergangenheit. Das würde das Volk nicht hinnehmen.«

»Was du sagst, klingt gut. Aber wir dürfen Konnal keinen Moment unterschätzen«, warnte Rolan. »Manche halten ihn für verrückt, aber wenn es das ist, ist er ein verschlagener, berechnender Irrer. Er ist gefährlich.«

»Das bin ich auch«, erklärte Silvan. »Wie er bald feststellen wird.«

In knappen Worten beschrieb er seinen Plan. Die anderen hörten zu, äußerten ihre Zustimmung, schlugen Änderungen vor, die er akzeptierte, weil sie ihr Volk am besten kannten. Gemessen hörte er mit an, wie sie die möglichen Gefahren durchsprachen, doch in Wahrheit schenkte er diesem Punkt wenig Beachtung.

Silvanoshei war jung, und die Jungen glauben, dass sie ewig leben.

9 Herumstreunen

In derselben Nacht, als Silvanoshei die Herrschaft über die Silvanesti annahm, schlief Tolpan Barfuß tief und fest – zu seiner großen Enttäuschung.

Man hatte den Kender in einem Raum der solamnischen Garnison von Solace in Sicherheitsverwahrung genommen. Tolpan hatte freiwillig angeboten, in das wunderbare, kendersichere Gefängnis von Solace zurückzukehren, doch diese Bitte wurde ihm nachdrücklich abgeschlagen. Der Raum in der Garnison war sauber, ordentlich, fensterlos und nur mit einem einfachen Bett mit Eisenpfosten und einer knochenharten Matratze möbliert. Die Tür hatte überhaupt kein Schloss, so dass Tolpan jede nette Abendbeschäftigung verwehrt blieb. Stattdessen wurde sie durch einen von außen vorgelegten Holzbalken gehalten.

»Alles in allem«, sagte sich Tolpan, der untröstlich auf seinem Bett saß, mit den Füßen gegen die Eisenpfosten trat und sich wehmütig umschaute, »ist dieses Zimmer wirklich der langweiligste Ort meines Lebens, ausgenommen vielleicht der Abgrund.«

Sogar die Kerze hatte Gerard mitgenommen, womit Tolpan allein im Finstern saß. Also konnte er nur noch schlafen gehen.

Tolpan fand schon lange, dass die Abschaffung des Schlafs doch wirklich eine sehr praktische Sache wäre. Einmal hatte er Raistlin gegenüber so etwas erwähnt – ein so hochkarätiger Zauberer konnte doch bestimmt einen Weg finden, den Schlaf zu umgehen, der so viel Zeit vergeudete, ohne dass viel dabei herauskam. Raistlin hatte erwidert, der Kender solle dankbar sein, dass jemand den Schlaf erfunden hatte, denn das bedeute, dass Tolpan acht Stunden am Tag mäuschenstill bliebe, was der einzige Grund sei, weshalb Raistlin ihn noch nicht erwürgt hätte.

Schlaf hatte einen Vorteil, nämlich die Träume, doch dieser Vorteil wurde fast vollständig zunichte gemacht, wenn man aus einem Traum erwachte und augenblicklich zu der niederschmetternden Erkenntnis gelangte, dass man geträumt hatte – der Drache, der einem gerade den Kopf abbeißen wollte, war kein echter Drache, der Oger, der einen mit der Keule zermalmen wollte, kein echter Oger. Hinzu kam, dass der Kender immer gerade an der aufregendsten Stelle des Traums aufwachte – wenn der Drache gerade Tolpans Kopf im Maul oder der Oger ihn am Kragen gepackt hatte. Was Tolpan anging, war Schlaf einfach Zeitverschwendung. Jede Nacht war er fest entschlossen, dagegen anzukämpfen, doch jeden Morgen wachte er auf und stellte fest, dass der Schlaf ihn heimtückisch von hinten übermannt hatte.

An diesem Abend bot Tolpan dem Schlaf wenig Widerstand. Von den Anstrengungen der Reise und der Aufregung und Trauer bei Caramons Beerdigung war er so erschöpft, dass er sich kampflos ergab. Als er aufwachte, merkte er, dass nicht nur der Schlaf, sondern auch Gerard bei ihm Einzug gehalten hatte. Der Ritter stand über ihm und blitzte ihn mit seiner üblichen strengen Miene an, die im Laternenlicht noch viel grimmiger wirkte als sonst.

»Aufstehen«, forderte ihn der Ritter auf. »Zieh das an.«

Gerard reichte Tolpan einige Kleider, die sauber, gut verarbeitet, schlicht, braun und – der Kender erschauerte – praktisch waren.

»Danke sehr«, gähnte Tolpan, während er sich die Augen rieb. »Ich weiß, du meinst es gut, aber ich habe meine eigenen Sachen –«

»Ich ziehe mit niemandem los, der aussieht, als hätte er gerade mit einem Maibaum gekämpft und verloren«, fuhr Gerard ihn an. »Dich könnte ein blinder Gossenzwerg aus sechs Meilen Entfernung sehen. Zieh das an und beeil dich.«

»Ein Kampf mit dem Maibaum«, kicherte Tolpan. »So was hab ich wirklich mal gesehen. Das war bei dieser Maifeier in Solace. Caramon hat eine Perücke aufgesetzt und ein paar Unterröcke angezogen. Dann zog er ab, um mit den jungen Mädchen zu tanzen, bloß ist ihm die Perücke über die Augen gerutscht –«

Gerard hielt mahnend einen Finger hoch. »Regel Nummer eins. Es wird nicht gesprochen.«

Tolpan machte den Mund auf, um zu erklären, dass er doch eigentlich gar nicht sprach, jedenfalls nicht wirklich, sondern eher wie beim Erzählen einer Geschichte, was doch etwas ganz anderes war. Bevor Tolpan ein Wort herausbrachte, zeigte Gerard ihm den Knebel.

Tolpan seufzte. Er war gerne unterwegs und freute sich auf dieses Abenteuer, war aber wirklich der Ansicht, dass er einen umgänglicheren Reisegefährten verdient hatte. Betrübt entledigte er sich seiner farbenfrohen Kleider, legte sie liebevoll auf das Bett und zog die braunen Kniehosen, die braunen Wollsocken, das braune Hemd und die braune Weste an, die Gerard ihm mitgebracht hatte. Als Tolpan an sich hinunterblickte, stellte er bedrückt fest, dass er wie ein Baumstumpf aussah. Er wollte die Hände in die Taschen stecken, wobei er entdeckte, dass keine Taschen da waren.

»Auch keine Beutel«, betonte Gerard, der gerade Tolpans Taschen und Beutel aufhob, um sie dem Stoß abgelegter Kleider hinzuzufügen.

»Na, hör mal«, setzte Tolpan entschieden an.

Einer der Beutel ging auf. Das Licht der Laterne brachte die Edelsteine auf der Zeitreisemaschine zum Blinken.

»Hupsala«, äußerte Tolpan so unschuldig wie nur möglich, denn diesmal hatte er tatsächlich nichts angestellt.

»Wie hast du mir das entwendet?«, wollte Gerard wissen. Tolpan deutete achselzuckend auf seine zusammengepressten Lippen und schüttelte den Kopf.

»Wenn ich eine Frage stelle, darfst du antworten«, fluchte Gerard stirnrunzelnd. »Wann hast du mir das gestohlen?«

»Ich habe es nicht gestohlen«, erwiderte Tolpan würdevoll. »Stehlen ist sehr, sehr schlecht. Ich habe es dir doch erklärt. Das Gerät kommt immer wieder zu mir zurück. Nicht meine Schuld. *Ich* wollte es bestimmt nicht. Gestern Abend habe ich sogar ein strenges Wörtchen mit ihm geredet, aber es scheint nicht zuzuhören.«

Gerard machte ein finsteres Gesicht, murmelte etwas in sich hinein – nämlich etwas, wie dass es überhaupt keinen Sinn hatte, sich aufzuregen – und schob das magische Gerät in einen Lederbeutel an seinem Gürtel. »Und da bleibt es!«, bekräftigte er.

»Ja, mach du lieber, was der Ritter sagt!«, fügte Tolpan laut hinzu und drohte dem Ding mit dem Finger. Zum Lohn für seine Hilfe bekam er jetzt doch den Knebel angelegt.

Nachdem der Knebel saß, schob Gerard Tolpan ein Paar Handschellen um die Handgelenke. Aus gewöhnlichen Handschellen wäre der Kender gleich wieder herausgeschlüpft, aber diese hier waren offenbar speziell für die schmalen Gelenke von Kendern gedacht. Tolpan mühte sich redlich ab, konnte sich aber nicht befreien. Gerard legte ihm schwer die Hand auf die Schulter und führte ihn hinaus, den Gang hinunter.

Die Sonne war noch nicht aufgegangen. In der Garnison war es still und dunkel. Gerard ließ Tolpan Zeit, Gesicht und Hände zu säubern – dabei musste er um den Knebel herum waschen – sowie alles Sonstige zu erledigen, behielt ihn aber pausenlos im Auge und gestattete dem Kender nicht den kleinsten Augenblick allein. Danach eskortierte er ihn aus dem Gebäude.

Gerard trug einen langen, weiten Umhang über seiner Rüstung. Tolpan konnte die Rüstung unter dem Umhang nicht erkennen, deshalb wusste er nur von ihr, weil er es knarren und klirren hörte. Der Ritter trug weder Helm noch Schwert. Er führte den Kender zurück zum Quartier der Ritter, wo er einen großen Knappsack und etwas, das wie ein in eine Decke gewickeltes Schwert aussah, abholte.

Danach schob Gerard den gefesselten und geknebelten Tolpan zum Eingang der Garnison. Die Sonne bemalte den Rand des Horizonts mit einem schmalen Silberstreifen, der aber gleich von einer Wolkenbank verschluckt wurde. Es sah aus, als wollte die Sonne aufgehen, hätte es sich aber plötzlich anders überlegt und sich noch einmal hingelegt.

Dem Hauptmann der Wache händigte Gerard ein Begleitschreiben aus. »Wie Ihr seht, Sir, hat Fürst Warren mir gestattet, den Gefangenen fortzubringen.«

Der Hauptmann las das Schreiben, dann musterte er den Kender. Tolpan bemerkte, dass Gerard sich sorgfältig aus dem Licht der flackernden Fackeln heraushielt, die auf den Holzpfosten zu beiden Seiten des Tors befestigt waren. Augenblicklich kam Tolpan der Gedanke, dass Gerard wohl versuchte, etwas zu verstecken. Nun war die Neugier des Kenders geweckt – ein Vorgang, der für Kender und alle in ihrer Begleitung oftmals ein tödliches Ende nahm. Konzentriert starrte Tolpan den Ritter an. Er wollte unbedingt wissen, was sich Interessantes unter dem Mantel befand.

Er hatte Glück. Der Morgenwind erhob sich und brachte den Mantel leicht zum Flattern. Gerard hielt ihn sofort fest und zog ihn vor dem Körper zusammen, aber dennoch hatte Tolpan die Rüstung schwarz aufleuchten sehen.

Unter normalen Umständen hätte Tolpan jetzt laut und aufgeregt erfahren wollen, warum ein Ritter von Solamnia eine schwarze Rüstung trug. Wahrscheinlich hätte der Kender auch an dem Mantel gezupft, um besser sehen zu können, oder den

Hauptmann der Wache auf diesen seltsamen, interessanten Umstand aufmerksam gemacht. Der Knebel hielt Tolpan jedoch von all diesen Bemerkungen ab. Ein gedämpftes, unverständliches Quieken war alles, was der Kender herausbrachte.

Bei genauerem Nachdenken – und nur aufgrund des Knebels kam Tolpan überhaupt zum Nachdenken – stellte der Kender freilich fest, dass Gerard vielleicht gar nicht wollte, dass jemand etwas von seiner schwarzen Rüstung bemerkte. Darum der Mantel.

Entzückt von dieser neuen Wendung des Abenteuers blieb Tolpan still, gab Gerard aber durch mehrfaches, wissendes Augenzwinkern zu verstehen, dass er, der Kender, sein Geheimnis teilte.

»Wo bringt Ihr die kleine Ratte hin?«, wollte der Hauptmann wissen, als er Gerard den Brief zurückgab. »Und was ist mit seinem Auge? Es ist doch nicht entzündet?«

»Meines Wissens nicht, Sir. Verzeihung, Herr Hauptmann, aber ich darf Euch nicht verraten, wohin ich diesen Kender bringen soll. Das ist geheim«, erwiderte Gerard respektvoll. Mit gesenkter Stimme fügte er hinzu: »Es ist der, der unbefugt in das Grabmal eingedrungen ist.«

Der Hauptmann nickte verständnisvoll. Befremdet warf er einen Blick auf die Bündel, die der Ritter bei sich trug. »Was ist das?«

»Beweismaterial, Sir«, entgegnete Gerard.

Der Hauptmann machte ein sehr strenges Gesicht. »Hat viel angerichtet, was? Da werden sie wohl ein Exempel statuieren.«

»Das wäre durchaus denkbar, Sir«, meinte Gerard glatt.

Der Hauptmann winkte Gerard und Tolpan durch, ohne weiter auf sie zu achten. Gerard zerrte den Kender eilig von der Garnison weg auf die Hauptstraße. Obwohl der Morgen noch nicht richtig angebrochen war, waren schon viele Leute unterwegs. Bauern brachten ihre Ernte zum Markt. Wagen rollten zu den Lagern der Holzfäller in den Bergen. Angler zogen zum Kristallmirsee. Manch einer warf einen neugierigen Blick auf den Ritter im Mantel – es war bereits ziemlich warm. Doch da jeder mit sich selbst beschäftigt war, zog man kommentarlos vorbei. Wenn der Ritter schwitzen wollte, war das seine Sache. Tolpan schenkte niemand einen zweiten Blick. Der Anblick eines gefesselten und geknebelten Kenders war nichts Ungewöhnliches.

Gerard und Tolpan zogen von Solace aus nach Süden. Sie wählten einen Weg, der sich an den Wächterbergen entlangschlängelte und schließlich zum Südpass führen sollte. Die Sonne hatte endlich beschlossen, sich aus ihrem Bett zu erheben. Tiefrosa Licht überzog den Himmel mit einem prächtigen Farbenspiel. Die Blätter der Bäume wurden vergoldet, im Gras glitzerte der Tau wie Diamanten. Ein schöner Tag für ein Abenteuer, und Tolpan hätte sich prächtig amüsiert, wenn der Ritter ihn nicht mit aller Hast vorwärtsgetrieben hätte, so dass er unterwegs rein gar nichts genauer erforschen konnte.

Obwohl Gerard den Knappsack schleppte, der ziemlich schwer wirkte, und dazu noch das Schwert in der Decke, schlug er ein schnelles Tempo an. Mit einer Hand hielt er diese beiden Teile, mit der anderen schubste er Tolpan an, sobald der langsamer wurde, oder hielt ihn am Kragen fest, falls er seitlich abbog, oder riss ihn zurück, wenn er plötzlich quer über die Straße flitzen wollte.

Wenn man ihn so ansah, hätte man es nicht geglaubt, doch der Ritter war trotz durchschnittlicher Größe und Statur ausgesprochen stark.

Gerard war ein ernster, schweigsamer Gefährte. Er reagierte nicht auf das freundliche »Guten Morgen« derer, die nach Solace zogen. Einem fahrenden Kesselflicker, der in ihre Richtung fuhr und ihnen einen Platz in seinem Wagen anbot, erteilte er eine schroffe Abfuhr.

Immerhin nahm er dem Kender irgendwann den Knebel ab, wofür Tolpan dankbar war. Er war nicht mehr der Jüngste, was er freimütig zugab, und hatte gemerkt, dass er bei dem schnellen Tempo, das der Ritter anschlug, und dem ständigen Zerren und Rucken mehr Luft benötigte, als er durch die Nase einatmen konnte.

Augenblicklich begann Tolpan mit den vielen Fragen, die sich in ihm aufgestaut hatten, von: »Warum hast du eine schwarze Rüstung? Ich habe noch nie eine schwarze Rüstung gesehen. Oder, doch, schon, aber nicht an einem Ritter von Solamnia«, bis zu: »Laufen wir ganz bis Qualinesti, und würde es dir etwas ausmachen, mich nicht ganz so energisch am Kragen festzuhalten, das scheuert nämlich am Hals.«

Bald fand Tolpan heraus, dass er so viele Fragen stellen konnte, wie er wollte, so lange er keine Antworten erwartete. Sir Gerards einzige Antwort bestand in: »Weiter.«

Nun ja, der Ritter war noch ziemlich jung. Tolpan sah sich gezwungen, ihn auf seinen Fehler aufmerksam zu machen.

»Das Beste an einer Reise«, erklärte der Kender, »sind die Sehenswürdigkeiten unterwegs. Man sollte sich Zeit lassen, um den Ausblick zu genießen, all die interessanten Dinge zu untersuchen, die man unterwegs so findet, und mit allen Leuten zu sprechen. Wenn du mal darüber nachdenkst, nimmt das Ziel der Reise – der Kampf mit dem Drachen oder die Rettung des Mammuts – nur wenig Zeit in Anspruch. Dieses Ziel ist zwar immer sehr aufregend, aber vorher und danach kommt doch immer noch viel mehr Zeit, nämlich für den Hinweg und den Rückweg, und die kann sehr langweilig werden, wenn man nichts dagegen tut.«

»Aufregung interessiert mich nicht«, antwortete Gerard. »Ich will diese Sache einfach hinter mich bringen und dich loswerden.

Je eher ich das schaffe, desto schneller kann ich etwas tun, um mein Ziel zu erreichen.«

»Und das wäre?«, erkundigte sich Tolpan, der glücklich war, dass der Ritter endlich mit ihm sprach.

»Mich der Verteidigung von Sanction anzuschließen«, antwortete Gerard. »Und sobald die Belagerung von Sanction gebrochen ist, müssen wir Palanthas aus dem Würgegriff der Ritter von Neraka befreien.«

»Wer ist das?«, fragte Tolpan neugierig.

»Früher nannten sie sich Ritter der Takhisis, aber nachdem ihnen klar wurde, dass Takhisis nicht mehr zurückkommt, haben sie ihren Namen geändert.«

»Was soll das heißen, sie kommt nicht zurück? Wo ist sie denn hingegangen?«, wollte Tolpan wissen.

Gerard zuckte mit den Schultern. »Sie verschwand mit den anderen Göttern, wenn man glauben will, was die Leute sagen. Ich persönlich denke, es ist nur eine Ausrede, wenn jemand behauptet, die schlechten Zeiten seien die Folge des Abzugs der Götter.«

»Abzug der Götter?« Tolpan klappte der Kiefer herunter. »Wann?«

Gerard schnaubte. »Zu dummen Spielchen habe ich keine Lust, Kender.«

Tolpan dachte über all das nach, was Gerard ihm erzählt hatte.

»Hast du diese ganzen Rittersachen nicht verwechselt?«, meinte er schließlich. »Ist nicht Sanction eine Bastion der Schwarzen Ritter und Palanthas der Sitz der Solamnier?«

»Nein, ich habe es nicht verwechselt. Leider«, ergänzte Gerard.

Tolpan seufzte tief. »Ich bin völlig durcheinander.«

Gerard grunzte und stieß den Kender vorwärts, der etwas langsamer geworden war, weil seine Beine auch nicht mehr die

Jüngsten waren. »Mach schneller«, drängte er. »Es ist nicht mehr weit.«

»Nicht?«, fragte Tolpan matt. »Haben sie Qualinesti etwa auch verlegt?«

»Wenn du es unbedingt wissen willst, Kender, ich habe zwei Pferde an der Brücke von Solace bereitgestellt. Und ehe du noch mehr Fragen stellst: Der Grund, weshalb wir von der Garnison aus gelaufen und nicht geritten sind, ist, dass ich nicht mein normales Pferd reite. Dieses Tier hätte Kommentare hervorgerufen, und ich hätte mehr erklären müssen.«

»Ich kriege ein Pferd? Ein Pferd für mich ganz allein! Wie aufregend. Ich habe ewig nicht mehr auf einem Pferd gesessen.« Tolpan blieb stehen und schaute den Ritter an. »Tut mir furchtbar Leid, dass ich dich falsch eingeschätzt habe. Vermutlich verstehst du doch etwas von Abenteuern.«

»Weiter.« Gerard versetzte ihm einen Schubs.

Dem Kender kam ein Gedanke – ein wahrhaft erstaunlicher Gedanke, der ihm das bisschen Atem raubte, das er noch übrig hatte. Er blieb stehen, bis er wieder Luft bekam, benutzte diese aber dann für die Frage, die auf diesen Gedanken folgte.

»Du magst mich nicht, was, Sir Gerard?«, erkundigte sich Tolpan. Seine Frage kam weder wütend noch anklagend, nur überrascht.

»Nein«, bestätigte Gerard. »Allerdings nicht.« Der Ritter nahm einen Schluck aus seinem Wasserschlauch und reichte diesen an Tolpan weiter. »Wenn es dich tröstet, meine Abneigung ist nicht persönlich. Ich mag überhaupt keine Kender.«

Tolpan überlegte, während er das abgestandene, nach Schlauch schmeckende Wasser trank. Dann fuhr er fort: »Vielleicht habe ich ja Unrecht, aber mir wäre es lieber, wenn man mich nicht mag, weil ich ich bin, als wenn mich jemand ablehnt, weil ich ein Kender bin. Für mich bin ich selbst verantwortlich, weißt du, aber daran, dass ich ein Kender bin, kann ich nichts ändern, denn meine Mutter war Kender und mein Vater auch, also dürfte das einiges damit zu tun haben, dass ich eben auch einer bin. Vielleicht wäre ich lieber ein Ritter gewesen.«

Jetzt erwärmte sich Tolpan für sein Thema. »Doch, ganz bestimmt, aber die Götter haben wohl gefunden, dass meine kleine Mutter wohl kaum jemand so Großen wie dich gebären könnte, jedenfalls nicht ohne einige persönliche Unannehmlichkeiten, darum kam ich als Kender zur Welt. Obwohl, ich will ja niemand beleidigen, aber das mit dem Ritter nehme ich zurück. Eigentlich wollte ich lieber Drakonier werden – die sind so schrecklich fies und schuppig, und sie haben Flügel. Ich wollte schon immer Flügel haben. Aber das wäre für meine Mutter natürlich äußerst schwierig geworden.«

»Weiter«, war Gerards einzige Antwort.

»Ich könnte dir helfen, das Bündel zu tragen, wenn du die Handschellen abnimmst«, bot Tolpan an. Wenn er sich nützlich machte, würde der Ritter ihn vielleicht irgendwann mögen.

»Nein«, gab Gerard zurück, und dabei blieb es. Nicht einmal ein Dankeschön.

»*Warum* magst du keine Kender?«, drängte Tolpan. »Flint hat immer behauptet, er würde Kender nicht mögen, aber ich wusste, dass er es ganz tief drinnen nicht so meinte. Raistlin mochte Kender bestimmt nicht besonders. Einmal hat er versucht, mich umzubringen, das war wohl ein Hinweis auf seine wahren Gefühle. Aber ich habe es ihm verziehen, wobei ich ihm allerdings nie vergeben habe, dass er den armen Gnimsch umgebracht hat, aber das ist eine andere Geschichte. Ich erzähle sie dir später. Wo war ich? Ach ja. Ich wollte gerade sagen, dass Sturm Feuerklinge ein Ritter war, aber der mochte Kender, deshalb frage ich mich, was du gegen uns hast.«

»Ihr Kender seid ein leichtlebiges, gedankenloses Volk«, stellte Gerard mit harter Stimme fest. »Es sind finstere Zeiten. Das Leben ist eine ernste Angelegenheit und sollte mit Ernst behandelt werden. Spaß und Freude sind reiner Luxus.«

»Aber wenn es keinen Spaß und keine Freude mehr gibt, werden unsere Tage wirklich düster sein«, hielt Tolpan dagegen. »Was sonst käme dabei raus?«

»Hast du dich etwa gefreut, Kender, als du hörtest, dass der große Drache Malystryx in Kenderheim Hunderte deines Volkes abgeschlachtet hat?«, fragte Gerard ergrimmt. »Dass die Überlebenden aus ihren Häusern verjagt wurden und jetzt unter einer Art Fluch stehen? Man bezeichnet sie als verschreckt, weil sie jetzt wissen, was Angst ist. Sie tragen Schwerter statt Beutel. Hast du gelacht, als du davon hörtest, Kender? Hast du da ›Tralali, tralala‹ gesungen?«

Tolpan blieb wie angewurzelt stehen und drehte sich um. Fast wäre der Ritter über ihn gestolpert.

»Hunderte? Von einem Drachen getötet?« Tolpan war fassungslos. »Was soll das heißen, in Kenderheim kamen Hunderte von Kendern um? Davon habe ich nie etwas gehört! Das ist nicht wahr. Du lügst ... nein«, fügte er kläglich hinzu. »Das nehme ich zurück. Du kannst nicht lügen. Schließlich bist du ein Ritter. Auch wenn du mich nicht magst, verbietet dir deine Ehre, mich zu belügen.«

Gerard legte Tolpan wortlos die Hand auf die Schulter, drehte den Kender wieder um und schob ihn erneut vorwärts.

Tolpan bemerkte ein seltsames Gefühl in der Herzgegend, ein würgendes Gefühl, als hätte er eine der gefährlicheren Würgeschlangen verschluckt. Es war ein unangenehmes Gefühl, das ihm überhaupt nicht gefiel. In diesem Moment erkannte Tolpan, dass der Ritter tatsächlich die Wahrheit gesagt hatte. Zu Hunderten hatten die Kender einen schrecklichen, qualvollen Tod erlitten. Er wusste nicht, wie es dazu hatte kommen können, aber er wusste, dass es die Wahrheit war, so wahr wie das Gras am Straßenrand oder die Zweige über ihm oder die Sonne, die durch die grünen Blätter leuchtete.

Es war die Wahrheit dieser Welt, in der Caramons Beerdigung ganz anders gewesen war, als er sie in Erinnerung hatte. Doch in jener anderen Welt, der Welt von Caramons erster Beerdigung, war es anders gewesen.

»Ich fühle mich etwas komisch«, erklärte Tolpan mit zittriger Stimme. »Irgendwie schwindelig. Als ob ich mich gleich übergeben müsste. Wenn du nichts dagegen hast, bin ich lieber eine Weile still.«

»Wie beruhigend«, kommentierte der Ritter. Mit einem neuen Schubs fügte er hinzu: »Weiter.«

Schweigend setzten sie ihren Weg fort, bis sie gegen Mitte des Vormittags die Brücke von Solace erreichten. Diese Brücke überspannte den Solacer Bach, einen schnell fließenden Wasserlauf, der sich durch die Ausläufer der Wächterberge wand und dann stürmisch durch den Südpass toste, bis er den Weißen Fluss erreichte. Es war eine breite Brücke, die für Wagen und Reitergruppen wie für Fußgänger geeignet war.

In den alten Zeiten hatte jeder die Brücke umsonst benutzen dürfen, doch mit zunehmendem Verkehr stiegen auch die Kosten für die Instandhaltung der Verbindung. Die Stadtväter von Solace hatten irgendwann keine Lust mehr gehabt, Steuergelder für die Brücke auszugeben, deshalb hatten sie ein Zollhäuschen errichtet und einen Zöllner ernannt. Sie verlangten nur eine bescheidene Gebühr. Der Solacer Bach war flach. An manchen Stellen konnte man ihn durchwaten, und Reisende konnten unterwegs auch eine andere Furt wählen. Doch seine Ufer waren steil und rutschig. Mehr als ein Wagen voller wertvoller Waren war schon im Wasser gelandet. Die meisten Reisenden zahlten daher lieber den Brückenzoll.

Zu dieser Zeit waren der Ritter und der Kender die Einzigen, die sie benutzten. Der Zöllner frühstückte gerade in seinem Häuschen. Unter ein paar Baumwollbäumen am Ufer waren zwei Pferde festgemacht. Im Gras döste ein Junge, der roch und aussah wie ein Stallbursche. Eines der Pferde war glänzend schwarz, sein Fell leuchtete in der Sonne. Unruhig stampfte es auf den Boden und ruckte hin und wieder an den Zügeln, um zu prüfen, ob es sich befreien konnte. Das andere war eine kleine, grau getupfte Ponystute mit aufgeweckten Augen und zuckenden Ohren. Ihre Hufe waren fast vollständig von langen Haaren verdeckt.

Beim Anblick des Ponys, das den Kender freundlich, aber auch etwas frech anblinzelte, ließ der Griff der Würgeschlange um Tolpans Herz ein Gutteil nach.

»Ist das meins?«, drängte Tolpan unglaublich aufgeregt.

»Nein«, wehrte Gerard ab. »Die Pferde sind nur geliehen.«

Er verpasste dem Stallknecht einen Tritt, der gähnend aufwachte, sich kratzte und erklärte, dass sie ihm für Pferde, Sättel und Decken dreißig Stahlstücke schuldeten. Zehn würden sie wiederbekommen, sobald sie die Tiere unversehrt zurückbrachten. Gerard zog seine Börse heraus und zählte die Münzen ab. Der Stallknecht, der Tolpan so gut wie möglich aus dem Weg ging, zählte das Geld misstrauisch nach, steckte es in einen Sack und stopfte diesen unter sein strohübersätes Hemd.

»Wie heißt das Pony?«, fragte Tolpan entzückt.

»Grauchen«, erwiderte der Stallbursche.

Tolpan runzelte die Stirn. »Das zeugt ja nicht gerade von Fantasie. Ich finde, du hättest dir etwas Originelleres ausdenken können. Wie heißt der Schwarze?«

»Schwarzer«, entgegnete der Stallbursche, der sich nun mit einem Strohhalm die Zähne reinigte.

Tolpan seufzte abgrundtief.

Der Zöllner trat aus seinem Häuschen. Gerard händigte ihm

den Brückenzoll aus, worauf der Zöllner das Tor öffnete. Allerdings musterte er Ritter und Kender mit unverhohlener Neugier und befragte sie ausgiebig nach Ziel und Zweck ihrer Reise.

Gerard antwortete knapp mit »Mhm« oder »M-m«, je nach Erfordernis. Er setzte Tolpan auf das Pony, das gleich den Kopf herumschwenkte, um ihn zu mustern. Dabei zwinkerte es ihm zu, als teilten sie ein wunderbares Geheimnis. Das geheimnisvolle Bündel und das eingewickelte Schwert schnallte Gerard seinem eigenen Pferd auf den Rücken und befestigte beides gut. Er nahm die Zügel von Tolpans Pony, stieg selbst auf und ritt davon. Den Zöllner ließ er einfach auf der Brücke stehen, wo er weiter Selbstgespräche führte.

Der Ritter ritt voraus, ohne die Zügel des Ponys abzugeben. Tolpan folgte ihm. Mit den Händen, die noch immer in Handschellen steckten, hielt er sich am Sattelknauf fest. Der Schwarze schien das graue Pony nicht viel mehr zu lieben als Gerard den Kender. Vielleicht hasste Schwarzer den langsamen Trott, zu dem er wegen des Ponys gezwungen war, vielleicht war er aber auch ein ernstes, mürrisches Pferd, das an dem Übermut Anstoß nahm, welchen das Pony ausstrahlte. Sobald jedenfalls das schwarze Pferd das Pony dabei ertappte, dass es einfach aus Spaß ein wenig vom Weg abwich, oder wenn es argwöhnte, Grauchen könne in Versuchung kommen, stehen zu bleiben und am Straßenrand ein paar Butterblumen zu verzehren, wendete es den Kopf und bedachte Pony und Reiter mit einem kalten Blick.

Sie waren etwa fünf Meilen geritten, als Gerard Halt machte. Er stellte sich im Sattel auf und blickte sich nach allen Seiten um. Seit sie die Brücke hinter sich hatten, waren sie niemandem mehr begegnet. Jetzt war die Straße ganz leer. Gerard stieg ab, nahm den Mantel ab, rollte ihn zusammen und schob ihn in seine Decken. Darunter trug er den schwarzen Brustpanzer mit den Schädeln und der Todeslilie eines Schwarzen Ritters.

»Was für eine großartige Verkleidung!«, rief Tolpan entzückt aus. »Du hast Lord Warren gesagt, du würdest als Ritter gehen, und das war nicht gelogen. Du hast ihm bloß nicht erzählt, als was für ein Ritter du gehen wolltest. Darf ich mich auch als Schwarzer Ritter verkleiden? Ich meine, als Ritter von Neraka! Ach, nein, schon verstanden. Ich bin dein Gefangener!« Tolpan war rechtschaffen stolz auf sich, dass er das herausgefunden hatte. »Das wird noch lustiger – ähem, ich meine interessanter –, als ich erwartet hatte.«

Gerard lächelte nicht. »Das hier ist kein Spaziergang, Kender«, mahnte er mit strenger Stimme. »In deinen Händen liegen mein Leben und deins, dazu der Ausgang unseres Auftrags. Ich muss ein Narr sein, einem deiner Rasse in einer so wichtigen Sache zu vertrauen, aber ich habe keine andere Wahl. Bald betreten wir das Territorium, das von den Rittern von Neraka kontrolliert wird. Wenn du auch nur ein Sterbenswörtchen davon verrätst, dass ich Ritter von Solamnia bin, werde ich als Spion verhaftet und hingerichtet. Aber vorher werden sie mich foltern, um herauszufinden, was ich weiß. Zum Foltern benutzen sie die Streckbank. Hast du je einen Mann gesehen, der auf die Streckbank gespannt wurde, Kender?«

»Nein, aber einmal hat Caramon Freiübungen gemacht, und er sagte, das sei Folter …«

Gerard ignorierte die Bemerkung. »Man wird an Händen und Füßen an die Streckbank gefesselt und dann nach beiden Richtungen auseinander gezogen. Arme und Beine, Handgelenke und Ellenbogen, Knie und Knöchel werden ausgerenkt. Das tut entsetzlich weh, doch das Schöne an dieser Methode ist, dass das Opfer zwar furchtbar leidet, aber nicht stirbt. Sie können einen tagelang aufgespannt lassen. Die Knochen kehren nie wieder in die ursprüngliche Position zurück. Wenn sie einen von der Streckbank nehmen, ist man ein Krüppel. Man muss zum Galgen getragen und auf einen Stuhl gesetzt werden, damit sie einen hängen können. Das ist mein Schicksal, wenn du mich verrätst, Kender. Verstehst du?«

»Ja, Sir Gerard«, bestätigte Tolpan. »Und obwohl du mich nicht magst, was meine Gefühle wirklich verletzt, wie ich dir versichern kann, möchte ich dich nicht auf der Streckbank sehen. Vielleicht jemand anderen – immerhin habe ich noch nie gesehen, wie ein Arm aus dem Gelenk gezogen wurde –, aber nicht dich.«

Sein großmütiges Einlenken schien Gerard nicht zu beeindrucken. »Dann halte deine Zunge im Zaum – um deinetwillen wie um meinetwillen.«

»Versprochen«, sagte Tolpan, der eine Hand auf seinen Haarknoten legte und so kräftig daran ruckte, dass ihm die Tränen in die Augen schossen. »Ich *kann* ein Geheimnis für mich behalten, weißt du. Ich habe schon jede Menge Geheimnisse für mich behalten – auch wichtige Geheimnisse. Dieses wird dazugehören. Du kannst dich auf mich verlassen, oder mein Name ist nicht Tolpan Barfuß.«

Das schien Gerard noch weniger zu beeindrucken. Verdrießlich ging er zu seinem Pferd zurück, stieg auf und ritt weiter – ein Schwarzer Ritter mit einem Gefangenen am Zügel.

»Wie lange werden wir bis Qualinesti brauchen?«, erkundigte sich Tolpan.

»In diesem Tempo vier Tage«, erwiderte Gerard.

Vier Tage. Gerard schenkte dem Kender keine Beachtung mehr und beantwortete auch keine seiner Fragen. Er stellte sich taub, als Tolpan ihm seine allerbesten, wundersamsten Geschichten erzählte, und ließ sich auch nicht zu einer Reaktion herab, als Tolpan ihm mitteilte, er wüsste eine überaus aufregende Abkürzung durch den Düsterwald.

»Vier Tage! Ich will mich ja nicht beschweren«, meinte Tolpan zu sich und dem Pony, da der Ritter nicht zuhörte, »aber dieses Abenteuer ist doch ausgesprochen langweilig. Gar kein richtiges Abenteuer mehr, sondern eher ein Entlanggetrotte, falls das ein richtiges Wort ist. Jedenfalls kommt es der Sache schon näher.«

Er und Grauchen ließen den Kopf hängen. Die Aussicht auf vier Tage Dahintrotten, ohne mit jemandem plaudern zu können, vier Tage, in denen er nichts zu tun hatte und nichts als Bäume und Berge zu sehen waren – die bestimmt interessant gewesen wären, wenn Tolpan ein wenig Zeit gehabt hätte, sie zu erforschen, aber so konnte er bloß jede Menge Bäume und Berge aus der Entfernung betrachten –, das war erschütternd. Der Kender langweilte sich so sehr, dass er den magischen Apparat, der plötzlich wieder in seinen Händen auftauchte, am liebsten benutzt hätte. Selbst von einem Riesen zerquetscht zu werden, war besser als das hier.

Wenn er nicht auf dem Pony gesessen hätte, hätte er es getan.

Doch in diesem Augenblick sah sich das schwarze Pferd um und warf einen gehässigen Blick auf das Pony. Vielleicht teilte es das Gesehene irgendwie seinem Reiter mit, denn gleich darauf blickte auch Gerard nach hinten.

Mit verlegenem Grinsen hielt Tolpan das Zeitreisegerät hoch.

Gerards Gesicht war so kalt und hart wie die Züge des Schädels auf seinem schwarzen Brustpanzer. Er machte Halt, wartete, bis das Pony neben ihm stand, streckte die Hand aus und schnappte Tolpan das magische Gerät weg. Wortlos stopfte er es in eine Satteltasche.

Tolpan seufzte wieder. Die vier Tage würden ihm lang werden.

10 Der Nachtmeister

Der Orden der Ritter der Takhisis entstammte einem finsteren Traum und war auf einer fernen, abgelegenen Insel im Hohen Norden von Krynn gegründet worden, die den Namen Sturmfeste trug. Während des Chaoskriegs war das Hauptquartier auf der Insel jedoch stark beschädigt worden. Das aufgewühlte Meer hatte die Festung komplett unter Wasser gesetzt – manche behaupteten, das sei ein Zeichen der Trauer der Meeresgöttin Zeboim um ihren Sohn Lord Ariakan, den Gründer der Ritterschaft, gewesen. Obwohl das Wasser zurückging, kehrte niemals jemand dorthin zurück. Heutzutage galt die Festung als zu abgelegen, um den Rittern der Takhisis von Nutzen sein zu können. Diese Ritter waren angeschlagen aus dem Chaoskrieg hervorgegangen, ihrer Königin und ihrer Vision beraubt, doch sie waren eine Armee, mit der allein schon zahlenmäßig zu rechnen war.

So kam es, dass die Schädelritterin Mirielle Abrena im ersten Rat der Letzten Helden selbstbewusst genug war, für den Rest ihrer Ritterschaft einen Teil von Ansalon zu fordern – zum Lohn für ihre Heldentaten während des Chaoskriegs. Der Rat gestand den Rittern zu, das von ihnen eroberte Territorium zu behalten, vornehmlich Qualinesti (wie üblich scherten sich nur wenige Menschen um die Elfen) und Land im Nordosten von Ansalon, darunter Neraka mitsamt Umgebung. Die Schwarzen Ritter akzeptierten diese Regelung, obwohl Teile des Landes als verflucht galten, und machten sich daran, ihren Orden neu aufzubauen.

Viele aus diesem ersten Rat hofften insgeheim, die Ritter würden an der schwefelhaltigen Luft von Neraka ersticken, doch sie überlebten nicht nur, sondern wurden sogar mächtiger. Das lag teilweise an der Führung von Abrena, der damaligen Nachtmeisterin, die ihren militärischen Rang um den Titel des Generalgouverneurs von Neraka erweiterte. Abrena setzte neue Rekrutierungsmaßstäbe durch, die weniger wählerisch waren als früher, weniger restriktiv. Es fiel den Rittern nicht schwer, ihre Reihen aufzufüllen. In den dunklen Zeiten nach dem Chaoskrieg fühlten sich die Leute allein und verlassen. Auf Ansalon zählte nur noch das eigene Wohl.

Obwohl sie diese Haltung ausnutzten, bauten die Schwarzen Ritter ihre Herrschaft klug weiter aus. Zwar schränkten sie persönliche Freiheiten weitgehend ein, doch sie förderten Handel und Gewerbe. Als Khellendros, der große, blaue Drache, die Stadt Palanthas einnahm, überließ er die Verwaltung den Schwarzen Rittern. Zunächst befürchteten die Bewohner von Palanthas entsetzt, diese grausamen Herren würden ihre Stadt ausplündern, doch dann stellten sie erstaunt fest, dass ihnen die Herrschaft der Schwarzen Ritter gut bekam. Obwohl man in Palanthas Steuern an die Obrigkeit zahlte, konnten die Bürger von ihrem Gewinn genug behalten, um der Meinung zu sein, dass ihr Leben unter dem Diktat der Ritter durchaus erträglich war. Die Schwarzen Ritter sorgten für Recht und Ordnung, sie führten einen zähen Kampf gegen die Diebesgilde, und sie bemühten sich, die Stadt von den Gossenzwergen zu befreien, die in den Abwasserkanälen hausten.

Die Drachenlese, die der Ankunft der großen Drachen folgte, ärgerte die Ritter der Takhisis zunächst gewaltig, denn sie verloren bei diesen Kämpfen viele ihrer eigenen Drachen. Vergeblich fochten sie gegen das große, rote Drachenweibchen Malys und deren Sippe. Viele aus den Reihen der Ritter starben, ebenso viele der farbigen Drachen. Mirielles geschickter Führung war es schließlich zu verdanken, dass sich selbst diese Beinahekatastrophe in einen Sieg verwandelte. Heimlich verbündeten sich die Ritter mit den Drachen. Sie würden für sie arbeiten, Tribut eintreiben und in den Ländern, die von den Drachen regiert wurden, das Gesetz durchsetzen. Im Gegenzug gewährten die Drachen den Schwarzen Rittern freie Hand und hörten auf, deren überlebende Drachen zu verfolgen.

Die Bewohner von Palanthas, Neraka und Qualinesti ahnten nichts von dem Pakt der Ritter mit den Drachen. Sie sahen nur, dass die Schwarzen Ritter sie erneut vor einem schrecklichen Feind geschützt hatten. Die Ritter von Solamnia und die Mystiker in der Zitadelle des Lichts wussten von diesen Bündnissen, konnten jedoch nichts beweisen.

In den Reihen der Schwarzen Ritter gab es noch so manchen, der an den Überzeugungen des Gründers Ariakan festhielt und an Ehre und Selbstaufopferung glaubte, doch dabei handelte es sich vor allem um die Veteranen. Schon bald wurden sie als altmodisch belächelt. Inzwischen ersetzte eine neue Vision die alte. Diese neue Vision basierte auf der mystischen Kraft des Herzens, die Goldmond in der Zitadelle des Lichts weiterentwickelte. Einige Schädelritter hatten die Zitadelle in Verkleidung betreten und gelernt, wie sie diese Kräfte für ihre eigenen, ehrgeizigen Ziele nutzen konnten. Die Schwarzen Mystiker entwickelten heilende Kräfte, aber auch die erschreckende Fähigkeit, die Gedanken ihrer Anhänger zu manipulieren.

Nachdem die Schädelritter die Fähigkeit erworben hatten, nicht nur die Körper, sondern auch das Denken derer, die in die Ritterschaft eintraten, zu beherrschen, wurden sie innerhalb der Rangordnung zur vorherrschenden Kraft. Obwohl die Schwarzen Ritter lange laut verkündet hatten, Königin Takhisis werde zurückkehren, glaubten sie selbst nicht mehr daran. Sie glaubten nur noch an ihre eigene Kraft und Macht, und das zeigte sich in der neuen Vision. Die Schädelritter, die diese neue Vision ausgaben, beherrschten es meisterlich, einen Anwärter zu erforschen, seine geheimsten Ängste aufzuspüren und darauf anzuspielen, während sie ihm gleichzeitig die Erfüllung seiner sehnlichsten Wünsche versprachen – im Tausch gegen unbedingten Gehorsam.

Durch die neue Vision wurden die Schädelritter so einflussreich, dass Mirielle Abrenas engste Vertraute ihnen allmählich misstrauten. Sie warnten Abrena vor allem vor dem Anführer, dem Schiedsrichter mit dem Namen Morham Targonne.

Abrena schlug solche Warnungen in den Wind. »Targonne ist ein fähiger Verwalter«, sagte sie. »So viel gestehe ich ihm zu. Aber was ist schon ein fähiger Verwalter? Nichts als ein glorifizierter Buchhalter. Genau wie Targonne. Niemals würde der meine Position in Frage stellen. Dem Mann wird doch schlecht, wenn er Blut sieht! Nicht einmal an Schaukämpfen oder Turnieren nimmt er teil; immer steckt er in seiner muffigen, kleinen Schreibstube, wo er Soll und Haben gegeneinander aufrechnet. Der ist kein Kämpfer!«

Abrena hatte Recht. Targonne war kein Kämpfer. Nicht einmal im Traum hätte er daran gedacht, Abrena zum ehrenvollen Zweikampf um die Führung herauszufordern. Ihm wurde wirklich schlecht, wenn er Blut sah. Deshalb hatte er sie vergiftet.

Als Schädelmeister hatte Targonne sich bei Abrenas Bestattung zu ihrem rechtmäßigen Nachfolger erklärt. Niemand stellte sich ihm entgegen. Diejenigen, die in Frage kamen, die Freunde und Anhänger von Abrena, hielten den Mund, um nicht dasselbe »verdorbene« Fleisch vorgesetzt zu bekommen, das man ihrer Anführerin aufgetischt hatte. Irgendwann tötete Targonne sie dennoch, weshalb er mittlerweile fest im Sattel saß. Er und die Ritter mit mentalen Fähigkeiten nutzten ihre Macht, um aus den Reihen ihrer Gefolgsleute die Verräter und die Unzufriedenen auszusondern.

Targonne entstammte einer reichen Familie mit ausgedehnten

Ländereien in Neraka. Die Wurzeln der Familie lagen in Jelek, einer Stadt im Norden, die einst die Hauptstadt von Neraka gewesen war. Leitbild der Familie war das Wort »Ich« im Verbund mit dem Wort »Gewinn«. Mit dem Aufstieg von Königin Takhisis war die Familie reich und mächtig geworden, weil sie zuerst ihre eigenen Armeen mit Waffen und Rüstungen beliefert hatte und später, als es so aussah, als würde ihre Seite verlieren, die Feinde der Takhisis. Mit dem Gewinn aus den Waffenverkäufen erwarben die Targonnes Land, vor allem das knappe und wertvolle Ackerland von Neraka.

Jener Vorfahre der Targonnes hatte sogar das unglaubliche Glück gehabt (er nannte es Weitsicht), sein Geld wenige Tage vor der Explosion des Tempels aus der Stadt Neraka abzuziehen. Nach dem Krieg der Lanze, in der Zeit, als Neraka ein besiegtes Land war, in dem Banden plündernder Soldaten, Goblins und Drakonier umherzogen, besaß er das Einzige, was die Leute unbedingt brauchten: Korn und Stahl.

Abrena hatte den Ehrgeiz gehabt, den Schwarzen Rittern im Süden von Neraka eine Festung zu erbauen. Sie ließ Pläne zeichnen und schickte Bautrupps dorthin. Doch der Schrecken, der von dem verfluchten Tal ausging, in dem das unheimliche, schaurige Lied der Toten erklang, war so groß, dass alle Arbeiter sofort flohen. Die Hauptstadt wurde in den nördlichen Bereich des Tals verlegt, was manche immer noch für zu dicht am Süden hielten.

Einer von Targonnes ersten Befehlen war daher die erneute Verlegung der Hauptstadt. Der zweite war die Namensänderung der Ritterschaft. Das neue Hauptquartier der Ritter von Neraka sollte in Jelek liegen, wo er den Geschäften seiner Familie näher war – näher, als die meisten Ritter von Neraka je erfuhren.

Heute war Jelek eine überaus wohlhabende, geschäftige Stadt, in der sich die beiden Hauptstraßen, die durch Neraka führten, kreuzten. Durch großes Glück oder geschicktes Verhandeln war die Stadt den Heimsuchungen der großen Drachen entgangen. Aus ganz Neraka, selbst aus dem fernen Khur, kamen Kaufleute nach Jelek geeilt, um dort neue Geschäfte zu gründen oder bestehende auszuweiten. Solange sie darauf achteten, den Rittern von Neraka die fälligen Gebühren zu zahlen, sowie dem Nachtmeister und Generalgouverneur Targonne Respekt erwiesen, waren die Händler willkommen.

Der Respekt vor Targonne fühlte sich kalt und hart an und erzeugte ein feines Klirren, wenn er mit anderen Respektbezeugungen für den Nachtmeister in dessen großer Schatztruhe verschwand. Doch die Kaufleute beklagten sich lieber nicht. Wer sich beschwerte oder wer glaubte, dass respektvolle Worte genügten, stellte bald fest, dass sein Geschäft plötzliche, schwere Rückschläge erlitt. Wer an seinen fehlgeleiteten Überzeugungen festhielt, wurde für gewöhnlich tot auf der Straße aufgefunden. Die meisten waren dummerweise ausgerutscht und rücklings auf einen Dolch gefallen.

Die Festung der Ritter von Neraka, die sich hoch über der Stadt Jelek erhob, war Targonnes persönlicher Entwurf. Er ließ sie auf dem höchsten Vorsprung der Stadt erbauen, von dem aus man den Überblick und die Herrschaft über Stadt und Tal hatte.

Form und Anlage der Burg entsprachen rein praktischen Gesichtspunkten – unzählige Steinquader übereinander, dazu quadratische Türme. Die wenigen Fenster waren Schießscharten für Bogenschützen. Außen und innen waren die Festungsmauern schlicht und schmucklos, so dass Besucher das Bauwerk oft fälschlich für ein Gefängnis oder ein Kontor hielten. Der Anblick der schwarzen Rüstungen auf den Mauern belehrte sie bald eines Besseren, doch letztlich war der erste Eindruck gar nicht so falsch. Der unterirdische Bereich der Festung beherbergte ausgedehnte Kerkeranlagen, zwei Ebenen tiefer lag unter noch schärferer Bewachung die Schatzkammer der Ritter.

Nachtmeister Targonne wohnte und arbeitete in der Festung. Seine Räume waren zweckmäßig eingerichtet, und so wie man die Festung mit einem Kontor verwechselte, wurde auch ihr Kommandant häufig für einen Buchhalter gehalten. Besucher des Nachtmeisters wurden in ein enges, voll gestopftes Büro mit kahlen Wänden und nur wenigen Möbeln geführt, wo sie warten mussten, während ein kleiner, glatzköpfiger Brillenträger in unauffälligen, wenn auch gut gearbeiteten Kleidern Zahlenreihen in ein großes, ledergebundenes Buch eintrug.

In dem Glauben, einen einfachen Beamten vor sich zu haben, der ihn irgendwann zum Nachtmeister bringen sollte, lief der Besucher dann oftmals rastlos umher und ließ seine Gedanken schweifen. Solche Gedanken fing der Mann hinter dem Tisch auf wie ein Spinnennetz die Schmetterlinge, denn er nutzte seine mentalen Fähigkeiten, um in jeden Teil der Gedanken seines Besuchers einzudringen. Wenn genügend Zeit verstrichen war und die Spinne ihren Fang ausgesaugt hatte, hob der Mann seinen kahlen Kopf, blinzelte durch die Brille und teilte dem erschütterten Besucher mit, dass er vor Nachtmeister Targonne stand.

Der Besucher, der an diesem Tag vor dem Lord saß, wusste ganz genau, dass der milde blickende Mann ihm gegenüber sein Herr und Gouverneur war. Der Besucher war Stellvertreter von Lord Milles, und obwohl Sir Roderick dem Nachtmeister bisher noch nicht vorgestellt worden war, hatte er ihn an einigen offiziellen Anlässen der Ritterschaft teilnehmen sehen. Der Ritter stand stramm und hielt sich kerzengerade, bis Targonne von ihm Notiz nahm. Weil man ihn vor Targonnes mentalen Fähigkeiten gewarnt hatte, bemühte sich der Ritter, seine Gedanken ebenfalls geradlinig auszurichten, was jedoch wenig Erfolg zeigte. Noch vor Sir Rodericks erstem Satz wusste Lord Targonne eine ganze Menge von dem, was bei der Belagerung von Sanction geschehen war. Er stellte seine Fähigkeiten jedoch ungern zur Schau, deshalb bat er den Ritter mit freundlicher Stimme, sich zu setzen.

Sir Roderick, ein großer, kräftiger Mann, der Targonne ohne besondere Anstrengung am Kragen hätte hochheben können, nahm auf dem einzigen anderen Stuhl in dem Büro Platz. Angespannt wartete er.

Vielleicht war es so, dass Morham Targonne mittlerweile dem ähnelte, was er am meisten liebte – jedenfalls wirkten seine Augen wie zwei Stahlmünzen: flach, glänzend und kalt. Wer in diese Augen blickte, fand keine Seele, sondern Zahlen – Berechnungen im Hauptbuch von Targonnes Verstand. Alles, was der Nachtmeister ansah, reduzierte sich auf Soll und Haben, Gewinn und Verlust; alles wurde gewogen, auf den Heller genau ausgezählt und zur einen oder anderen Säule aufgetürmt.

Im glänzenden Stahl dieser Augen sah Sir Roderick sein eigenes Spiegelbild und merkte, wie er selbst in einen Stoß überflüssiger Ausgaben verwandelt wurde. Er fragte sich, ob es wohl stimmte, dass die Brille ein magischer Gegenstand war, den man aus den Ruinen von Neraka geborgen hatte. Angeblich verlieh sie ihrem Besitzer die Fähigkeit, die Gedanken eines anderen zu lesen. Roderick begann, unter seiner Rüstung zu schwitzen, obwohl es in der Festung mit ihren schweren Mauern aus Stein und Mörtel immer kühl war, selbst während der wärmsten Sommermonate.

»Mein Berater sagte, Ihr kämt aus Sanction, Sir Roderick«, begann Targonne mit der ruhigen, angenehmen Stimme eines Buchhalters. »Welche Fortschritte macht unsere Belagerung?«

An dieser Stelle muss eingeschoben werden, dass die Familie Targonne in Sanction über ausgedehnte Besitzungen verfügt hatte, die sie aufgeben mussten, als die Ritter von Neraka Sanction verloren. Die Einnahme von Sanction stand für Targonne daher auf der Aufgabenliste der Ritterschaft ganz oben.

Sir Roderick hatte seine Rede auf dem zweitägigen Ritt von Sanction nach Jelek eingeübt und war daher vorbereitet.

»Exzellenz, ich bin hier, um Euch mitzuteilen, dass die verfluchten Solamnier am Tag nach Mittjahr versucht haben, die Belagerung von Sanction zu durchbrechen und unsere Armeen zu verjagen. Die heimtückischen Ritter wollten meinen Kommandanten, Lord Milles, zum Angriff verleiten, indem sie ihn glauben machten, sie hätten die Stadt verlassen. Lord Milles hat ihren Plan durchschaut und sie seinerseits in die Falle gelockt. Durch einen Angriff auf Sanction köderte er sie aus ihrem Versteck. Dann gab er vor, sich zurückzuziehen. Die Ritter fielen darauf herein und verfolgten unsere Männer. Am Beckardsteig befahl Lord Milles unseren Soldaten, kehrtzumachen und sich zu stellen. Die Solamnier mussten eine vernichtende Niederlage hinnehmen, viele von ihnen wurden getötet oder verwundet. Sie waren gezwungen, sich nach Sanction zurückzuziehen. Exzellenz, Lord Milles meldet voll Stolz, dass das Tal, in dem unsere Armeen lagern, unangetastet ist.«

Sir Rodericks Worte erreichten Targonnes Ohren. Sir Rodericks Gedanken jedoch waren vor Targonnes innerem Auge zu sehen. Denn der Ritter erinnerte sich lebhaft daran, wie er vor den heranstürmenden Solamniern um sein Leben gerannt war, neben Lord Milles, der seine Befehle zwar von hinten gegeben hatte, aber von der Stampede des Rückzugs mitgerissen wurde. Und an einer anderen Stelle der Gedanken des Ritters fand Targonne ein sehr interessantes, aber auch irritierendes Bild. Es war das Bild eines jungen Mädchens in schwarzer Rüstung. Erschöpft und blutverschmiert nahm es die Beifallsstürme und Ehrbezeugungen von Lord Milles' Soldaten entgegen. Targonne hörte den Widerhall ihres Namens in Rodericks Gedanken: »Mina! Mina!«

Mit der Spitze seiner Schreibfeder kratzte der Nachtmeister sich den dünnen Schnurrbart, der seine Oberlippe bedeckte.

»Wohlan. Das klingt nach einem großen Sieg. Lord Milles ist zu beglückwünschen.«

»Ja, Exzellenz.« Sir Roderick lächelte beglückt. »Danke, Exzellenz.«

»Es wäre allerdings ein größerer Sieg, wenn Lord Milles die Stadt Sanction tatsächlich eingenommen hätte, wie ihm befohlen war, aber ich vermute, dieser Nebensache wird er sich widmen, wenn er es für passend hält.«

Jetzt lächelte der Besucher nicht mehr. Er wollte etwas sagen, hustete und musste sich erst einmal räuspern. »Um genau zu sein, Exzellenz, wir wären höchstwahrscheinlich in der Lage gewesen, Sanction zu erstürmen, wenn nicht einer unserer Nachwuchsoffiziere, eine junge Frau, gemeutert hätte. Trotz entgegengesetzt lautender Befehle von Lord Milles zog dieser Offizier eine volle Kompanie Bogenschützen aus der Schlacht ab, so dass uns das deckende Feuer fehlte, das wir gebraucht hätten, um die Mauern von Sanction anzugreifen. Nicht nur das, nein, in ihrer Panik befahl dieser Offizier den Bogenschützen sogar zu feuern, obwohl unsere eigenen Soldaten noch in Reichweite waren. Unsere Verluste sind ausschließlich auf die Unfähigkeit dieses Offiziers zurückzuführen. Deshalb hält Lord Milles es für unklug, den Angriff weiterzuführen.«

»Meine Güte«, murmelte Targonne. »Ich gehe davon aus, dass mit diesem jungen Offizier gründlich abgerechnet worden ist.«

Sir Roderick fuhr sich mit der Zunge über seine Lippen. Jetzt kam der knifflige Teil. »Das hätte Lord Milles auch getan, Exzellenz, aber er hielt es für ratsam, sich erst mit Euch zu beraten. Es ist eine Situation eingetreten, die meinem Herrn die Entscheidung über das weitere Vorgehen erschwert. Die junge Frau übt eine Art unheimlichen, magischen Einfluss auf die Männer aus, Exzellenz.«

»Tatsächlich?« Targonne erschien überrascht. Trocken bemerkte er: »Die Zauberer berichten doch, ihre magischen Kräfte würden nachlassen. Ich wusste gar nicht, dass wir über so talentierte Magier verfügen.«

»Sie ist keine Magierin, Exzellenz. Jedenfalls behauptet sie das. Sie gibt sich als eine von Gott gesandte Botin aus – von dem einen, dem wahren Gott.«

»Und wie lautet der Name dieses Gottes?«, erkundigte sich Targonne.

»Oh, das macht sie ziemlich schlau, Exzellenz. Sie beharrt darauf, dass der Name ihres Gottes zu heilig ist, um ausgesprochen zu werden.«

»Götter kommen, Götter gehen«, äußerte Targonne ungeduldig. In Sir Rodericks Gedanken sah er ein zutiefst erstaunliches, beunruhigendes Bild, doch er wollte, dass der Mann ihm davon erzählte. »Unsere Soldaten lassen sich doch nicht durch solchen Humbug blenden!«

»Exzellenz, diese Frau verlässt sich nicht allein auf Worte. Sie vollbringt Wunder – Heilungswunder, wie wir sie wegen der Schwächung unserer Mystiker seit Jahren nicht mehr erlebt haben. Dieses Mädchen stellte abgehackte Gliedmaßen wieder her. Sie legt einem Mann ihre Hände auf die Brust, und das klaffende Loch darin schließt sich. Einem Mann mit gebrochenem Rückgrat sagt sie: ›Steh auf!‹, und er steht auf! Das einzige Wunder, das sie nicht vollbringt, ist die Auferweckung von Toten. Für die betet sie.«

Sir Roderick hörte einen Stuhl knarren. Als er aufblickte, merkte er, dass Targonnes Stahlaugen unangenehm glitzerten.

»Natürlich«, bemühte sich Sir Roderick eilig um Schadensbegrenzung, »weiß Lord Milles, dass dies keine Wunder sind. *Er* weiß, dass sie eine Quacksalberin ist. Wir finden nur leider nicht heraus, wie sie das alles anstellt«, ergänzte er lahm. »Und die Männer sind ziemlich von ihr eingenommen.«

Alarmiert begriff Targonne, dass alle Fußsoldaten und die meisten Ritter gemeutert hatten. Sie weigerten sich, Milles' Befehle zu befolgen. Stattdessen gehorchten sie nun einer dahergelaufenen, kahl geschorenen Göre in schwarzer Rüstung.

»Wie alt ist das Mädchen?«, fragte Targonne stirnrunzelnd.

»Gerüchten zufolge nicht älter als siebzehn, Exzellenz«, erwiderte Sir Roderick.

»Siebzehn?« Targonne war entgeistert. »Wie konnte Milles sie überhaupt zum Offizier ernennen?«

»Das hat er nicht, Exzellenz«, widersprach Sir Roderick. »Sie gehört gar nicht zu unserem Truppenteil. Niemand von uns hat sie je zuvor gesehen, bevor sie unmittelbar vor der Schlacht im Tal eintraf.«

»Könnte es sich um eine verkleidete Solamnierin handeln?«, überlegte Targonne.

»Das bezweifle ich, Exzellenz. Nur ihretwegen haben die Solamnier die Schlacht verloren«, hielt Sir Roderick dagegen, ohne zu merken, dass diese Wahrheit wohl kaum zu der Schilderung passte, die er zuvor gegeben hatte.

Targonne registrierte das Auseinanderklaffen, war aber zu sehr mit seinem inneren Abakus beschäftigt, um sich mehr einzuprägen, als dass Milles ein unfähiger Schaumschläger war, der schleunigst ersetzt werden musste. Der Nachtmeister läutete mit einer silbernen Glocke, die auf seinem Tisch stand. Die Bürotür ging auf, und sein Adjutant erschien.

»Seht die Rekrutierungsrollen der Ritterschaft durch«, befahl Targonne. »Sucht nach einer gewissen – wie war der Name?«, fragte er Roderick, obwohl er ihn durch die Gedanken des Ritters hallen hörte.

»Mina, Exzellenz.«

»Miinaa«, wiederholte Targonne, als wolle er diesen Namen mit der Zunge kosten. »Sonst noch etwas? Kein Nachname?«

»Meines Wissens nicht, Exzellenz.«

Der Adjutant zog sich zurück und ging mit einigen Sekretären an die Arbeit. Die beiden Ritter warteten schweigend auf den Abschluss der Suche. Targonne nutzte die Zeit für eine weitere Sichtung von Rodericks Gedanken, die zu seiner Überraschung bestätigte, dass die Belagerung Sanctions von einem Trottel befehligt wurde. Ohne dieses Mädchen hätte sie leicht gebrochen werden können. Die Schwarzen Ritter wären besiegt und zerschlagen gewesen und die Solamnier im ungehinderten, triumphalen Besitz von Sanction.

Der Adjutant kam zurück: »Wir finden keine Ritterin namens ›Mina‹ in unseren Aufzeichnungen, Exzellenz. Nicht einmal etwas Annäherndes.«

Targonne machte eine wegwerfende Geste, und der Gehilfe verschwand.

»Ausgezeichnet, Exzellenz!«, rief Sir Roderick aus. »Sie ist eine Hochstaplerin. Damit können wir sie festnehmen und hinrichten.«

»Ähem«, warnte Targonne. »Und was, glaubt Ihr, werden Eure Soldaten in diesem Fall tun, Sir Roderick? Die Männer, die sie geheilt hat? Die Männer, denen sie zum Sieg über einen verhassten Gegner verholfen hat? Die Moral in Milles' Truppe war ohnehin nicht besonders hoch.« Targonne wies auf einen Stapel Bücher. »Ich habe die Berichte gelesen. Die Zahl der Deserteure ist bei Milles fünfmal so hoch wie bei jedem anderen Kommandanten der Armee. Erklärt mir bitte«, Targonne musterte den anderen Ritter wissend, »seid Ihr in der Lage, dieses Mädchen festzunehmen? Habt Ihr Wachen, die diesen Befehl befolgen werden? Oder werden sie statt ihrer eher Lord Milles unter Arrest stellen?«

Sir Roderick klappte den Mund auf und wieder zu. Schweigend sah er sich im Zimmer um, blickte an die Decke, einfach überall hin, nur nicht in diese stahlharten Augen, die durch die dicken Brillengläser fürchterlich vergrößert wurden. Dennoch schienen sie sich noch immer in seinen Schädel zu bohren.

Targonne ließ die Kugeln seines inneren Abakus klicken. Das Mädchen war eine Hochstaplerin, die sich als Ritterin verkleidet hatte. Sie war in dem Moment angekommen, da man sie am dringendsten brauchte. Eine schreckliche Niederlage hatte sie in einen beeindruckenden Sieg verwandelt. Im Namen ihres namenlosen Gottes vollbrachte sie »Wunder«.

War sie ein Gewinn oder eine Belastung?

Und wenn sie denn eine Belastung war, konnte man sie gewinnbringend nutzen?

Targonne verabscheute Verschwendung. Als hervorragender Verwalter und gerissener Feilscher wusste er, wo und wie jede Stahlmünze ausgegeben wurde. Er war kein Geizhals, denn er vergewisserte sich, dass die Ritterschaft Waffen und Rüstungen von erstklassiger Qualität erhielt. Ebenso achtete er darauf, dass die Rekruten und Söldner gut bezahlt wurden. Er beharrte fest darauf, dass seine Offiziere genau darüber Buch führten, welche Summen sie an diese Männer ausbezahlt hatten.

Die Soldaten wollten dieser Mina folgen. Bitte sehr. Dann sollten sie ihr doch folgen. Gerade heute Morgen hatte Targonne eine Botschaft des großen Drachenweibchens Malystryx erhalten. Malystryx wollte wissen, weshalb er den Silvanesti gestattete, ihren Edikten zu trotzen, indem die Elfen einen magischen Schild über ihr Land legten und sich weigerten, dem Drachen Tribut zu zahlen. Targonne hatte ein Antwortschreiben vorbereitet, in dem er dem Drachen erklärte, dass jeder Angriff auf Silvanesti Zeit und Kraft vergeuden würde, die anderswo gewinnbringender angelegt wäre. Die Späher, die den magischen Schild für ihn erforscht hatten, hatten berichtet, dass er undurchdringlich sei. Keine Waffe, weder Stahl noch Zauberei, hätte die kleinste Wirkung auf den Schild. Die Späher hatten behauptet, man könnte eine ganze Armee dagegen führen, ohne etwas zu erreichen.

Hinzu kam, dass jede Armee nach Silvanesti zuvor Blöde durchqueren musste, die Heimat der Oger. Diese ehemaligen Verbündeten der Schwarzen Ritter hatten sich gewaltig aufgeregt, als die Ritter von Neraka sich südwärts ausgebreitet, den Ogern ihr bestes Land abgenommen und sie in die Berge getrieben hatten. Hunderte von Ogern waren dabei umgekommen. Berichten zufolge jagten die Oger derzeit die Dunkelelfe Alhana Sternenwind und deren Soldaten in der Nähe des Schilds. Doch wenn die Ritter in Ogerterritorium einmarschierten, würden die Oger den Angriff auf die Elfen – den sie jederzeit nachholen konnten – mit Freuden abbrechen, um sich an dem Verbündeten zu rächen, der sie betrogen hatte.

Dieser Brief lag auf seinem Tisch und wartete auf seine Unterschrift. Da lag er schon länger. Targonne wusste sehr genau, dass ein abschlägiger Bescheid den Drachen erzürnen würde, doch er wollte lieber Malys' Zorn ertragen als wertvolle Ressourcen für eine hoffnungslose Sache verschwenden. Nun ergriff Targonne den Brief und zerriss ihn nachdenklich in kleine Fetzen.

Der einzige Gott, an den Targonne glaubte, war ein kleiner, runder Gott, den er säuberlich gestapelt in seiner Schatzkammer lagern konnte. Keinen Augenblick zog er in Betracht, dass dieses Mädchen eine Sendbotin der Götter sein könnte. Er glaubte weder an ihre Heilungswunder noch an das Wunder, das sie zum General gemacht hatte. Im Gegensatz zu dem schwachsinnigen Sir Roderick fand Targonne es keineswegs unerklärlich, wie sie das alles vollbracht hatte. Ihn interessierte einzig und allein, dass sie all das zum Wohl der Ritter von Neraka getan hatte – denn was den Rittern zugute kam, kam Morham Targonne zugute.

Er würde ihr die Chance geben, ein echtes »Wunder« zu vollbringen. Er würde diese Hochstaplerin und ihre leichtgläubigen Anhänger auf Silvanesti ansetzen. Damit investierte er eine Hand voll Soldaten und besänftigte Malys. Die gefährliche Mina samt ihren Truppen wäre ausgelöscht, aber der Gewinn würde den Verlust übersteigen. Sollte sie doch irgendwo in der Wildnis umkommen, sollten die Oger ihre Knochen abnagen! Das wäre das Ende dieser Göre samt ihres »namenlosen« Gottes.

Targonne lächelte Sir Roderick an und stand sogar auf, um den Ritter zur Tür zu geleiten. Er sah der schwarz gekleideten Gestalt nach, bis diese den leeren, hallenden Gang entlanggeschritten war, dann rief er seinen Adjutanten ins Büro.

Er diktierte einen Brief an Malystryx, in dem er seine Pläne für die Einnahme von Silvanesti erläuterte. Ferner gab er an den Kommandanten der Ritter von Neraka in Khur den Befehl aus, seine Truppen westwärts zu verlagern, um sich der Belagerung von Sanction anzuschließen und Lord Milles' Kommando zu übernehmen. Weiterhin erstellte er einen Marschbefehl für Schwadronführer Mina. Mit einer Kompanie handverlesener Soldaten sollte sie nach Süden ziehen, dort die große Elfennation Silvanesti angreifen und erobern.

»Was ist mit Lord Milles, Exzellenz?«, erkundigte sich sein Vertrauter. »Wird er versetzt? Wohin wollt Ihr ihn schicken?«

Targonne überlegte. Er war bester Laune, ein Gefühl, das er für gewöhnlich beim Abschluss eines ausgezeichneten Geschäfts empfand.

»Milles soll Malystryx persönlich Bericht erstatten. Er darf ihr die Geschichte seines glorreichen ›Sieges‹ über die Solamnier erzählen. Ich bin sicher, es wird sie sehr interessieren, wie er in die Falle unserer Feinde getappt ist und dabei um ein Haar all das verloren hätte, worum wir so lange gekämpft haben.«

»Ja, Exzellenz.« Der Adjutant sammelte seine Papiere ein, damit er die Dokumente an seinem Schreibtisch vorbereiten konnte. »Soll ich Lord Milles von der Soldliste streichen?«, fragte er dabei.

Targonne war zu seinem Hauptbuch zurückgekehrt. Er schob die Brille sorgfältig zurecht, nahm die Feder zur Hand, machte mit der anderen Hand eine nachlässige, zustimmende Bewegung und widmete sich wieder Soll und Haben, Plus und Minus.

11 Loracs Lied

Während Tolpan auf dem Weg nach Qualinesti vor Langeweile nahezu umkam und Sir Roderick nach Sanction zurückkehrte, ohne sich dessen bewusst zu sein, dass er seinen Kommandanten gerade den Klauen des Drachen ausgeliefert hatte, schickten sich Silvanoshei und Rolan von den Kirath zu der Reise an, die den jungen Prinzen auf den Thron von Silvanesti setzen sollte. Rolans Plan war, sich der Hauptstadt Silvanost zu nähern, die er jedoch erst betreten wollte, wenn sich in der Stadt herumgesprochen hatte, dass das wahre Oberhaupt des Königshauses zurückkehrte, um seinen rechtmäßigen Platz als Sternensprecher einzunehmen.

»Wie lange wird das dauern?«, fragte Silvan mit der Ungeduld der Jugend.

»Die Nachricht wird schneller vorankommen als wir, Majestät«, erwiderte Rolan. »Drinel und die anderen Kirath, die vor zwei Tagen bei uns waren, sind bereits aufgebrochen, um sie zu verbreiten. Sie werden unterwegs jedem Kirath und jedem Waldläufer, dem sie vertrauen, davon erzählen. Die meisten Soldaten sind General Konnal ergeben, aber manche zweifeln auch schon an ihm. Noch äußern sie sich nicht öffentlich, aber wenn Eure Majestät eintrifft, dürfte sich das bald ändern. Die Waldläufer haben dem Königshaus die Treue geschworen. Konnal selbst wird dazu gezwungen sein – schon wegen des äußeren Anscheins.«

»Wie lange brauchen wir bis Silvanost?«, erkundigte sich Silvanoshei.

»Wir werden bald vom Weg abweichen und den Thon-Thalas hinunterfahren«, antwortete Rolan. »Ich habe vor, Euch in mein Haus zu bringen, das am Stadtrand liegt. In zwei Tagen müssten wir dort sein. Einen dritten Tag brauchen wir, um uns auszuruhen und die Berichte entgegenzunehmen, die bis dahin dort eintreffen werden. Wenn alles gut geht, Majestät, werdet Ihr in vier Tagen im Triumph in die Stadt einziehen können.«

»Vier Tage!« Silvan reagierte skeptisch. »Ist denn so rasch so viel zu erreichen?«

»Als wir damals gegen den Traum kämpften, konnten wir Kirath innerhalb eines Tages eine Nachricht aus dem Norden von Silvanesti bis in den tiefen Süden senden. Ich übertreibe nicht, Majestät«, beteuerte Rolan und lächelte angesichts von Silvanosheis offensichtlichen Zweifeln. »Solche Dinge sind viele Male vorgekommen. Damals waren wir bestens organisiert und viel mehr Leute als jetzt. Aber ich glaube, Eure Majestät wird dennoch beeindruckt sein.«

»Ich bin bereits beeindruckt, Rolan«, gab Silvanoshei zurück. »Ich stehe bei dir und den anderen Kirath tief in der Schuld. Ich werde einen Weg finden, dich dafür zu entschädigen.«

»Befreit unser Volk von dieser furchtbaren Geißel , Majestät«, antwortete Rolan, dessen Augen jetzt von Leid überschattet waren, »das wäre uns Lohn genug.«

Trotz seiner anerkennenden Worte hegte Silvanoshei immer noch Zweifel, doch die behielt er für sich. Die Armee seiner Mutter war gut organisiert, doch selbst ihre Pläne gingen hin und wieder schief. Pech, eine falsche Wortwahl, schlechtes Wetter oder eine Unzahl sonstiger Widrigkeiten konnten einen Tag, der verheißungsvoll begonnen hatte, in der Katastrophe enden lassen.

»Kein Plan hat je den Feindkontakt überlebt«, war einer von Samars Wahlsprüchen, ein Wahlspruch, der sich als tragisch wahr erwiesen hatte.

Silvan rechnete mit Fehlschlägen und Verzögerungen. Wenn das Boot, das Rolan versprach, überhaupt existierte, würde es ein Loch haben oder zu Asche verbrannt sein. Der Fluss konnte zu hoch oder zu niedrig stehen, zu schnell oder zu langsam fließen. Die Winde würden sie stromaufwärts anstatt stromabwärts treiben, in jedem Fall in die falsche Richtung.

Daher war Silvan sehr verwundert, als sie das kleine Boot an der Anlegestelle vorfanden, wie Rolan es versprochen hatte. Es war heil, in gutem Zustand und sogar mit Lebensmitteln ausgestattet, die in wasserfesten Säcken sorgfältig im Bug verstaut lagen.

»Wie Ihr seht, Majestät«, sagte Rolan, »die Kirath waren vor uns hier.«

Der Thon-Thalas war um diese Jahreszeit ein ruhig dahinströmender Fluss. Das Rindenboot war klein, leicht und so gut ausbalanciert, dass man sich schon große Mühe geben musste, es umzukippen. Da er genau wusste, dass Rolan den künftigen Sternensprecher niemals bitten würde, ihm beim Rudern zu helfen, bot Silvan freiwillig seine Hilfe an. Zunächst wehrte Rolan höflich ab, doch da er seinem Herrscher schlecht widersprechen konnte, willigte er schließlich ein und reichte Silvanoshei ein Paddel. Silvan erkannte, dass er mit dieser Entscheidung den Respekt des älteren Elfen gewonnen hatte, eine erfreuliche Abwechslung für den jungen Mann, der bei Samar immer nur auf Geringschätzung gestoßen war.

Silvan genoss die Anstrengung, die einen Teil der in ihm aufgestauten Energie abbaute. Die Strömung war gemächlich, die Wälder zu beiden Seiten saftig grün. Es herrschte gutes Wetter, doch Silvan hätte nicht sagen können, dass es ein schöner Tag war. Die Sonne schien durch den Schild. Durch den Schild sah man den blauen Himmel. Doch die Sonne über Silvanesti war nicht derselbe glühende Feuerball, der über dem Rest von Ansalon leuchtete. Die Sonne, zu der Silvan aufblickte, war von einem blässlichen, kränklichen Gelb wie die Haut eines Gelbsüchtigen oder die Färbung eines verblassenden Blutergusses. Es war, als sähe er ein Spiegelbild der Sonne, das kopfüber in einer Lache mit ruhendem öligem Wasser stand. Wegen der gelben Sonne bekam der azurblaue Himmel eine metallisch harte, blaugrüne Färbung. Deshalb schaute Silvan nicht lange in Richtung Sonne, sondern lieber auf den Wald.

»Weißt du nicht ein Lied, das uns beim Paddeln aufmuntern könnte«, rief er Rolan zu, der vorn im Boot saß.

Der Kirath paddelte mit schnellen, starken Schlägen, bei denen er sein Paddel tief ins Wasser eintauchte. Der viel jüngere Silvan hatte echte Mühe, mit dem Älteren mitzuhalten.

Rolan zögerte. Er warf einen Blick über die Schulter. »Es gibt ein Lied, das bei den Kirath sehr beliebt ist, aber ich fürchte, es könnte Eurer Majestät missfallen. Es erzählt die Geschichte Eures verehrten Großvaters, König Lorac.«

»Beginnt es mit: ›Es war im Zeitalter der Macht, es herrschten der Königspriester und seine Getreuen‹?«, fragte Silvan, der zögernd die Melodie anstimmte. Er hatte das Lied erst einmal gehört.

»Das ist der Anfang, Majestät«, bestätigte Rolan.

»Sing es mir vor«, bat Silvan. »Meine Mutter hat es mir einmal vorgesungen, an meinem dreißigsten Geburtstag. Damals hörte ich die Geschichte von meinem Großvater zum ersten Mal. Meine Mutter hat ihn weder davor noch danach je erwähnt. Um sie in Schutz zu nehmen – auch die anderen Elfen haben nie von ihm gesprochen.«

»Auch ich muss Eure Mutter in Schutz nehmen, die in Eurem Alter noch Rosen im Garten von Astarin pflückte. Und ich verstehe ihren Schmerz. Diesen Schmerz teilen wir jedes Mal, wenn wir dieses Lied singen. Denn während Lorac von seiner Hybris dazu verleitet wurde, sein Land ins Unglück zu stürzen, haben wir den einfachsten Ausweg gewählt. Wir sind geflohen und haben ihm allein den Kampf überlassen. Damit wurden auch wir schuldig.

Wenn unser ganzes Volk sich dem Krieg gestellt hätte, wenn sich das ganze Volk – vom Königshaus bis zum Haus der Dienstboten, vom Haus Protector über das Haus der Mystiker bis zum Haus der Zimmerleute – zusammengeschlossen hätte, um unabhängig von der Kaste Schulter an Schulter gegen die Drachenarmeen anzugehen, dann hätten wir unser Land wohl retten können.

Aber das Lied soll Euch die ganze Geschichte erzählen:

Das Lied von Lorac

Es war im Zeitalter der Macht,
es herrschten der Königspriester und seine Getreuen.
Aus Eifersucht auf die Zauberer
sprach der Königspriester:
›Ihr sollt mir eure hohen Türme übergeben,
ihr sollt mich fürchten und mir gehorchen.‹
Die Zauberer übergaben ihre hohen Türme,
zuletzt den Turm von Palanthas.

Da naht vor der Schließung des Turms
zur Prüfung Lorac Caladon, König von Silvanesti.

Doch während der Prüfung flüstert aus Angst
vor dem Königspriester und seinen Getreuen
eine der Drachenkugeln Lorac zu:
›Lass mich nicht hier in Istar zurück.
Denn dann wäre ich verloren, und die Welt
würde vergehen.‹
Lorac gehorcht der Stimme der Drachenkugel,
er nimmt die Kugel mit, bringt sie fort
aus dem Turm, nach Silvanesti zurück,
er hält sie geheim, bewahrt das Geheimnis,
erzählt niemandem davon.

Die Umwälzung naht, es naht Takhisis,
finstere, mächtige Königin der Finsternis,
mit ihren Drachen.
Es naht der Krieg, bedroht Silvanesti.
Lorac ruft sein Volk zusammen,
befiehlt die Flucht aus der Heimat,
schickt alle fort.
Den Seinen sagt er:
›Nur ich allein bin unseres Volkes Retter.
Nur ich allein halte die Königin der Finsternis auf.‹

Fern ist das Volk.
Fern die geliebte Tochter, Alhana Sternenwind.
Allein lauscht Lorac der Stimme der Drachenkugel,
die seinen Namen ruft,
ihn in die Dunkelheit lockt.
Lorac folgt ihrem Ruf,
steigt hinab in die Dunkelheit.
Um die Kugel legt er seine Hände, und
um Lorac legt die Kugel ihre Hände.

Es naht der Traum.
Es naht der Traum Silvanesti,
ein Traum voller Schrecken,
ein Traum voller Angst,
ein Traum von Bäumen, aus denen
Elfenblut rinnt,
ein Traum von Tränen, die Flüsse bilden,
ein Traum vom Tod.

Es naht der Drache,
Cyan Blutgeißel,
Takhisis untertan.
In Loracs Ohr zischt er die Schrecken des Traums.
Er zischt die Worte:
›Nur ich allein habe die Macht,
das Volk zu retten, ich allein.‹
Verdreht die Worte:
›Nur ich allein habe die Macht zur Rettung.‹
Der Traum betritt das Land,
er tötet das Land, verrenkt die Bäume,
Bäume, die bluten,
er füllt die Flüsse mit den Tränen des Volkes,
den Tränen von Lorac,
im Bann der Kugel der Drachen,
im Bann von Cyan Blutgeißel,
Königin Takhisis untertan,
dem Bösen untertan,
der einzigen Macht.«

»Ich kann verstehen, weshalb meine Mutter dieses Lied nur ungern hörte«, stellte Silvan fest, als der letzte getragene Ton der süßen, traurigen Melodie über dem Wasser hing und von einem

Sperling beantwortet wurde. »Und warum unser Volk sich nur ungern daran erinnert.«

»Aber sie sollten sich daran erinnern«, beharrte Rolan. »Wenn es nach mir ginge, würde das Lied jeden Tag gesungen werden. Wer weiß schon, ob das Lied über unsere Zeit nicht genauso tragisch, genauso schrecklich ausfallen wird? Wir haben uns nicht geändert. Lorac Caladon glaubte, er wäre stark genug, die Drachenkugel zu beherrschen, obwohl ihn alle Weisen davor gewarnt hatten. So geriet er in die Falle, so kam er zu Fall. Unser Volk hat in seiner Angst beschlossen, lieber zu fliehen, als sich dem Kampf zu stellen. Und so kauern wir heute unter diesem Schild und opfern einen Teil des Volkes, um einen Traum zu retten.«

»Einen Traum?«, fragte Silvan. Er dachte noch an Loracs Traum, den Traum aus dem Lied.

»Ich rede nicht von den Einflüsterungen des Drachen«, erklärte Rolan. »Jener Traum ist vorbei, aber wir wollen noch immer nicht erwachen, deshalb ist ein anderer Traum an seine Stelle getreten. Ein Traum von der Vergangenheit, von ruhmreichen Tagen, die vorüber sind. Ich kann es niemandem verdenken«, fügte Rolan seufzend hinzu. »Auch ich denke gerne an das, was vergangen ist, und sehne mich danach zurück. Aber diejenigen unter uns, die an Eures Vaters Seite gekämpft haben, wissen, dass die Vergangenheit endgültig vorbei ist, und so muss es auch sein. Die Welt hat sich verändert, wir müssen uns mit ihr verändern. Wir müssen ein Teil von ihr werden, sonst werden wir in diesem Gefängnis, in dem wir uns eingeschlossen haben, dahinsiechen und sterben.«

Rolan unterbrach das Paddeln für einen Augenblick. Er drehte sich nach Silvan um. »Versteht Ihr, was ich damit sagen will, Majestät?«

»Ich glaube schon«, äußerte Silvan vorsichtig. »Ich komme

sozusagen aus der Welt. Ich komme von draußen. Ich bin derjenige, der unser Volk in die Welt hinaus führen kann.«

»Ja, Majestät.« Rolan lächelte.

»So lange ich die Sünde der Hybris vermeide«, grinste Silvan, der ebenfalls das Paddeln einstellte. Er war dankbar für die Pause. Seine Bemerkung war spöttisch gemeint gewesen, doch sobald er genauer darüber nachdachte, wurde er ernster: »Stolz, der Stolperstein der Familie«, murmelte Silvan in sich hinein. »Ich bin gewarnt und deshalb gewappnet, wie es heißt.«

Er nahm das Paddel zur Hand und ging entschlossen wieder an die Arbeit.

Die bleiche Sonne versank hinter den Bäumen. Der Tag verblasste, als wäre auch er ein Opfer jener Seuche. Rolan beobachtete das Ufer, weil er einen passenden Anlegeplatz für die Nacht suchte. Silvan betrachtete die andere Seite des Flusses, deshalb entdeckte er als Erster, was dem Kirath entgangen war.

»Rolan!«, flüsterte Silvan drängend. »Ans Westufer! Rasch!«

»Was ist denn, Majestät?« Rolan war sofort alarmiert. »Was seht Ihr?«

»Dort! Am Ostufer! Seht Ihr sie nicht? Schnell! Wir sind schon fast in Reichweite ihrer Pfeile.«

Rolan brach seine eiligen Paddelschläge ab. Lächelnd drehte er sich nach Silvan um. »Ihr seid kein Gejagter mehr, Majestät. Die Elfen, die sich dort versammelt haben, sind Euer Volk. Sie sind gekommen, um Euch zu sehen und zu ehren.«

Silvan war erstaunt. »Aber ... woher wissen sie Bescheid?«

»Die Kirath sind hier gewesen, Majestät.«

»So schnell?«

»Ich erwähnte doch bereits, dass wir die Nachricht rasch weiterverbreiten würden.«

Silvan wurde rot. »Entschuldige, Rolan. Ich wollte nicht an dir zweifeln, nur ... Meine Mutter hat Läufer. Sie reisen heimlich zwischen ihr und ihrer Schwägerin, Laurana, in Qualinesti hin und her. Deshalb sind wir auf dem Laufenden, wie es unserem Volk dort ergeht. Aber sie bräuchten viele Tage, um so viele Meilen zurückzulegen ... Ich dachte –«

»Ihr dachtet, ich übertreibe. Ihr braucht Euch deswegen nicht zu entschuldigen, Majestät. Ihr seid die Welt jenseits des Schilds gewöhnt, eine große Welt voller Gefahren, die sich täglich verändern wie der Mond. Hier in Silvanesti kennen wir Kirath jeden Pfad, jeden Baum auf diesem Pfad, jede Blume, die daneben wächst, jedes Eichhörnchen, das ihn kreuzt, jeden Vogel auf jedem Ast, so viele Male sind wir die Wege abgelaufen. Wenn der Vogel einen falschen Ton zwitschert, wenn das Eichhörnchen erschrocken mit den Ohren zuckt, merken wir das. Nichts kann uns überraschen. Nichts kann uns aufhalten.«

Rolan runzelte die Stirn. »Deshalb irritiert es uns Kirath, dass der Drache Cyan Blutgeißel uns schon so lange entwischt. Eigentlich ist das unmöglich. Aber dennoch scheint es so zu sein.«

Der Fluss trug sie in Sichtweite der Elfen, die am Westufer standen. Ihre Häuser waren oben in den Bäumen, Häuser, die ein Mensch vermutlich nie bemerkt hätte, weil sie aus dem Baum selbst bestanden, dessen Zweige man liebevoll dazu gebracht hatte, Wände und Dächer zu bilden. Sie hatten ihre Netze zum Trocknen auf dem Boden ausgebreitet und die Boote an den Strand gezogen. Es waren nicht viele Elfen, nur ein kleines Fischerdorf, doch offensichtlich war die ganze Bevölkerung herbeigelaufen. Sogar die Kranken hatte man an den Fluss getragen, wo sie in Decken gewickelt an Kissen lehnten.

Silvan hörte auf zu paddeln und legte sein Ruder in den Rumpf des Bootes.

»Was mache ich jetzt, Rolan?«, fragte er nervös.

Rolan sah sich mit einem Lächeln nach ihm um. »Seid einfach Ihr selbst, Majestät. Mehr erwarten sie gar nicht.«

Der Kirath steuerte das Boot näher zum Ufer hin. Der Fluss schien hier schneller zu fließen, er trug Silvan auf die Leute zu, noch ehe der Prinz so weit war. Einmal war er mit seiner Mutter vor ihren aufgestellten Soldaten Parade geritten. Dabei hatte er sich ebenso unsicher und unwürdig gefühlt wie jetzt.

Der Fluss trug ihn auf gleiche Höhe mit seinem Volk. Er schaute zu den Elfen hinüber, nickte leicht und hob die Hand zu einem scheuen Winken. Niemand erwiderte seine Geste. Niemand jubelte, wie er halb erwartet hatte. Schweigend sahen sie zu, wie er auf dem Fluss dahintrieb. Ihr Schweigen war durchdringend und berührte Silvan tiefer als der wildeste Jubel. In ihren Augen wie in ihrem Schweigen lag eine sehnsüchtige Hoffnung, an die sie selbst nicht glauben wollten. Sie hatten schon früher gehofft und waren verraten worden.

Tief bewegt hörte Silvan auf zu winken. Er streckte die Hand nach ihnen aus, als sähe er sie versinken und könnte sie über Wasser halten. Der Fluss zog ihn davon, um eine Anhöhe, und schon waren sie nicht mehr zu sehen.

Betreten kauerte er sich im Heck zusammen. Er wollte sich nicht rühren, wollte nicht sprechen. Zum ersten Mal kam ihm die volle Erkenntnis der Bürde, welche er auf sich genommen hatte. Was konnte er tun, um ihnen zu helfen? Was erwarteten sie von ihm? Zu viel vielleicht. Viel zu viel.

Rolan sah sich hin und wieder besorgt nach ihm um, gab jedoch keine Bemerkung von sich. Stattdessen paddelte er weiter, bis er einen passenden Landeplatz für das Boot fand. Silvan erhob sich und sprang ins Wasser, damit er beim Hochziehen des Boots helfen konnte. Das Wasser war eiskalt, ein angenehmer Schreck. Er überließ die Angst vor seiner eigenen Unzulänglichkeit dem Thon-Thalas und war glücklich, etwas zu tun zu haben.

Da er das Leben im Freien gewohnt war, wusste Silvan, wie

man ein Nachtlager aufschlug. Er entlud die Vorräte, breitete die Decken aus und begann, ihr leichtes Mahl aus Obst und Fladenbrot vorzubereiten, während Rolan noch das Boot sicherte. Eine Weile aßen sie schweigend, denn Silvan war noch immer vom Ausmaß der Verantwortung erschüttert, die er vor erst zwei Tagen so kühn angenommen hatte. Rolan respektierte den Wunsch seines Herrschers. Die beiden gingen früh schlafen. Sie wickelten sich in ihre Decken und überließen die Wache den Tieren des Waldes.

Silvan schlief viel schneller ein, als er erwartet hatte. In der Nacht weckte ihn eine Eule. Erschrocken setzte er sich auf, doch Rolan murmelte, die Eule riefe nur eine Nachbarin, um ein nächtliches Schwätzchen zu halten.

Silvan lag wach und lauschte dem düsteren, unheimlichen Heulen und der Antwort, einem feierlichen Echo aus einem entfernteren Teil des Waldes. Lange lag er wach und starrte zu den Sternen empor, die verschwommen über dem Schild schimmerten, während das Lied von Lorac schnell wie der Fluss durch seinen Kopf zog.

>»Den Tränen von Lorac,
im Bann der Kugel der Drachen,
im Bann von Cyan Blutgeißel,
Königin Takhisis untertan,
dem Bösen untertan,
der einzigen Macht.«

Die Worte und die Melodie des Lieds wurden in eben diesem Moment von einer Bardin gesungen, welche die Gäste eines Festes in der Hauptstadt Silvanost unterhielt.

Das Fest fand im Garten von Astarin auf dem Gelände des Sternenturms statt, wo der Sternensprecher hätte wohnen sollen, wenn es einen gegeben hätte. Es war eine hinreißende Szenerie. Der Sternenturm war auf magische Weise aus Marmor errichtet worden, denn die Elfen wollten keinen Teil ihres Landes aufgraben oder anderweitig verletzen. Deshalb vermittelte der Turm ein organisches, fließendes Gefühl und sah beinahe so aus, als hätte ihn jemand aus geschmolzenem Wachs geknetet. Während Loracs Traum hatte sich der Turm scheußlich verformt, genau wie alle anderen Gebäude von Silvanost. Die Elfenmagier hatten lange Jahre daran gearbeitet, das Gebäude wiederherzustellen. Sie ersetzten die unzähligen Juwelen in den Wänden des hohen Gebäudes, Juwelen, die einst das Licht des silbernen Mondes, Solinari, und des roten Mondes, Lunitari, eingefangen hatten. Dann benutzten sie deren gesegnetes Mondlicht, um das Innere des Turms zu beleuchten, so dass es aussah, als wäre es in Silber und Feuer getaucht. Die Monde waren jetzt verschwunden. Nur ein einziger Mond schien noch auf Krynn herab. Aus Gründen, die auch die weisesten Elfen nicht erklären konnten, spiegelte sich das bleiche Licht dieses einzelnen Mondes auf jedem einzelnen Edelstein wie ein starres Auge, ohne den Turm zu erhellen, so dass die Elfen gezwungen waren, trotz des Mondlichts auf Kerzen und Fackeln zurückzugreifen.

Man hatte Stühle zwischen die Pflanzen im Garten Astarin gestellt. Die Pflanzen schienen prächtig zu gedeihen; sie erfüllten die Luft mit ihren Düften. Nur Konnal und seine Gärtner wussten, dass diese Pflanzen nicht in diesem Garten herangewachsen, sondern von den Waldpflegern aus deren eigenen Gärten hergebracht worden waren, denn heutzutage gediehen im Garten von Astarin keine Pflanzen mehr. Bis auf eine, einen Baum, der von einem magischen Schild umgeben war. Man nannte ihn den Schildbaum, denn aus seiner Wurzel entspränge der magische Schild, der Silvanesti schützte.

Die Bardin sang das Lied von Lorac auf Wunsch eines Festgastes. Schließlich ließ sie den letzten, traurigen Ton verklingen, während sie mit der Hand leicht über die Saiten ihrer Laute glitt.

»Bravo! Ein wunderbarer Vortrag! Singt es noch einmal«, ertönte eine lispelnde Stimme aus der hinteren Reihe.

Die Bardin warf einen unsicheren Blick auf ihren Gastgeber. Das Elfenpublikum war viel zu höflich und zu wohlerzogen, um angesichts dieser Bitte offen schockiert zu reagieren, doch eine Künstlerin erkennt die Stimmung ihrer Zuhörer an zahlreichen unauffälligen Zeichen. Die Sängerin bemerkte leicht gerötete Wangen und pikierte Seitenblicke auf den Gastgeber. Bei diesem Lied genügte ein einmaliger Vortrag vollauf.

»Wer war das?« General Reyl Konnal, Militärgouverneur von Silvanesti, drehte sich auf seinem Platz um.

»Was glaubst du, Onkel?«, erwiderte sein Neffe mit einem finsteren Blick auf die Plätze hinter ihnen. »Derselbe, der schon anfangs um das Lied gebeten hatte. Dein Freund, Glaukus.«

General Konnal stand abrupt auf, womit die musikalische Untermalung des Abends beendet war. Die Bardin verneigte sich dankbar, denn die Wiederholung des Liedes wäre ihr schwer gefallen. Das Publikum applaudierte höflich, jedoch ohne große Begeisterung. Ein erleichtertes Seufzen schien sich dem Nachtwind anzuschließen, der in den Bäumen raschelte, deren miteinander verwobene Zweige ein kahles Dach über dem Garten bildeten. Viele Blätter waren schon abgefallen. Laternen aus filigranem Silber hingen an den Stämmen und erhellten die Nacht. Die Gäste verließen das kleine Amphitheater und wandelten zu einem Tisch neben einem glitzernden Teich, wo sie kandierte Früchte, Buttergebäck und gekühlten Wein zu sich nehmen durften.

Konnal lud die Bardin zu dem nächtlichen Imbiss ein und geleitete sie persönlich zum Tisch. Der Elf Glaukus, der um das Lied ersucht hatte, war bereits dort. In der Hand hielt er einen

Weinkelch, den er zum Toast auf die Sängerin erhob, um sie zu preisen.

»Wie schade, dass Ihr das Lied nicht noch einmal singen durftet«, bedauerte er mit einem Blick auf den General. »Ich könnte diese Melodie immer wieder hören. Und die Poesie! Meine Lieblingsstelle ist die, wo –«

»Darf ich Euch etwas zu essen oder zu trinken anbieten, Herrin?«, erkundigte sich der Neffe nach einem leichten Rippenstoß seines Onkels.

Die Bardin warf ihm einen dankbaren Blick zu und nahm die Einladung an. Er führte sie zu einigen anderen Gästen, die sie charmant willkommen hießen. Bald war das Rasenstück, auf dem Glaukus und der General standen, entvölkert. Obwohl viele der Gäste sich gern in der Gegenwart des wortgewandten, attraktiven Glaukus sonnten oder General Konnal schmeichelten, war dem General sein Ärger deutlich anzumerken.

»Ich weiß nicht, warum ich dich überhaupt zu solchen Anlässen einlade, Glaukus«, erregte sich Konnal. »Immer stellst du mich irgendwie bloß. Schlimm genug, dass du sie um dieses Stück gebeten hast, aber dann noch um eine Wiederholung!«

»Immerhin passt es zu den Gerüchten, von denen ich heute hörte«, erwiderte Glaukus gedehnt. »Ich fand das Lied von Lorac Caladon ausgesprochen passend.«

Konnal warf seinem Freund einen scharfen Blick zu. »Wie ich hörte …« Er brach ab und schaute zu seinen Gästen hinüber. »Komm, wir drehen eine Runde um den Teich.«

Die beiden entfernten sich von den anderen Gästen. Nachdem die übrigen Elfen von der bedrückenden Gegenwart des Generals befreit waren, scharten sie sich zu kleinen Grüppchen zusammen. Ihren lispelnden Stimmen war die unterdrückte Erregung anzuhören, denn sie wollten endlich über die Gerüchte sprechen, die in der ganzen Stadt umgingen.

»Wir hätten nicht gehen müssen«, stellte Glaukus mit einem Blick zu dem Tisch mit Erfrischungen fest. »Alle haben dasselbe gehört.«

»Ja, aber für sie sind es Gerüchte. Ich habe die Bestätigung«, betonte Konnal verstimmt.

Glaukus blieb stehen. »Bist du ganz sicher?«

»Ich habe meine Quellen unter den Kirath. Der Mann hat ihn gesehen und gesprochen. Es heißt, der junge Mann wäre seinem Vater wie aus dem Gesicht geschnitten. Es ist Silvanoshei Caladon, Sohn von Alhana Sternenwind, Enkel unseres unseligen Königs Lorac.«

»Aber das ist unmöglich!«, hielt Glaukus dagegen. »Als wir zum letzten Mal von dieser verdammten Hexe, seiner Mutter, hörten, schlich sie draußen um den Schild herum, und ihr Sohn war bei ihr. Er kann nicht durch den Schild gekommen sein. Nichts und niemand durchdringt den Schild.« Was diesen Punkt anging, war sich Glaukus sehr sicher.

»Dann dürfte seine Ankunft ein Wunder sein, wie man schon behauptet«, befand Konnal trocken mit einem Wink in Richtung seiner tuschelnden Gäste.

»Pah! Er ist ein Hochstapler. Du schüttelst den Kopf?« Glaukus sah den Gouverneur ungläubig an. »Du hast es wirklich geschluckt!«

»Meine Quelle ist Drinel. Wie du weißt, beherrscht er die Kunst der Wahrheitsfindung«, gab Konnal zurück. »Kein Zweifel, der junge Mann hat die Prüfung bestanden. Drinel hat ihm ins Herz gesehen. Offenbar weiß er mehr über das, was geschehen ist, als der junge Mann selbst.«

»Und was *ist* ihm geschehen?«, wollte Glaukus wissen, wobei er eine Augenbraue hob.

»In der Nacht jenes furchtbaren Sturms bereitete Alhana mit ihrer Armee einen Sturmangriff auf den Schild vor, doch ihr Lager wurde von Ogern überrannt. Man schickte den jungen Mann eiligst zur Stahllegion, wo er die Menschen um Hilfe bitten sollte – so tief ist diese Frau inzwischen gesunken! Unterwegs entging er nur knapp einem Blitzschlag. Er rutschte aus und fiel eine Böschung hinunter. Dann verlor er die Besinnung. Als er erwachte, befand er sich offenbar innerhalb des Schilds.«

Glaukus strich mit der Hand über sein gut geformtes Kinn. Er hatte ein ebenmäßiges Gesicht mit großen, durchdringenden Mandelaugen, und jede seiner Bewegungen war voller Anmut. Seine Haut war makellos, weich und hell, seine Konturen perfekt.

Für Menschen sind alle Elfen schön. Die Weisen glauben, das sei ein Grund für die Feindseligkeit zwischen den beiden Rassen. Menschen, selbst die Schönsten unter ihnen, können sich im Vergleich nur hässlich finden. Die Elfen, die Schönheit verehren, erkennen aneinander Abstufungen von Schönheit, sehen jedoch immer etwas Erfreuliches. In einem Land voller Schönheit war Glaukus der Schönste.

In diesem Augenblick irritierte Glaukus' perfekte Schönheit Konnal ungemein.

Der General warf einen Blick auf den Teich, über dessen spiegelglatte Oberfläche zwei Schwäne dahinglitten. Er fragte sich, wie lange sie wohl überleben würden. Hoffentlich länger als das letzte Paar. Er gab Unsummen für Schwäne aus, denn ohne sie wirkte der Teich tot und leer.

Bei Hof war Glaukus sehr beliebt. Das war erstaunlich, wenn man bedachte, dass er dafür verantwortlich war, dass viele Mitglieder des Elfenhofes an Einfluss und Macht verloren hatten. Aber niemand schob Glaukus die Schuld dafür in die Schuhe. Vielmehr beschuldigte man Konnal, der offiziell für ihre Entlassung gesorgt hatte.

Aber hatte ich denn eine Wahl, fragte sich der General mitunter. Diese Leute waren nicht vertrauenswürdig. Manche haben sich sogar gegen mich verschworen. Ohne Glaukus hätte ich vielleicht nie davon erfahren.

Nachdem Glaukus ins Gefolge des Generals aufgenommen worden war, hatte er ihm bald über jeden, dem Konnal vertraute, etwas Schlechtes zugetragen. Der eine Minister war dabei gehört worden, wie er Porthios verteidigte. Einer anderen sagte man nach, sie hätte einst Dalamar den Finsteren geliebt. Wieder ein anderer wurde zur Rechenschaft gezogen, weil er Konnal in Steuerfragen widersprochen hatte. Dann kam der Tag, an dem Konnal die Erkenntnis traf, dass er nur noch einen Ratgeber besaß, nämlich Glaukus.

Eine Ausnahme stellte Konnals Neffe Kiryn dar. Glaukus machte aus seiner Zuneigung zu Kiryn keinen Hehl. Er umschmeichelte den jungen Mann, brachte ihm kleine Geschenke, lachte herzlich über seine Witze und überschüttete ihn mit Aufmerksamkeit. Die Höflinge, die um Glaukus' Gunst buhlten, platzten vor Eifersucht. Kiryn selbst hätte Glaukus' Abneigung vorgezogen. Er misstraute dem Mann, obwohl er dafür keinen Grund hätte nennen können.

Dennoch wagte Kiryn kein Wort gegen Glaukus. Niemand wagte es, etwas gegen ihn zu sagen. Glaukus war ein mächtiger Zauberer, der mächtigste Zauberer, der jemals aus dem Volk der Silvanesti hervorgegangen war, einschließlich des Dunkelelfen Dalamar.

Eines Tages kurz nach dem Beginn der Drachenlese war Glaukus in Silvanost eingetroffen. Er sei ein Abgesandter der Elfen im Turm von Shalost, hatte er behauptet, jenem Monument im westlichen Silvanesti, in dem der Druide Waylorn Wyverntod beigesetzt war. Obwohl die Götter der Magie abgezogen waren, hielt sich der Zauber um die Kristallbahre, die einen Schrein um den Elfenhelden bildete. Die Elfenzauberer, die verzweifelt einen Weg gesucht hatten, ihre Magie wiederherzustellen, hatten vorsichtig versucht, einen Teil des Zaubers anzuzapfen und zu benutzen, ohne dabei die Totenruhe zu stören.

»Es ist uns gelungen«, hatte Glaukus dem General berichtet. »Das heißt«, hatte er mit gebührender Bescheidenheit hinzugefügt, »es ist mir gelungen.«

Aus Angst vor den großen Drachen, die das übrige Ansalon heimsuchten, hatte Glaukus zusammen mit den Waldpflegern eine Methode entwickelt, welche Silvanesti vor den Raubzügen der Drachen retten sollte. Nach Glaukus' Anweisungen hatten die Waldpfleger den Baum gezüchtet, den man jetzt den Schildbaum nannte. Nachdem man ihn mit einem eigenen magischen Schild umgeben hatte, den nichts für ihn Schädliches durchdringen konnte, wurde der Baum zur allgemeinen Bewunderung in den Garten von Astarin gesetzt.

Als Glaukus dem Generalgouverneur vorschlug, er könne einen magischen Schild über ganz Silvanesti ziehen, war Konnal vor Dankbarkeit und Erleichterung überwältigt gewesen. Ihm wurde eine schwere Last von den Schultern genommen. Silvanesti wäre sicher, wirklich sicher. Sicher vor den Drachen, sicher vor den Ogern, sicher vor Menschen, Dunkelelfen und dem Rest der Welt. Er hatte die Sache dem Rat vorgelegt, der sich einstimmig dafür ausgesprochen hatte.

So hatte Glaukus den Schild eingerichtet und wurde dadurch in den Augen der Elfen zum Helden. Man sprach sogar schon davon, ihm ein Denkmal zu errichten. Doch dann begannen die Pflanzen im Garten von Astarin abzusterben. Berichte trafen ein, dass an den Grenzen, wo der magische Schild sich senkte, Bäume, Gräser und Tiere starben. In Silvanost und in den Elfendörfern fielen immer mehr Bewohner einer seltsamen, zehrenden Krankheit zum Opfer. Die Kirath und andere Rebellen schoben dies auf den Schild. Glaukus behauptete, es sei eine Seuche, die schon vor Errichtung des Schilds von Menschen eingeschleppt worden wäre. Nur der Schild bewahre den Rest der Bevölkerung vor dem Tod.

Ohne Glaukus konnte Konnal inzwischen nichts mehr tun. Glaukus war sein Freund und Vertrauter, sein einziger Vertrauter. Glaukus' Magie war dafür verantwortlich, dass der Schild über Silvanesti lag, daher konnte er diesen Schild mit Hilfe seiner Magie jederzeit entfernen. Dann wäre Silvanesti den Schrecken der restlichen Welt schutzlos preisgegeben.

»Wie bitte? Verzeihung. Was hast du gesagt?« General Konnal löste seinen Blick von den Schwänen und sah wieder Glaukus an, der die ganze Zeit geredet hatte.

»Ich sagte, du hörst mir nicht zu«, wiederholte Glaukus mit süßem Lächeln.

»Ja, es tut mir Leid. Ich möchte nur eines wissen, Glaukus. Wie ist dieser junge Mann durch den Schild gekommen?« Er senkte die Stimme zu einem Flüstern, obwohl niemand in Hörweite war. »Lässt auch die Magie des Schilds nach?«

Glaukus' Gesicht verfinsterte sich. »Nein«, erwiderte er.

»Wie kannst du dir da sicher sein?«, bohrte Konnal nach. »Sei ehrlich – hast du im vergangenen Jahr kein Nachlassen deiner Kräfte bemerkt? Alle anderen Zauberer haben davon berichtet.«

»Mag sein. *Ich* aber nicht«, stritt Glaukus kalt ab.

Forschend musterte Konnal seinen Freund. Glaukus wich dem Blick aus, so dass Konnal vermutete, dass der Zauberer log.

»Welche Erklärung bleibt uns dann für dieses Phänomen?«

»Eine ganz einfache«, entgegnete Glaukus unbeeindruckt. »Ich habe ihn durchgelassen.«

»Du?« Konnal war so schockiert, dass er laut geworden war. Viele in der Menge unterbrachen ihre Gespräche und schauten zu ihnen herüber.

Glaukus lächelte ihnen ermutigend zu, nahm seinen Freund am Arm und geleitete ihn in einen abgelegeneren Teil des Gartens.

»Warum hast du das getan? Welche Zwecke verfolgst du mit diesem jungen Mann, Glaukus?«, wollte Konnal erfahren.

»Ich werde das tun, was deine Aufgabe gewesen wäre«, erklärte Glaukus, wobei er die fließenden Ärmel seiner weißen Robe zurückstrich. »Ich setze einen Caladon auf den Thron. Denke daran, mein Freund, wenn du deinen Neffen zum Sprecher ausgerufen hättest, wie ich es empfohlen habe, gäbe es dieses Problem mit Silvanoshei jetzt überhaupt nicht.«

»Du weißt genau, dass Kiryn den Titel abgelehnt hat«, hielt Konnal ihm vor.

»Aus falsch verstandener Loyalität gegenüber seiner Tante Alhana«, seufzte Glaukus. »Ich habe versucht, in dieser Sache auf ihn einzuwirken. Er hört einfach nicht auf mich.«

»Auf mich hört er auch nicht, wenn es das ist, was du meinst, mein Freund«, sagte Konnal. »Und dürfte ich darauf hinweisen, dass du darauf beharrt hast, dass wir das Recht der Familie Caladon auf die Herrschaft über Silvanesti bewahren. Du hast uns diese Suppe eingebrockt. Ich gehöre selbst dem Königshaus an –«

»Du bist kein Caladon, Reyl«, murmelte Glaukus.

»Ich kann meine Linie weiter zurückverfolgen als die Caladons!«, empörte sich Konnal. »Bis hin zu Quinari, der Frau von Silvanos! Ich habe genauso viel Anspruch auf die Herrschaft wie die Caladons. Vielleicht sogar mehr.«

»Das weiß ich, mein lieber Freund«, tröstete Glaukus, der Konnal beruhigend eine Hand auf den Arm legte. »Aber es wäre schwer geworden, den Rat zu überzeugen.«

»Lorac Caladon hat diese Nation ins Unheil gestürzt«, fuhr Konnal verbittert fort. »Seine Tochter, Alhana Sternenwind, führte uns aus dem Unheil beinahe in die Selbstaufgabe, als sie

Porthios, einen Qualinesti, heiratete. Wenn wir uns dieser zwei Schlangen nicht schnell entledigt hätten, hätten wir Silvanesti unter der Herrschaft dieses schwachsinnigen Halbbluts Gilthas wiedergefunden, der Stimme der Sonnen, dem Sohn von Tanis. Und trotzdem verlangt das Volk noch immer, es solle ein Caladon auf dem Thron sitzen! Das verstehe ich nicht!«

»Mein Freund«, erinnerte Glaukus ihn freundlich, »diese Linie regiert Silvanesti seit Jahrhunderten. Einen weiteren Caladon würde das Volk widerspruchslos hinnehmen. Wenn du aber selbst den Thron besteigen würdest, wären Monate oder gar Jahre endloser Streitereien und Eifersüchteleien die Folge, die Leute würden ihre Familiengeschichten durchforsten und womöglich selbst Anspruch auf den Thron anmelden. Wer weiß, ob nicht ein mächtiger Mann hervortreten und dich verdrängen würde? Nein, nein. So ist das schon die beste Lösung. Ich erinnere noch einmal daran, dass dein Neffe ein Caladon ist, damit wäre er die perfekte Wahl. Die Leute würden ihn bereitwillig akzeptieren. Seine Mutter, deine Schwester, hat in die Familie Caladon eingeheiratet. Das wäre ein Kompromiss, dem die Oberhäupter der Häuser zustimmen würden.

Aber nun ist das alles verlorene Liebesmüh'. In zwei Tagen trifft Silvanoshei Caladon in Silvanost ein. Du hast öffentlich erklärt, dass du ein Mitglied der Familie Caladon bei der Thronbesteigung unterstützen würdest.«

»Weil du mir dazu geraten hast«, fluchte Konnal.

»Ich habe meine Gründe«, meinte Glaukus. Er warf einen Blick auf die Gäste, die mit aufgeregten Stimmen weiterredeten. Jetzt war der Name »Silvanoshei« zu vernehmen, der durch die sternenhelle Finsternis herüberdrang. »Gründe, die dir eines Tages klar werden dürften, mein Freund. Du musst mir vertrauen.«

»Also schön, was empfiehlst du mir also wegen Silvanoshei zu veranlassen?«

»Du ernennst ihn zum Sternensprecher.«

»Wie bitte?« Konnal war wie vom Donner gerührt. »Diesen ... diesen Sohn von Dunkelelfen ... Sternensprecher ...«

»Beruhige dich, mein lieber Freund«, mahnte Glaukus in besänftigendem Ton. »Wir machen eine Anleihe bei der Strategie der Qualinesti. Silvanoshei wird nur zum Schein regieren. Du bleibst General der Waldläufer. Du behältst die Kontrolle über das gesamte Militär. Der wahre Herrscher von Silvanesti bleibst du. Aber dennoch wird Silvanesti einen Sternensprecher haben. Das Volk wird glücklich sein. Wenn Silvanoshei den Thron besteigt, wird sich die Unruhe legen, die in letzter Zeit aufgekommen ist. Sobald sie ihr Ziel erreicht haben, werden die militanten Gegner im Volk – darunter insbesondere die Kirath – keinen Ärger mehr machen.«

»Ich kann nicht glauben, dass das dein Ernst ist, Glaukus.« Konnal schüttelte den Kopf.

»Ich habe noch nie etwas so ernst gemeint, lieber Freund. Die Elfen werden ihre Sorgen und Nöte nicht mehr dir, sondern dem König vortragen. Dann kannst du dich in Ruhe deiner eigentlichen Arbeit, dem Regieren von Silvanesti, widmen. Selbstverständlich muss jemand zum Regenten ernannt werden. Silvanoshei ist sehr jung für eine solch immense Verantwortung.«

»Aha!« Konnal machte ein wissendes Gesicht. »Allmählich begreife ich, was du vorhast. Ich schätze, dass ich –«

Er stockte, denn Glaukus schüttelte den Kopf.

»Du kannst nicht gleichzeitig Regent und General der Waldläufer sein«, wehrte er ab.

»Und wen schlägst *du* vor?«, fragte Konnal.

Glaukus verneigte sich mit bescheidener Grazie. »Ich könnte diese Aufgabe selbst übernehmen. Ich würde den jungen König beraten. Auch du fandest meinen Rat von Zeit zu Zeit hilfreich, glaube ich.«

»Aber du bist dazu nicht qualifiziert!«, wandte Konnal ein. »Du gehörst nicht dem Königshaus an. Du hast nicht im Senat gedient. Früher warst du einfach ein Zauberer aus dem Turm von Shalost«, konstatierte er schroff.

»Oh, aber du persönlich wirst mich empfehlen«, säuselte Glaukus, dessen Hand noch immer auf Konnals Arm ruhte.

»Und wie soll ich das anstellen?«

»Ganz einfach – du wirst sie daran erinnern, dass im Garten von Astarin, über den ich die Oberaufsicht habe, der Schildbaum wächst. Du wirst sie daran erinnern, dass ich es war, der geholfen hat, den Schildbaum zu pflanzen. Du wirst sie daran erinnern, dass gegenwärtig ich dafür verantwortlich bin, dass der Schild an Ort und Stelle bleibt.«

»Eine Drohung?« Konnal funkelte ihn an.

Glaukus warf einen langen Blick auf den General, dem langsam unbehaglich zumute wurde. »Es ist mein Schicksal, dass niemand mir traut«, meinte der Zauberer schließlich. »Dass meine Motive in Zweifel gezogen werden. Das ist eben das Opfer, welches ich meinem Volk bringe.«

»Entschuldige«, begann Konnal verdrossen. »Nur –«

»Entschuldigung angenommen. Und jetzt«, fuhr Glaukus fort, »sollten wir den Einzug des jungen Königs in Silvanost vorbereiten. Du wirst einen Nationalfeiertag ausrufen. Wir scheuen keine Kosten. Das Volk braucht einen Anlass zum Feiern. Wir engagieren die Bardin, die heute Abend hier war. Sie soll etwas zu Ehren unseres neuen Sternensprechers singen. Sie hat eine so schöne Stimme.«

»Ja«, willigte Konnal abgelenkt ein. Allmählich fand er den Plan von Glaukus gar nicht mehr so schlecht.

»Ach, wie schade, mein Freund.« Glaukus deutete auf den Teich. »Da stirbt einer deiner Schwäne.«

12 Marschbefehle

Am ersten Tag nach der Belagerung von Sanction versuchte Mina, ihr Zelt zu verlassen, um sich mit den anderen Soldaten an der Essensausgabeschlange anzustellen. Sofort wurde sie von Soldaten und Trossangehörigen bedrängt, die sie wie einen Glücksbringer anfassen oder von ihr berührt werden wollten. Die Soldaten zeigten ehrfürchtigen Respekt vor ihr. Mina sprach mit jedem Einzelnen von ihnen, immer im Namen des einzigen, wahren Gottes. Doch der Andrang der Männer, Frauen und Kinder war überwältigend. Als ihre Ritter erkannten, dass Mina bald vor Erschöpfung umkippen würde, trieben sie die Menge unter Galdars Führung auseinander. Mina kehrte in ihr Zelt zurück, die Ritter wachten über ihre Ruhe, und Galdar brachte ihr etwas zu essen und zu trinken.

Am nächsten Tag hielt Mina offiziell Audienz. Galdar befahl den Soldaten, sich in Reihen aufzustellen. Während Mina zwischen ihnen herumspazierte, sprach sie viele mit ihren Namen an und rief sich ihre tapferen Taten in der Schlacht ins Gedächtnis. Wie berauscht gingen die Soldaten anschließend weg, mit Minas Namen auf den Lippen.

Nach dem Appell besuchte sie die Zelte der schwarzen Mystiker. Ihre Ritter hatten weitererzählt, wie Mina Galdar seinen Arm zurückgegeben hatte. Derartige wundersame Heilungen waren im Vierten Zeitalter an der Tagesordnung gewesen, doch heute gab es so etwas nicht mehr.

Die mystischen Heiler der Ritter von Neraka, die das Geheimnis des Heilens aus der Zitadelle des Lichts gestohlen hatten, waren ebenfalls wieder fähig gewesen, Wunder zu vollbringen, die denen gleichkamen, welche im Vierten Zeitalter die Götter gewährt hatten. In letzter Zeit jedoch hatten die Heiler festgestellt, dass ihre mystischen Kräfte nachließen. Sie konnten immer noch heilen, aber selbst einfache Sprüche entzogen ihnen so viel Energie, dass sie anschließend selbst dem Zusammenbruch nahe waren.

Niemand wusste eine Erklärung für dieses seltsame, bedrohliche Phänomen. Zunächst beschuldigten die Heiler die Mystiker aus der Zitadelle des Lichts und behaupteten, diese hätten einen Weg gefunden, die Ritter von Neraka vom Heilen ihrer Soldaten abzuhalten. Bald aber trafen Berichte ihrer Spione in der Zitadelle ein, dass die Mystiker auf der Schallmeerinsel und an anderen Orten auf Ansalon mit denselben Problemen zu kämpfen hatten. Auch dort suchte man nach einer Erklärung, hatte aber bis jetzt noch keine gefunden.

Überwältigt von der Zahl der Verluste hatten die Heiler, die ihre Kräfte einteilen mussten, zuerst Lord Milles und seinem Stab geholfen, denn die Armee brauchte ihre Kommandanten. Selbst bei diesen waren sie gegen schwere Verwundungen machtlos. Sie konnten keine abgehackten Glieder wiederherstellen, sie konnten keine inneren Blutungen stillen, sie konnten keinen gebrochenen Schädel zusammenflicken.

Sobald Mina das Zelt der Heiler betrat, hingen die Augen der Verwundeten nur noch an ihr. Selbst jene, die geblendet worden und deren Augen von blutigen Verbänden bedeckt waren, wandten ihr blickloses Gesicht instinktiv in ihre Richtung wie eine Pflanze, die das Sonnenlicht sucht.

Die Heiler setzten ihre Arbeit fort und gaben vor, Mina nicht zu bemerken. Nur einer blickte auf, offenbar um sie hinauszuschicken. Dann allerdings bemerkte er Galdar, der mit der Hand am Schwert hinter ihr stand.

»Wir haben zu tun. Was willst du?«, raunzte der Heiler sie abweisend an.

»Helfen«, erwiderte Mina. Ihre Bernsteinaugen glitten rasch durch das Zelt. »Was ist das dort für ein Bereich? Der, den ihr abgeschirmt habt?«

Der Heiler warf einen Blick in die angezeigte Richtung. Hinter den Decken, die man hastig vor das hintere Ende des großen Krankenzelts gespannt hatte, war Stöhnen und Ächzen zu vernehmen.

»Die Sterbenden«, antwortete er in kaltem Ton. »Wir können nichts für sie tun.«

»Ihr gebt ihnen auch nichts gegen die Schmerzen?«, hakte Mina nach.

Der Heiler zuckte mit den Schultern. »Sie sind jetzt wertlos für uns. Unsere Medikamentenvorräte sind begrenzt, sie sind für jene bestimmt, die möglicherweise noch einmal in die Schlacht ziehen.«

»Dann habt ihr sicher nichts dagegen, wenn ich für sie bete?«

Der Heiler rümpfte die Nase. »Von mir aus, ›bete‹ nur für sie. Sie werden es bestimmt zu schätzen wissen.«

»Da bin ich sicher«, bestätigte sie gemessen.

Auf dem Weg zum hinteren Bereich des Zelts kam sie an den Feldbetten mit den Verwundeten vorbei. Viele streckten die Hände nach ihr aus oder riefen ihren Namen; sie bettelten regelrecht um Beachtung. Lächelnd versprach sie, zu ihnen zurückzukehren. Nachdem sie die Decken erreicht hatte, hinter denen die Sterbenden lagen, streckte Mina die Hand aus, teilte die Abschirmung und ließ sie hinter sich wieder zufallen.

Galdar stellte sich vor den Decken auf und beobachtete die Heiler, ohne die Hand vom Schwert zu lösen. Diese würdigten ihn scheinbar keines Blickes, schielten aber dennoch verstohlen zu den Decken hin und schauten dann einander an.

Galdar lauschte auf das, was hinter ihm geschah. Er konnte den Gestank des Todes wahrnehmen. Ein Blick hinter den Vorhang zeigte ihm sieben Männer und zwei Frauen. Manche lagen auf Feldbetten, die anderen auf den einfachen Bahren, mit denen man sie vom Schlachtfeld geholt hatte. Ihre Wunden waren grauenvoll, jedenfalls so weit Galdar das bei seinem schnellen Blick erkennen konnte. Aufklaffendes Fleisch, das den Blick auf Organe und Knochen freigab. Das Blut tropfte auf den Boden, wo es schauerliche Lachen bildete. Einem Mann quollen die Gedärme aus dem Bauch. Einer Ritterin fehlte das halbe Gesicht, ihr Augapfel baumelte grässlich hinter einer blutgetränkten Bandage hervor.

Zuerst näherte sich Mina dieser Frau mit dem verlorenen Gesicht. Ihr erhaltenes Auge war geschlossen, ihr Atem rasselte. Sie schien sich bereits zu ihrer langen Reise anzuschicken. Mina legte eine Hand auf die schreckliche Wunde.

»Ich habe dich kämpfen sehen, Durya«, sprach Mina sie leise an. »Du hast dich tapfer gehalten, obwohl alle um dich herum sich in heller Panik zurückzogen. Du musst deine Reise noch aufschieben, Durya. Der eine Gott braucht dich.«

Die Frau atmete leichter. Ihr verunstaltetes Gesicht bewegte sich langsam auf Mina zu, die sich bückte und ihr einen Kuss gab.

Galdar vernahm Gemurmel hinter sich und fuhr herum. Im Heilerzelt war es still geworden. Alle hatten Minas Worte gehört. Die Heiler gaben nicht mehr vor zu arbeiten. Alles schaute wartend zu.

Galdar fühlte eine Hand auf seiner Schulter. In dem Glauben, es wäre Mina, sah er sich um. Statt ihrer erblickte er die Frau, Durya, die eben noch im Sterben gelegen hatte. Ihr Gesicht war voller Blut, auch würde sie eine auffällige Narbe zurückbehalten, doch ihr Fleisch war wiederhergestellt und das Auge an seinem Platz. Sie stand da, lächelte und holte zitternd tief Luft.

»Mina hat mich zurückgeholt«, stellte Durya voll ehrfürchtiger Verwunderung fest. »Sie hat mich zurückgeholt, damit ich ihr diene. Und das werde ich. Bis ans Ende ihrer Tage will ich ihr dienen.«

Strahlend und überglücklich verließ Durya das Zelt. Die Verwundeten klatschten Beifall und jubelten: »Mina, Mina!« Die Heiler starrten Durya fassungslos nach.

»Was macht sie da drin?«, wollte einer wissen und schickte sich an, Mina nachzugehen.

»Beten«, antwortete Galdar schroff, während er ihm den Weg versperrte. »Das hattet ihr erlaubt, richtig?«

Verärgert starrte der Heiler ihn an, um dann hurtig zu verschwinden. Galdar sah den Mann in Windeseile zu Lord Milles' Zelt laufen.

»Ja, erzähl Lord Milles ruhig, was du mit angesehen hast«, ermunterte Galdar den Mann im Stillen triumphierend. »Erzähl es ihm nur. Damit drehst du das Messer in seiner Brust ein weiteres Mal um.«

Mina heilte sie alle, jeden Einzelnen von den Sterbenden. Sie half einem Schwadronführer, der einen solamnischen Speer in den Bauch bekommen hatte. Sie heilte einen Fußsoldaten, der von den Hufen eines auskeilenden Schlachtrosses getroffen worden war. Einer nach dem anderen erhoben sich die Sterbenden von ihren Lagern und traten unter dem Jubel der übrigen Verwundeten nach draußen. Sie dankten ihr und priesen sie, doch Mina wehrte alle Dankesbezeugungen ab.

»Spart euch euren Dank und eure Treue für den einen, wahren Gott auf«, erklärte sie ihnen. »Es ist die Macht dieses Gottes, die euch gesunden lässt.«

Tatsächlich schien sie göttlichen Beistand zu erhalten, denn sie ermüdete nicht und wurde auch nicht schwächer, ganz gleich, wie viele der Verletzten sie behandelte. Und es waren viele. Als sie aus dem Bereich der Sterbenden heraustrat, wanderte sie von einem Verwundeten zum anderen, legte ihnen die Hände auf, küsste sie und lobte ihre Taten in der Schlacht.

»Die Kraft zum Heilen stammt nicht von mir«, erklärte sie ihnen. »Sie kommt von dem Gott, der zurückgekehrt ist, um sich um euch zu kümmern.«

Gegen Mitternacht war das Zelt der Heiler leer.

Auf Befehl von Lord Milles beobachteten die schwarzen Mystiker Mina sehr genau, denn sie wollten ihr Geheimnis aufdecken, damit sie das Mädchen als Scharlatan entlarven konnten. Sie musste doch auf Tricks oder Taschenspielereien zurückgreifen. Mit Nadeln stachen sie in die von ihr geschenkten, neuen Gliedmaßen, um zu beweisen, dass diese reine Illusion waren, doch es floss echtes Blut. Sie schickten Patienten mit schrecklichen ansteckenden Krankheiten, welchen sich die Heiler am liebsten selbst nicht näherten. Mina setzte sich zwischen diese Leidenden, legte ihre Hände auf offene Wunden und eitrige Pusteln und betete sie im Namen des einen Gottes gesund.

Altgediente Graubärte raunten einander zu, sie sei wie die Kleriker von einst, denen die Götter wundersame Kräfte verliehen hatten. Solche Kleriker, hieß es, hätten sogar Tote erwecken können. Aber dieses Wunder konnte oder wollte Mina nicht vollbringen. Sie schenkte den Toten besondere Beachtung, aber sie erweckte sie nicht wieder zum Leben, obwohl sie oft darum gebeten wurde.

»Wir sind geschaffen, um dem einen wahren Gott zu dienen«, stellte Mina fest. »Wir dienen dem wahren Gott in dieser Welt, die Toten leisten ihren wichtigen Beitrag in der nächsten. Es wäre falsch, sie zurückzuholen.«

Auf ihren Befehl hin hatten die Soldaten alle Leichname vom Schlachtfeld geborgen, ob Freund, ob Feind, und sie in langen Reihen auf dem blutigen Gras aufgebahrt. Mina kniete neben jedem Toten nieder und betete für ihn, ganz gleich, auf welcher

Seite er gekämpft hatte, befahl seine Seele in die Hände des namenlosen Gottes und ordnete schließlich an, sie alle in einem Massengrab beizusetzen.

Am dritten Tag nach der Schlacht hielt Mina auf Galdars Drängen hin Kriegsrat mit den Kommandanten der Ritter von Neraka. Inzwischen folgten ihr praktisch alle Offiziere, die bisher Lord Milles unterstanden hatten, und diese Offiziere beschworen Mina einmütig, die Belagerung von Sanction wieder aufzunehmen und sie zu einem voraussichtlich glorreichen Sieg über die Solamnier zu führen.

Mina lehnte ihre Vorschläge ab.

»Warum?«, wollte Galdar an diesem Morgen wissen, dem Morgen des fünften Tages, als er und Mina allein waren. Er war von ihrer Weigerung enttäuscht. »Warum willst du nicht zum Angriff blasen? Wenn du Sanction einnimmst, kann Lord Targonne nichts mehr gegen dich unternehmen! Er wird gezwungen sein, dich als einen seiner wertvollsten Ritter anzuerkennen!«

Mina saß an einem großen Tisch, den man auf ihr Geheiß hin in ihr Zelt gebracht hatte. Auf dem Tisch lagen Karten von Ansalon ausgebreitet, die sie jeden Tag studiert hatte. Immer wieder hatte sie die Namen der Städte, Ortschaften und Dörfer in sich hineingeflüstert, während sie sich ihre Lage einprägte. Nun beendete sie ihre Arbeit und blickte den Minotaurus an.

»Wovor fürchtest du dich, Galdar?«, fragte sie milde.

Der Minotaurus legte die Stirn über der Schnauze in tiefe, empörte Falten. »Ich habe Angst um dich, Mina. Alle, die Targonne für eine Bedrohung hält, verschwinden mit der Zeit. Niemand ist vor ihm sicher. Nicht einmal unsere frühere Führerin Mirielle Abrena. Angeblich starb sie, weil sie verdorbenes Fleisch gegessen hatte, aber jeder kennt die Wahrheit.«

»Und die wäre?«, erkundigte sich Mina abgelenkt. Sie betrachtete wieder die Karte.

»Er hat sie natürlich vergiften lassen«, erzürnte sich Galdar. »Frag ihn selbst, wenn du ihm je begegnest. Er wird es nicht abstreiten.«

Mina seufzte. »Mirielle kann sich glücklich schätzen. Jetzt ist sie bei ihrem Gott. Obwohl die Vision, die sie verkündete, falsch war, kennt sie nun die Wahrheit. Sie wurde für ihre Anmaßung bestraft und vollbringt nun große Taten im Namen dessen, der namenlos bleiben soll. Was Targonne angeht«, Mina blickte wieder auf, »so dient er dem einen, wahren Gott in dieser Welt, deshalb ist es ihm vorerst noch gestattet zu bleiben.«

»Targonne?« Galdar schnaubte heftig. »Der dient einem Gott, allerdings, nämlich dem Gott der blanken Münze.«

Mina lächelte heimlich in sich hinein. »Ich habe nicht behauptet, dass Targonne weiß, dass er dem einen dient, Galdar. Doch er tut es. Deshalb werde ich Sanction nicht angreifen. Diesen Kampf werden andere ausfechten. Sanction geht uns nichts an. Wir sind zu Höherem auserkoren.«

»Zu Höherem?« Galdar staunte. »Du weißt nicht, was du sagst, Mina! Was könnte großartiger sein als die Eroberung von Sanction? Dann würden die Leute sehen, dass die Ritter von Neraka wieder eine echte Macht sind!«

Mina fuhr mit dem Finger eine Linie auf der Karte nach, die am Südrand der Karte aufhörte. »Wie wäre es mit der Einnahme des großen Elfenkönigreichs Silvanesti?«

»Ha! Ha! Ha!« Galdar brüllte vor Lachen. »Ein echter Treffer, Mina, das gebe ich zu. Ja, das wäre ein prächtiger Sieg. Genauso prächtig, als ob der Mond vom Himmel fiele und auf meinem Frühstücksteller landen würde, was ungefähr genauso wahrscheinlich ist.«

»Du wirst schon sehen, Galdar«, entgegnete Mina ruhig. »Sag mir Bescheid, sobald der Bote eintrifft. Ach, und Galdar ...«

»Ja, Mina?« Der Minotaurus hatte sich schon zum Gehen gewandt.

»Gib Acht«, warnte sie ihn. Ihre Augen durchbohrten ihn wie geschärfte Pfeilspitzen. »Dein Spott beleidigt den Gott. Mach diesen Fehler nicht noch einmal.«

Galdar spürte klopfende Schmerzen in seinem Schwertarm. Seine Finger wurden gefühllos.

»Ja, Mina«, murmelte er. Während er sich aus dem Zelt duckte, um Mina ihrer Karte zu überlassen, massierte er seinen Arm.

Galdars Schätzung nach würde ein Kurier von Lord Milles den Ritt zum Hauptquartier der Ritter in Jelek in zwei Tagen schaffen. Einen Tag brauchte er, um bei Nachtmeister Targonne vorgelassen zu werden, weitere zwei Tage für den Rückweg. Heute konnten sie damit rechnen, etwas zu erfahren. Nachdem er Minas Zelt verlassen hatte, streifte der Minotaurus um das Lager und beobachtete die Straße.

Er war nicht der Einzige. Hauptmann Samuval und seine Schützen waren ebenfalls hier, genau wie viele Soldaten aus Milles' Leibwache. Alle waren kampfbereit. Sie hatten sich gegenseitig geschworen, jeden aufzuhalten, der versuchen würde, ihnen Mina zu entreißen.

Aller Augen hingen an der Straße. Die Posten, die eigentlich Sanction beobachten sollten, blickten viel öfter hinter sich anstatt nach vorn auf die belagerte Stadt. Lord Milles, der seit dem Angriff nur einmal das Zelt verlassen hatte, um herumzustreifen, dabei jedoch durch einen Hagel aus Pferdeäpfeln und Schmähungen zurückgetrieben worden war, schob die Zeltklappen auseinander, um ungeduldig zur Straße zu schauen. Zweifellos würde Targonne seinem Kommandanten zur Hilfe kommen und Truppen schicken, um die Meuterei niederzuschlagen.

Die einzigen Augen im Lager, die nicht zur Straße sahen, waren Minas. Die junge Frau blieb in ihrem Zelt, wo sie noch immer die Karten studierte.

»Und das ist der Grund, weshalb wir Sanction nicht angreifen? Das hat sie gesagt? Wir sollen nach Silvanesti ziehen?« Hauptmann Samuval, der mit Galdar zusammen auf der Straße stand und den Kurier erwartete, runzelte die Stirn. »So ein Blödsinn! Sie hat doch nicht etwa Angst?«

Galdar machte ein finsteres Gesicht, legte eine Hand auf sein Schwert und zog es halb aus der Scheide. »Für diese Bemerkung sollte ich dir eigentlich die Zunge abschneiden! Du hast doch gesehen, wie sie allein in die feindliche Front stürmte. Wo war da ihre Angst?«

»Friede, Minotaurus«, bat Samuval. »Steck dein Schwert ein. Ich wollte nicht respektlos erscheinen. Du weißt so gut wie ich, dass man sich im Rausch der Schlacht unbesiegbar fühlt und Dinge tut, die man bei kaltblütiger Überlegung niemals angehen würde. Es wäre nur natürlich, dass sie sich jetzt ein wenig fürchtet, nachdem sie sich alles ausgiebig ansehen konnte und erkannt hat, wie gewaltig diese Aufgabe ist.«

»Sie hat kein bisschen Angst in sich«, knurrte Galdar, steckte aber sein Schwert weg. »Wie kann jemand Angst haben, der mit sehnsüchtiger Ungeduld vom Tod spricht, als würde sie ihm am liebsten in die Arme laufen und wäre gegen ihren Willen dazu gezwungen, am Leben zu bleiben.«

»Man kann noch viele andere Dinge fürchten außer dem Tod«, hielt Samuval dagegen. »Zum Beispiel Versagen. Vielleicht fürchtet sie, dass sich ihre Anhänger gegen sie wenden, wenn sie sie in die Schlacht führt und den Kampf verliert.«

Galdar wandte sein gehörntes Haupt nach hinten, um einen Blick über die Schultern zu werfen. Dort oben auf einer kleinen Erhebung stand Minas Zelt, vor dem die blutige Standarte hing. Es war von Menschen umringt, die schweigend Wache hielten, warteten und hofften, einen Blick auf sie zu erhaschen oder ihre Stimme zu hören.

»Würdest du sie noch verlassen, Hauptmann?«, fragte Galdar.

Hauptmann Samuval folgte dem Blick des Minotaurus. »Nein, das würde ich nicht«, antwortete er schließlich. »Ich weiß nicht, weshalb. Vielleicht hat sie mich verhext.«

»Ich sage dir, warum«, erwiderte Galdar. »Weil sie uns etwas gibt, an das wir glauben können. Etwas anderes als uns selbst. Ich habe mich gerade eben darüber lustig gemacht«, fügte er demütig hinzu und rieb seinen Arm, der immer noch unangenehm prickelte. »Und das tut mir sehr Leid.«

Eine Trompete erklang. Die Posten am Taleingang teilten mit, dass der erwartete Bote nahte. Alle im Lager unterbrachen ihre Tätigkeiten und blickten auf, spitzten die Ohren und reckten die Hälse. Eine große Menge blockierte die Straße, teilte sich jedoch, um den Kurier auf seinem dampfenden Pferd vorbeigaloppieren zu lassen. Galdar eilte sofort zu Mina.

Genau in dem Moment, als Mina aus ihrem Zelt trat, tauchte Lord Milles vor seinem auf. Da er darauf vertraute, dass der Bote die Nachricht bringen würde, dass Targonne sehr wütend war und eine Armee bewaffneter Ritter schicken würde, um die Hochstaplerin zu ergreifen und hinzurichten, warf Lord Milles Mina einen triumphierenden Blick zu. Er war sicher, dass ihr Fall unmittelbar bevorstand.

Sie würdigte ihn keines Blickes, sondern stand vor ihrem Zelt und wartete voller Gelassenheit die Entwicklungen ab, als kenne sie deren Ausgang bereits.

Der Kurier glitt vom Pferd. Etwas verblüfft registrierte er die Menge, die sich um Minas Zelt geschart hatte. Er stellte erschrocken fest, dass sie ihm nicht gerade wohl gesonnen waren. Deshalb blickte er immer wieder über seine Schulter, während er zu

Lord Milles lief und diesem seine Botschaft aushändigte. Minas Gefolgsleute ließen ihn nicht aus den Augen und lösten auch nicht die Hände von ihren Schwertern.

Lord Milles riss dem Boten das Futteral mit der Nachricht aus der Hand. Er war sich des Inhalts so sicher, dass er nicht einmal in den Schutz seines Zelts zurückkehrte, um es zu lesen. Er öffnete das unverzierte, schlichte Lederfutteral, zog die Nachricht heraus, brach das Siegel auf und entrollte schwungvoll die Botschaft. Er hatte sogar schon Luft geholt, um zu verkünden, dass diese unverschämte Frau unter Arrest zu stellen war.

Die Luft entwich wie aus einer zusammengefallenen Schweinsblase. Sein Gesicht wurde erst schlaff, dann bebte es vor Wut. Von seiner Stirn perlte der Schweiß, seine Zunge glitt mehrmals über seine Lippen. Er zerknüllte die Nachricht in der Hand und tastete dann stolpernd wie ein Blinder nach den Zeltklappen, um sie zu öffnen. Ein Adjutant trat vor. Fauchend schubste Lord Milles den Mann beiseite, betrat das Zelt, zog die Klappe hinter sich zu und band sie fest.

Der Botschafter wandte sich der Menge zu.

»Ich suche die Schwadronführerin mit dem Namen Mina«, erklärte er mit lauter, tragender Stimme.

»Was führt dich zu ihr?«, brüllte ein riesiger Minotaurus, der aus der Menge trat und sich vor dem Boten aufbaute.

»Ich habe einen Befehl von Nachtmeister Targonne für sie«, erwiderte der Bote.

»Lasst ihn durch«, rief Mina.

Der Minotaurus eskortierte den Mann. Die Menge, die dem Kurier den Weg versperrt hatte, machte einen Weg von Lord Milles' Zelt zu Minas frei.

Diesen von kampfbereiten Soldaten gesäumten Pfad lief der Bote entlang. Er war unfreundlichen Blicken ausgesetzt, so dass er selbst geradeaus schaute, obwohl auch das nicht gerade angenehm für ihn war, da er so dem breitschultrigen Minotaurus auf den Rücken starrte. Pflichtbewusst setzte der Kurier seinen Weg fort.

»Ich suche den Ritteroffizier mit dem Namen Mina«, wiederholte er betont, als er einigermaßen verwirrt das junge Mädchen ansah, das vor ihm stand. »Du bist doch noch ein Kind.«

»Ein Kind der Schlacht. Ein Kind des Krieges. Ein Kind des Todes. Ich bin Mina«, entgegnete das Mädchen, an dessen ruhiger Autorität nicht zu zweifeln war.

Der Bote verneigte sich und überreichte ihr ein zweites Futteral, das in elegantes schwarzes Leder gehüllt und mit einem silbernen Siegel versehen war, das Lilie und Totenkopf zeigte. Mina öffnete die Hülle und zog die Schriftrolle heraus. Die Menge wurde still, schien sogar das Atmen zu vergessen. Der Bote sah sich mit wachsendem Erstaunen um. Später würde er Targonne berichten, dass er sich nicht wie in einem Militärlager vorgekommen war, sondern wie in einem Tempel.

Mit ausdruckslosem Gesicht las Mina die Botschaft durch. Schließlich gab sie das Schriftstück an Galdar weiter, der es ebenfalls las. Sein Kiefer klappte so weit herunter, dass man seine scharfen Zähne in der Sonne glitzern und seine schlaffe Zunge herunterhängen sah. Er las die Botschaft ein zweites Mal, ehe er staunend Mina anblickte.

»Vergib mir, Mina«, flüsterte er, als er ihr das Pergament zurückgab.

»Bitte nicht mich um Vergebung, Galdar«, mahnte sie. »Denn du hast nicht an mir gezweifelt.«

»Was steht denn in der Botschaft, Galdar?«, drängte Hauptmann Samuval ungeduldig. Die Menge nahm seine Frage auf.

Mina hob die Hand. Augenblicklich gehorchten die Soldaten ihrem unausgesprochenen Befehl. Wieder senkte sich dieses Schweigen wie in einem Tempel über die Versammelten.

»Mein Befehl lautet, nach Süden zu marschieren. Wir sollen in das Elfenland Silvanesti einmarschieren, es erobern und halten.«

Aus den Kehlen der Soldaten erhob sich ein leises, verärgertes Murmeln wie Donnergrollen, das einen Sturm ankündigt.

»Nein!«, schrien einige erzürnt. »Das können sie nicht machen! Komm mit uns, Mina! Zum Abgrund mit Targonne! Wir ziehen nach Jelek! Ja, das machen wir! Wir ziehen nach Jelek!«

»Hört mich an!«, übertönte Mina den Lärm. »Dieser Befehl stammt nicht von General Targonne! Er hat ihn nur mit seiner Hand geschrieben. Dieser Befehl stammt von dem einen Gott. Es ist der Wille unseres Gottes, dass wir Silvanesti angreifen, um der ganzen Welt zu beweisen, dass der Gott zurückgekehrt ist. Wir marschieren nach Silvanesti!« Minas Stimme steigerte sich zu einem aufrüttelnden Schrei. »Und wir werden siegen!«

»Hurra!« Die Soldaten jubelten und stimmten an: »Mina! Mina! Mina!«

Wie betäubt blickte der Bote in die Runde. Das ganze Lager, tausend Stimmen, brüllte den Namen dieses Mädchens. Der Ruf hallte von den Bergen wider und donnerte gen Himmel. Man hörte ihn in der Stadt Sanction, wo die Bürger erzitterten und die Ritter grimmig zu den Waffen griffen, weil sie glaubten, dass der belagerten Stadt Schreckliches bevorstand.

Ein furchtbarer, gurgelnder Schrei erhob sich über die Rufe und unterbrach manche, obwohl die Leute am Rand der Menge weiterschrien, weil sie nichts mitbekommen hatten. Der Schrei kam aus dem Zelt von Lord Milles. Es klang so entsetzlich, dass die Umstehenden zurückwichen und alarmiert das Zelt anstarrten.

»Seht nach, was geschehen ist«, befahl Mina.

Galdar befolgte ihren Befehl. Der Kurier begleitete ihn, denn er wusste, dass Targonne an dem Ausgang sehr interessiert sein würde. Nachdem Galdar sein Schwert gezogen hatte, hackte er die Lederriemen durch, welche die Klappe verschlossen. Er duckte sich ins Zelt und war gleich darauf wieder draußen.

»Der Lord ist tot«, berichtete er, »durch seine eigene Hand.«

Wieder brachen die Soldaten in Jubel aus. Diesmal mischte sich Hohngelächter hinein.

Mit einem Zorn, der ihre Bernsteinaugen wie helles Feuer erglühen ließ, fuhr Mina auf die Umstehenden los. Die Soldaten hörten auf zu lachen und zogen die Köpfe ein. Wortlos, mit gerecktem Kinn und steifem Kreuz ging sie an ihnen vorbei und erreichte den Eingang des Zelts.

»Mina«, sagte Galdar, der die blutbefleckte Botschaft hochhielt. »Dieses Ungeheuer wollte dich hängen lassen. Targonnes Antwort ist der Beweis dafür.«

»Lord Milles steht jetzt vor dem einen Gott, Galdar«, erklärte Mina, »wo wir alle eines Tages stehen werden. Es steht uns nicht zu, über ihn zu richten.«

Sie nahm das blutige Dokument, steckte es in ihren Gürtel und betrat das Zelt. Als Galdar ihr folgen wollte, schickte sie ihn weg und zog die Zeltklappen hinter sich zu.

Galdar behielt die Klappen im Auge. Dann drehte er sich kopfschüttelnd um und baute sich schützend vor dem Zugang auf.

»Geht an eure Arbeit«, wies der Minotaurus die Soldaten an, die sich vor dem Zelt drängten. »Wenn wir nach Silvanesti wollen, haben wir noch einiges zu tun.«

»Was macht sie da drin?«, wollte der Kurier wissen.

»Beten«, teilte Galdar ihm kurz angebunden mit.

»Beten!«, wiederholte der Kurier verwundert. Im Nu saß er auf seinem Pferd und ritt davon, denn er wollte die erstaunlichen Ereignisse dieses Tages unverzüglich dem Nachtmeister mitteilen.

»Na? Was ist passiert?«, fragte Hauptmann Samuval, der sich neben Galdar aufstellte.

»Mit Milles?« Galdar schnaubte. »Der hat sich in sein Schwert gestürzt.« Der Minotaurus gab dem Hauptmann die Botschaft. »Das hier hatte er in der Hand. Er hat Targonne wirklich einen Haufen Lügen aufgetischt – wie Mina fast die Schlacht verloren hätte und er selbst alles gerettet hat. Targonne mag ein mordlüsterner, verschlagener Halunke sein, aber dumm ist er nicht«, räumte Galdar mit widerwilliger Bewunderung ein. »Er hat Milles' Lügen durchschaut und ihm befohlen, dem großen Drachen Malystryx persönlich von seinem ›Sieg‹ zu erzählen.«

»Kein Wunder, dass er diesen Ausweg gewählt hat«, meinte Samuval. »Aber warum schickt er Mina nach Silvanesti? Was wird dann aus Sanction?«

»Targonne hat General Dogah aus Khur abberufen. Er soll die Belagerung von Sanction übernehmen. Wie ich schon sagte, Targonne ist nicht dumm. Er weiß, dass Mina und ihr Gerede von dem einen, wahren Gott für ihn und seine lächerlichen ›Visionen‹ eine Bedrohung darstellen. Aber er weiß auch, dass es einen Aufstand gibt, wenn er versucht, sie zu verhaften. Das große Drachenweibchen Malystryx ärgert sich schon lange über Silvanesti, weil die Elfen einen Weg gefunden haben, ihr zu entkommen, indem sie sich unter ihrem magischen Schild verkriechen. Nun kann Targonne Malystryx besänftigen, indem er ihr mitteilt, dass er eine Armee nach Silvanesti geschickt hat, und sich gleichzeitig einer gefährlichen Bedrohung seiner Autorität erwehren.«

»Weiß Mina denn, dass wir durch Blöde marschieren müssen, um Silvanesti zu erreichen?«, erregte sich Hauptmann Samuval. »Ein Reich, das von den Ogern gehalten wird? Die regen sich ohnehin schon auf, dass wir einen Teil ihres Landes besetzt haben.

Sie werden keine weiteren Beschneidungen ihres Territoriums dulden.« Samuval schüttelte den Kopf. »Das ist Selbstmord! Wir werden Silvanesti nicht einmal von weitem sehen. Wir müssen versuchen, ihr diese Dummheit auszureden, Galdar.«

»Es steht mir nicht zu, ihre Entscheidungen in Zweifel zu ziehen«, wehrte der Minotaurus ab. »Sie wusste schon heute Morgen, dass wir nach Silvanesti ziehen würden, schon bevor der Bote eintraf. Weißt du es nicht mehr? Ich selbst habe dir davon erzählt.«

»Hast du das?« Hauptmann Samuval überlegte. »Das hatte ich bei all der Aufregung vergessen. Ich frage mich, woher sie das wusste.«

Mina trat aus Milles' Zelt. Sie war sehr blass.

»Seine Sünden sind ihm vergeben. Seine Seele wurde aufgenommen.« Sie seufzte, blickte sich um und schien enttäuscht zu sein, wieder unter Sterblichen zu weilen. »Wie ich ihn beneide!«

»Mina, wie lauten deine Befehle?«, erkundigte sich Galdar.

Für einen Moment schien Mina ihn nicht zu erkennen, als ob ihre Augen noch immer wundersame Dinge sähen, die anderen Sterblichen nicht vergönnt waren. Dann lächelte sie matt, seufzte wieder und kam in die Gegenwart zurück.

»Ruft die Truppen zusammen. Hauptmann Samuval wird zu ihnen sprechen und ihnen wahrheitsgemäß mitteilen, dass es eine gefährliche Reise wird. Manche würden von Selbstmord sprechen.« Sie lächelte Samuval zu. »Ich werde niemandem befehlen, diesen Marsch anzutreten. Jeder, der mitgeht, tut dies aus eigenem, freiem Willen.«

»Alle werden mitkommen, Mina«, versicherte Galdar leise.

Mit leuchtenden Augen sah Mina ihn an. »Wenn das stimmt, wäre unsere Armee zu groß, zu unbeweglich. Wir müssen schnell vorrücken, und wir müssen unseren Vormarsch geheim halten. Natürlich sollen meine eigenen Ritter mich begleiten. Du suchst fünfhundert der besten Fußsoldaten aus, Galdar. Die Übrigen sollen mit meinem Segen hier bleiben. Sie müssen die Belagerung von Sanction fortsetzen.«

Galdar zwinkerte. »Aber Mina, hast du nicht zugehört? Targonne hat General Dogah befohlen, die Belagerung von Sanction zu übernehmen.«

Mina lächelte. »General Dogah wird einen neuen Befehl erhalten, der ihm mitteilt, dass er sich nach Süden wenden und mit größter Eile nach Silvanesti marschieren soll.«

»Aber ... woher sollte dieser Befehl kommen?«, japste Galdar. »Doch nicht von Targonne. Der schickt uns nur nach Silvanesti, um uns loszuwerden, Mina!«

»Wie ich bereits sagte, Galdar, Targonne handelt für den einen Gott, ob er es nun weiß oder nicht.« Mina griff zum Gürtel, in dem der Befehl steckte, den Milles von Targonne erhalten hatte. Sie hielt das Pergament ans Licht. Unten prangte groß und schwarz Targonnes Name neben seinem rot leuchtenden Siegel. Mina zeigte mit dem Finger auf die Worte. Das Blatt wies Blutflecken von Milles auf.

»Was steht da, Galdar?«

Befremdet betrachtete Galdar die Worte und begann, sie zu lesen. Da stand genau dasselbe wie vorher:

Hiermit befehle ich Lord Milles ...

Plötzlich begannen die Worte vor seinen Augen zu verschwimmen. Galdar schloss die Augen, rieb sie und machte sie wieder auf. Die Worte wirkten noch immer verschwommen. Jetzt schienen sie über das Blatt zu kriechen, bis die schwarze Tinte sich mit dem roten Blut von Milles vermischte.

»Was steht da, Galdar?«, fragte Mina noch einmal.

Galdar merkte, wie ihm der Atem stockte. Er wollte sprechen, brachte jedoch nur ein raues Flüstern zustande. »Hiermit befehle ich General Dogah, seine Truppen südwärts zu verlagern und schnellstmöglich nach Silvanesti zu marschieren. Unterzeichnet, Targonne.«

Das war Targonnes Schrift, ohne jeden Zweifel. Es war seine Unterschrift, sein Siegel.

Mina rollte das Pergament säuberlich zusammen und schob es zurück in das Futteral.

»Ich wünsche, dass du diesen Befehl persönlich ablieferst, Galdar. Anschließend schließt du auf der Straße nach Süden mit uns auf. Ich zeige dir unsere Marschroute. Samuval, bis Galdar zurück ist, bist du mein Stellvertreter.«

»Du kannst auf mich und meine Männer zählen, Mina«, beteuerte Hauptmann Samuval. »Wir würden dir bis in den Abgrund folgen.«

Mina betrachtete ihn nachdenklich. »Den Abgrund gibt es nicht mehr, Hauptmann. Sie, die dort regierte, ist gegangen und wird nie mehr zurückkehren. Die Toten haben jetzt ihr eigenes Reich – ein Reich, in dem sie weiterhin dem einen Gott dienen dürfen.«

Ihr Blick wanderte zu den Bergen, umfasste das Tal und die Soldaten, die bereits dabei waren, das Lager abzubrechen. »Morgen früh ziehen wir los. Wir werden für den Marsch zwei Wochen brauchen. Gebt die nötigen Befehle aus. Zwei Proviantwagen sollen uns begleiten. Sagt mir Bescheid, wenn alles fertig ist.«

Galdar befahl seinen Offizieren, die Männer zusammenzurufen. Als er Minas Zelt betrat, beugte sie sich gerade wieder über eine ihrer Karten, auf der sie verschiedene Steine platziert hatte. Alle konzentrierten sich auf das Gebiet Blöde.

»Du wirst hier zu uns stoßen«, teilte sie ihm mit, während sie auf einen der Steine deutete. »Ich schätze, dass du zwei Tage brauchst, bis du bei General Dogah bist, und weitere drei Tage, um uns zu erreichen. Der eine Gott möge dir Flügel verleihen, Galdar.«

»Möge der eine Gott mit dir sein, bis wir uns wiedersehen, Mina«, wünschte Galdar ihr.

Er wollte wirklich gehen. Bevor das Tageslicht schwächer wurde, konnte er noch viele Meilen laufen. Doch es fiel ihm schwer, sie zu verlassen. Er konnte sich nicht mehr vorstellen, auch nur einen Tag ohne ihre Augen, ihre Stimme zu sein. Er fühlte sich beraubt, als hätte man sein ganzes Fell geschoren, als stünde er zitternd und schwach wie ein neugeborenes Kalb allein in der Welt.

Mina legte eine Hand auf seine Hand, auf die, die sie ihm geschenkt hatte. »Ich werde bei dir sein, wo immer du hingehst, Galdar«, versicherte sie.

Er fiel auf ein Knie und drückte ihre Hand an seine Stirn. Die Erinnerung an ihre Berührung wollte er wie einen Talisman hüten, deshalb machte er kehrt und rannte aus dem Zelt.

Als Nächster trat Hauptmann Samuval ein, um ihr mitzuteilen, dass wie erwartet jeder Soldat im Lager unbedingt mitwollte. Er hatte die fünfhundert ausgewählt, die er für die Besten hielt. Diese Männer wurden jetzt von allen Übrigen beneidet.

»Ich fürchte, die Zurückbleibenden könnten desertieren, um dir zu folgen, Mina«, gab Samuval zu bedenken.

»Ich werde zu ihnen sprechen«, willigte sie ein. »Ich erkläre ihnen, dass sie Sanction weiter in Schach halten müssen, ohne Aussicht auf Verstärkung. Ich werde ihnen sagen, wie sie das anstellen können. Sie werden begreifen, wo ihre Pflicht liegt.«

Noch immer zog sie kleine Steine über die Karte.

»Was ist das?«, wollte Samuval neugierig wissen.

»Die Position der Oger«, erwiderte Mina. »Sieh her, Hauptmann, wenn wir diesen Weg nehmen, direkt vom Khalkist her nach Osten, dann kommen wir anschließend über die Ebene von Khur viel besser nach Süden durch. Wir umgehen die größte Truppenkonzentration, denn die befindet sich hier am Südende der Bergkette, wo sie gegen die Stahllegion und die Armee der Elfenhexe Alhana Sternenwind kämpft. Wir werden versuchen, ihnen auf diesem Weg, am Thon-Thalas entlang, zu entgehen. Irgendwann müssen wir uns den Ogern wahrscheinlich doch stellen, aber wenn mein Plan aufgeht, haben wir dann nur eine kleinere Armee vor uns. Mit dem Segen des Gottes werden die meisten von uns das Ziel erreichen.«

Aber was dann? Wie wollte sie einen magischen Schild durchbrechen, der bisher noch jedem Versuch, ihn zu überwinden, getrotzt hatte? Samuval fragte sie nicht. Er fragte auch nicht, woher sie die Position der Ogertruppen kannte oder woher sie wusste, dass diese gegen die Stahllegion und die Dunkelelfen kämpften. Die Ritter von Neraka hatten Spione ins Ogerland geschickt, doch nie war jemand lebend zurückgekehrt, um Bericht zu erstatten. Hauptmann Samuval fragte Mina auch nicht, wie sie Silvanesti mit einer so kleinen Armee halten wollte, einer Armee, die noch kleiner sein würde, wenn sie ihr Ziel erreicht hatten. Er stellte keine dieser Fragen.

Samuval hatte Vertrauen. Nicht unbedingt zu diesem einen Gott, aber doch zu Mina.

13 Die Geißel von Ansalon

Der seltsame Vorfall, der Tolpan Barfuß in der fünften Nacht seiner Reise nach Qualinesti im Gewahrsam von Sir Gerard zustieß, ließ sich am leichtesten damit erklären, dass die Tage zwar schönes, sonniges Reisewetter gebracht hatten, die Nächte jedoch bewölkt und voller Nieselregen gewesen waren. Bis zu dieser Nacht. Heute Nacht war der Himmel klar. Die warme, weiche Luft war von den Geräuschen des Waldes erfüllt, von Grillengezirpe, Eulenrufen und gelegentlichem Wolfsgeheul.

Weit im Norden trabte der Minotaurus Galdar die Straße nach Khur entlang. Tief im Süden hielt Silvanoshei wie geplant unter Fanfarenklängen einen triumphalen Einzug in Silvanost. Die gesamte Bevölkerung von Silvanost kam herbei, um ihn willkommen zu heißen. Staunend starrte man ihn an. Silvanoshei war schockiert und verstört, als er sah, wie wenig Elfen noch in der Stadt lebten. Doch er verlor kein Wort darüber, sondern ließ sich von General Konnal und einem Elfenzauberer in weißen Roben, dessen Charme Silvanoshei sofort für ihn einnahm, gebührend in Empfang nehmen.

Während Silvanoshei von goldenen Tellern Elfendelikatessen verspeiste und prickelnden Wein aus Kristallkelchen kostete und Galdar beim Gehen getrocknete Erbsen kaute, nahmen Tolpan und Gerard ihre übliche langweilige und geschmacklose Mahlzeit aus Fladenbrot und Trockenfleisch zu sich, die sie mit nichts als reinem Wasser herunterspülten. Sie waren nach Süden geritten, bis sie Torweg erreichten, wo sie an mehreren Gasthäusern vorbeikamen, deren Wirte mit verkniffener Miene in der Tür standen. Bevor der Drache die Straßen abgeriegelt hatte, hätten diese Wirte vor einem Kender die Türen verrammelt. Jetzt waren sie herausgerannt, um ihnen zum nie dagewesenen Preis von einer Stahlmünze Kost und Logis anzubieten.

Sir Gerard hatte sie nicht beachtet, sondern war vorbeigeritten, ohne sie eines Blickes zu würdigen. Tolpan hatte seufzend den Wirtshäusern nachgeschaut, die in der Ferne kleiner wurden. Auf seine Anmerkung, dass ein Krug kaltes Bier und ein Teller heißes Essen doch durchaus eine willkommene Abwechslung wären, hatte Gerard geantwortet, je weniger Aufmerksamkeit sie erregten, desto besser für alle Beteiligten.

Deshalb zogen sie weiter nach Süden, einer neuen Straße folgend, die neben dem Fluss verlief. Gerard zufolge war die Straße von den Rittern von Neraka erbaut worden, um deren Nachschub nach Qualinesti zu sichern. Tolpan fragte sich zwar, wieso die Ritter von Neraka die Elfen in Qualinesti belieferten, aber vermutlich war das eine Neuerung, die Elfenkönig Gilthas eingeführt hatte.

Die letzten vier Nächte hatten Tolpan und Gerard bei Nieselregen im Freien verbracht. Diese fünfte Nacht war schön. Wie üblich übermannte der Schlaf den Kender, noch ehe er für ihn bereit war. Doch in der Nacht wurde er von einem Licht, das ihm in die Augen schien, unsanft aus dem Schlaf gerissen.

»Hey! Was ist das?«, wollte er mit lauter Stimme wissen. Er warf die Decke weg, sprang auf und packte Gerard an der Schulter, um ihn wachzurütteln.

»Sir Gerard! Aufwachen!«, rief Tolpan. »Sir Gerard!«

Im Nu war der Ritter hellwach und stand mit dem Schwert in der Hand da. »Was?« Er blickte sich um, weil er mit einer Gefahr rechnete. »Was ist denn? Hast du etwas gehört? Etwas gesehen? Was?«

»Das da! Das da oben!« Tolpan zerrte am Hemd des Ritters und zeigte es ihm.

Sir Gerard bedachte den Kender mit einem wirklich wütenden Blick. »Soll das ein Witz sein?«

»O nein«, beteuerte Tolpan. »Meine Witze gehen anders. Ich sage: ›Klopf, klopf‹, und du sagst: ›Wer da?‹, und ich sage: ›Minotaurus‹, und du sagst: ›Minotaurus, Mist‹, und ich sage: ›Also da bist du gerade reingetreten.‹ Solche Witze gefallen mir. Aber diesmal meine ich das komische Licht da oben am Himmel.«

»Das ist der Mond«, grollte Sir Gerard durch zusammengebissene Zähne.

»Nein!« Tolpan war baff. »Wirklich? Der Mond?«

Er sah genauer hin. Das Ding schien wirklich einem Mond zu ähneln: Es war rundlich, es hing zwischen den Sternen am Himmel, und es leuchtete. Aber da war es mit der Ähnlichkeit auch schon vorbei.

»Wenn das Solinari ist«, bemerkte Tolpan mit skeptischem Blick auf den Mond, »was ist ihm dann zugestoßen? Ist er krank?«

Sir Gerard antwortete nicht. Er legte sich wieder auf seine Decke, schob das Schwert in greifbare Nähe, griff nach einem Zipfel seiner Decke und rollte sich hinein. »Geh schlafen«, mahnte er kalt, »und zwar bis morgen früh.«

»Aber ich will mehr über den Mond wissen!«, beharrte Tolpan, der sich neben den Ritter hockte und geflissentlich übersah, dass Gerard ihm den Rücken zudrehte und die Decke über den Kopf gezogen hatte. Außerdem war der Ritter offenbar noch immer wutentbrannt, weil man ihn wegen einer Nichtigkeit so gewaltsam geweckt hatte. Sogar sein Rücken sah wütend aus. »Wie kommt es, dass Solinari so blass und kränklich aussieht? Und wo ist die hübsche, rote Lunitari? Ich würde wahrscheinlich auch fragen, wo der Nuitari ist, wenn ich den schwarzen Mond je gesehen hätte, was ich nicht konnte, so dass er da sein könnte, nur weiß ich nichts davon –«

Urplötzlich warf Gerard sich herum. Sein Kopf kam unter der Decke hervor. Streng und unfreundlich musterte er den Kender. »Du weißt recht gut, dass Solinari seit über dreißig Jahren nicht mehr am Himmel steht, seit dem Ende des Chaoskriegs. Genau wie Lunitari. Also kannst du mit diesem lächerlichen Geplapper ruhig aufhören. Ich werde jetzt schlafen. Du weckst mich allerhöchstens, wenn die Hobgoblins angreifen. Ist das klar?«

»Aber der Mond!«, hielt Tolpan dagegen. »Ich weiß noch, dass Solinari bei Caramons erster Beerdigung so hell schien, dass es mitten in der Nacht taghell war. Palin sagte, so würde Solinari Caramon auf seine Weise ehren, und –«

Gerard warf sich wieder herum und steckte seinen Kopf unter die Decke.

Tolpan plauderte weiter, bis er den Ritter schnarchen hörte. Sicherheitshalber piekste er Gerard noch in die Schulter, was jedoch keinen Erfolg zeitigte. Der Kender überlegte, ob er Gerard ein Lid hochheben sollte, um zu prüfen, ob er wirklich schlief oder nur so tat. Bei Flint hatte dieser Trick immer funktioniert, allerdings hatte am Ende der erzürnte Zwerg den Kender meist mit dem Schürhaken durch das Zimmer gejagt.

Tolpan war jedoch mit anderen Dingen beschäftigt, deshalb ließ er den Ritter in Ruhe und kehrte auf seine eigene Decke zurück, wo er sich hinlegte, die Hände hinter dem Kopf verschränkte und den seltsamen Mond anstarrte, der ohne den leisesten Hinweis eines Wiedererkennens zurückstarrte. Da kam Tolpan eine Idee. Er ließ den Mond Mond sein und suchte stattdessen nach seinen Lieblingssternbildern.

Auch sie waren verschwunden. Die Sterne, die er jetzt betrachtete, waren kalt, fern und unbekannt. Der einzige verständnisvolle Stern am Nachthimmel war ein einzelner roter Stern, der nicht fern von dem seltsamen Mond hell leuchtete. Der Stern war von einem warmen, tröstlichen Schein umgeben, der das leere, kalte Gefühl in Tolpans Magengrube wettmachte. Als junger Kender hatte er bei diesem Gefühl gedacht, er bräuchte etwas zu essen, aber jetzt, nach jahrelangem Abenteurerleben, wusste er, dass ihm sein Inneres auf diese Weise verriet, dass etwas nicht stimmte. Dieses Gefühl hatte er übrigens auch ungefähr zu dem Zeitpunkt gehabt, als der Riesenfuß genau über seinem Kopf geschwebt hatte.

Tolpan behielt den roten Stern im Auge. Nach einer Weile tat das kalte, leere Gefühl nicht mehr ganz so weh. Als es ihm endlich besser ging und er die Gedanken an den fremdartigen Mond und die unfreundlichen Sterne und den turmhohen Riesen verdrängt hatte, gerade als er begann, die Nacht zu genießen, schlich der Schlaf heran, um ihn wieder einmal zu überwältigen.

Am nächsten Tag wollte der Kender über den Mond sprechen. Das tat er auch, aber er führte Selbstgespräche. Sir Gerard beantwortete keine von Tolpans unzähligen Fragen, drehte sich kein einziges Mal um, sondern ritt einfach mit Tolpans Pony am Zügel gemächlich weiter.

Schweigend folgte der Ritter dem Weg, war dabei aber wachsam und suchte ununterbrochen den Horizont ab. Die ganze Welt schien an diesem Tag schweigend vorzurücken, nachdem Tolpan ein paar Stunden später endlich zu reden aufhörte. Nicht, dass er die Selbstgespräche leid gewesen wäre, nur die Antworten hatte er allmählich satt. Unterwegs trafen sie niemanden, schließlich hörten sie nicht einmal mehr Tiere. Kein Vogel zwitscherte. Kein Eichhörnchen hüpfte über den Weg. Kein Hirsch streifte durch die Schatten oder rannte mit weiß blitzendem Schwanz erschrocken davon.

»Wo sind die Tiere?«, wollte Tolpan von Gerard wissen.

»Sie verstecken sich«, antwortete der Ritter. Es waren an diesem Tag seine ersten Worte. »Sie haben Angst.«

Die Luft war so still, als ob die Welt den Atem anhielte, um nur nicht bemerkt zu werden. Nicht einmal die Bäume raschelten. Tolpan hatte das Gefühl, sie hätten am liebsten die Wurzeln aus dem Boden gezogen und wären davongerannt.

»Wovor haben sie Angst?«, erkundigte sich Tolpan interessiert, während er sich aufgeregt umsah, weil er ein Spukschloss oder ein bröckelndes Gutshaus oder wenigstens eine gespenstische Höhle erwartete.

»Sie fürchten den großen grünen Drachen. Beryl. Wir befinden uns jetzt auf der westlichen Ebene und sind damit in ihr Revier eingedrungen.«

»Du redest dauernd von diesem grünen Drachen. Ich habe noch nie von ihm gehört. Der einzige grüne Drache, den ich kannte, hieß Cyan Blutgeißel. Wer ist Beryl? Woher kommt sie?«

»Wer weiß das schon«, tat Gerard die Frage ungeduldig ab. »Von jenseits des Meeres vermutlich, zusammen mit dem großen roten Drachen Malystryx und anderen Vertretern ihrer üblen Art.«

»Also wenn sie nicht von hier ist, warum geht dann nicht einfach ein Held hin und ersticht sie mit seiner Lanze?«, fragte Tolpan vergnügt.

Gerard stoppte sein Pferd und ruckte an den Zügeln von Tolpans Pony, das mit gesenktem Kopf gelangweilt hinterher getrottet war. Jetzt hielt es neben dem Schwarzen an, schüttelte seine Mähne und beäugte hoffnungsvoll einen Fleck Gras.

»Sprich leiser!«, mahnte Gerard mit gedämpfter Stimme. So ernst und streng hatte ihn der Kender wirklich noch nicht gesehen. »Beryls Spione sind überall, auch wenn wir sie nicht sehen. In ihrem Reich geschieht nichts, ohne dass sie davon erfährt. Hier rührt sich nichts ohne ihre Erlaubnis. Wir sind vor einer Stunde in ihr Revier eingedrungen«, fügte er hinzu. »Ich wäre sehr überrascht, wenn nicht bald jemand kommt, um uns zu begutachten – ah, da! Was habe ich dir gesagt?«

Er hatte sich umgedreht und blickte aufmerksam nach Osten. Mit jedem Augenblick wuchs dort ein schwarzer Fleck am Himmel, wurde größer und größer. Tolpan sah, wie dem Fleck Flügel wuchsen, ein langer Schwanz, ein schwerer Körper – ein dicker grüner Körper.

Tolpan hatte schon Drachen erlebt. Er war sogar auf Drachen geritten, hatte gegen Drachen gekämpft. Doch nie hatte er einen solch gewaltigen Drachen gesehen oder sich einen solchen Anblick erhofft. Sein Schwanz schien so lang wie die Straße, auf der sie unterwegs waren; die Zähne im geifernden Kiefer hätten die zinnenbewehrten Mauern einer ansehnlichen Festung darstellen können. Die verschlagenen roten Augen glühten heißer als die Sonne und schienen alles, was sie betrachteten, mit einem gleißenden Licht zu beleuchten.

»Wenn dein oder mein Leben dir etwas wert ist, Kender«, flüsterte Gerard eindringlich, »dann sag oder tu jetzt nichts.«

Beryl kreiste direkt über ihnen und ließ den Kopf pendeln, um sie von allen Seiten zu begutachten. Wie der Schatten des Drachen, der das Sonnenlicht verdeckte, überkam die beiden die Drachenangst, die Vernunft, Hoffnung und kühlen Verstand ausblendete. Das Pony schüttelte sich und wieherte kläglich. Der Schwarze wieherte gellend, er trat und bockte vor Schreck. Gerard klammerte sich auf dem buckelnden Pferd fest, ohne es beruhigen zu können, weil er derselben Angst zum Opfer gefallen war. Tolpan starrte fassungslos nach oben. Ihn überkam ein höchst unangenehmes Gefühl, das ihm den Magen zusammenkrampfte, seine Knochen auflöste, die Knie weich werden und die Hände schwitzen ließ. Keines dieser Gefühle sagte ihm besonders zu. Auf der Liste der unangenehmen Empfindungen rangierten sie etwa neben einem üblen Schnupfen.

Beryl kreiste zweimal über ihnen, doch als sie nichts Wichtigeres vorfand als einen ihrer Verbündeten, einen Ritter mit einem gefangenen Kender im Schlepptau, ließ sie die beiden in Ruhe. Gemächlich flog sie ohne große Eile zu ihrem Hort zurück, wobei ihre scharfen Augen alles wahrnahmen, was sich auf ihrem Gelände bewegte.

Gerard rutschte von seinem Pferd, stellte sich neben das zitternde Tier und lehnte seinen Kopf gegen dessen bebende Flanken. Er war kreidebleich, schwitzte und zitterte wie Espenlaub. Mehrmals klappte er den Mund auf und zu. Einmal sah er aus, als würde ihm gleich übel werden, doch er fing sich wieder. Schließlich normalisierte sich seine Atmung.

»Ich schäme mich«, stellte er fest. »Ich wusste nicht, dass ich solche Angst fühlen kann.«

»*Ich* hatte keine Angst«, verkündete Tolpan mit einer Stimme, die ebenso zu zittern schien wie sein Körper. »Ich hatte kein bisschen Angst.«

»Wenn du ein bisschen Hirn hättest, hättest du auch Angst«, meinte Gerard verdrossen.

»Na ja, ich habe zwar schon etliche scheußliche Drachen gesehen, aber noch nie einen so ...«

Unter Gerards zornigem Blick verebbten Tolpans Worte.

»So ... imposanten«, endete der Kender laut, falls einer der Spione des Drachen zuhörte. »Imposant«, flüsterte er Gerard zu. »Das ist doch eine Art Kompliment, oder?«

Der Ritter reagierte nicht. Nachdem er sich und sein Pferd beruhigt hatte, nahm er wieder die Zügel von Tolpans Pony und bestieg den Schwarzen, ohne sie loszulassen. Er brach jedoch nicht sofort auf, sondern blieb noch eine Weile mitten auf der Straße stehen und blickte nach Westen.

»Ich habe noch nie einen von den großen Drachen zu Gesicht bekommen«, äußerte er schließlich leise. »So schlimm hatte ich mir das nicht vorgestellt.«

Er verharrte noch einige Augenblicke, ehe er entschlossen, wenn auch blass, weiterritt.

Tolpan folgte ihm, denn etwas anderes blieb ihm nicht übrig, da der Ritter wieder einmal das Pony führte.

»War das der Drache, der die ganzen Kender getötet hat?«, fragte Tolpan kleinlaut.

»Nein«, gab Gerard zurück. »Das war ein noch größerer Drache. Ein roter Drache mit dem Namen Malys.«

»Oh«, machte Tolpan. »Au weia.«

Ein noch größerer Drache. Das konnte er sich nicht vorstellen, und er hätte fast gesagt, dass er so einen noch größeren Drachen gern mal sehen würde, ehe ihm ziemlich abrupt klar wurde, dass das eigentlich gar nicht stimmte.

»Was ist nur los mit mir?«, heulte Tolpan bestürzt auf. »Ich werde bestimmt krank. Ich bin *nicht* neugierig! Ich will *keinen* roten Drachen sehen, der womöglich größer ist als Palanthas. Das sieht mir doch gar nicht ähnlich.«

Was zu einem erstaunlichen Gedanken führte, einem solch verblüffenden Gedanken, dass Tolpan fast von seinem Pony gestürzt wäre.

»Vielleicht bin ich nicht mehr ich!«

Tolpan dachte gründlich nach. Immerhin glaubte außer Caramon niemand daran, dass er er war, aber Caramon war zu diesem Zeitpunkt schon ziemlich alt und fast tot gewesen, also zählte der vielleicht gar nicht. Laura hatte *gesagt,* dass sie Tolpan für Tolpan hielt, aber bestimmt war das nur Höflichkeit gewesen, also zählte das auch nicht. Sir Gerard hatte behauptet, er könne unmöglich Tolpan Barfuß sein, und Lord Warren war derselben Ansicht gewesen. Das waren immerhin Ritter von Solamnia, was bedeutete, dass sie klug waren und höchstwahrscheinlich wussten, wovon sie sprachen.

»Das würde alles erklären«, tröstete sich Tolpan, der immer fröhlicher wurde, je länger er darüber nachsann. »Es würde erklären, warum bei Caramons zweiter Beerdigung nichts so war wie bei der ersten, denn es ist gar nicht mir passiert, sondern jemand ganz anderem. Aber wenn das stimmt«, fügte er hinzu, denn nun geriet er ganz durcheinander, »wenn ich nicht ich bin, dann frage ich mich doch, wer ich bin?«

Er dachte eine gute halbe Meile darüber nach.

»Eines steht fest«, befand er schließlich. »Ich darf mich nicht mehr Tolpan Barfuß nennen. Wenn ich den echten träfe, würde der sich ziemlich darüber ärgern, dass ich seinen Namen angenommen habe. Genau wie es mir erging, als ich feststellte, dass es siebenunddreißig andere Tolpan Barfuße in Solace gab – neununddreißig, wenn man die Hunde mitzählt. Vermutlich muss ich ihm auch das Zeitreisegerät zurückgeben. Ich frage mich, wie es bei mir gelandet ist. Ach, natürlich. Er hat es wohl fallen lassen.«

Tolpan trat Grauchen in die Flanken. Das Tier merkte auf und trabte vorwärts, bis Tolpan neben dem Ritter anlangte.

»Entschuldigung, Sir Gerard«, setzte Tolpan an. Der Ritter schaute ihn stirnrunzelnd an. »Was?«, fragte er kalt.

»Ich wollte dir nur sagen, dass ich mich geirrt habe«, gab Tolpan kläglich zu. »Ich bin nicht der, für den ich mich ausgegeben habe.«

»Na, das ist aber mal eine Überraschung«, schnaubte Gerard. »Du meinst, du bist nicht Tolpan Barfuß, der schon dreißig Jahre tot ist?«

»Ich habe daran geglaubt«, räumte Tolpan wehmütig ein. Er konnte sich von dieser Vorstellung schlechter lösen, als er gedacht hatte. »Aber es ist nicht möglich. Weißt du, Tolpan Barfuß war ein Held. Er hatte vor nichts Angst. Und ich glaube, ihm wäre überhaupt nicht so komisch zumute gewesen wie mir, als der Drache über uns hinwegflog. Aber ich weiß jetzt, was mit mir nicht stimmt.«

Er erwartete eine höfliche Frage des Ritters, doch der fragte nicht. Also gab Tolpan die Antwort freiwillig preis.

»Ich habe Magnesie«, erklärte er feierlich.

Diesmal sagte Gerard tatsächlich: »Was?«, wenn auch nicht besonders höflich.

Tolpan legte eine Hand auf die Stirn, um zu prüfen, ob es zu fühlen war. »Magnesie. Ich weiß nicht genau, wie man Magnesie bekommt. Hat vielleicht was mit Magnetismus zu tun. Aber ich erinnere mich daran, dass Raistlin mal erzählte, er hätte so jemanden gekannt, und der konnte sich nicht mehr daran erinnern, wer er war, warum er war, wo er seine Brille gelassen hatte und so weiter. Also muss ich Magnesie haben, denn das beschreibt genau meine Verfassung.«

Nachdem dieses Problem gelöst war, strahlte Tolpan – beziehungsweise der Kender, der sich bisher für Tolpan gehalten hatte – vor Stolz aus allen Knopflöchern, weil er an einer so eindrucksvollen Krankheit litt.

»Natürlich«, fügte er seufzend hinzu, »steht einer Menge Leute eine herbe Enttäuschung bevor, weil sie doch denken, ich bin Tolpan, und dann feststellen werden, dass ich es nicht bin. Aber sie müssen eben irgendwie damit fertig werden.«

»Ich werde mir Mühe geben«, konstatierte Gerard trocken. »Nun denk aber doch mal richtig gründlich nach, ob dir vielleicht einfällt, wer du *wirklich* bist.«

»Ich hätte nichts gegen die Wahrheit«, meinte Tolpan. »Ich habe bloß das Gefühl, die will sich nicht an mich erinnern.«

Schweigend ritten die beiden durch eine schweigende Welt, bis Tolpan schließlich zu seiner Erleichterung ein Geräusch hörte – fließendes Wasser, das Tosen eines schäumenden, reißenden Flusses, der sich gegen sein einengendes Felsbett zu wehren schien. Die Menschen nannten diesen Fluss den Weißen Fluss. Er bildete die Nordgrenze des Elfenreichs Qualinesti.

Gerard zügelte sein Pferd. Nach der nächsten Biegung war der Fluss bereits zu sehen, ein breiter Abschnitt weiß schäumenden Wassers, dass um und über glänzend schwarze Felsen rauschte.

Der Tag ging zu Ende. Die Schatten im Wald kündigten bereits die Dämmerung an. Der Fluss spiegelte das letzte Licht, welches das Wasser zum Schimmern brachte, und in diesem Licht konnten sie in der Ferne eine schmale Brücke über den Fluss erkennen. Sie war durch ein gesenktes Tor geschützt, dessen Wachen die gleiche schwarze Rüstung trugen wie Gerard.

»Das sind ja Schwarze Ritter«, stellte Tolpan erstaunt fest.

»Leise!«, befahl Gerard streng. Er stieg ab, zog den Knebel aus dem Gürtel und näherte sich dem Kender. »Denk daran, wir werden deinem angeblichen Freund Palin Majere nur begegnen können, wenn sie uns vorbeilassen.«

»Aber was machen die Schwarzen Ritter hier in Qualinesti?«, wollte Tolpan noch schnell wissen, bevor Gerard den Knebel anbringen konnte.

»Das Reich steht unter der Herrschaft von Beryl. Diese Ritter hier sind ihre Aufseher. Sie setzen ihre Gesetze durch und treiben die Steuern ein, die es den Elfen gestatten, ihr Leben zu behalten.«

»Oh, nein«, wehrte Tolpan kopfschüttelnd ab. »Das muss ein Fehler sein. Die Schwarzen Ritter wurden von Porthios und Gilthas zusammen im Jahr – urg!«

Gerard stopfte dem Kender den Knebel in den Mund und zurrte ihn fest. »Wenn du noch länger so vor dich hin schwatzt, brauche ich dich gar nicht mehr zu knebeln. Alle werden glauben, du seist verrückt.«

»Wenn du mir erzählen würdest, was passiert ist«, widersprach Tolpan, der den Knebel abgezogen hatte und sich nach Gerard umschaute, »müsste ich keine Fragen stellen.«

Gerard schob entnervt den Knebel zurück. »Also gut«, gab er verärgert nach. »Während des Chaoskriegs eroberten die Ritter von Neraka Qualinesti, und anschließend zogen sie nicht wieder ab«, erklärte er, während er den Knoten fester zurrte. »Sie hätten das Land sogar gegen den Drachen verteidigt. Doch Beryl war schlau. Sie merkte, dass sie gar nicht zu kämpfen brauchte, denn die Ritter konnten ihr von Nutzen sein. Also verbündete sie sich mit ihnen. Die Elfen zahlen Tribut, die Ritter sammeln ihn ein und händigen einen Anteil – einen großen Anteil – dem Drachen aus. Den Rest behalten die Ritter. Ihnen geht es bestens. Dem Drachen geht es bestens. Nur die Elfen haben Pech.«

»Das ist bestimmt passiert, als ich Magnesie hatte«, krähte Tolpan, der eine Ecke des Knebels herausgepult hatte.

Gerard zog den Knoten noch fester und fügte gereizt hinzu: »Das heißt ›Amnesie‹, verdammt nochmal. Und jetzt halt den Mund!«

Er stieg wieder auf sein Pferd und ritt mit Tolpan im Schlepptau auf das Tor zu. Die Wachen sahen aus, als hätten sie auf sie gewartet. Vielleicht hatte der Drache ihnen bereits mitgeteilt, dass zwei Reiter kamen, denn sie wirkten nicht überrascht, als die beiden aus dem Wald auftauchten. Am Tor standen Ritter mit Hellebarden, doch es war ein Elf in grünen Kleidern mit einer glitzernden Kettenrüstung, der auf sie zukam und sie verhörte. Ein Offizier der Ritter von Neraka stand wachsam hinter dem Elfen.

Er betrachtete die beiden, besonders den Kender, mit Missbilligung.

»Auf Befehl von Gilthas, Stimme der Sonnen, ist das Elfenreich Qualinesti für alle Reisenden geschlossen«, verkündete der Elf in Gemeinsprache. »Was führt euch hierher?«

Gerard lächelte, um zu zeigen, dass er den Scherz zu schätzen wusste. »Ich komme mit einer dringenden Botschaft für Marschall Medan«, erklärte er, während er aus seinem schwarzen Lederhandschuh ein abgegriffenes Papier herauszog, das er mit der gelangweilten Miene dessen, der so etwas schon viele Male gemacht hatte, überreichte.

Der Elf würdigte das Papier keines Blickes, sondern reichte es dem Offizier der Ritter weiter. Der schenkte ihm mehr Beachtung. Er prüfte es genau, dann sah er Gerard abwägend an, ehe er ihm das Dokument zurückgab. Gerard steckte es wieder in seinen Handschuh.

»Welche Geschäfte führen Euch zu Marschall Medan, Hauptmann?«, hakte der Offizier nach.

»Ich habe etwas, was er sucht, Sir«, erwiderte Gerard. Mit dem Daumen wies er nach hinten. »Diesen Kender.«

Der Offizier zog die Augenbrauen hoch. »Was will Marschall Medan mit einem Kender?«

»Es ist eine Belohnung auf den kleinen Dieb ausgesetzt, Sir. Er hat den Dornenrittern einen wertvollen Gegenstand gestohlen. Einen magischen Gegenstand, der angeblich einst Raistlin Majere gehörte.«

Diesmal flackerten die Augen des Elfen auf. Er betrachtete sie mit größerem Interesse.

»Ich weiß von keinem Kopfgeld«, wandte der Offizier stirnrunzelnd ein. »Und von keinem Diebstahl.«

»Das ist wenig überraschend, Sir, wenn man bedenkt, dass es sich um Graue Roben handelte«, antwortete Gerard mit schiefem Lächeln und einem verstohlenen Blick in die Runde.

Der Offizier nickte und zuckte mit einer Braue. Die Grauen Roben waren Zauberer. Sie arbeiteten im Geheimen, erstatteten eigenen Offizieren Bericht und strebten eigene ehrgeizige Ziele an, die mit denen der restlichen Ritter übereinstimmten oder auch nicht. Deshalb brachten die Kriegsritter diesen Dornenrittern dasselbe Misstrauen entgegen, mit dem die Männer des Schwerts die Männer des Stabs seit Jahrhunderten bedachten.

»Erzählt mir von diesem Verbrechen«, forderte der Offizier ihn auf. »Wann und wo wurde es begangen?«

»Wie Ihr wisst, haben die Grauen Roben den Wald von Wayreth durchkämmt. Sie suchten den magischen Turm der Erzmagier, der sich ihnen noch immer entzieht. Während dieser Suche entdeckten sie diesen Gegenstand, wie oder wo, weiß ich nicht,

Sir. Man hat es mir nicht mitgeteilt. Die Grauen Roben wollten den Gegenstand zu weiteren Untersuchungen nach Palanthas bringen, stiegen aber unterwegs in einem Wirtshaus ab. Dort wurde ihnen der Gegenstand entwendet. Sie haben erst am nächsten Morgen gemerkt, dass er weg war«, ergänzte Gerard und verdrehte vielsagend die Augen. »Dieser Kender hat ihn gestohlen.«

»Also so bin ich dazu gekommen!«, sagte sich Tolpan fasziniert. »Was für ein wundervolles Abenteuer. Wie schade, dass ich mich nicht mehr daran erinnere.«

Der Offizier nickte. »Verdammte Graumäntel. Stockbetrunken, zweifellos. Tragen einfach ein wertvolles Artefakt durch die Gegend. So etwas von Arroganz!«

»Ja, Sir. Der Kriminelle ist mit seiner Beute nach Palanthas geflüchtet. Wir hatten die Anweisung, nach einem Kender Ausschau zu halten, der versuchen würde, gestohlene Gegenstände anzubieten. Deshalb beobachteten wir die Zaubereigeschäfte, und so haben wir ihn gefasst. Es war wirklich mühsam, ihn bis hierher zu bringen und den kleinen Quälgeist Tag und Nacht nicht aus den Augen zu lassen.«

Tolpan versuchte, sehr gefährlich auszusehen.

»Das kann ich mir vorstellen«, sagte der Offizier mitfühlend. »Hat man den Gegenstand wiedergefunden?«

»Ich fürchte nein, Sir. Angeblich hat er ihn verloren, aber da wir ihn in einem Geschäft für Zaubereibedarf erwischt haben, glauben wir, dass er ihn wohl irgendwo versteckt hat, um ihn herauszuholen, sobald er seinen Handel abgeschlossen hat. Die Dornenritter wollen das Versteck aus ihm herauskitzeln. Wenn das nicht klappt, hätten wir uns die Mühe sparen können.« Gerard zuckte mit den Schultern. »Am besten hätten wir diese Laus gleich gehängt.«

»Das Hauptquartier der Dornenritter liegt weiter südlich. Sie suchen noch immer nach dem verdammten Turm. Zeitverschwendung, wenn man mich fragt. Die Magie ist wieder aus der Welt verschwunden, und das ist auch gut so.«

»Ja, Sir«, bestätigte Gerard. »Ich habe Anweisung, zuerst Marschall Medan Bericht zu erstatten, da diese Sache unter seine Zuständigkeit fällt, aber wenn Ihr meint, ich sollte lieber direkt –«

»Nein, geht ruhig erst zu Medan. Wenigstens wird ihn die Geschichte mal wieder zum Lachen bringen. Braucht Ihr mit dem Kender Hilfe? Ich könnte einen Mann entbehren –«

»Danke, Sir. Wie Ihr seht, ist er gut gesichert. Ich rechne nicht mit Schwierigkeiten.«

»Na, dann gute Reise, Hauptmann«, wünschte der Offizier, der mit einer Handbewegung den Befehl gab, das Tor zu heben. »Sobald Ihr den Wurm abgeliefert habt, könnt Ihr hier entlang zurückreiten. Wir machen eine Flasche Zwergenschnaps auf, und Ihr erzählt mir das Neueste aus Palanthas.«

»Mit Vergnügen, Sir.« Gerard salutierte.

Er ritt durch das Tor und zerrte den gefesselten und geknebelten Tolpan hinter sich her. Der Kender hätte gern mit beiden Händen einen freundlichen Abschiedsgruß gewinkt, doch dann fiel ihm ein, dass dies vielleicht nicht zu seiner neuen Identität passen würde – Wegelagerer und Räuber wertvoller, magischer Gegenstände. Diese neue Rolle gefiel ihm ziemlich gut, deshalb beschloss er, sich ihrer würdig zu erweisen. Beim Vorbeireiten starrte er den Ritter trotzig an.

Der Elf war die ganze Zeit auf der Straße stehen geblieben, wo er ein ehrerbietiges, gelangweiltes Schweigen bewahrt hatte. Noch bevor das Tor sich wieder senkte, kehrte er ins Torhaus zurück. Die Dämmerung war in die Nacht übergegangen. Man zündete Fackeln an. Als das Pony über die Holzbrücke klapperte, sah Tolpan den Elf unter einer Fackel hocken, wo er einen Lederbeutel hervorzog. Ein paar Ritter knieten sich hin und begannen mit einem Würfelspiel. Das Letzte, was Tolpan von ihnen sah, war der Offizier, der sich mit einer Flasche zu ihnen gesellte. Seit der Drache die Straßen abflog, kamen kaum noch Reisende hier vorbei. Es würde eine einsame Wache werden.

Durch zahllose Grunzer und Quietscher deutete Tolpan an, dass er gern über ihr erfolgreiches Durchqueren des Tores reden würde – vor allem wollte er weitere Einzelheiten über seinen waghalsigen Diebstahl erfahren –, aber Gerard achtete nicht auf den Kender. Er preschte zwar nicht gerade im Galopp davon, doch sobald sie außer Sichtweite der Brücke waren, trieb er den Schwarzen merklich an.

Tolpan ging davon aus, dass sie die ganze Nacht durchreiten würden. Da er die Elfenhauptstadt von früheren Reisen her kannte, wusste er, dass es nicht mehr weit war bis Qualinost. In ein paar Stunden würden sie dort sein. Der Kender freute sich auf seine Freunde, die er so gern fragen wollte, ob sie nicht wüssten, wer er sei, falls er nicht Tolpan war. Wenn jemand Magnesie heilen konnte, dann Palin. Deshalb reagierte Tolpan völlig überrascht, als Gerard plötzlich sein Pferd zügelte und so tat, als wäre er nach dem langen Tag erschöpft. Nun sollten sie die Nacht also doch im Wald verbringen.

Sie schlugen ihr Lager auf und entzündeten sogar ein Feuer, was den Kender sehr verwunderte, da der Ritter bisher immer behauptet hatte, es wäre zu gefährlich, Feuer zu machen.

»Bestimmt fühlt er sich sicherer, da wir nun in Qualinesti sind.« Tolpan redete mit sich selbst, weil er noch immer den Knebel trug. »Ich frage mich trotzdem, warum wir angehalten haben. Vielleicht weiß er nicht, wie nah wir schon sind.«

Der Ritter briet ein Stück Pökelfleisch, dessen Duft durch den Wald zog. Er nahm Tolpan den Knebel ab, damit der Kender essen konnte, und bereute diese Entscheidung sogleich.

»Wie habe ich denn den Gegenstand gestohlen?«, fragte Tolpan gespannt. »Das ist ja so aufregend. Ich habe nämlich noch nie etwas gestohlen, musst du wissen. Stehlen ist sehr schlecht. Aber in diesem Fall dürfte es wohl nicht so schlimm sein, denn die Schwarzen Ritter sind böse Menschen. In welchem Gasthaus war es denn? Auf der Straße nach Palanthas gibt es etliche. War es im ›Schmutzfink‹? Der ist Klasse. Da macht jeder Halt. Oder vielleicht im ›Fuchs und Einhorn‹? Da sind Kender nicht willkommen, also eher nicht.«

Tolpan redete weiter, konnte den Ritter jedoch nicht dazu verleiten, etwas preiszugeben. Das störte den Kender allerdings wenig, denn er war durchaus in der Lage, die ganze Geschichte selbst zu erfinden. Bis sie ihr Essen beendet hatten und Gerard verschwunden war, um die Pfanne sowie die Holzschalen in einem Bach abzuwaschen, hatte der kühne Kender nicht nur einen, sondern einen ganzen Sack voller wundersamer, magischer Gegenstände gestohlen. Sechs Dornenrittern, die ihn mit sechs mächtigen Zaubersprüchen bedroht hatten, hatte er den Sack unter der Nase weggeschnappt, nachdem er sie alle sechs mit einem geschickten Schlag seines Hupak erledigt hatte.

»Und dabei muss ich mir die Magnesie zugezogen haben«, endete Tolpan. »Einer der Dornenritter hat mir einen heftigen Schlag auf den Schädel verpasst! Ich war mehrere Tage bewusstlos. Ach, nein«, fügte er enttäuscht hinzu. »Das kann nicht sein, denn sonst wäre ich doch nicht entkommen.« Er dachte geraume Zeit darüber nach. »Ich hab's«, verkündete er Gerard schließlich triumphierend. »Du hast mir auf den Kopf geschlagen, als du mich festgenommen hast?«

»Führe mich nicht in Versuchung«, mahnte Gerard. »Jetzt halt den Mund und schlaf.« Er breitete seine Decke neben dem heruntergebrannten Feuer aus. Nachdem er sie über sich gezogen hatte, drehte er dem Kender den Rücken zu.

Tolpan machte es sich auf seiner Decke gemütlich und blickte zu den Sternen auf. Heute Nacht würde der Schlaf ihn nicht so einfach erwischen. Er war viel zu sehr damit beschäftigt, sich sein Leben als die Geißel von Ansalon auszumalen. Er war ein wirklich gemeiner Schurke. Schon bei der bloßen Erwähnung seines Namens fielen die Frauen in Ohnmacht, und starke Männer erbleichten. Er war sich nicht ganz sicher, was Erbleichen alles umfasste, aber er hatte gehört, dass starken Männern so etwas passierte, wenn sie einem schrecklichen Gegner gegenüberstanden, deshalb kam es ihm hier ganz passend vor. Gerade als er sich ausmalte, wie er eine Stadt betrat, in der alle Frauen ohnmächtig in ihre Waschzuber gesunken waren, während die starken Männer rechts und links erbleichten, hörte er ein Geräusch. Ein leises Geräusch, nur ein Knacken, weiter nichts.

Es wäre Tolpan überhaupt nicht aufgefallen, doch er war es gewohnt, überhaupt keinen Laut aus dem Wald zu vernehmen. Deshalb streckte er die Hand aus und zupfte Gerard am Ärmel.

»Gerard?«, flüsterte Tolpan vernehmlich. »Ich glaube, da draußen ist jemand.«

Gerard schnaufte und schnarchte, wachte aber nicht auf, sondern schob sich nur noch tiefer unter seine Decke.

Tolpan lag ganz still. Er spitzte die Ohren. Zuerst vernahm er nichts mehr, doch dann kam wieder etwas. Ein Geräusch wie von einem Stiefel, der von einem losen Stein abrutscht.

»Gerard!«, drängte Tolpan. »Diesmal ist es bestimmt nicht der Mond.« Er wünschte, er hätte seinen Hupak zur Hand.

In diesem Augenblick rollte Gerard zu Tolpan herum, der im schwachen Licht der Glut erstaunt feststellte, dass der Ritter keineswegs schlief. Er tat nur so.

»Sei still!«, zischte Gerard ihm zu. »Stell dich schlafend!« Er machte die Augen wieder zu.

Tolpan schloss gehorsam die Augen, klappte sie allerdings im nächsten Augenblick wieder auf, um bloß nichts zu verpassen. Was sehr klug war, denn sonst hätte er nie die Elfen gesehen, die sich aus dem Dunkeln anschlichen.

»Gerard, pass auf!«, wollte Tolpan noch rufen, als sich schon eine Hand auf seinen Mund legte und kalter Stahl seinen Hals berührte, ehe er kaum mehr als »Ger-« gestammelt hatte.

»Was?«, murmelte Gerard verschlafen. »Was?«

Im nächsten Augenblick war er hellwach und versuchte, nach seinem Schwert zu greifen.

Ein Elf stieg dem Ritter fest auf die Hand – Tolpan hörte die Knochen knacken und gab einen mitleidigen Laut von sich. Ein zweiter Elf hob das Schwert auf, so dass der Ritter es nicht mehr erreichen konnte. Gerard versuchte aufzustehen, doch jetzt verpasste ihm derselbe Elf, der ihm auf die Hand getreten war, einen Tritt gegen den Kopf. Stöhnend rollte Gerard auf den Rücken und verlor die Besinnung.

»Wir haben sie beide, Herr«, sagte einer der Elfen zum Wald hin. »Wie lauten deine Befehle?«

»Lass den Kender leben, Kalindas«, drang eine Stimme aus der Finsternis – eine Menschenstimme, eine Männerstimme, die gedämpft klang, als käme sie aus den Tiefen einer Kapuze. »Ich brauche ihn lebend. Er muss uns erzählen, was er weiß.«

Der Mensch kannte sich im Wald anscheinend nicht besonders gut aus. Obwohl Tolpan ihn nicht sehen konnte, weil er im Schatten verharrte, konnte der Kender hören, wie seine Stiefel trockene Blätter und Zweige zertraten. Die Elfen hingegen waren still wie die Nachtluft.

»Und der Schwarze Ritter?«, wollte der Elf wissen.

»Töte ihn«, bestimmte der Mensch gleichgültig.

»Nein!«, schrie Tolpan schrill und wand sich. »Das dürft ihr nicht? Er ist kein echter Schwarzer – uff!«

»Ruhe, Kender«, befahl der Elf, der Tolpan festhielt. Er verschob sein Messer von Tolpans Kehle zu dessen Kopf. »Noch ein Laut, und ich schneide dir die Ohren ab. Dann bist du uns immer noch nützlich genug.«

»Ich wünschte, du würdest mir nicht die Ohren abschneiden«, redete Tolpan verzweifelt weiter, obwohl die Klinge bereits seine Haut anritzte. »Sonst fallen mir doch immer die Haare ins Gesicht. Aber wenn es sein muss, dann muss es wohl sein. Ihr macht bloß gerade einen schrecklichen Fehler. Wir kommen nämlich aus Solace, und Gerard ist gar kein Schwarzer Ritter, er ist Solamnier –«

»Gerard?«, merkte plötzlich der Mensch im Dunkeln auf. »Halt ein, Kellevandros! Töte ihn noch nicht. Ich kenne einen Solamnier mit Namen Gerard aus Solace. Ich will ihn mir ansehen.«

Der eigenartige Mond war wieder aufgegangen, doch sein Licht war unstet, weil dunkle Wolken über sein leeres, nichtssagendes Gesicht glitten. Tolpan versuchte, einen Blick auf den Menschen zu werfen, der diesen Überfall zu leiten schien. Zumindest richteten sich die Elfen in allem, was geschah, nach ihm. Der Kender war sehr neugierig auf ihn, denn er hatte das Gefühl, die Stimme zu kennen, obwohl er sie nicht recht einordnen konnte.

Tolpan sollte eine Enttäuschung erleben. Der Mensch war von Mantel und Kapuze verhüllt. Als er sich neben Gerard kniete, rollte der Kopf des Ritters willenlos zur Seite. Sein Gesicht war blutig, sein Atem ging unregelmäßig. Der Mensch musterte Gerard eindringlich.

»Nehmt ihn mit«, ordnete er an.

»Aber, Herr –« Der Elf mit dem Namen Kellevandros wollte Einwände erheben.

»Töten könnt ihr ihn auch später noch«, meinte der Mensch, stand auf, drehte sich um und verschwand im Wald.

Einer der Elfen löschte das Feuer. Ein anderer beruhigte die Pferde, besonders das schwarze, das beim Anblick der Fremden erschrocken gestiegen war. Ein dritter Elf stopfte Tolpan einen Knebel in den Mund und piekte dem Kender mit der Spitze seines Messers ins rechte Ohr, als der auch nur so aussah, als könnte er Protest einlegen.

Mit dem Ritter gingen die Elfen gründlich und geschwind um. Hände und Füße fesselten sie mit Lederriemen, in den Mund steckten sie einen Knebel, und die Augen wurden ihm verbunden. Dann hoben sie den Bewusstlosen von der Erde auf, trugen ihn zu seinem Pferd und warfen ihn quer über den Sattel. Der Schwarze hatte sich erschrocken, als die Elfen ins Lager eingefallen waren, doch jetzt hatte ihn einer der Elfen so beruhigt, dass das Tier ihm sogar den Kopf auf die Schulter gelegt hatte und an seinem Ohr schnupperte. Die Elfen fesselten Gerards Hände und Füße aneinander, indem sie das Seil unter dem Bauch des Pferdes hindurchführten und den Ritter so am Sattel festbanden.

Der Mensch sah den Kender an, aber Tolpan konnte noch immer nichts von seinem Gesicht erkennen, denn in diesem Augenblick zog ihm ein Elf einen Jutesack über den Kopf, so dass der Kender nur noch Jutesack sah. Die Elfen banden auch ihm die Füße zusammen, dann hoben ihn starke Hände hoch, warfen ihn quer über seinen Sattel, und schon schaukelte die Geißel von Ansalon mit dem Kopf im Sack in die Nacht hinein.

14 Hinter der Maskerade

Während man die Geißel von Ansalon unwürdig in einem Sack verschleppte, gab nur wenige Meilen weiter in Qualinost die Stimme der Sonnen, Herrscher der Elfen von Qualinesti, einen Maskenball. Maskenbälle waren bei den Elfen noch nicht lange üblich. Es handelte sich um einen Menschenbrauch, den ihre Stimme eingeführt hatte, in deren Blut ein Anteil Menschenblut floss, ein Fluch, den sein Vater, Tanis der Halbelf, an ihn weitergegeben hatte. Im Allgemeinen verabscheuten die Elfen Menschenbräuche ebenso wie die Menschen selbst, doch an der Maskerade fanden sie Gefallen. Gilthas hatte sie im Jahr 21 eingeführt, um seine zwanzig Jahre zurückliegende Thronbesteigung zu feiern. Jedes Jahr an diesem Tag hatte er seither einen Maskenball veranstaltet, der inzwischen als gesellschaftlicher Höhepunkt des Jahres galt.

Die Einladungen zu diesem wichtigen Ereignis waren sehr begehrt. Eingeladen wurden die Mitglieder des Königshauses, die Oberhäupter der Häuser, der Thalas-Enthia – der Elfensenat – sowie die obersten Anführer der Schwarzen Ritter, die eigentlichen Herrscher über Qualinesti. Darüber hinaus wählte Präfekt Palthainon, ehemaliger Elfensenator, den die Ritter von Neraka inzwischen zum Gouverneur von Qualinesti gemacht hatten, zwanzig Elfenjungfrauen für den Ball aus. Offiziell war Palthainon Gilthas' Berater. In der Stadt trug er jedoch den Spitznamen »der Puppenspieler«.

Der junge Herrscher Gilthas war noch unverheiratet. Es gab weder einen Thronerben noch die Aussicht darauf. Gilthas zeigte keine besondere Abneigung gegen das Heiraten, hatte sich jedoch einfach noch nicht dazu entschließen können. Eine Ehe sei eine Entscheidung von unermesslicher Tragweite, hatte er seinen Höflingen erklärt, und solle erst nach gründlicher Überlegung eingegangen werden. Wenn er nun einen Fehler beging und die falsche Frau wählte? Damit wäre sowohl sein Leben ruiniert als auch das der unglückseligen Ehefrau. Von Liebe war nie die Rede. Dass der König seine Frau liebte, erwartete niemand. Seine Ehe sollte rein politischen Zwecken dienen; das hatte Präfekt Palthainon so bestimmt, der aus den bedeutendsten (und reichsten) Familien von Qualinesti verschiedene in Frage kommende Kandidatinnen ausgewählt hatte.

In den letzten fünf Jahren hatte Palthainon jedes Jahr zwanzig dieser handverlesenen Elfenfrauen zusammengestellt und der Stimme der Sonnen vorstellen lassen. Gilthas hatte mit jeder getanzt, er hatte vorgegeben, sie alle zu mögen, hatte in jeder etwas Gutes gesehen, sich jedoch nicht entscheiden können. Das Leben der Stimme wurde weitgehend vom Präfekten kontrolliert, weswegen seine Untertanen auch abfällig von ihrem »Marionettenkönig« sprachen, doch Palthainon konnte Seine Majestät nicht dazu zwingen, eine Frau zu wählen.

Es war bereits eine Stunde nach Mitternacht. Die Stimme der Sonnen hatte mit jeder der zwanzig getanzt, um dem Präfekten diesen Gefallen zu tun, mit keiner jedoch ein zweites Mal, denn ein zweiter Tanz hätte wie eine Wahl ausgesehen. Nach jedem Tanz zog sich der König auf seinen Platz zurück, wo er mit brütender Miene die Festlichkeiten überblickte, als nähme ihm die Entscheidung, mit welcher der reizenden Damen er das nächste Mal tanzen sollte, die ganze Freude an dem Fest.

Die zwanzig Jungfrauen warfen ihm verstohlene Blicke zu, denn jede erhoffte sich ein Zeichen, dass er sie allen anderen vorzog. Gilthas war ein gut aussehender Mann, dem man sein Menschenblut kaum ansah. Nur sein Kiefer war mit dem Heranreifen kantiger geworden, als es bei Elfenmännern gewöhnlich der Fall war. Die honigfarbenen Haare trug er – angeblich aus einer gewissen Eitelkeit heraus – schulterlang. Seine Augen waren groß und mandelförmig, das Gesicht blass; bekanntlich war er häufig unpässlich. Er lächelte nur selten, was ihm niemand vorwarf, denn schließlich wussten alle, dass er ein Leben im goldenen Käfig führte. Man gab ihm vor, welche Worte er wann zu sagen hatte. Und wenn der Vogel still sein sollte, deckte man ein Tuch über seinen Käfig.

Kein Wunder also, dass Gilthas als unentschlossen und wankelmütig verrufen war, jemand, der sich gern zurückzog, las und Gedichte verfasste, eine Kunst, die er vor drei Jahren aufgenommen hatte, und für die er zweifellos Talent besaß. Jetzt saß er auf seinem Thron, einem alten Möbelstück, dessen Rückenlehne zur Sonne geschnitzt und vergoldet war, sah mit einer gewissen Ungeduld den Tänzern zu und vermittelte den Anschein, als könne er es nicht erwarten, in die Stille seiner Gemächer zu flüchten, wo er sich dem Glück des Verseschmiedens hingeben konnte.

»Seine Majestät wirkt heute Nacht ungewöhnlich lebhaft«, stellte Präfekt Palthainon fest. »Habt Ihr bemerkt, wie er die älteste Tochter des Gildemeisters der Silberschmiede anhimmelt?«

»Keineswegs«, gab Marschall Medan zurück, der Anführer der Besatzungstruppen der Ritter von Neraka.

»Aber ich versichere Euch, es ist so«, hielt Palthainon gereizt dagegen. »Seht doch, wie er ihr mit den Augen folgt.«

»Mir kommt es eher so vor, als ob er entweder den Boden oder seine Schuhe anstarrt«, bemerkte Medan. »Wenn Ihr je einen Erben für den Thron sehen wollt, Palthainon, werdet Ihr die Hochzeit selbst arrangieren müssen.«

»Das würde ich gern tun«, grollte Palthainon, »aber das Gesetz der Elfen schreibt vor, dass nur die Familie eine Heirat arrangieren darf. Und seine Mutter weigert sich eisern, sich einzumischen, ehe der König seine Entscheidung getroffen hat.«

»Dann solltet Ihr lieber hoffen, dass Seine Majestät noch lange, lange lebt«, meinte Medan. »Was sicher der Fall sein wird, da Ihr ihn doch so genau überwacht und Euch so rührend um seine Bedürfnisse kümmert. Dem König könnt Ihr wirklich keinen Vorwurf machen, Palthainon«, fügte der Marschall hinzu. »Schließlich ist Seine Majestät genau der, zu dem Ihr und Senator Rashas ihn gemacht habt – ein junger Mann, der nicht einmal zu pinkeln wagt, ohne vorher Eure Erlaubnis einzuholen.«

»Seine Majestät ist nicht sehr robust«, gab Palthainon geziert zurück. »Es ist meine Pflicht, ihm die schwere Verantwortung als Herrscher über die Elfennation zu erleichtern. Der arme junge Mann. Er kann nichts für seinen Wankelmut. Es ist das Menschenblut, wisst Ihr, Marschall. Eine ständige Schwäche. Wenn Ihr mich jetzt bitte entschuldigen würdet, ich möchte Seiner Majestät meine Aufwartung machen.«

Der Marschall, ein Mensch, verbeugte sich wortlos, als der Präfekt, dessen Maske passenderweise einen stilisierten Raubvogel darstellte, zu dem jungen König hinüberging. Politisch gesehen fand Medan Präfekt Palthainon ausgesprochen nützlich. Persönlich verabscheute Medan den Elfenpräfekten.

Marschall Alexius Medan war fünfundfünfzig Jahre alt. Vor dem Chaoskrieg war er den Rittern der Takhisis beigetreten, die damals noch von Lord Ariakan angeführt wurden. Der Krieg hatte das Vierte Zeitalter auf Krynn beendet und das Fünfte eingeläutet. Vor über dreißig Jahren war Medan der Kommandant gewesen, der den Angriff auf Qualinesti geleitet hatte. Seine Herrschaft war streng, notfalls auch hart, doch er war kein Freund sinnloser Grausamkeit. Zugegeben, die Elfen hatten heutzutage nur noch wenig persönliche Freiheit, aber diesen Mangel sah Medan nicht als Härte an. Seiner Ansicht nach war Freiheit ein gefährlicher Begriff, der leicht zu Chaos, Anarchie und einem Bruch in der Gesellschaft führte.

Disziplin, Ordnung, Ehre – das waren Medans Götter, nachdem Takhisis ihre treuen Ritter verraten hatte und (ohne sich um Disziplin oder Ehre zu scheren) einfach davongelaufen war, so dass ihre Ritter wie die letzten Einfaltspinsel dagestanden hatten. Medan zwang die Qualinesti ebenso zu Ordnung und Disziplin wie seine Ritter. Am meisten aber verlangte er in dieser Hinsicht von sich selbst.

Angewidert beobachtete Medan, wie Palthainon sich vor dem

König verneigte. Da er genau wusste, dass die Demut des Mannes nur gespielt war, drehte er sich weg, denn er empfand geradezu Mitleid für den jungen Gilthas.

Die Tänzer wirbelten an dem Marschall vorbei, Elfen, die als Schwäne oder Bären oder sonstige Vertreter der Vogelwelt und der Waldbewohner verkleidet waren. Medan wohnte der Maskerade bei, weil das Protokoll es vorschrieb, weigerte sich jedoch, ein Kostüm anzulegen oder eine Maske zu tragen. Vor Jahren schon hatte der Marschall die fließenden Roben der Elfen übernommen, die geschickt um den Körper drapiert wurden und im warmen, gemäßigten Klima von Qualinesti einfach die praktischste, angenehmste Kleidung darstellten. Da er auf diesem Ball der einzige Anwesende in Elfenkleidern war, kam es dem Menschen merkwürdigerweise so vor, als sähe er elfischer aus als jeder anwesende Elf.

Deshalb verließ der Marschall den heißen, lärmenden Tanzsaal und floh erleichtert in den Garten. Leibwachen nahm er nicht mit. Medan mochte es gar nicht, von Rittern in klirrender Rüstung verfolgt zu werden, und er fürchtete auch nicht besonders um seine eigene Sicherheit. Die Qualinesti liebten ihn zwar nicht, aber er hatte bereits Dutzende von Mordanschlägen überlebt. Wahrscheinlich konnte er besser auf sich aufpassen als jeder seiner Ritter. Für die Männer, die heutzutage in die Ritterschaft aufgenommen wurden, hatte Medan nicht viel übrig, denn er hielt sie für einen disziplinlosen, mürrischen Haufen Diebe, Mörder und Schurken. Um der Wahrheit Genüge zu tun – Medan zog es vor, Elfen im Rücken zu haben und nicht seine eigenen Männer.

Die Nachtluft war weich und vom Duft der Rosen, Gardenien und Orangenblüten durchzogen. In den Bäumen sangen Nachtigallen, deren Melodien mit der Musik von Harfe und Laute verschmolzen. Er erkannte die Musik. Hinter ihm führten hübsche Elfenmädchen einen traditionellen Tanz im Himmelssaal auf. Er blieb stehen und wäre am liebsten der Musik nachgegangen. Die Mädchen tanzten die *Quanisho,* die Erweckungspromenade, die Elfenmänner angeblich vor Leidenschaft verrückt werden ließ. Er fragte sich, ob dieser Tanz wohl eine Wirkung auf den König haben mochte. Vielleicht bewegte er ihn zu einem neuen Gedicht.

»Marschall Medan«, sagte eine Stimme neben ihm.

Medan drehte ich um. »Verehrte Mutter unserer Stimme«, begrüßte er die Frau und verneigte sich.

Laurana streckte die Hand aus, weiß, weich und duftend wie eine Kamelienblüte. Medan nahm ihre Hand und führte sie an seine Lippen.

»Also wirklich«, schalt sie freundlich, »wir sind doch unter uns. Solch förmliche Titel brauchen wir doch nicht als – wie soll ich uns beschreiben? ›Alte Feinde‹?«

»Respektvolle Gegner«, lächelte Medan. Etwas widerstrebend ließ er ihre Hand los.

Marschall Medan war nur mit seiner Pflicht verheiratet. Er glaubte nicht an die Liebe, die er für einen Makel an der Rüstung eines Mannes hielt, einen Makel, der verwundbar, angreifbar machte. Medan bewunderte und respektierte Laurana. Er fand sie schön, wie er seinen Garten schön fand. Sie war ihm eine große Hilfe, wenn er jenes klebrige Gewirr feiner Spinnweben durchdringen musste, das die Regierungsform der Elfen für ihn darstellte. Er benutzte sie, und er wusste sehr wohl, dass auch sie ihn benutzte. Ein zufrieden stellendes, natürliches Arrangement.

»Seid versichert, Madame«, äußerte er leise, »dass ich Eure Abneigung der Freundschaft anderer Leute vorziehe.«

Er warf einen viel sagenden Blick zum Palast zurück, wo Palthainon neben dem jungen König stand und diesem etwas ins Ohr flüsterte.

Laurana folgte seinem Blick. »Ich verstehe Euch, Marschall«, erwiderte sie. »Ihr repräsentiert eine Gruppierung, die meiner Meinung nach ganz dem Bösen verfallen ist. Ihr habt mein Volk besiegt und unterjocht. Ihr habt Euch mit unserem schlimmsten Feind verbündet, einem Drachen, der es auf unsere völlige Vernichtung abgesehen hat. Aber dennoch traue ich Euch weit mehr als diesem Mann.«

Sie drehte sich abrupt um. »Dieser Anblick gefällt mir nicht, Herr. Möchtet Ihr mich nicht ins Gewächshaus begleiten?«

Medan war gern bereit, eine zauberhafte Mondnacht im bezauberndsten Land auf Ansalon in Begleitung der bezauberndsten Frau dieses Landes zu verbringen. Seite an Seite schritten sie in einträchtigem Schweigen über einen Weg aus zerstoßenem Marmor, der glitzerte und funkelte, als wolle er den Sternen Konkurrenz machen. Der Duft der Orchideen war überwältigend.

Das königliche Gewächshaus bestand ganz aus Kristall und war mit Pflanzen gefüllt, die zu zart waren, um selbst die relativ milden Winter von Qualinesti zu überstehen. Das Gewächshaus stand etwas abseits vom Palast. Laurana sagte während des ganzen langen Weges kein Wort. Medan hatte nicht das Gefühl, diese friedliche Stille brechen zu müssen, deshalb schwieg auch er. Wortlos näherten sich die beiden dem Kristallgebäude, dessen viele Facetten den Mond widerspiegelten, so dass es aussah, als stünde nicht einer, sondern hundert Monde am Himmel.

Durch eine kristallene Tür traten sie ein. Die Luft war schwer von den Ausdünstungen der Pflanzen, die bei ihrem Eintreten raschelten, als wollten sie die Besucher willkommen heißen.

Musik und Lachen waren hier nicht mehr zu hören. Laurana seufzte tief auf. Sie sog den Duft ein, der die warme, feuchte Luft durchzog.

Sie berührte eine Orchidee und drehte sie zum Mondlicht hin.

»Wundervoll«, staunte Medan. »Meine Orchideen gedeihen zwar, besonders die, die Ihr mir geschenkt habt, aber so prächtige Blüten wollen mir nicht gelingen.«

»Zeit und Geduld«, tröstete Laurana. »Wie in allen Dingen. Um an unser Gespräch von vorhin anzuknüpfen, Marschall, ich will Euch verraten, warum ich Euch mehr Respekt entgegenbringe als Palthainon. Auch wenn Eure Worte für mich manchmal schwer zu ertragen sind, so weiß ich doch, dass jedes dieser Worte von Herzen kommt. Ihr habt mich nie belogen, selbst wenn eine Lüge Euren Zwecken besser gedient hätte als die Wahrheit. Palthainons Worte entgleiten seinem Mund, berühren den Boden und winden sich in die Dunkelheit davon.«

Medan verbeugte sich, um das Kompliment zu würdigen, wollte sich aber selbst nicht weiter über den Mann auslassen, der ihm half, Qualinesti zu beherrschen. Er wechselte das Thema.

»Ihr habt die Festlichkeiten früh verlassen, Madame. Ich hoffe, es geht Euch gut«, äußerte er höflich.

»Die Hitze und der Lärm waren schwer zu ertragen«, gab Laurana zurück. »Ich habe im Garten etwas Ruhe gesucht.«

»Habt Ihr schon zu Abend gespeist?«, erkundigte sich der Marschall. »Soll ich vielleicht Wein und etwas zu essen bringen lassen?«

»Nein, danke, Marschall. Ich habe zur Zeit sehr wenig Appetit. Ihr dient mir am besten, wenn Ihr mir eine Weile Gesellschaft leistet, sofern Euch nicht anderweitige Pflichten rufen.«

»Bei einer so charmanten Gefährtin glaube ich, dass nicht einmal der Tod mich von Eurer Seite rufen könnte«, entgegnete der Marschall.

Laurana hielt die Wimpern gesenkt und warf ihm lächelnd einen Blick zu. »Im Allgemeinen äußern sich Menschen nicht so gewählt wie Ihr. Ihr seid schon viel zu lange bei den Elfen, Marschall. Ja, ich glaube, Ihr seid inzwischen mehr Elf als Mensch. Ihr tragt unsere Kleidung, Ihr sprecht fließend unsere Sprache, Ihr findet Gefallen an unserer Musik und unserer Dichtkunst. Ihr habt Gesetze zum Schutz des Waldes erlassen, die strenger sind als alles, was wir selbst verabschiedet hätten. Vielleicht habe ich mich getäuscht«, meinte sie leichthin. »Vielleicht seid Ihr der Besiegte und wir in Wahrheit die Eroberer.«

»Ihr macht Euch über mich lustig, Madame«, gab Medan zurück, »und wahrscheinlich werdet Ihr lachen, wenn ich gestehe, dass Ihr gar nicht so falsch liegt. Bevor ich nach Qualinesti kam, hatte ich keinen Sinn für die Natur. Ein Baum lieferte nur Holz für eine Palisade oder einen neuen Stiel für eine Streitaxt. Die einzige Musik, die mir zusagte, war der einschüchternde Takt der Kriegstrommeln. Die einzigen Texte, die mir gefielen, waren die Nachrichten aus dem Hauptquartier. Ich gebe offen zu, dass ich lachen musste, als ich in dieses Land einzog und beobachtete, wie ein Elf voller Respekt mit einem Baum sprach oder zärtlich mit einer Blume redete. Doch dann, eines Frühlings, als ich schon sieben Jahre hier lebte, stellte ich überrascht fest, dass ich sehnlichst darauf wartete, wieder Blumen in meinem Garten zu sehen. Ich fragte mich, welche zuerst blühen würde und ob der neue Rosenstrauch, den der Gärtner im Vorjahr gepflanzt hatte, wohl Blüten tragen würde. Ungefähr zur gleichen Zeit merkte ich, dass mir die Lieder der Harfnerin durch den Kopf gingen. Ich begann, mich mit den Versen zu beschäftigen, um die Worte zu verstehen.

Um die Wahrheit zu sagen, verehrte Lauralanthalasa, ich liebe Euer Land tatsächlich. Deshalb«, fügte Medan mit düsterer Miene hinzu, »bemühe ich mich nach Kräften, den Zorn des Drachen von diesem Land abzuwenden. Deshalb muss ich diejenigen aus Eurem Volk hart bestrafen, die gegen meine Autorität aufbegehren. Beryl wartet nur auf die Ausrede, deretwegen sie Euch und Euer Land vernichten könnte. Wenn die irregeleiteten Rebellen Eures Volkes ihren Widerstand fortsetzen, wenn sie meine Truppen angreifen oder sabotieren, können sie Euch allen den Tod bringen.«

Medan hatte keine Ahnung, wie alt Laurana sein mochte. Vielleicht Hunderte von Jahren. Doch sie wirkte so schön und jung wie in den Tagen des Lanzenkriegs, in denen sie als der Goldene General die Armeen des Lichts gegen die Truppen von Königin Takhisis geführt hatte. Er hatte alte Soldaten getroffen, die noch immer von ihrem Mut in der Schlacht sprachen, von dem Kampfgeist, der den sinkenden Mut ihrer bedrängten Armeen neu entfacht und sie zum Sieg geführt hatte. Er wünschte, er hätte sie damals sehen können, obwohl sie auf unterschiedlichen Seiten gestanden hätten. Er wünschte, er hätte sie auf dem Rücken ihres Drachen in die Schlacht ziehen sehen, als ihr goldenes Haar das glänzende Banner war, dem ihre Soldaten folgten.

»Ihr sagt, Ihr vertraut auf meine Ehre, Madame«, fuhr er fort und griff inständig bittend nach ihrer Hand. »Dann müsst Ihr mir glauben, wenn ich sage, dass ich mich Tag und Nacht dafür einsetze, Qualinesti zu retten. Diese Rebellen machen mir meine Arbeit nicht leichter. Der Drache hört von ihren Angriffen, von ihrem Widerstand, und er wird immer wütender. Beryl fragt sich bereits laut, warum sie Zeit und Geld für die Herrschaft über derart undankbare Untertanen verschwendet. Ich tue mein Bestes, um sie zu besänftigen, aber sie wird bald die Geduld verlieren.«

»Warum sagt Ihr mir das, Marschall Medan?«, fragte Laurana. »Was hat das mit mir zu tun?«

»Madame, falls Ihr Einfluss auf diese Rebellen habt, dann haltet sie bitte auf. Macht ihnen klar, dass ihre Terroranschläge zwar auch mir und meinen Soldaten schaden, auf lange Sicht jedoch nur ihrem eigenen Volk.«

»Und wie kommt Ihr auf den Gedanken, dass ich, die Königsmutter, etwas mit den Rebellen zu tun haben könnte?«, erkundigte sich Laurana. Ihre Wangen hatten sich gerötet, ihre Augen glitzerten.

Medan betrachtete sie einen Augenblick mit stiller Bewunderung, ehe er entgegnete: »Sagen wir, ich finde es schwer nachvollziehbar, dass jemand, der vor über fünfzig Jahren während des Kriegs der Lanze so hartnäckig gegen die Königin der Finsternis und deren Gefolge gekämpft hat, sich ganz aus der Schlacht zurückgezogen hat.«

»Ihr irrt Euch, Marschall«, protestierte Laurana. »Ich bin alt, zu alt für solche Sachen. Nein, mein Herr«, sie kam seinen Worten zuvor, »ich weiß, was Ihr sagen wollt. Ihr wollt sagen, ich sähe so jung aus wie eine Jungfrau bei ihrem ersten Tanz. Spart Euch Eure hübschen Komplimente für Mädchen, die so etwas hören wollen. Ich will es nicht. Mein Herz sehnt sich nicht nach der Schlacht oder nach Widerstand. Mein Herz ist in dem Schrein begraben, in dem mein geliebter Mann Tanis ruht. Das Einzige, was mir jetzt noch wichtig ist, ist mein Sohn. Ihn möchte ich glücklich verheiratet sehen, ich möchte Enkelkinder in den Armen halten. Ich will Frieden für unser Land, und damit es so bleibt, bin ich bereit, dem Drachen Tribut zu zahlen.«

Medan schenkte ihr einen skeptischen Blick. Er hörte die Wahrheit in ihrer Stimme mitschwingen, doch sie sagte ihm nicht die ganze Wahrheit. Nach dem Lanzenkrieg hatte sich Laurana zur gewieften Diplomatin entwickelt. Sie war es gewohnt, den Leuten zu erzählen, was sie hören wollten, sie dabei aber unmerklich so zu beeinflussen, dass sie glaubten, was Laurana sie glauben machen wollte. Dennoch wäre es überaus unhöflich gewesen, ihre Worte offen anzuzweifeln. Wenn sie diese Worte allerdings ernst meinte, war sie zu bemitleiden. Der Sohn, den sie so anbetete, war eine rückgratlose Qualle, die Stunden brauchte, um zu entscheiden, ob sie Erdbeeren oder doch lieber Blaubeeren zum Nachtisch wünschte. Gilthas würde sich bestimmt nie zu etwas so Wichtigem wie einer Heirat durchringen. Jedenfalls nicht, solange kein anderer die Braut für ihn auswählte.

Laurana wendete ihr Gesicht ab, doch Medan konnte noch erkennen, dass Tränen in ihre Mandelaugen stiegen. Rasch wechselte er wieder das Thema und sprach lieber über Orchideen. Er versuchte, sie in seinem eigenen Garten zu züchten, was jedoch von wenig Erfolg gekrönt war. So redete er eine ganze Weile über Orchideen, um Laurana Zeit zu geben, damit sie sich wieder fassen konnte. Nachdem sie schnell mit der Hand über ihre Augen gefahren war, hatte sie sich wieder im Griff. Sie empfahl ihren eigenen Gärtner, der sich meisterlich mit Orchideen auskannte.

Medan nahm das Angebot erfreut an, und die beiden verweilten noch eine Stunde im Gewächshaus, wo sie über starke Wurzeln und zarte Blumen sprachen.

»Wo ist meine verehrte Mutter, Palthainon?«, fragte Gilthas, die Stimme der Sonnen. »Ich habe sie seit einer halben Stunde nicht mehr gesehen.«

Der König trug das Kostüm eines Elfenwaldläufers, lauter Grün- und Brauntöne, die ihm gut zu Gesicht standen. Gilthas sah recht eindrucksvoll aus, obwohl kaum ein Waldläufer seinen Dienst in feinen Seidenhosen und Seidenhemd oder in einer handgearbeiteten, mit Gold bestickten Lederweste mit dazu passenden Stiefeln versehen hätte. In der Hand hielt er einen Weinkelch, doch er nippte nur aus Höflichkeit daran. Jeder wusste, dass er von Wein Kopfschmerzen bekam.

»Ich glaube, Eure Mutter geht im Garten spazieren, Eure Majestät«, antwortete Präfekt Palthainon, dem nichts vom Kommen und Gehen der Königsfamilie entging. »Sie sagte, sie brauche etwas frische Luft. Möchtet Ihr, dass ich nach ihr schicke? Eure Majestät sehen nicht wohl aus.«

»Mir ist tatsächlich nicht wohl«, bestätigte Gilthas. »Danke für Euer freundliches Angebot, Palthainon, aber stört sie bitte nicht.« Seine Augen verdüsterten sich, als er voller Traurigkeit und sehnsüchtigem Neid die tanzende Menge überblickte. »Glaubt Ihr, es würde mir jemand übel nehmen, wenn ich mich jetzt in meine Gemächer zurückziehe?«, erkundigte er sich gedämpft.

»Vielleicht würde Euch ein Tanz aufheitern, Eure Majestät«, schlug Palthainon vor. »Da, seht nur, wie die liebliche Amiara Euch anlächelt.« Der Präfekt beugte sich vor, um dem König zuzuflüstern: »Ihr Vater ist einer der reichsten Elfen von ganz Qualinesti. Silberschmied, Ihr kennt ihn. Und sie ist einfach bezaubernd –«

»Ja, das ist sie«, stimmte Gilthas desinteressiert zu. »Aber mir ist nicht nach Tanzen zumute. Mir ist schwindlig und übel. Ich glaube, ich muss mich wirklich zurückziehen.«

»Selbstverständlich, wenn es Eurer Majestät wirklich nicht gut geht«, lenkte Palthainon widerstrebend ein. Medan hatte Recht. Nachdem der Präfekt dem König das Rückgrat gebrochen hatte, konnte er es ihm kaum verübeln, wenn der junge Mann nur noch am Boden kroch. »Eure Majestät sollten den morgigen Tag im Bett verbringen. Ich werde mich um die Staatsangelegenheiten kümmern.«

»Danke, Palthainon«, sagte Gilthas ruhig. »Wenn ich nicht gebraucht werde, kann ich mich ja der zwölften Strophe meiner neuen Ballade widmen.«

Er erhob sich. Die Musik brach abrupt ab, die Tänzer mussten mitten im Tanz innehalten. Elfenmänner verbeugten sich, Elfenfrauen knicksten. Die jungen Mädchen blickten erwartungsvoll auf, doch ihr Anblick schien Gilthas peinlich zu sein. Mit eingezogenem Kopf trat er vom Podest und schritt eilig auf die Tür zu, die zu seinen Privatgemächern führte. Sein Leibdiener ging ihm voraus, denn er musste Seiner Majestät mit einem brennenden Kandelaber den Weg leuchten. Die Elfenmädchen zuckten mit den Schultern und sahen sich verstohlen nach neuen Tänzern um. Die Musik setzte wieder ein, der Tanz konnte weitergehen.

Präfekt Palthainon murmelte Verwünschungen in sich hinein, während er auf den Tisch mit den Erfrischungen zuhielt.

Als Gilthas sich umschaute, bevor er den Raum verließ, lächelte er in sich hinein. Dann folgte er dem sanften Schein des Kerzenlichts durch die abgedunkelten Gänge seines Palastes. Hier flatterten keine heuchlerischen Höflinge herum, denn hier hatte ohne Palthainons Erlaubnis niemand Zutritt. Schließlich lebte der Präfekt in der ständigen Furcht, jemand könnte sich eines Tages der Fäden seiner Marionette bemächtigen. An jedem Eingang standen Kagonesti-Wachen.

Nachdem er von der Musik und den Lichtern, dem zwitschernden Lachen und den Gesprächen im Flüsterton befreit war, seufzte Gilthas in den gut bewachten Korridoren erleichtert auf. Der neu erbaute Palast der Stimme der Sonnen war ein großes, luftiges Gebäude aus lebenden Bäumen, die man durch liebevolle Magie dazu gebracht hatte, Wände und Decken zu bilden. Die Wandbehänge bestanden aus Blumen und Pflanzen, welche wahre Kunstwerke bildeten, die sich täglich veränderten, je nachdem, was gerade blühte. Manche Räume im Palast, beispielsweise der Tanzsaal oder die Audienzsäle, hatten Marmorböden. Die meisten privaten Räume wie auch die Gänge, die sich zwischen den Baumstämmen hindurchwanden, waren von duftenden Blumenteppichen bedeckt.

Die Qualinesti fanden den Palast etwas wunderlich. Gilthas hatte darauf bestanden, dass alle Bäume auf diesem Gelände an der Stelle benutzt wurden, wo sie gewachsen waren, und zwar so, wie sie gewachsen waren. Er hatte den Waldpflegern nicht gestattet, sie zu unnatürlichen Stellungen zu zwingen, um eine Treppe zu bilden, oder die Zweige zu verschieben, um mehr Licht einströmen zu lassen. Gilthas wollte damit die Bäume ehren, die sich offenbar darüber freuten, denn sie blühten und gediehen. Insgesamt jedoch war der Palast dadurch ein unregelmäßiges Labyrinth aus Gängen voller Blätter geworden, in dem Ortsfremde oft stundenlang umherirrten.

Der König sprach kein Wort, sondern lief mit gesenktem Kopf und hinter dem Rücken gefalteten Händen vorwärts. So sah man ihn oft durch die Gänge des Palastes streifen. Man wusste, dass er dann über einen Reim nachdachte oder versuchte, den Rhythmus einer Zeile auszuarbeiten, deshalb wagten die Dienstboten nicht, ihn zu stören. Wer vorbeikam, verbeugte sich tief, ohne etwas zu sagen.

Heute Nacht war es still im Palast. Die Tanzmusik war noch leise zu vernehmen, wurde jedoch durch das sanfte Rascheln des dichten Laubs gedämpft, das die hohe Decke des Gangs bildete, durch den sie gerade liefen. Der König hob den Kopf und schaute sich um. Als er niemanden bemerkte, näherte er sich seinem Leibdiener.

»Planchet«, flüsterte Gilthas in der Menschensprache, die kaum ein Elf beherrschte, »wo ist Marschall Medan? So weit ich weiß, ist er in den Garten gegangen.«

»Das stimmt, Eure Majestät«, bestätigte der Diener leise in derselben Sprache, ohne sich nach dem König umzudrehen. Möglich, dass jemand sie beobachtete, denn Palthainons Spione waren überall.

»Das ist nicht gut.« Gilthas runzelte die Stirn. »Wenn er sich nun immer noch da draußen herumtreibt?«

»Eure Mutter hat es bemerkt und ist ihm sofort nachgegangen, Eure Majestät. Sie wird ihn beschäftigen.«

»Du hast Recht«, sagte Gilthas mit einem Lächeln, das nur wenige Vertraute je zu Gesicht bekamen. »Dann wird uns Medan heute Nacht nicht in die Quere kommen. Ist alles bereit?«

»Ich habe genug Proviant für einen Tagesausflug eingepackt, Eure Majestät. Der Rucksack ist in der Grotte versteckt.«

»Und Kerian? Weiß sie, wo wir uns treffen?«

»Ja, Eure Majestät. Ich habe die Botschaft am üblichen Ort hinterlassen. Als ich am nächsten Morgen nachsah, war sie fort. An ihrer Stelle lag eine rote Rose.«

»Gut gemacht, wie immer, Planchet«, lobte Gilthas. »Ich wüsste nicht, was ich ohne dich machen sollte. Die Rose hätte ich übrigens gern.«

»Sie ist bei Eurem Rucksack, Majestät«, erwiderte Planchet.

Die beiden sprachen nicht weiter. Sie hatten die Privatgemächer der Stimme erreicht. Die Kagonesti-Wachen des Königs – angeblich Leibwachen, in Wirklichkeit jedoch Gefängniswärter – salutierten, als Gilthas nahte, doch der achtete nicht auf sie. Die Wachen standen auf Palthainons Lohnliste. Sie meldeten dem Präfekten jeden Schritt, den Gilthas unternahm. Im Schlafzimmer warteten Diener, die den König umziehen und bettfertig machen wollten.

»Seine Majestät fühlt sich nicht wohl«, erklärte Planchet den Dienern, als er den Kandelaber auf einen Tisch stellte. »Ich werde ihm selbst aufwarten. Ihr seid entlassen.«

Gilthas tupfte sich blass und leidend mit einem Spitzentaschentuch die Lippen ab. Dann legte er sich unverzüglich auf sein Bett, ohne auch nur die Stiefel auszuziehen. Das würde Planchet für ihn erledigen. Die Diener, die wussten, dass der König kränklich und gern allein war, hatten nach dem anstrengenden Fest nichts anderes erwartet. Sie verbeugten sich und verließen den Raum.

»Seine Majestät wünscht nicht gestört zu werden«, verkündete Planchet, während er die Tür zumachte und abschloss. Auch die Wachen besaßen Schlüssel, die sie jedoch inzwischen kaum noch benutzten. Früher hatten sie häufig nach dem jungen König gesehen. Er war immer dort gewesen, wo er hingehörte – krank im Bett oder in seinen Träumen über Papier und Tinte versunken, so dass sie irgendwann aufgehört hatten, nach ihm zu sehen.

Planchet lauschte noch einen Augenblick an der Tür, bis er hörte, dass die Wachen ihre Glücksspiele wieder aufnahmen, mit denen sie sich die endlosen, langweiligen Stunden vertrieben. Zufrieden durchquerte er den Raum, stieß die Türen zum Balkon auf und blickte in die Nacht hinaus.

»Alles ist bereit, Eure Majestät.«

Gilthas sprang vom Bett und eilte zum Fenster. »Du weißt, was zu tun ist?«

»Ja, Eure Majestät. Die Kissen, die Euren Platz im Bett einnehmen sollen, liegen schon bereit. Ich werde dafür sorgen, dass alle glauben, Ihr wärt im Zimmer. Ich werde keinen Besucher einlassen.«

»Sehr gut. Wegen Palthainon braucht Ihr Euch nicht zu sorgen. Er wird nicht vor morgen früh hier auftauchen, denn er wird die Gelegenheit nutzen, in meinem Namen zu unterschreiben und mein Siegel auf wichtige Dokumente zu drücken.«

Gilthas stand am Geländer des Balkons. Planchet befestigte ein Seil an der Balustrade und hielt es fest. »Angenehme Reise, Eure Majestät. Wann werdet Ihr zurück sein?«

»Wenn alles gut geht, Planchet, bin ich morgen gegen Mitternacht wieder hier.«

»Es wird alles gut gehen«, beteuerte der Elf. Er war etliche Jahre älter als Gilthas und von Laurana persönlich zum Diener ihres Sohnes erwählt worden. Präfekt Palthainon hatte die Wahl gut geheißen. Hätte der Präfekt allerdings mehr über Planchets

Vergangenheit in Erfahrung gebracht, die viele Jahre treue Dienste für den Dunkelelfen Porthios umfasste, so hätte er vielleicht widersprochen. »Das Schicksal ist Euch hold, Eure Majestät.«

Gilthas hatte den Garten nach Bewegungen abgesucht. Er warf einen raschen Blick zurück. »Es gab Zeiten, in denen ich mich gegen diese Aussage gewehrt hätte, Planchet. Ich hielt mich schon für den unglücklichsten Mann auf der Welt, denn meine eigene Eitelkeit hatte mich in die Falle gelockt, meine eigene Angst hielt mich gefangen. Es gab eine Zeit, in der ich die einzige Lösung im Tod sah.«

Unwillkürlich griff er nach der Hand seines Dieners. »Du hast mich dazu gezwungen, den Blick vom Spiegel zu lösen, Planchet. Du hast mich dazu gezwungen, mich umzudrehen und die Welt wahrzunehmen. Als ich das tat, sah ich mein Volk leiden, denn es wurde unter dem Absatz der schwarzen Stiefel zermalmt, lebte im Schatten dunkler Schwingen und sah verzweifelt in eine Zukunft, die nur Vernichtung bringen konnte.«

»Jetzt haben sie wieder Hoffnung«, versicherte Planchet, der dem König beschämt die Hand entzog. »Der Plan Eurer Majestät wird aufgehen.«

Gilthas seufzte. »Hoffen wir's, Planchet. Hoffen wir, dass das Schicksal nicht nur mir hold ist, sondern auch unserem Volk.«

Geschickt ließ er sich an dem Seil in den Garten hinunter. Planchet sah dem König vom Balkon aus nach, bis dieser in der Nacht verschwunden war. Dann schloss der Diener die Türen und ging zum Bett zurück. Er legte die Kissen hinein und zog die Bettdecke so überzeugend darüber, dass jeder, der hinsah, glauben musste, dass jemand im Bett lag.

»Und nun, Eure Majestät«, sagte Planchet laut, während er eine kleine Harfe aufnahm und seine Hände über die Saiten gleiten ließ, »nehmt Euren Schlaftrunk, und ich spiele Euch zum Einschlafen noch etwas vor.«

15 Tolpan, der Unverwechselbare und einzig Wahre

Trotz der Schmerzen und seiner üblen Lage war Sir Gerard mit dem bisherigen Lauf der Dinge zufrieden. Von dem Tritt des Elfen hatte er pochende Kopfschmerzen, die durch seine Position quer über dem Sattel des Pferdes nicht gerade besser wurden. In seinen Schläfen klopfte das Blut, sein Brustpanzer stach ihm in den Bauch und behinderte seine Atmung, die Lederriemen schnitten ihm ins Fleisch, und in den Füßen hatte er jedes Gefühl verloren. Wer ihn gefangen hatte, wusste er nicht; er hatte sie in der Dunkelheit nicht erkennen können, und jetzt sah er wegen der Augenbinde gar nichts mehr. Fast hätten sie ihn umgebracht – es war nur dem Kender zu verdanken, dass er noch lebte.

Ja, alles lief wie geplant.

Sie legten eine beträchtliche Entfernung zurück. Gerard kam die Reise endlos vor. Nach einer Weile war ihm, als seien sie schon Jahrzehnte unterwegs, lange genug, um Krynn mindestens sechsmal zu umrunden. Er hatte keine Ahnung, wie es dem Kender erging, doch die gelegentlichen empörten Quietscher irgendwo hinter Gerard ließen ihn annehmen, dass Tolpan halbwegs unversehrt war. Gerard musste eingedöst oder ohnmächtig geworden sein, denn als sein Pferd plötzlich zum Stehen kam, wachte er abrupt auf.

Der Mensch redete, der Mann, den Gerard für den Anführer hielt. Er sprach Elfisch, eine Sprache, die Gerard nicht verstand. Aber es hatte den Anschein, als hätten sie ihr Ziel erreicht, denn die Elfen schnitten die Riemen durch, die ihn auf dem Sattel hielten. Einer der Elfen ergriff ihn von hinten am Brustpanzer, zog ihn vom Pferderücken und ließ ihn auf den Boden fallen.

»Hoch, du Schwein!«, befahl der Elf grob in der Gemeinsprache. »Wir werden dich bestimmt nicht tragen.« Er nahm dem Ritter die Augenbinde ab. »In die Höhle da drüben. Marsch.«

Sie waren die ganze Nacht geritten. Am Himmel kündigte sich tiefrosa die Morgendämmerung an. Gerard sah keine Höhle, nur dichten, undurchdringlichen Wald, bis einer der Elfen einige junge Bäume zur Seite schob. Dahinter lag ein dunkler Höhleneingang in einer Felswand. Der Elf zog die deckenden Bäume weg.

Nachdem Gerard sich mühsam erhoben hatte, hinkte er vorwärts. Der Himmel wurde heller, jetzt zeigte er ein feuriges Orange und Meerblau. Gerard sah sich nach seinem Begleiter um. Die Füße des Kenders ragten aus einem unförmigen Sack auf dem Rücken des Ponys. Der Menschenanführer stand wachsam am Höhleneingang. Er trug Umhang und Kapuze, doch Gerard erhaschte einen Blick auf dunkle Roben unter dem Umhang, Roben, wie ein Zauberkundiger sie trug. Der Ritter wurde zunehmend sicherer, dass sein Plan aufgegangen war. Jetzt konnte er nur noch darauf hoffen, dass die Elfen ihn nicht töteten, bevor er die Gelegenheit hatte, ihnen alles zu erklären.

Die Höhle lag in einem kleinen Berg inmitten eines stark bewaldeten Gebiets. Gerard hatte den Eindruck, dass sie sich nicht an einem einsamen Ort in der Wildnis, sondern in einer bewohnten Gegend befanden. Der Wind trug das Läuten der Glockenblumen heran, die Elfen gern um die Fenster ihrer Häuser pflanzten, Blumen, deren Blüten melodisch zum Klingen gebracht wurden, wenn der Wind sie berührte. Er konnte auch den Duft von frisch gebackenem Brot riechen. Ein Blick auf die aufgehende Sonne bestätigte ihm, dass sie in Richtung Westen geritten waren. Wenn er nicht bereits in der Stadt Qualinost war, musste sie doch ganz in der Nähe sein.

Der Mensch betrat die Höhle. Zwei der Elfen folgten ihm. Der eine trug den zappelnden Kender in seinem Sack, der andere ging hinter Gerard her und trieb ihn mit dem Schwert vorwärts. Die anderen Elfen in ihrer Begleitung gingen nicht in die Höhle, sondern verschwanden im Wald. Das Pony und das Pferd des Ritters nahmen sie mit. Gerard zögerte einen Augenblick, ehe er die Höhle betrat, doch der Elf schubste ihn von hinten, so dass er weiterstolperte.

Ein enger, dunkler Gang führte in eine nicht sehr große Höhle, die von einer Flamme erhellt wurde, welche in einer Schale mit süß duftendem Öl schwamm. Der Elf mit dem Kender ließ seinen Sack auf den Boden nieder, wo der Kender im Sack sich quiekend wand. Der Elf stieß mit dem Fuß gegen den Sack und befahl dem Kender, still zu sein. Sie würden ihn schon herauslassen, aber nur, wenn er sich anständig benahm. Der Elf, der Gerard bewachte, stieß ihm wieder in den Rücken.

»Auf die Knie, Schwein«, fuhr der Elf ihn an.

Gerard sank auf die Knie und hob den Kopf. Jetzt endlich konnte er das Gesicht des Menschen gut erkennen, denn er konnte zu ihm aufsehen. Der Mann im Mantel musterte Gerard finster.

»Palin Majere«, seufzte Gerard erleichtert. »Ich bin weit geritten, um Euch zu finden.«

Palin zog die Fackel näher heran. »Gerard uth Mondar. Ich dachte es mir doch. Aber seit wann seid Ihr ein Ritter von Neraka? Das solltet Ihr mir lieber augenblicklich erklären.« Er runzelte die Stirn. »Wie Ihr wisst, bin ich kein großer Freund dieser verfluchten Ritterschaft.«

»Ja, Sir.« Gerard warf einen unsicheren Blick auf die Elfen. »Sprechen sie die Menschensprache, Sir?«

»Neben Zwergisch und der Gemeinsprache«, antwortete Palin. »Ich kann ihnen in unzähligen Sprachen befehlen, Euch zu töten. Ich wiederhole, erklärt Euch. Ihr habt eine Minute Zeit.«

»Sehr wohl, Sir«, entgegnete Gerard. »Ich trage diese Rüstung nicht freiwillig, sondern weil es notwendig war. Ich habe wichtige Neuigkeiten für Euch, und nachdem Eure Schwester Laura mir mitgeteilt hat, dass Ihr in Qualinesti weilt, habe ich mich als einer unserer Feinde verkleidet, um Euch erreichen zu können.«

»Was für Neuigkeiten?«, fragte Palin. Er hatte die dunkle Kapuze nicht abgenommen, sondern sprach aus dieser Umhüllung heraus. Gerard konnte sein Gesicht nicht mehr sehen. Die Stimme klang tief, streng und kalt.

Der Ritter dachte an das, was die Menschen in Solace über den Palin Majere von heute redeten. Seit der Zerstörung der Akademie hätte er sich verändert, und zwar nicht zum Guten. Er sei vom Pfad des Lichts auf einen düsteren Weg abgebogen, einen Weg, den einst auch sein Onkel Raistlin beschritten hatte.

»Sir«, begann Gerard, »Euer verehrter Herr Vater ist tot.«

Palin gab keinen Laut von sich, und er regte sich nicht.

»Er hat nicht gelitten«, versicherte der Ritter Palin eilig. »Der Tod ist schnell über ihn gekommen. Er trat aus der Tür des Wirtshauses, blickte in den Sonnenuntergang, sagte den Namen Eurer Mutter, presste die Hand aufs Herz und fiel. Ich war bei ihm, als er starb. Er ist friedlich hinübergegangen, ohne Schmerzen. Am anderen Tag haben wir ihn begraben. Er ruht an der Seite Eurer Mutter.«

»Hat er noch etwas gesagt?«, wollte Palin schließlich wissen.

»Er hatte eine Bitte an mich, von der ich Euch zu gegebener Zeit erzählen werde.«

Palin starrte Gerard lange schweigend an. Dann sagte er: »Und wie steht es sonst in Solace?«

»Sir?« Gerard war wie vor den Kopf gestoßen.

Der Kender im Sack heulte auf, aber niemand achtete auf ihn.

»Habt Ihr nicht gehört –?«, setzte Gerard an.

»Mein Vater ist tot. Das habe ich gehört«, unterbrach ihn Palin. Er warf die Kapuze zurück und musterte Gerard mit hartem

Blick. »Er war ein alter Mann. Er hat meine Mutter vermisst. Der Tod gehört zum Leben. Manch einer glaubt«, seine Stimme wurde schroffer, »er wäre das Beste daran.«

Gerard starrte Palin Majere an. Er hatte ihn zuletzt vor einigen Monaten bei der Beerdigung seiner Mutter, Tika, gesehen. Palin war nicht lange in Solace geblieben, sondern fast augenblicklich zu einer neuen Suche nach alten, magischen Gegenständen aufgebrochen. Seit der Zerstörung der Akademie zog Palin nichts mehr nach Solace. Und angesichts der Gerüchte, dass die Zauberer auf der ganzen Welt ihre magischen Kräfte verloren, vermutete man, dass es Palin nicht anders erging. Es war, so flüsterte man sich zu, als ob das Leben ihm nichts mehr zu bieten hätte. Seine Ehe war nicht besonders glücklich. Er war unvorsichtig geworden, achtete nicht mehr auf seine persönliche Sicherheit, besonders wenn sich auch nur die kleinste Chance bot, einen magischen Gegenstand aus dem Vierten Zeitalter zu ergattern. Denn diese Gegenstände hatten ihre Macht nicht verloren, und ein erfahrener Zauberer konnte ihre Kraft anzapfen.

Bei Tikas Beerdigung hatte Gerard gefunden, dass Palin nicht gut aussah. Seine jetzige Reise hatte nichts zu seiner Gesundheit beigetragen. Palin wirkte eher noch hagerer, noch bleicher, noch unruhiger. Selbst sein Blick war ausweichend und misstrauisch.

Gerard wusste eine ganze Menge über Palin. Caramon hatte immer gern über seinen einzigen überlebenden Sohn gesprochen und diesen bei fast jedem Frühstück erwähnt.

Palin Majere, der jüngste Sohn von Caramon und Tika, war ein vielversprechender junger Magier gewesen, als die Götter Krynn verlassen und ihre Magie mitgenommen hatten. Obwohl Palin um den Verlust der göttlichen Magie trauerte, hatte er im Gegensatz zu vielen anderen Zauberern seiner Generation nicht aufgegeben. Er hatte Zauberer aus ganz Ansalon zusammengeführt, um herauszufinden, wie man die Magie nutzen konnte, die seiner Überzeugung nach noch in der Welt zu finden war, wilde Magie, die aus der Welt selbst stammte. Solche Magie hatte es schon vor dem Kommen der Götter gegeben, deshalb hatte er vermutet, dass sie auch nach deren Abzug noch existieren würde. Seine Bemühungen waren von Erfolg gekrönt gewesen. In Solace hatte er die Zauberakademie gegründet, ein Zentrum zum Studium der Magie. Die Akademie war größer geworden, und sie gedieh. Er hatte seine Künste dazu verwendet, die großen Drachen zu bekämpfen, und war in ganz Abanasinia als Held bekannt geworden.

Dann waren die Fäden seines Lebens durcheinander geraten.

Aufgrund seiner außergewöhnlichen Empfänglichkeit für die wilde Magie war er vor zwei Jahren einer der ersten Zauberer gewesen, die registrierten, dass ihre Kräfte nachließen. Zunächst schrieb Palin all das seinem vorgerückten Alter zu, schließlich war er schon über fünfzig. Doch dann begannen seine Studenten, über ähnliche Probleme zu klagen. Selbst den jungen Leuten fiel das Zaubern zunehmend schwerer. Das Alter spielte offenbar keine Rolle.

Die Zaubersprüche funktionierten noch, aber ihre Anwendung wurde für die Magier immer anstrengender. Als würde man ein Glas über eine brennende Kerze stülpen, hatte Palin einmal gesagt. Die Flamme brennt nur noch so lange, bis die Luft im Glas verbraucht ist, dann beginnt sie zu flackern, wird schwächer und erlischt.

War Magie endlich, wie manche behaupteten? Konnte sie austrocknen wie ein Tümpel in der Wüste? Palin war anderer Meinung. Die Magie war da. Er konnte sie fühlen und sehen. Aber es war, als ob eine riesige Horde alles Wasser aus dem Tümpel saugte.

Wer oder was sog die Magie ab? Palin hatte die großen Drachen im Verdacht. Doch als der große grüne Drache Beryl zunehmend aggressiver wurde und seine Armeen auf neue Eroberungsfeldzüge ausschickte, musste er seine Meinung ändern. Die Spione aus Qualinesti berichteten, dass auch Beryl merkte, wie ihre magischen Kräfte nachließen. Das Drachenweibchen hatte lange nach dem Turm der Erzmagier von Wayreth gefahndet. Der magische Wald hatte den Turm vor ihr und den Dornenrittern, die ebenfalls danach suchten, verborgen gehalten. Jetzt begehrte sie den Turm mit seiner Magie noch heftiger als zuvor. Da sie wütend und beunruhigt war, begann sie, ihren Einfluss auf Abanasinia nach Kräften auszuweiten, bemühte sich jedoch, nicht den Zorn ihre Kusine Malys auf sich zu lenken.

Auch die Dornenritter, der magiekundige Flügel der Ritter von Neraka, bemerkten das Schwinden ihrer magischen Fähigkeiten. Sie gaben Palin und seinen Zauberern in der Zauberakademie die Schuld. Bei einem waghalsigen Überfall auf die Akademie entführten sie Palin, während die Drachen aus Beryls Gefolge die Akademie zerstörten.

Nach monatelangen »Befragungen« hatten die Grauen Roben Palin freigelassen. Caramon hatte die Foltern, denen sein Sohn ausgesetzt gewesen war, nicht im Einzelnen beschreiben wollen, und Gerard hatte ihn auch nicht bedrängt. Die Bürger von Solace klatschten jedoch ausgiebig darüber. Ihrer Meinung nach hatte der Feind nicht nur Palin Majeres Finger verdreht, sondern auch seine Seele.

Palins Gesicht war hohlwangig und hager. Er hatte dunkle Ringe unter den Augen, als ob er zu wenig schlief. Runzeln hatte er kaum; die Haut über den feinen Knochen war straff gespannt. Die tiefen Falten um den Mund, die sein Lächeln gegraben hatte, verblassten bereits, so wenig wurden sie benutzt. Palins rotbraune Haare waren völlig ergraut. Und die einst geschmeidigen, schlanken Finger seiner Hände waren verrenkt und grausam verformt.

»Schneidet ihm die Fesseln auf«, befahl Palin den Elfen. »Er ist wirklich ein Ritter von Solamnia.«

Die beiden Elfen hatten ihre Zweifel, taten jedoch, wie ihnen geheißen worden war. Dennoch behielten sie Gerard genau im Auge. Der stand auf, bewegte die Arme und streckte seine schmerzenden Muskeln.

»Ihr seid also verkleidet den ganzen Weg bis hierher gekommen und habt Euer Leben riskiert, um mir diese Nachricht zu überbringen«, stellte Palin fest. »Ich muss gestehen, dass ich nicht begreife, wozu Ihr den Kender mitbringen musstet. Sofern nicht die Geschichte stimmt, die ich gehört habe, und der Kender wirklich einen mächtigen magischen Gegenstand gestohlen hat. Sehen wir ihn uns mal an.«

Palin kniete sich neben den Sack, in dem sich der Kender wand. Er streckte die Hand aus, um die Knoten zu lösen, was seinen verkrüppelten Fingern jedoch nicht gelang. Gerard blickte schnell beiseite, damit es nicht den Anschein hatte, als würde er ihn bemitleiden.

»Macht Euch dieser Anblick zu schaffen?«, wollte Palin höhnisch wissen. Er stand auf und ließ die Ärmel seiner Robe über die Hände fallen. »Ich werde mich bemühen, Euch nicht zu belästigen.«

»Es macht mir zu schaffen, Sir«, bestätigte Gerard ruhig. »Es macht mir immer zu schaffen, wenn ein guter Mann erdulden muss, was Ihr erduldet habt.«

»Erduldet, ja? Drei Monate war ich Gefangener der Dornenritter. Drei Monate! Kein Tag verging, an dem sie mich nicht in irgendeiner Weise quälten. Wisst Ihr den Grund? Wisst Ihr, was sie wollten? Sie wollten wissen, warum ihre magische Kraft nachließ! Sie dachten, *ich* hätte etwas damit zu tun!« Palin lachte bitter. »Wollt Ihr auch hören, warum sie mich laufen ließen? Weil ihnen klar wurde, dass ich keine Bedrohung für sie war!

Nur ein gebrochener, alter Mann, der ihnen nicht schaden und sie nicht behindern kann.«

»Sie hätten Euch auch töten können, Sir«, gab Gerard zu bedenken.

»Das wäre wohl das Beste gewesen«, erwiderte Palin.

Beide schwiegen. Gerard blickte auf den Boden. Sogar der Kender hielt jetzt still.

Palin seufzte leise. Dann streckte er seine gebrochene Hand aus und berührte Gerard am Arm.

»Verzeiht mir, Herr Ritter«, bat er in gefassterem Ton. »Achtet nicht auf meine Worte. Ich bin zur Zeit sehr empfindlich. Dabei habe ich Euch noch nicht einmal gedankt, dass Ihr mir Nachricht von meinem Vater gebracht habt. Ich bin Euch wirklich dankbar. Sein Tod tut mir Leid, aber ich kann nicht um ihn trauern. Wie ich schon sagte, er ist jetzt an einem besseren Ort.«

»Außerdem«, fügte Palin mit einem abschätzigen Blick auf den jungen Ritter hinzu, »glaube ich allmählich, dass nicht diese traurige Nachricht allein Euch bis hierher geführt hat. Mit dieser Verkleidung seid Ihr in großer Gefahr, Gerard. Wenn die Schwarzen Ritter die Wahrheit herausfinden, würdet Ihr weit schlimmere Qualen erdulden müssen als ich. Und anschließend würde man Euch hinrichten.«

Palins schmale Lippen verzogen sich zu einem bitteren Lächeln. »Welche Neuigkeiten habt Ihr noch für mich? Es können keine guten sein. Niemand würde sein Leben aufs Spiel setzen, um mir gute Neuigkeiten zu bringen. Woher wusstet Ihr überhaupt, dass Ihr mich finden würdet?«

»Nicht ich habe Euch gefunden, Sir«, widersprach Gerard. »Ihr fandet mich.«

Palin stutzte, dann nickte er. »Ah, ich verstehe. Ihr habt den Gegenstand erwähnt, der einst meinem Onkel Raistlin gehörte. Ihr wusstet, dass so etwas mein Interesse wecken würde.«

»Ich hatte es gehofft, Sir«, bestätigte Gerard. »Ich hatte vermutet, dass entweder der Elf auf der Brücke Teil der Widerstandsbewegung ist oder dass die Brücke beobachtet wird. Deshalb ging ich davon aus, dass die Erwähnung eines magischen Gegenstands zusammen mit dem Namen Majere Euch zugetragen werden würde.«

»Es war sehr riskant, auf die Elfen zu vertrauen. Wie Ihr inzwischen wisst, haben manche von ihnen keine Hemmungen, einen von Euresgleichen umzubringen.«

Gerard warf den beiden Elfen einen Blick zu. Kalindas und Kellevandros, wenn er die Namen richtig verstanden hatte. Sie hatten ihn keinen Moment aus den Augen gelassen und hielten beide die Hand am Schwert.

»Dessen bin ich mir bewusst, Sir«, erklärte Gerard. »Aber es schien die einzige Möglichkeit zu sein, Euch zu erreichen.«

»Also muss ich davon ausgehen, dass der magische Gegenstand gar nicht existiert?«, erkundigte sich Palin, um bitter enttäuscht hinzuzufügen: »Es war nur eine List.«

»Im Gegenteil, Sir, es *gibt* etwas. Das ist einer der Gründe, weshalb ich gekommen bin.«

Jetzt begann der Kender wieder zu quietschen, diesmal lauter und hartnäckiger. Er trommelte mit beiden Füßen auf den Boden und rollte wild in seinem Sack herum.

»Um Himmels willen, bringt ihn zum Schweigen«, befahl Palin gereizt. »Sein Kreischen wird jeden Schwarzen Ritter in Qualinesti herlocken. Tragt ihn rein.«

»Wir sollten ihn im Sack lassen, Meister«, schlug Kalindas vor. »Wir wollen doch nicht, dass er hierher zurückfindet.«

»Einverstanden«, stimmte Palin zu.

Einer der Elfen nahm den Kender mitsamt Sack hoch. Der andere starrte Gerard streng an und stellte eine Frage.

»Nein«, antwortete Palin. »Wir brauchen ihm nicht die Augen zu verbinden. Er ist ein Ritter der alten Schule, einer, der noch an Ehre glaubt.«

Der Elf mit dem Kender ging in den hinteren Teil der Höhle, wo er zu Gerards grenzenlosem Erstaunen mitten durch den harten Fels lief. Palin, der ihm folgte, legte Gerard eine Hand auf den Arm und zog den Ritter weiter. Die Gesteinsillusion war so überzeugend, dass Gerard sich sehr zusammenreißen musste, als er in die scheinbar zerklüftete, scharfkantige Felswand trat.

»Manche Magie funktioniert anscheinend noch«, konstatierte Gerard beeindruckt.

»Manche«, gab Palin zu. »Aber sie ist unzuverlässig. Der Zauber kann jeden Moment zusammenbrechen und muss ständig erneuert werden.«

Auf der anderen Seite der Wand fand sich Gerard in einem Garten von wundersamer Schönheit wieder, der von Bäumen beschattet war, deren dichtbelaubte Zweige ihn nach allen Seiten wie auch zum Himmel hin zuverlässig abschirmten. Kalindas trug den vermummten Kender durch die Wand und legte ihn auf den gepflasterten Gartenweg. Neben einem glänzenden, klaren Teich standen Weidenstühle um einen Tisch aus Bergkristall.

Palin sagte etwas zu Kellevandros. Gerard schnappte den Namen »Laurana« auf. Der Elf lief leichtfüßig durch den Garten und verschwand.

»Ihr habt treue Wachen, Sir«, meinte Gerard anerkennend, während er dem Elfen nachsah.

»Sie gehören zum Personal der Königsmutter«, erklärte Palin. »Sie stehen schon jahrelang in Lauranas Diensten, seit dem Tod ihres Mannes. Setzt Euch.«

Auf eine Bewegung seiner verkrüppelten Hände hin strömte ein Wasserfall vor der Illusionswand in den darunter liegenden Teich.

»Ich lasse die Königsmutter gerade über Euer Eintreffen informieren. Ihr seid jetzt Gast in ihrem Haus, besser gesagt in einem ihrer Gärten. Hier seid Ihr sicher – so sicher, wie man in diesen finsteren Zeiten sein kann.«

Dankbar nahm Gerard den schweren Brustpanzer ab und massierte seine gequetschten Rippen. Nachdem er sich mit kühlem Wasser das Gesicht gewaschen hatte, trank er in langen Zügen.

»Lass jetzt den Kender raus«, befahl Palin.

Kalindas band den Sack auf, worauf der Kender, dem seine langen Haare ins Gesicht hingen, zum Vorschein kam. Er war vor Empörung rot angelaufen. Nachdem er tief Luft geholt hatte, wischte er sich die Stirn.

»Puh! Ich hatte es wirklich satt, immer nur Sack zu riechen.«

Dann warf er seinen Haarknoten schwungvoll nach hinten und guckte sich neugierig um.

»Ui«, sagte er. »Das ist aber ein hübscher Garten. Sind da wirklich Fische im Teich? Ob ich wohl einen fangen kann, was meint Ihr? Es war echt stickig in dem Sack. Ich ziehe es doch vor, auf einem Pferd im Sattel zu sitzen, anstatt quer darüber zu liegen. Hier an der Seite hat mich dauernd etwas gepiekt. Ich würde mich ja vorstellen«, fuhr er beschämt fort, als ihm plötzlich einfiel, dass er sich nicht an die Regeln der Höflichkeit hielt, »aber ich leide an«, er fing Gerards Blick auf und fuhr mit Nachdruck fort: »Ich leide an einem *heftigen Schlag auf den Kopf,* und ich bin mir nicht ganz sicher, wer ich bin. Ihr kommt mir sehr bekannt vor. Kennen wir uns?«

Palin Majere hatte während dieses Wortschwalls keinen Laut von sich gegeben. Sein Gesicht war puterrot angelaufen. Er klappte den Mund auf, aber es kam nichts heraus.

»Sir.« Gerard streckte stützend die Hand aus. »Sir, Ihr solltet Euch setzen. Ihr seht nicht gut aus.«

»Ich brauche keine Hilfe«, fauchte Palin und stieß Gerards Hand weg. Er starrte den Kender an.

»Schluss mit dem Unsinn«, befahl er kalt. »Wer bist du?«

»Was glaubt Ihr, wer ich bin?«, gab der Kender zurück.

Palin schien wütend auffahren zu wollen, verschluckte jedoch seine Worte, holte tief Luft und erklärte gepresst: »Ihr ähnelt einem Kender, den ich einst kannte. Sein Name war Tolpan Barfuß.«

»Und Ihr ähnelt einem Freund von mir. Er hieß Palin Majere.« Der Kender starrte Palin neugierig an.

»Ich bin Palin Majere. Wer bist –«

»Ehrlich?« Der Kender riss die Augen weit auf. »Du bist Palin? Was ist denn mit dir passiert? Du siehst furchtbar aus! Warst du krank? Und deine armen Hände. Lass mal sehen. Du sagtest, das hätten die Schwarzen Ritter dir angetan? Wie denn? Haben sie dir mit einem Hammer auf die Finger geschlagen, so sieht das nämlich aus.«

Palin zog die Ärmel über die Hände und rückte von dem Kender ab. »Du behauptest, mich zu kennen, Kender? Woher?«

»Ich habe dich doch bei Caramons *erster* Beerdigung gesehen. Wir haben uns so nett unterhalten, über den Turm der Erzmagier von Wayreth, über deine Stellung als Oberhaupt der Weißen Roben, und Dalamar war auch da, er war Oberhaupt der Versammlung, und seine Freundin Jenna war Oberhaupt der Roten Roben, und –«

Palin runzelte die Stirn. Er sah Gerard an. »Was redet er da?«

»Achtet nicht auf ihn, Sir. So verrückt benimmt er sich schon die ganze Zeit.« Gerard blickte Palin forschend an. »Ihr sagtet, er würde ›Tolpan‹ ähnlich sehen. Für den hat er sich nämlich ausgegeben, ehe er mit diesem Unfug von der Amnesie anfing. Ich weiß, es hört sich seltsam an, aber Euer Vater glaubte auch, Tolpan vor sich zu haben.«

»Mein Vater war ein alter Mann«, tat Palin diese Auskunft ab, »und wie viele alte Männer erlebte er wohl die Tage seiner

Jugend noch einmal. Dennoch«, fügte er leise hinzu, als spräche er zu sich selbst, »er sieht Tolpan wirklich sehr ähnlich!«

»Palin?« Vom anderen Ende des Gartens erklang eine Stimme. »Was hat Kellevandros mir da erzählt?«

Als Gerard sich umdrehte, sah er eine Elfenfrau, schön wie die Winterdämmerung, auf sie zuschreiten. Sie hatte lange honigfarbene Haare mit sonnenhellen Reflexen und trug Roben aus einem perlweißen, schimmernden Stoff, so dass es aussah, als wäre sie in Nebel gewandet. Beim Anblick von Gerard reagierte sie mit so ungläubiger Empörung, dass sie dem Kender, der auf und ab hüpfte und aufgeregt winkte, zunächst keine Aufmerksamkeit schenkte.

Der verwirrte, eingeschüchterte Gerard verneigte sich ungelenk.

»Du hast einen Schwarzen Ritter *hierher* gebracht, Palin!«, fuhr Laurana den Magier zornig an. »In unseren verborgenen Garten! Was fällt dir eigentlich ein?«

»Er ist kein Schwarzer Ritter, Laurana«, stellte Palin beherrscht klar. »Das habe ich auch Kellevandros erklärt. Offenbar hat er mir nicht geglaubt. Dieser Mann ist Gerard uth Mondar, Ritter von Solamnia, ein Freund meines Vaters aus Solace.«

Laurana musterte Gerard voller Skepsis. »Bist du sicher, Palin? Und warum trägt er dann diese verwünschte Rüstung?«

»Ich trage die Rüstung nur zur Tarnung, Herrin«, mischte sich Gerard nun ein. »Und wie Ihr seht, habe ich die erste Gelegenheit genutzt, sie abzuwerfen.«

»Nur so konnte er Qualinesti betreten«, fügte Palin hinzu.

»Ich bitte um Verzeihung, Herr Ritter«, begrüßte Laurana nun ihren Gast. Sie streckte ihm eine weiße, zarte Hand entgegen. Doch als der Ritter sie nahm, fühlte er die alten Schwielen aus den Tagen, als sie Schild und Schwert getragen hatte, als sie der Goldene General gewesen war. »Vergebt mir. Willkommen in meinem Haus.«

Höchst respektvoll verneigte sich Gerard von neuem. Er suchte nach einer charmanten, passenden Erwiderung, doch seine Zunge schien plötzlich zu groß für seinen Mund, wie ihm auch seine Hände und Füße grob und ungeschlacht vorkamen. Er lief rot an und stammelte etwas Unverständliches.

»Aber ich, Laurana! Guck doch mal!«, rief der Kender aus.

Jetzt schaute Laurana genauer hin, und was sie sah, schien sie zu verblüffen. Ihre Lippen teilten sich, ihr Unterkiefer klappte herunter. Eine Hand legte sich auf ihr Herz, während sie einen Schritt zurückwich, ohne den Kender aus den Augen zu lassen.

»*Alshana, Quenesti-Pah!*«, flüsterte sie. »Das kann nicht sein!«

Palin beobachtete alles genau. »Du erkennst ihn also auch.«

»Aber, ja! Das ist Tolpan!«, rief Laurana ungläubig. »Aber wie – wo –«

»Ich bin Tolpan?« Der Kender wirkte besorgt. »Bist du sicher?«

»Wie kommst du darauf, dass du jemand anders sein könntest?«, fragte Laurana.

»Ich dachte schon immer, ich wäre er«, betonte Tolpan feierlich. »Aber da niemand mir glauben wollte, dachte ich, ich hätte mich vielleicht geirrt. Doch wenn du sagst, ich bin Tolpan, Laurana, dann dürfte das wohl geklärt sein. Du würdest dich ganz bestimmt nicht irren. Hast du was dagegen, wenn ich dich umarme?«

Tolpan warf Laurana die Arme um die Taille. Verwirrt blickte die Elfenfrau über seinen Kopf von Palin zu Gerard und flehte stumm um eine Erklärung.

»Seid Ihr sicher?«, hakte Gerard nach. »Ich bitte um Verzeihung, Herrin«, fügte er hinzu. Er war rot geworden, weil ihm bewusst wurde, dass er die Königsmutter damit nahezu der Lüge bezichtigte. »Aber Tolpan Barfuß ist doch über dreißig Jahre tot. Wie ist das möglich? Wenn nicht –«

»Wenn nicht was?«, warf Palin scharf ein.

»Wenn nicht doch etwas Wahres an seiner ganzen Geschichte ist.« Gerard wurde still. Er dachte über diese unvorhergesehene Entwicklung der Dinge nach.

»Aber, Tolpan, wo warst du denn die ganze Zeit?«, wollte Laurana wissen, während sie ihm einen ihrer Ringe von der Hand zog, den er gerade vorn in seinem Hemdausschnitt verschwinden lassen wollte. »Wie Sir Gerard gerade sagte, wir hielten dich für tot!«

»Ich weiß. Ich habe das Grabmal gesehen. Sehr hübsch.« Tolpan nickte. »Da habe ich auch Sir Gerard kennen gelernt. Ich finde übrigens, ihr könntet das Gelände sauberer halten – die ganzen Hunde, weißt du –, und das Grabmal selbst sieht auch schon etwas mitgenommen aus. Es wurde vom Blitz getroffen, als ich drin war. Ich hörte einen krachenden Donnerschlag, dann fiel ein Teil des Marmors herunter. Außerdem war es schrecklich dunkel da drin. Mit ein paar Fenstern wäre es gleich viel heller –«

»Wir sollten uns irgendwo unterhalten, Palin«, unterbrach Gerard drängend. »Wo wir ungestört reden können.«

»Einverstanden. Laurana, der Ritter hat uns eine traurige Nachricht überbracht. Mein Vater ist tot.«

»Oh!« Laurana legte eine Hand vor den Mund. Tränen traten ihr in die Augen. »Oh, das tut mir Leid, Palin. Mein Herz trauert um ihn, obwohl Trauer wohl fehl am Platz ist. Er wird jetzt glücklich sein«, fügte sie mit sehnsüchtigem Neid hinzu. »Er und Tika sind zusammen. Kommt herein«, ergänzte sie nach einem Blick in den Garten, wo Tolpan jetzt durch den Zierteich watete, die Seerosen durcheinanderbrachte und die Fische erschreckte. »Darüber sollten wir nicht hier draußen sprechen.« Sie seufzte. »Ich fürchte, nicht einmal mein Garten ist mehr sicher.«

»Was ist los, Laurana?«, fuhr Palin auf. »Was soll das heißen, der Garten ist nicht sicher?«

Laurana seufzte. Eine Falte trat auf ihre glatte Stirn. »Gestern Nacht während des Maskenballs habe ich mich mit Marschall Medan unterhalten. Er glaubt, dass ich Kontakt zu den Rebellen habe. Er hat mich bedrängt, meinen Einfluss geltend zu machen, damit sie ihren Widerstand aufgeben. Der Drache Beryl leidet in letzter Zeit unter Verfolgungswahn. Sie droht, ihre Armeen auf uns zu hetzen. Auf so etwas wären wir noch nicht vorbereitet.«

»Hör nicht auf Medan, Laurana. Der will doch bloß seine eigene kostbare Haut retten«, tröstete Palin.

»Ich glaube, er meint es gut, Palin«, widersprach Laurana. »Medan mag den Drachen nicht.«

»Medan mag niemanden, nur sich selbst. Lass dich nicht von seiner zur Schau getragenen Besorgnis täuschen. Medan will bloß Medan Schwierigkeiten ersparen. Er steckt in der Klemme. Wenn die Angriffe und Sabotageakte weitergehen, werden seine Vorgesetzten ihm das Kommando entziehen. Nach allem, was ich über ihren neuen Nachtmeister Targonne gehört habe, könnte Medan anschließend auch leicht den Kopf verlieren. Wenn du mich jetzt entschuldigst, ich möchte diesen schweren Mantel loswerden. Wir treffen uns im Innenhof.«

Im Gehen wurde Palin von den Falten seines schwarzen Reisemantels umwogt. Er hielt sich aufrecht und schlug ein schnelles, festes Tempo ein. Laurana blickte ihm bedrückt nach.

»Herrin«, setzte Gerard schließlich an. Jetzt fand er seine Zunge wieder. »Ich stimme mit Palin überein. Ihr dürft Marschall Medan nicht trauen. Er ist ein Schwarzer Ritter, und wenn diese Ritter auch von Ehre und Opfermut sprechen, so sind ihre Worte so leer und hohl wie ihre Seelen.«

»Ich weiß, dass Ihr Recht habt«, räumte Laurana ein. »Trotzdem habe ich gesehen, wie die Saat des Guten auch im schwärzesten Sumpf zu einer starken, schönen Pflanze heranwuchs, obwohl sie von giftigsten Dämpfen bedrängt wurde. Und ich habe mit angesehen, wie solche Saat, die nur von sanftem Regen und heller Sonne genährt wurde, sich hässlich verrenkte, bis sie bittere Früchte trug.«

Noch immer sah sie Palin nach, doch dann schüttelte sie seufzend den Kopf und drehte sich um. »Komm, Tolpan. Ich würde dir und Gerard gern zeigen, welche Wunder mein Haus noch für euch bereit hält.«

Glücklich kletterte der tropfende Tolpan aus dem Teich. »Du gehst vor, Gerard. Ich möchte Laurana einen Augenblick allein sprechen. Es ist ein Geheimnis«, fügte er hinzu.

Laurana lächelte den Kender an. »Also gut, Tolpan. Erzähl mir dein Geheimnis. Kalindas«, bat sie den Elfen, der die ganze Zeit wortlos gewartet hatte, »geleite Gerard zum Haus. Gib ihm dort ein Gästezimmer.«

Kalindas tat, wie ihm geheißen wurde. Während er Gerard zum Haus führte, schlug er einen freundlichen Ton an, behielt jedoch die Hand am Schwert.

Sobald die beiden anderen allein waren, sah Laurana den Kender an.

»Also, Tolpan«, forderte sie ihn auf. »Was ist?«

Tolpan wirkte überaus besorgt. »Das ist jetzt sehr wichtig, Laurana. Bist du *sicher*, dass ich Tolpan bin? Bist du absolut sicher?«

»Ja, Tolpan, ganz sicher.« Laurana lächelte nachsichtig. »Ich weiß nicht, wieso und warum, aber ich bin sehr sicher, dass du Tolpan bist.«

»Weil ich mich nämlich nicht mehr wie Tolpan fühle«, fuhr der Kender ernsthaft fort.

»Du bist nicht der Alte, Tolpan, so viel ist richtig«, erwiderte Laurana. »Du bist nicht so übermütig, wie ich dich in Erinnerung habe. Vielleicht trauerst du einfach noch um Caramon. Er hat ein erfülltes Leben hinter sich, Tolpan, ein Leben voller Liebe, voller Wunder und Freuden. Er hat auch genug Kummer und Sorgen gehabt, aber die dunklen Zeiten ließen die Tage des Lichts nur noch heller leuchten. Du warst ihm ein guter Freund. Er hatte dich gern. Sei nicht traurig. Er würde nicht wollen, dass du unglücklich bist.«

»Das ist es nicht, was mich unglücklich macht«, protestierte Tolpan. »Ich meine, natürlich war ich unglücklich, als Caramon starb, denn es kam so unerwartet, obwohl ich es natürlich erwartet hatte. Und ich habe immer noch manchmal so einen Trauerkloß im Hals, wenn ich daran denke, dass er jetzt nicht mehr unter uns ist, aber mit dem Kloß komme ich schon klar. Es ist dieses andere Gefühl, mit dem ich nicht klarkomme, denn so etwas habe ich noch nie gespürt.«

»Mhm. Vielleicht könnten wir später darüber sprechen, Tolpan«, schlug Laurana vor. Sie wollte ins Haus gehen.

Tolpan klammerte sich verzweifelt an ihrem Ärmel fest. »Dieses Gefühl, das über mich kam, als ich den Drachen sah!«

»Welchen Drachen?« Laurana blieb stehen und blickte sich um. »Wann hast du einen Drachen gesehen?«

»Als Gerard und ich nach Qualinesti geritten sind. Der Drache kam vorbei und hat uns genau beobachtet. Ich war ...« Tolpan machte eine Pause, dann flüsterte er mit großen Augen: »Ich glaube, ich war ... eingeschüchtert.« Er starrte Laurana an, als rechnete er damit, dass sie angesichts dieses unfassbaren Vorfalls vor Schreck rückwärts in den Teich fallen würde.

»Das war eine angemessene Reaktion, Tolpan«, befand Laurana, die seine schreckliche Mitteilung ziemlich gelassen aufnahm. »Der Drache Beryl ist ein abscheuliches, Furcht erregendes Ungetüm. Ihre Klauen triefen vor Blut. Sie ist ein grausamer Tyrann, und du bist nicht der Erste, der in ihrer Gegenwart Angst empfindet. Aber wir sollten die anderen nicht warten lassen.«

»Aber, Laurana, *ich* bin es! Tolpan Barfuß! Held der Lanze!« Tolpan trommelte verstört auf seine Brust. »Ich habe vor gar nichts Angst. In jener anderen Zeit will gerade ein Riese auf mich treten und mich wahrscheinlich zerquetschen, und wenn ich daran denke, wird mir schon ein bisschen flau im Magen, aber das hier ist etwas anderes.« Er seufzte vernehmlich. »Du musst dich irren. Ich kann unmöglich Tolpan sein und Angst haben.«

Offensichtlich war der Kender wirklich durcheinander. Laurana schaute ihn nachdenklich an. »Ja, das ist etwas anderes. Das ist sehr seltsam. Du bist doch schon anderen Drachen begegnet, Tolpan.«

»Allen möglichen Drachen«, beteuerte Tolpan stolz. »Blauen und roten und grünen und schwarzen, Bronzedrachen, Kupferdrachen, Silberdrachen und goldenen Drachen. Ich bin sogar mal auf einem mitgeflogen. Es war fantastisch.«

»Und du kanntest keine Drachenangst?«

»Ich weiß, dass ich Drachen immer auf eine schreckliche Weise schön fand. Ich hatte auch manchmal Angst, aber nur um meine Freunde, nie um mich. Meistens.«

»Das müsste auch für die anderen Kender zutreffen«, sann Laurana, »die Kender, die wir jetzt ›verschreckt‹ nennen. Es sind bestimmt welche darunter, die vor Jahren, während des Lanzenkriegs oder später, Drachenangst ausgesetzt waren. Warum ist es jetzt anders? Darüber habe ich nie nachgedacht.«

»Kaum jemand denkt über uns nach«, tröstete Tolpan verständnisvoll. »Mach dir nichts draus.«

»Ich mache mir aber etwas daraus«, seufzte Laurana. »Wir hätten den Kendern irgendwie beistehen sollen. Es ist nur immer so viel anderes geschehen, was wichtiger war. Jedenfalls kam es uns wichtiger vor. Wenn diese Angst sich von Drachenangst unterscheidet, dann frage ich mich, worin der Unterschied liegt. Vielleicht ein Zauber?«

»Genau!«, jubilierte Tolpan. »Ein Zauber! Ein Fluch!« Er war hingerissen. »Ich bin mit einem Drachenfluch belegt. Glaubst du das wirklich?«

»Ich weiß wirklich nicht –«, setzte Laurana an, doch der Kender hörte gar nicht mehr zu.

»Ein Fluch! Ich bin verflucht!« Tolpan gab einen erleichterten Seufzer von sich. »Drachen haben mir schon alles Mögliche angetan, aber ich wurde noch nie verflucht! Das ist fast so gut wie damals, als mich Raistlin in den Ententeich verpflanzt hat. Danke, Laurana!« Er schüttelte ihr inbrünstig die Hand und zog dabei versehentlich den letzten ihrer Ringe ab. »Du hast ja keine Ahnung, welche Last du von mir genommen hast. Jetzt kann ich wieder Tolpan sein. Ein verfluchter Tolpan! Das muss ich gleich Palin erzählen!«

»Wo wir schon bei Palin sind«, fügte Tolpan mit schrillem Flüstern hinzu, »seit wann ist der eine Schwarze Robe? Als ich ihn das letzte Mal sah, war er Oberhaupt des Ordens der Weißen Roben! Wieso hat er gewechselt? Ist es wie bei Raistlin? Ist jemand anders in seinen Körper gefahren?«

»Schwarze Roben, weiße Roben, rote Roben, diese Unterscheidungen zählen inzwischen nicht mehr, Tolpan«, erklärte Laurana. »Palin trug schwarze Roben, weil er darin bei Nacht kaum zu sehen ist.« Sie warf dem Kender einen verwirrten Blick zu. »Palin war niemals Oberhaupt des Ordens der Weißen Roben. Wie kommst du darauf?«

»Das frage ich mich allmählich auch«, gestand Tolpan. »Ich

muss schon sagen, Laurana, ich bin vollkommen durcheinander. Vielleicht ist ja jemand in meinen Körper gefahren«, überlegte er, wenn auch ohne große Hoffnung.

Bei so vielen seltsamen Gefühlen und Klößen war in ihm bestimmt nicht mehr viel Platz für andere Leute.

16 Tolpans Geschichte

Das Haus der Königsmutter stand am Rand einer Klippe über Qualinost. Wie alle Elfengebäude verschmolz es mit der Natur und schien ein Teil der Landschaft zu sein, was es ja tatsächlich auch war. Die Baumeister der Elfen hatten das Haus so erbaut, dass es sich an die Klippe anpasste. Aus der Ferne erschien das Haus wie ein Wäldchen auf einem breiten Felsplateau, das aus der Klippe herausragte. Erst wenn man näher kam, sah man den Pfad, der zum Haus hinaufführte, erst dann erkannte man, dass die Bäume in Wahrheit die Wände waren, ihre Zweige das Dach bildeten und auch die Klippe für viele Hauswände herhielt.

Die Nordwand des Innenhofs bestand aus dem felsigen Hang. Hier blühten Blumen und Büsche, und in den Bäumen zwitscherten die Vögel. Ein Bach plätscherte die Klippe herab und bildete unterwegs viele kleine Tümpel. Da jeder Tümpel unterschiedlich tief war, unterschied sich das Geräusch des eintreffenden Wassers von Tümpel zu Tümpel, wodurch eine wunderbare, harmonische Melodie entstand.

Tolpan war entzückt, mitten im Haus einen echten Wasserfall anzutreffen, und kletterte gleich die Felsen hoch, obwohl er auf der schlüpfrigen Oberfläche gefährlich ins Rutschen kam. Lautstark kommentierte er jedes einzelne Vogelnest, entwurzelte eine seltene Pflanze bei dem Versuch, sie zu pflücken, und wurde von Kalindas gewaltsam daran gehindert, ganz bis zur Decke hochzusteigen.

Es war tatsächlich Tolpan. Je länger Palin zusah, desto besser erinnerte er sich und desto mehr war er davon überzeugt, dass es tatsächlich derselbe Kender war, den er vor dreißig Jahren gekannt hatte. Er bemerkte, dass auch Laurana Tolpan beobachtete. Bei ihr mischten sich Befremden und Verwunderung. Palin hielt es für durchaus denkbar, dass Tolpan achtunddreißig Jahre durch die Welt gestreift war, ehe er sich plötzlich in den Kopf gesetzt hatte, auf ein Schwätzchen bei Caramon vorbeizuschauen.

Diesen Gedanken verwarf der Magier gleich wieder. Ein anderer Kender vielleicht, aber nicht Tolpan. Er war ein einzigartiger Kender, wie Caramon gern gesagt hatte. Oder vielleicht doch nicht so einzigartig. Wenn sie sich die Zeit genommen hätten, andere Kender näher kennen zu lernen, hätten sie vielleicht feststellen können, dass alle treue, einfühlsame Freunde waren. Aber wenn Tolpan nicht seit nahezu vierzig Jahren durch die Welt gestreift war, wo war er dann gewesen?

Aufmerksam lauschte Palin der Geschichte des Ritters: Wie Tolpan in der Nacht des Sturms (höchst bemerkenswert, wie Palin fand, der sich diesen Umstand gut einprägte) im Grabmal aufgetaucht war, wie Caramon ihn wiedererkannt hatte, wie er gestorben war und seine letzten Worte an Sir Gerard.

»Euer Vater war verstört, weil er seinen Bruder Raistlin nirgends entdecken konnte. Er behauptete, Raistlin hätte versprochen, auf ihn zu warten. Und dann kam die letzte Bitte Eures Vaters«, schloss Gerard. »Er trug mir auf, Tolpan zu Dalamar zu bringen. Ich gehe davon aus, dass er damit Dalamar, den Zauberer, meinte, den mit dem schrecklichen Ruf?«

»Vermutlich«, meinte Palin ausweichend, weil er nichts von seinen Gedanken preisgeben wollte.

»Sir, der Maßstab verlangt, dass ich als Ehrenmann die letzte Bitte eines Sterbenden erfüllen muss. Aber da der Zauberer Dalamar verschwunden ist und seit vielen Jahren niemand mehr von ihm gehört hat, bin ich nicht ganz sicher, was ich zu tun habe.«

»Ich auch nicht«, gab Palin zu.

Die letzten Worte seines Vaters fesselten ihn. Er wusste genau, dass sein Vater fest daran geglaubt hatte, dass Raistlin die Ebene der Sterblichen erst verlassen würde, wenn sein Zwillingsbruder zu ihm gestoßen war.

»Wir sind Zwillinge, Raistlin und ich«, pflegte Caramon zu sagen. »Und deshalb kann keiner von uns ohne den anderen diese Welt verlassen und in die nächste eintreten. Die Götter haben Raist einen friedlichen Schlaf gewährt, aber dann, während des Chaoskriegs, haben sie ihn geweckt. Damals hat er mir versichert, dass er auf mich warten würde.«

Während des Chaoskriegs war Raistlin tatsächlich von den Toten zurückgekehrt. Er war ins Wirtshaus »Zur Letzten Bleibe« gekommen und hatte einige Zeit mit Caramon verbracht. In dieser Zeit hatte Raistlin, Caramon zufolge, seinen Bruder um Vergebung gebeten. Palin hatte den Glauben seines Vaters an dessen unberechenbaren Bruder nie hinterfragt, obwohl er insgeheim gedacht hatte, Caramon gäbe sich Wunschträumen hin.

Dennoch fand Palin, dass es ihm nicht zustand, Caramon von seinem Glauben abzubringen. Schließlich konnte niemand mit Sicherheit sagen, was aus den Seelen der Verstorbenen wurde.

»Der Kender beharrt darauf, dass er durch die Zeit nach vorne gereist und mit Hilfe des magischen Apparats hierher gelangt ist.« Gerard schüttelte lächelnd den Kopf. »Jedenfalls ist es die originellste Ausrede, die ich je von einem dieser kleinen Diebe gehört habe.«

»Das ist keine Ausrede«, wehrte sich Tolpan laut. Er hatte mehrfach versucht, Gerard an verschiedenen entscheidenden

Punkten der Geschichte zu unterbrechen, bis der Ritter gedroht hatte, ihn erneut zu knebeln, wenn er nicht still wäre. »Ich habe das Gerät nicht gestohlen. Fizban hat es mir gegeben. Und ich bin wirklich in der Zeit nach vorne gereist. Zweimal. Beim ersten Mal kam ich zu spät, und beim zweiten Mal, da ... weiß ich nicht, was passiert ist.«

»Zeigt mir das magische Gerät, Sir Gerard«, forderte Palin den Ritter auf. »Vielleicht hilft uns das, die Antwort zu finden.«

»Ich zeig's dir!«, bot Tolpan eifrig an. Er wühlte in seinen Taschen herum, suchte im Hemdausschnitt und tastete seine Hosenbeine ab. »Ich weiß, dass es hier irgendwo sein muss ...«

Palin sah den Ritter anklagend an. »Wenn der Gegenstand so wertvoll ist, wie Ihr behauptet, Sir, warum habt Ihr ihn dann im Besitz des Kenders gelassen? Wenn er noch in seinem Besitz ist –«

»Das habe ich nicht«, verteidigte sich Gerard. »Ich habe ihm das Ding unzählige Male weggenommen. Es kommt immer wieder zu ihm zurück. Er sagt, das ist ein Teil seiner Funktion.«

Palins Herz schlug schneller, sein Blut erwärmte sich. Seine Hände, die ihm immer kalt und gefühllos vorkamen, prickelten vor Energie. Laurana war unwillkürlich aufgestanden.

»Palin! Du glaubst doch nicht ...«, setzte sie an.

»Ich hab's!«, verkündete Tolpan triumphierend. Er zog das Ding aus seinem Stiefel. »Willst du es haben, Palin? Es tut dir bestimmt nichts.«

Der Gegenstand war klein genug gewesen, um in den Stiefel des Kenders zu passen. Doch als Tolpan ihn jetzt hochhielt, brauchte der Kender beide Hände dazu. Dennoch hatte Palin nicht sehen können, dass sich seine Größe oder Form verändert hätte. Es schien, als wären Größe und Form unter allen Umständen so, wie sie sein sollten. Wenn sich etwas veränderte, dann war es die Wahrnehmung des Gegenstands, nicht das Ding selbst.

Juwelen aus grauer Vorzeit – Rubine, Saphire, Diamanten und Smaragde – glitzerten und funkelten im Sonnenlicht. Sie fingen die Sonnenstrahlen ein und verwandelten sie in Punkte in allen Regenbogenfarben, die aus den zur Schale geformten Händen des Kenders auf die Wände und den Boden sprühten.

Palin wollte seine eigenen verkrüppelten Hände nach dem Ding ausstrecken, doch er zögerte. Plötzlich verspürte er Angst. Er fürchtete nicht, dass der Gegenstand ihm schaden könnte, das gewiss nicht. Er kannte ihn nämlich aus seiner Kindheit. Damals hatte sein Vater ihn stolz seinen Kindern gezeigt. Außerdem erkannte Palin das Gerät wieder, weil er während seines Studiums etwas darüber gelernt hatte. Im Turm der Erzmagier hatte er Zeichnungen davon gesehen. Es war das Zeitreisegerät, eine der mächtigsten Zaubermaschinen, welche die Meister der Türme je geschaffen hatten. Es würde ihm nichts tun, doch es würde ihm furchtbaren, unwiderruflichen Schaden zufügen.

Aus Erfahrung kannte Palin das Glück, das er empfinden würde, wenn er das Gerät berührte: Er würde die alte Magie spüren, die reine Magie, die geliebte Magie, die unverfälscht zu ihm kam, weil die Götter, an die er glaubte, sie freigebig austeilten. Er würde die Magie spüren, aber nur schwach, wie man den Duft von Rosenblättern wahrnimmt, die zwischen den Seiten eines Buchs gepresst wurden, bis ihr feiner Duft nur noch Erinnerung ist. Und weil es nur Erinnerung war, würde nach dem Glück der Schmerz folgen – der grausame, sengende Schmerz des Verlusts.

Doch er konnte nichts dagegen tun. Er redete sich ein: »Vielleicht werde ich diesmal in der Lage sein, sie festzuhalten. Vielleicht wird die Magie wegen des Gegenstands diesmal zu mir zurückkommen.«

Mit zitternden, verrenkten Fingern berührte Palin den Apparat.

Ruhm ... Genialität ... Hingabe ...

Palin schrie auf. Seine gebrochenen Finger umklammerten das Gerät. Die Edelsteine schnitten sich in das Fleisch seiner Hand ein.

Wahrheit ... Schönheit ... Kunst ... Leben ...

Tränen brannten hinter seinen Augenlidern, rollten über seine Wangen.

Tod ... Verlust ... Leere ...

Palin weinte bitterlich um das Verlorene. Er weinte um seinen toten Vater, um die drei Monde, die vom Himmel verschwunden waren, über seine gebrochenen Hände, über seinen Verrat an allem, woran er geglaubt hatte, über seinen eigenen Wankelmut und seinen verzweifelten Drang, den Rausch wiederzufinden.

»Es geht ihm schlecht. Sollten wir nicht etwas tun?«, fragte Gerard unsicher.

»Nein, Herr Ritter. Lasst ihn in Frieden«, wehrte Laurana freundlich ab. »Wir können ihm nicht helfen. Wir dürfen ihm nicht helfen. Es ist wichtig für ihn. Auch wenn er jetzt leidet, so wird es ihm nach diesem Ausbruch doch besser gehen.«

»Entschuldige, Palin«, jammerte Tolpan voller Reue. »Ich dachte nicht, dass es dir wehtut. Ehrlich nicht! Mir hat es nie etwas getan.«

»Natürlich nicht, du verdammter Kender!«, fuhr Palin ihn an. In dem Zauberer wütete der Schmerz wie ein gefangenes Tier, wand sich um sein Herz, bis es in seiner Brust flatterte wie ein Vogel, den die Schlange erwischt hat. »Für dich ist das bloß ein hübsches Spielzeug! Für mich ist es wie Opium, das herrliche, segensreiche Träume bringt.« Ihm brach die Stimme. »Bis die Wirkung nachlässt. Die Träume sind vorüber, und ich erwache wieder in Trübsal und Verzweiflung, in der bitteren Realität meiner Welt.«

Er ballte die Hand um den Gegenstand, um das Leuchten der Edelsteine zu ersticken. »Es gab eine Zeit«, sagte er mit gepresster Stimme, »da hätte ich selbst einen so wunderbaren, mächtigen Apparat herstellen können. Es gab eine Zeit, da hätte ich sein können, was du behauptest – Oberhaupt des Ordens der Weißen Roben. Es gab eine Zeit, in der mir die Zukunft offen stand, die mein Onkel für mich vorhergesehen hat. Wenn ich diesen Apparat ansehe, ist es das, was ich sehe. Aber wenn ich in den Spiegel blicke, zeigt der mir etwas ganz anderes.«

Er öffnete die Hand. Vor lauter Tränen konnte er das Gerät nicht sehen, nur das Licht seiner Magie, das ihn glitzernd und schimmernd verspottete. »Meine Magie schwindet, meine Macht nimmt von Tag zu Tag ab. Ohne die Magie bleibt uns nur eine Hoffnung – dass der Tod besser ist als dieses jämmerliche Leben!«

»Palin, so darfst du nicht reden!«, mahnte Laurana streng. »So dachten wir auch in den schweren Zeiten vor dem Krieg der Lanze. Ich weiß noch, wie Raistlin eine Bemerkung machte, dass Hoffnung wie eine Mohrrübe wäre, die dem Zugpferd vor der Nase baumelt, damit es immer weiterstapft. Wir sind wirklich weitergestapft, und am Ende wurden wir belohnt.«

»Das wurden wir«, bestätigte Tolpan. »Ich bekam die Möhre.«

»Allerdings wurden wir belohnt«, höhnte Palin. »Mit dieser verdammten Welt, in der wir jetzt festsitzen.«

Das Zeitreisegerät tat ihm weh – er hielt es so fest umklammert, dass die scharfkantigen Edelsteine ihn geschnitten hatten. Aber dennoch hielt er es fest und liebkoste es sehnsüchtig. Gegen das Gefühl der Taubheit war der Schmerz so viel leichter zu ertragen.

Gerard räusperte sich peinlich berührt.

»Ich nehme also an, Sir, dass ich Recht hatte?«, fragte er pikiert nach. »Es handelt sich um ein wichtiges Relikt aus dem Vierten Zeitalter?«

»Allerdings«, antwortete Palin.

Sie warteten, ob er noch etwas sagen wollte, doch das hatte er nicht vor. Er wollte, dass sie verschwanden, wollte allein sein. Er wollte seine Gedanken ordnen, die durcheinander huschten wie Ratten in einer Höhle, wenn jemand eine Fackel anzündet. Sie verkrochen sich in dunklen Löchern, krabbelten in Spalten, und manche starrten mit glitzernden Augen wie gebannt in das lodernde Feuer. Er musste sie ertragen – ihre Dummheit, ihre verrückten Fragen. Er musste den Rest von Tolpans Geschichte hören.

»Erzähl mir, was passiert ist, Tolpan«, forderte Palin ihn auf. »Keine von deinen Mammutgeschichten. Das ist jetzt sehr wichtig.«

»Verstehe.« Tolpan war beeindruckt. »Ich werde die Wahrheit sagen. Versprochen. Es ging an dem Tag los, als ich zur Beerdigung einer sehr guten Kenderfreundin geladen war, die ich erst am Vortag kennen gelernt hatte. Sie hatte eine unerfreuliche Begegnung mit einem Grottenschrat hinter sich. Das war nämlich so ... äh ...« Tolpan bemerkte, wie sich Palins Brauen zusammenzogen. »Macht nichts, wie die Gnomen sagen. Die Geschichte erzähle ich euch später. Jedenfalls, während ihrer Beerdigung fiel mir auf, dass nur sehr wenige Kender so lange leben, dass man sie alt nennen könnte. Ich bin schon viel älter als die meisten Kender, die ich kenne, und plötzlich fiel mir auf, dass Caramon wahrscheinlich noch viel älter werden würde als ich. Das Einzige, was ich vor meinem Tod unbedingt noch tun wollte, war, allen zu sagen, was für ein guter Freund Caramon für mich gewesen ist. Ich dachte, der beste Zeitpunkt dafür wäre bei seiner Beerdigung. Aber wenn Caramon länger leben würde als ich, dann wäre es für mich gar nicht so einfach, bei seiner Beerdigung aufzukreuzen.

Jedenfalls unterhielt ich mich eines Tages mit Fizban und erklärte ihm die Sache, und er meinte, er fände meinen Plan wirklich gut und edel, und er könne das schon arrangieren. Ich könnte bei Caramons Beerdigung sprechen, wenn ich in die Zeit reisen würde, zu der die Beerdigung stattfände. Dann gab er mir diesen Apparat, erklärte mir, wie er funktioniert, und schärfte mir ein, nur reinzuspringen, bei der Beerdigung zu sprechen und sofort zurückzukommen. ›Kein Herumstreunen‹, mahnte er. Übrigens«, erkundigte sich Tolpan besorgt, »diese Reise kann man doch nicht gerade als ›Herumstreunen‹ bezeichnen, oder? Ich stelle nämlich fest, dass es mir wirklich gefällt, alle meine Freunde wiederzusehen. Das ist viel lustiger, als von einem Riesen zertreten zu werden.«

»Weiter mit der Geschichte, Tolpan«, schimpfte Palin. »Darüber reden wir später.«

»Ja, richtig. Also habe ich den Apparat benutzt und bin in der Zeit nach vorne gesprungen, aber, nun, ihr wisst ja, dass Fizban mitunter etwas zerstreut ist. Dauernd vergisst er seinen Namen oder wo sein Hut ist, der dann genau auf seinem Kopf sitzt, oder ihm entfällt, wie man eine Feuerkugel zaubert, deshalb vermute ich, er hat sich einfach verrechnet. Denn als ich das erste Mal durch die Zeit reiste, war Caramons Beerdigung schon vorbei. Ich hatte sie verpasst. Ich kam gerade rechtzeitig zum Leichenschmaus. Das war zwar ein netter Besuch, weil ich alle wiedergesehen habe und weil Jenna wirklich köstliche Käseküchlein bäckt, aber ich konnte nicht das tun, was ich eigentlich vorgehabt hatte. Weil ich Fizban versprochen hatte, nicht herumzustreunen, kehrte ich auch wirklich gleich zurück. Aber ganz ehrlich«, Tolpan ließ den Kopf hängen und scharrte mit den Füßen, »danach habe ich völlig vergessen, für Caramon die Grabrede zu halten. Ich hatte auch wirklich gute Gründe. Der Chaoskrieg brach aus, wo wir gegen Schattenschrecken kämpfen mussten. Damals traf ich Dugan und Usha, deine Frau, Palin, weißt du?

Es war alles so schrecklich spannend und aufregend. Aber dann steht die Welt vor dem Ende, und dieser scheußliche Riese will mich zerquetschen, und genau in dem Moment fällt mir ein, dass ich ja noch gar nicht bei Caramons Beerdigung gesprochen habe. Deshalb aktivierte ich blitzschnell das Gerät und bin gekommen, um zu verkünden, was für ein treuer Freund Caramon war, bevor der Riese auf mich tritt.«

Gerard schüttelte den Kopf. »Das ist lächerlich.«

»Moment mal«, wehrte Tolpan sich streng. »Es ist unhöflich zu unterbrechen. Jedenfalls bin ich deshalb gekommen und im Grabmal gelandet, wo Gerard mich entdeckte und zu Caramon brachte. Ich konnte ihm erzählen, was ich auf seiner Beerdigung sagen wollte, und das fand er großartig, bloß war nichts so, wie ich es vom ersten Mal in Erinnerung hatte. Das habe ich Caramon auch gesagt, und es schien ihm wirklich zu schaffen zu machen, aber bevor er noch etwas unternehmen konnte, kippte er um und wollte sterben. Aber dann konnte er Raistlin nicht finden, obwohl der doch niemals ohne seinen Zwilling in die nächste Welt gehen würde. Deshalb hat er wahrscheinlich geglaubt, ich müsste zu Dalamar.« Tolpan atmete tief durch, weil die Geschichte ihn viel Luft gekostet hatte. »Deshalb bin ich jetzt hier.«

»Glaubt Ihr das alles, Herrin?«, wollte Gerard wissen.

»Ich weiß nicht, was ich glauben soll«, erwiderte Laurana nachdenklich. Sie sah Palin an, doch der mied ihren Blick, indem er so tat, als wäre er mit dem Gerät beschäftigt. Es war, als erwarte er, die Antworten in dem glänzenden Metall eingraviert zu finden.

»Tolpan«, bat er in ruhigem Ton, denn er wollte nicht preisgeben, in welche Richtung seine Gedanken wanderten, »erzähl mir alles, was du noch von dem ersten Mal weißt, als du zu meines Vaters Beerdigung kamst.«

Das tat Tolpan – er berichtete, wie Dalamar gekommen war und Lady Crysania und Flusswind und Goldmond, dass die Ritter von Solamnia einen Abgesandten geschickt hatten, der den ganzen Weg vom Turm des Oberklerikers gekommen war. Auch Gilthas aus dem Elfenreich Qualinesti und Silvanoshei aus seinem Königreich Silvanesti seien da gewesen, dazu Porthios und Alhana, die noch immer makellos schön gewesen sei. »Du warst auch da, Laurana, und du warst so glücklich, denn du sagtest, du hättest es erlebt, dass dein innigster Wunsch wahr geworden wäre – beide Elfenreiche in Frieden und Brüderlichkeit vereint.«

»Das hat er doch alles bloß erfunden«, mischte sich Gerard ungeduldig ein. »Eine dieser Geschichten ›wie es hätte sein können‹.«

»Wie es hätte sein können«, wiederholte Palin, der das Sonnenlicht betrachtete, das auf den Juwelen funkelte. »Mein Vater hatte auch so eine Geschichte, wie es hätte sein können.« Er sah Tolpan an. »Du bist doch mal mit meinem Vater in die Zukunft gereist, nicht wahr?«

»Das war nicht meine Schuld«, ereiferte sich Tolpan. »Wir sind übers Ziel hinausgeschossen. Wir hatten nämlich versucht, in unsere eigene Zeit zurückzukommen, ins Jahr 356, aber wegen eines Berechnungsfehlers landeten wir im Jahr 358. Nicht dem echten Jahr 358, das später kam, sondern einem richtig grässlichen 358, in dem wir Tikas Grab fanden, und die arme Bupu lag tot auf der Erde und Caramons Leiche auch, ein 358, das zum Glück nie kam, weil Caramon und ich rechtzeitig zurückgekommen sind, um dafür zu sorgen, dass Raistlin kein Gott wurde.«

»Diese Geschichte hat mir Caramon mal erzählt«, bestätigte Gerard. »Ich dachte – nun, er war schon alt, und er erzählte so gern, deshalb habe ich ihn nie richtig ernst genommen.«

»Mein Vater glaubte, dass all das geschehen ist«, stellte Palin schlicht fest.

»Glaubst du auch daran, Palin?«, hakte Laurana nach. »Und, was noch wichtiger ist, nimmst du Tolpan seine Geschichte ab? Dass er wirklich durch die Zeit gereist ist? Ist es das, worüber du nachdenkst?«

»Was ich denke, ist, dass ich viel mehr über diesen Apparat herausbekommen muss«, gab der Magier zurück. »Deshalb hat mein Vater ja auch darauf gedrängt, ihn zu Dalamar zu bringen. Er ist der Einzige auf der Welt, der tatsächlich dabei war, als mein Vater damals die Magie dieses Geräts benutzt hat.«

»Ich war dabei!«, erinnerte Tolpan die Anwesenden. »Und jetzt bin ich hier.«

»Ja«, sagte Palin mit kaltem, abschätzigem Blick. »Das bist du.«

In seinen Gedanken formte sich eine Idee. Es war nur ein Funke, ein winziges Flämmchen in einer riesigen, leeren Dunkelheit. Doch das reichte aus, um die Ratten in die Flucht zu schlagen.

»Dalamar kannst du nicht fragen«, wehrte Laurana nüchtern ab. »Der wurde seit seiner Rückkehr aus dem Chaoskrieg nicht mehr gesehen.«

»Nein, Laurana, da irrst du dich«, widersprach Palin. »Es hat ihn durchaus noch jemand vor seinem mysteriösen Verschwinden gesehen – seine Geliebte, Jenna. Sie behauptet immer, dass sie keine Ahnung hat, wohin er ging, aber das habe ich ihr nie abgenommen. Sie dürfte die Einzige sein, die vielleicht etwas über dieses Ding hier weiß.«

»Wo wohnt diese Jenna?«, fragte Gerard. »Euer Vater hat mir den Auftrag gegeben, den Kender und das Gerät zu Dalamar zu bringen. Das schaffe ich vielleicht nicht, aber ich könnte Euch und den Kender wenigstens zu ihr eskortieren –«

Palin schüttelte den Kopf. »Das dürfte unmöglich sein, Herr Ritter. Die Dame Jenna lebt in Palanthas, und das ist von den Schwarzen Rittern besetzt.«

»Qualinesti auch, Sir«, deutete Gerard mit verstohlenem Lächeln an.

»Unbemerkt über die dicht bewaldeten Grenzen von Qualinesti zu schleichen, ist eine Sache«, gab Palin zu bedenken. »Hinter die Stadtmauern des schwer bewachten Palanthas zu gelangen, ist etwas ganz anderes. Außerdem würde so eine Reise viel zu lange dauern. Es wäre leichter, Jenna auf halbem Wege zu treffen. Vielleicht in Solace.«

»Aber kann Jenna denn Palanthas verlassen?«, fragte Laurana. »Ich dachte, die Schwarzen Ritter hätten strenge Regeln aufgestellt, wer die Stadt wann verlassen und betreten darf.«

»Solche Regeln mögen für gewöhnliche Leute gelten«, wehrte Palin trocken ab. »Aber nicht für die Dame Jenna. Sie hat peinlich darauf geachtet, sich gut mit den Rittern zu stellen, als diese die Stadt einnahmen. Sehr peinlich, wenn ihr wisst, was ich damit sagen will. Sie ist zwar nicht mehr jung, aber sie ist noch immer eine attraktive Frau. Außerdem ist sie die reichste Frau von Solamnia und eine der mächtigsten Zauberinnen. Nein, Laurana, Jenna dürfte keine Probleme damit haben, nach Solace zu gelangen.« Er stand auf, denn er musste allein sein und nachdenken.

»Aber nehmen ihre Kräfte denn nicht auch ab, Palin?«, erkundigte sich Laurana.

Er presste verstimmt die Lippen aufeinander. Er ließ sich nicht gern an seinen Verlust erinnern. »Jenna hat bestimmte Gegenstände, die bei ihr noch funktionieren. Auch ich besitze solche Dinge. Das ist nicht viel«, fügte er mürrisch hinzu, »aber wir kommen zurecht.«

»Vielleicht ist das der beste Plan«, lenkte Laurana ein. »Aber wie kommt ihr nach Solace zurück? Die Straßen sind geschlossen –«

Palin biss sich auf die Lippen, um bittere Worte herunterzuschlucken. Würden sie denn nie aufhören, ihm etwas vorzujammern?

»Nicht für einen Schwarzen Ritter«, warf Gerard ein. »Ich könnte Euch Geleitschutz anbieten, Sir. Mit einem gefangenen Kender bin ich gekommen. Auf dem Rückweg nehme ich eben einen Menschen mit.«

»Ja, ja, ein guter Plan, Herr Ritter.« Palin war ungeduldig. »Ihr kümmert Euch um die Einzelheiten.« Er wollte schon gehen, um endlich in sein eigenes stilles Zimmer zu flüchten, doch dann fiel ihm eine wichtige Frage ein, die er noch stellen musste. »Weiß noch jemand von der Entdeckung dieses Gegenstands?«

»Inzwischen wahrscheinlich halb Solace, Sir«, antwortete Gerard säuerlich. »Der Kender war nicht gerade auf Geheimhaltung bedacht.«

»Dann dürfen wir keine Zeit verlieren«, sagte Palin angespannt. »Ich werde Kontakt mit Jenna aufnehmen.«

»Wie willst du das anstellen?«, wollte Laurana wissen.

»Ich habe meine Methoden«, antwortete er, um sarkastisch hinzuzufügen: »Das ist nicht viel, aber ich komme zurecht.«

Ohne sich noch einmal umzublicken, verließ er eilig den Raum. Dennoch fühlte er, wie ihr Schmerz und ihr Mitleid ihn wie ein wohlgesonnener Geist begleiteten. Einen Augenblick verspürte er Reue und wäre fast umgekehrt, um sich zu entschuldigen. Schließlich war er ihr Gast. Sie riskierte ihr Leben, indem sie ihm Unterschlupf gewährte. Er zögerte, ging jedoch weiter.

Nein, dachte er grimmig. Laurana kann es nicht verstehen. Usha versteht es nicht. Dieser glänzende, eingebildete Ritter versteht es auch nicht. Keiner von ihnen kann es verstehen. Sie wissen nicht, was ich durchgemacht, wie ich gelitten habe. Sie wissen nicht, was ich verloren habe.

Lautlos schrie er in sich hinein: *Einst habe ich die Gedanken der Götter belauscht.*

Er blieb stehen und lauschte in die Stille, ob vielleicht doch eine leise Stimme seiner Klage antwortete.

Doch wie immer vernahm er nur das leere Echo.

Sie glauben, ich bin dem Kerker entronnen. Sie glauben, meine Qualen seien zu Ende.

Sie irren sich.

Tag um Tag dauert meine Gefangenschaft an. Die Marter geht endlos weiter. Graue Mauern umgeben mich. Ich hocke in meinem eigenen Unrat. Aller Lebensmut wurde mir genommen. Mein Hunger ist so groß, dass ich mich selbst verzehre, mein Durst so groß, dass ich meinen eigenen Harn trinke. Das ist aus mir geworden.

Als er endlich in seinem Zimmer Zuflucht gefunden hatte, machte er die Tür zu und schob noch einen Stuhl davor. Kein Elf würde es sich träumen lassen, jemanden zu stören, der sich zurückgezogen hatte, aber Palin traute ihnen nicht. Keinem von ihnen.

Er setzte sich an den Schreibtisch, schrieb aber nicht an Jenna, sondern legte seine Hand auf einen kleinen silbernen Ohrring, den er am Ohrläppchen trug. Dann sprach er die magischen Worte, obwohl sie vielleicht gar nicht mehr zählten, denn niemand würde sie hören. Manchmal funktionierten magische Dinge ohne die vorgeschriebenen Worte, manchmal nur mit diesen Worten, manchmal überhaupt nicht mehr, ganz egal, was man tat. Letzteres geschah inzwischen immer häufiger.

Er wiederholte die Worte und fügte noch ein »Jenna« ein.

Ein hungriger Zauberer hatte ihr die sechs silbernen Ohrringe verkauft. Auf die Frage, woher er sie hätte, hatte er ausweichend reagiert und nur gemurmelt, ein Onkel hätte sie ihm hinterlassen.

Jenna hatte Palin erklärt: »Diese Ohrringe gehörten bestimmt mal den Toten. Aber niemand hat sie ihm zugedacht. Er hat sie gestohlen.«

Sie ging der Sache nicht weiter nach. Viele einst angesehene Zauberer – Palin eingeschlossen – waren im Laufe ihrer verzweifelten Suche nach Magie zu Grabräubern geworden. Der Zauberer hatte beschrieben, was die Ohrringe vermochten, und versichert, er hätte sie nie verkauft, wenn die bittere Not ihn nicht dazu getrieben hätte. Jenna hatte ihn großzügig bezahlt, doch anstatt die Ohrringe in ihrem Laden auszustellen, hatte sie je einen an Palin und an dessen Sohn Ulin weitergegeben. Wer die anderen trug, hatte sie Palin nicht verraten.

Er hatte auch nicht gefragt. Einst hatten die Zauberer der Versammlung einander vertraut. Doch in diesen dunklen Zeiten, wo die Magie abnahm, warf jeder dem anderen misstrauische Blicke zu und fragte sich: »Hat er mehr als ich? Hat er etwas entdeckt, was ich nicht habe? Wurde statt meiner ihm die Macht geschenkt?«

Palin bekam keine Antwort. Seufzend wiederholte er die Worte und rieb das Metall mit dem Finger. Als er den Ohrring damals bekommen hatte, hatte der Zauber augenblicklich gewirkt. Jetzt musste er es schon drei- bis viermal versuchen, und immer spürte er die nagende Furcht, dass dies der Zeitpunkt sein könne, wo er ganz versagte.

»Jenna!«, flüsterte er drängend.

Etwas Zartes, Flüchtiges streifte sein Gesicht. Es war wie die Berührung eines Insektenflügels. Verstimmt wedelte er es davon, weil es seine Konzentration störte. Er hielt nach der Fliege Ausschau, um sie zu verscheuchen, konnte sie jedoch nicht sehen. Er setzte bereits zum dritten Versuch an, als Jennas Gedanken ihm antworteten.

»Palin ...«

Der Zauberer konzentrierte sich darauf, die Nachricht kurz

zu fassen, falls die Magie mittendrin versagen sollte. »Dringend. Wir treffen uns in Solace. Gleich.«

»Ich werde mich sofort auf den Weg machen.« Mehr antwortete Jenna nicht, denn sie wollte weder Zeit noch ihre eigene Magie für Fragen verschwenden. Sie vertraute ihm. Ohne guten Grund würde er nicht nach ihr schicken.

Palin betrachtete das Gerät, das er mit seinen gebrochenen Händen liebkoste.

Ist das der Schlüssel für meine Zelle, fragte er sich. Oder nichts als ein weiterer Peitschenhieb?

»Er ist sehr verändert«, äußerte Gerard, nachdem Palin den Hof verlassen hatte. »Ich hätte ihn nicht wiedererkannt. Und wie er von seinem Vater gesprochen hat ...« Er schüttelte den Kopf.

»Wo auch immer Caramon jetzt ist, ich bin sicher, er versteht es«, versicherte Laurana. »Palin ist verändert, ja, aber wer wäre das nicht nach einer so furchtbaren Erfahrung. Ich glaube, keiner von uns wird je erfahren, welche Qualen er unter den Händen der Grauen Roben erduldet hat. Wo wir schon beim Thema sind – wie wollt Ihr nach Solace gelangen?«, erkundigte sie sich. Geschickt hatte sie das Thema von Palin auf praktischere Überlegungen gelenkt.

»Ich habe mein Pferd, das schwarze. Ich dachte, Palin könnte vielleicht das kleinere Pferd nehmen, das ich für den Kender mitgenommen hatte.«

»Dann könnte ich ja hinter dir auf dem Schwarzen sitzen!«, folgerte Tolpan erfreut. »Obwohl ich nicht sicher bin, ob Grauchen Palin mögen wird, aber vielleicht, wenn ich mit ihr rede –«

»Du bleibst hier«, konstatierte Gerard.

»Hier?«, wiederholte Tolpan verblüfft. »Aber ihr braucht mich!«

Gerard ignorierte diese Feststellung, da die Geschichte lehrte, dass man sie getrost ignorieren durfte. »Die Reise wird viele Tage dauern, aber es hilft nichts. Einen anderen Weg sehe ich nicht.«

»Ich hätte einen Vorschlag«, meinte Laurana. »Die Greifen könnten Euch nach Solace fliegen. Sie haben Palin hergebracht und würden ihn – und Euch – zurücktragen. Mein Falke, Helle Schwinge, wird ihnen die Botschaft überbringen. Die Greifen könnten übermorgen hier sein. Am selben Abend wärt Ihr und Palin in Solace.«

Gerard kam eine kurze, lebhafte Vorstellung vom Flug auf einem Greifenrücken, oder vielmehr vom Sturz von einem Greifenrücken. Er lief rot an und suchte nach einer Antwort, die ihn nicht wie einen jämmerlichen Feigling aussehen lassen würde.

»So etwas kann ich unmöglich verlangen ... Wir sollten sofort aufbrechen ...«

»Unsinn. Die Pause wird Euch gut tun«, entgegnete Laurana lächelnd, als verstünde sie den wahren Grund für seine Zurückhaltung. »Ihr spart über eine Woche, und, wie Palin schon sagte, wir müssen uns beeilen, bevor Beryl mitbekommt, dass ein so wertvoller magischer Gegenstand in ihrem Territorium ist. Morgen Nacht, nach Einbruch der Dunkelheit, wird Kalindas Euch zum Treffpunkt führen.«

»Ich bin noch nie auf einem Greifen geritten«, deutete Tolpan an. »Jedenfalls so weit ich mich erinnere. Nur Onkel Fallenspringer. Er sagte ...«

»Nein«, schnitt Gerard ihm das Wort ab. »Garantiert nicht. Du bleibst bei der Königsmutter, wenn sie dich hier behalten will. Es ist schon gefährlich genug ohne –« Seine Worte brachen ab.

Das magische Gerät lag wieder in den Händen des Kenders. Gerade stopfte Tolpan es vorn in sein Hemd.

Weitab von Qualinesti, jedoch nicht so weit, dass sie nicht ein wachsames Auge und Ohr auf alles haben konnte, lag die große grüne Beryl in ihrem überwucherten, von Schlingpflanzen umgebenen Bau und sann über das Unrecht nach, das man ihr angetan hatte. Unrecht, das sie biss und stach wie Parasitenbefall. Genau wie bei einem Parasiten konnte sie hier und da kratzen, doch der Juckreiz schien zu wandern, so dass sie ihn nie richtig los wurde.

Der Kern ihres Ärgers war ein großer roter Drache, ein gewaltiges Monster, das Beryl mehr fürchtete als alles andere auf der Welt, obwohl sie sich lieber die Flügel ausreißen und den riesigen grünen Schwanz zu Knoten hätte binden lassen, ehe sie das zugab. Diese Angst war der wahre Grund dafür, dass Beryl vor drei Jahren in den Pakt eingewilligt hatte. Innerlich hatte sie schon ihren eigenen Schädel auf Malys' Totemplatz gesehen. Abgesehen von dem Umstand, dass sie ihren Kopf behalten wollte, hatte Beryl beschlossen, ihrer aufgeblasenen, roten Kusine niemals diese Befriedigung zu verschaffen.

Der Friedenspakt der Drachen war ihr damals als gute Idee erschienen. Er beendete die blutige Drachenfehde, in der die Drachen nicht nur Sterbliche bekämpft und getötet hatten, sondern auch einander. Die Drachen, die lebend daraus hervorgegangen waren und Teile von Ansalon erobert hatten, beanspruchten jeweils einen eigenen Herrschaftsbereich. Im Gegenzug ließen sie gewisse zuvor umstrittene Länder wie zum Beispiel Abanasinia unangetastet.

Der Friede hatte etwa ein Jahr angehalten, bevor er zu bröckeln begann. Als Beryl merkte, wie ihre magischen Kräfte versiegten, gab sie den Elfen und den Menschen die Schuld, doch tief in ihrem Herzen wusste sie sehr genau, wer tatsächlich die Schuldige war. Malys raubte ihr die Magie. Kein Wunder, dass ihre rote Kusine ihre eigenen Artgenossen nicht mehr zu töten brauchte! Sie hatte einen Weg gefunden, den anderen Drachen ihre Kräfte zu entziehen. Beryls Magie war ein wichtiger Bestandteil ihrer Verteidigung gegen die stärkere Kusine gewesen. Ohne diese Magie wäre der grüne Drache hilfloser als ein Gossenzwerg.

Während Beryl vor sich hin brütete, brach die Nacht herein. Die Finsternis umschlang ihren Bau wie eine weitere dicke Ranke. Eingelullt von dem Wiegenlied ihrer intriganten Pläne, schlief Beryl ein. Sie träumte, sie hätte endlich den legendären Turm der Erzmagier von Wayreth gefunden. Sie schlang ihren dicken Leib um den Turm und fühlte die Magie in sich einströmen, warm und süß wie das Blut eines goldenen Drachen ...

»Durchlaucht!« Eine zischelnde Stimme weckte sie aus dem angenehmen Traum.

Beryl blinzelte und schnaubte, worauf giftige Schwaden durch die Blätter brodelten. »Ja, was ist?«, fauchte sie, während sich ihre Augen auf den Urheber des Zischens richteten. Sie konnte im Dunkeln recht gut sehen.

»Ein Bote aus Qualinesti«, berichtete der Drakonier, der ihr diente. »Er sagt, er hätte eine dringende Botschaft, sonst hätte ich Euch nicht gestört.«

»Schick ihn rein.«

Er verbeugte sich und verschwand. Ein anderer Drakonier nahm seinen Platz ein. Der Baaz mit dem Namen Groul war einer von Beryls Lieblingen, ein vertrauenswürdiger Bote, der zwischen ihrem Bau und Qualinesti hin und her pendelte. Drakonier waren Wesen, die während des Kriegs der Lanze geschaffen worden waren. Damals hatten Zauberer der Schwarzen Roben sowie böse Kleriker, die Takhisis ergeben waren, die Eier guter Drachen gestohlen und ihre Brut in diese geflügelten Echsenmenschen verwandelt. Wie alle seiner Art lief der Baaz aufrecht auf zwei kräftigen Beinen, aber er konnte auf allen vieren rennen und sein Lauftempo durch den Einsatz seiner Flügel noch steigern. Sein Körper war von Schuppen bedeckt, die einen dumpfen, metallischen Schimmer hatten. Kleider, die seine Bewegungen behindert hätten, trug er kaum. Er war ein Bote, deshalb war er nur mit einem Kurzschwert bewaffnet, das er zwischen seinen Flügeln auf dem Rücken hängen hatte.

Beryl wurde etwas wacher. Normalerweise hatte Groul ein stoisches Wesen und zeigte kaum Emotionen, doch heute Nacht wirkte er sehr zufrieden mit sich. Seine Echsenaugen glitzerten vor Erregung, und die Lefzen waren zu einem breiten Grinsen verzogen. In seinem Maul schoss seine Zungenspitze hin und her.

Beryl wälzte ihren riesigen Körper herum, grub sich tiefer in den Schlamm, um es noch bequemer zu haben, und zog die Schlingpflanzen wie eine wabernde Decke um sich.

»Neues aus Qualinesti?«, erkundigte sich Beryl gelangweilt. Sie wollte nicht zu neugierig erscheinen.

»Ja, Durchlaucht«, bestätigte Groul, der sich bis vor eine der gigantischen Krallen ihres Vorderfußes heranschob. »Hochinteressante Neuigkeiten, welche die Königsmutter, Laurana, betreffen.«

»Tatsächlich? Ist dieser Trottel Medan immer noch in sie verliebt?«

»Natürlich.« Groul tat diese bekannte Nachricht ab. »Unserem Spion zufolge beschirmt und schützt er sie. Aber das ist gar nicht so übel, Herrin. Die Königsmutter hält sich für unverwundbar, deshalb konnten wir herausfinden, was die Elfen vorhaben.«

»Richtig«, stimmte Beryl zu. »So lange Medan sich daran erinnert, wo seine wahre Loyalität liegt, gestatte ich seinen kleinen Flirt. Er hat mir bisher gut gedient, und er wäre leicht zu ersetzen. Was noch? Ich denke, da ist noch etwas …«

Beryl legte den Kopf auf den Boden, um auf gleiche Höhe mit dem Drakonier zu kommen, den sie durchdringend anstarrte. Seine Aufregung war ansteckend, sie merkte, wie auch sie selbst davon erfasst wurde. Ihr Schwanz zuckte, und ihre Klauen gruben sich tiefer in den schmatzenden Schlamm.

Groul kam noch näher. »Ich habe schon vor einigen Tagen gemeldet, dass der Menschenzauberer, Palin Majere, sich im Haus der Königsmutter versteckt hält. Wir haben uns nach dem Grund für diesen Besuch gefragt. Ihr hattet vermutet, er sei auf der Suche nach magischen Gegenständen.«

»Ja«, lauerte Beryl. »Weiter.«

»Zu meiner Freude, Durchlaucht, kann ich berichten, dass er einen gefunden hat.«

»Tatsächlich?« Beryls Augen leuchteten auf und warfen ein unheimliches grünes Licht über den Drakonier. »Was für ein Gegenstand ist das? Was vermag er?«

»Unserem Elfenspion zufolge könnte er etwas mit Zeitreisen zu tun haben. Der Gegenstand befindet sich im Besitz eines Kenders, der behauptet, er käme aus einer anderen Zeit, einer Zeit vor dem Chaoskrieg.«

Beryl schnaubte. Wieder war ihr Hort von giftigen Dämpfen erfüllt. Der Drakonier hustete und würgte.

»Dieses Gewürm würde alles behaupten. Wenn das alles war –«

»Nein, nein, Durchlaucht«, ergänzte Groul hastig, als er wieder sprechen konnte. »Der Elfenspion meldet, dass Palin Majere wegen dieses Funds unglaublich aufgeregt war. So aufgeregt, dass er Vorbereitungen getroffen hat, Qualinesti schnellstmöglich zu verlassen, um ihn genauer zu erforschen.«

»Tatsächlich?« Beryl entspannte sich und legte sich wieder zurecht. »Er war aufgeregt. Dann muss das Ding wirklich mächtig sein. Er hat einen Riecher für dieses Zeug, wie ich den Grauen Roben erklärte, als sie ihn töten wollten. ›Lasst ihn laufen‹, habe ich zu ihnen gesagt. ›Er wird uns zur Magie führen wie ein Schwein zu den Trüffeln.‹ Wie kommen wir an das Ding ran?«

»Morgen, Durchlaucht, werden der Zauberer und der Kender Qualinesti verlassen. Sie sollen einen Greifen treffen, der sie nach Solace bringen soll. Das wäre der beste Zeitpunkt, sie zu ergreifen.«

»Geh zurück nach Qualinesti. Sag Medan –«

»Verzeihung, Durchlaucht. Ich werde beim Marschall nicht vorgelassen. Er findet mich und meinesgleichen abscheulich.«

»Er wird von Tag zu Tag mehr zum Elfen«, grollte Beryl. »Eines Morgens wacht er noch mit spitzen Ohren auf.«

»Ich kann meinen Spion zu ihm schicken. So gehe ich normalerweise vor. Gleichzeitig hält mein Spion mich über das auf dem Laufenden, was in Medans Haus vorgeht.«

»Also gut. So lautet mein Befehl: Dein Spion soll Marschall Medan mitteilen, dass ich wünsche, dass der Magier gefasst und lebend ausgeliefert wird. Er soll zu *mir* gebracht werden, merk dir das. Nicht zu diesen dämlichen Grauen Roben.«

»Jawohl, Durchlaucht.« Groul wollte schon gehen, drehte sich jedoch noch einmal um. »Wollt Ihr eine derart wichtige Angelegenheit dem Marschall übertragen?«

»Selbstverständlich nicht«, wehrte Beryl verächtlich ab. »Aber ich treffe meine eigenen Vorkehrungen. Jetzt geh!«

Marschall Medan nahm sein Frühstück im Garten ein, wo er gern den Sonnenaufgang beobachtete. Er hatte Tisch und Stuhl auf einen Felsabsatz bei einem Teich stellen lassen, der so mit Seerosen überwuchert war, dass das Wasser kaum noch zu sehen war. Ein naher, buschiger Schneeballstrauch erfüllte die Luft mit dem Duft seiner zarten weißen Blüten. Nach dem Essen las der Marschall die Morgenbefehle, die gerade eingetroffen waren, und schrieb seine eigenen Befehle für den Tag. Zwischendurch warf er den Fischen immer wieder ein paar Brotkrumen zu. Sie kannten seinen Tagesablauf schon so gut, dass sie jeden Morgen um diese Zeit an die Oberfläche kamen, um ihn zu erwarten.

»Sir.« Medans Adjutant näherte sich und streifte irritiert die rieselnden Blüten von seiner schwarzen Tunika. »Ein Elf für Euch, Sir. Aus dem Haus der Königsmutter.«

»Unser Verräter?«

»Ja, Sir.«

»Führt ihn sofort zu mir.«

Der Adjutant nieste, gab eine verdrießliche Antwort und verschwand.

Medan zog sein Messer aus der Scheide am Gürtel, legte es auf den Tisch und nippte an seinem Wein. Normalerweise wäre er weniger vorsichtig gewesen. Vor langer Zeit zu Beginn seines Dienstes in Qualinesti hatte es einen Mordversuch an ihm gegeben. Es war nichts daraus geworden. Die Mordgesellen waren erwischt, gehenkt und anschließend geviertielt worden; ihre Körperteile hatte man den Aasgeiern vorgeworfen.

In letzter Zeit aber wurden die Rebellen kühner und mutiger. Besonders eine Kriegerin machte ihm zu schaffen, deren Schönheit, Mut und tapfere Taten sie bei den unterjochten Elfen zur Heldin machten. Wegen ihrer glänzenden Haarmähne nannte man sie »die Löwin«. Zusammen mit ihrer Rebellenbande griff sie Nachschubtrecks an, brachte Patrouillen in Bedrängnis und lauerte Boten auf, wodurch sie Medan sein bisher beschauliches Leben bei den Qualinesti zunehmend erschwerte.

Jemand versorgte die Rebellen mit Informationen über die Truppenbewegungen, die Zeitpläne der Patrouillen, die Wege der Nachschubwagen. Medan hatte für größtmögliche Sicherheit gesorgt, indem er alle Elfen (bis auf seinen Gärtner) entlassen und Präfekt Palthainon und die anderen Elfenbeamten, die bereitwillig mit den Rittern kollaborierten, beschworen hatte, darauf zu achten, was sie sagten und vor allem, zu wem sie es sagten. Aber in einem Land, wo ein Nüsse knabberndes Eichhörnchen auf dem Fensterbrett womöglich einen Blick auf die

Karten warf und sich die Stellungen der Truppen merkte, war Sicherheit schwer zu gewährleisten.

Als Medans Adjutant zurückkehrte, nieste er immer noch. Der Elf, der ihm folgte, hielt einen Zweig in der Hand.

Medan entließ seinen Adjutanten mit der Empfehlung, einen Kräutertee gegen seine Erkältung zu trinken. Der Marschall hingegen genoss seinen Morgenwein. Er liebte den Geschmack des Elfenweins, aus dem er die Blüten und den Honig herausschmeckte, aus denen er gemacht war.

»Marschall Medan, diesen Fliederzweig sendet Euch meine Herrin für Euren Garten. Sie sagt, Euer Gärtner würde wissen, wie man ihn pflanzt.«

»Leg ihn da hin«, äußerte Medan mit einem Wink auf den Tisch. Er würdigte den Elfen keines Blickes, sondern warf den Fischen weiter Krumen zu. »Wenn das alles ist, kannst du wieder gehen.«

Der Elf hüstelte und räusperte sich.

»Noch etwas?«, erkundigte sich Medan beiläufig.

Der Elf schaute sich flüchtig im ganzen Garten um.

»Sprich. Wir sind allein«, versicherte Medan.

»Sir, man hat mir befohlen, Euch eine Information weiterzugeben. Ich habe Euch bereits gesagt, dass der Magier, Palin Majere, bei meiner Herrin ist.«

Medan nickte. »Richtig. Du solltest ihn beobachten und mir melden, was er macht. Da du hier bist, gehe ich davon aus, dass er etwas getan hat.«

»Palin Majere ist seit kurzem im Besitz eines äußerst kostbaren Gegenstands, eines magischen Artefakts aus dem Vierten Zeitalter, das er aus Qualinost fortbringen will, angeblich nach Solace.«

»Und die Entdeckung dieses Gegenstands hast du natürlich Groul gemeldet, der das an den Drachen weitergegeben hat«, folgerte Medan mit einem innerlichen Seufzer. Noch mehr Schwierigkeiten. »Und Beryl will ihn natürlich für sich.«

»Majere soll einen Greifen reiten. Morgen früh trifft er sich mit dem Greifen auf einer Lichtung zwanzig Meilen nördlich von Qualinost. Begleitet wird er von einem Kender und einem Ritter von Solamnia –«

»Ein Ritter von Solamnia?« Medan war erstaunt. Der Ritter interessierte ihn mehr als der Magier. »Wie konnte ein Ritter von Solamnia unbemerkt nach Qualinesti eindringen?«

»Er hat sich als einer Eurer Ritter verkleidet, Herr. Er tat so, als wäre der Kender sein Gefangener, der einen magischen Gegenstand gestohlen hat. Angeblich sollte er den Gefangenen zu den Grauen Roben bringen. Majere bekam Wind von dem Gegenstand und lauerte Ritter und Kender auf, wie der Ritter vorhergesehen hatte. Er brachte beide ins Haus der Königsmutter.«

»Schlau, mutig, geschickt.« Medan warf den Fischen wieder Krumen zu. »Dieses Exemplar würde ich gern kennen lernen.«

»Ja, Herr. Wie schon gesagt, der Ritter wird Majere durch den Wald begleiten, zusammen mit dem Kender. Ich kann Euch eine Karte besorgen –«

»Selbstverständlich kannst du das«, sagte Medan. Er entließ den Elfen mit einem Wink. »Die Einzelheiten klärst du mit meinem Adjutanten. Jetzt schaff deinen verräterischen Hintern aus meinem Garten. Du verpestest die Luft.«

»Verzeiht mir, Sir«, setzte der Elf tapfer an. »Aber da wäre noch die Frage der Bezahlung. Groul zufolge war der Drache über diese Information überaus erfreut. Damit wäre sie eine ganze Menge wert, mehr als sonst. Sagen wir, das Doppelte meines üblichen Lohns?«

Medan warf dem Elfen einen verächtlichen Blick zu, ehe er zu Papier und Feder griff. »Gib das meinem Adjutanten. Er wird dafür sorgen, dass du deinen Lohn bekommst.« Medan schrieb langsam, er ließ sich Zeit. Den Einsatz von Spionen hielt er für niederträchtig und heimtückisch, deshalb hasste er solche Geschäfte. »Was machst du mit dem ganzen Geld, das wir dir für den Verrat an deiner Herrin zahlen, Elf?« Er würde diesem armseligen Wesen nicht die Ehre erweisen, es mit seinem Namen auszusprechen. »Willst du in den Senat eintreten? Vielleicht den Platz von Präfekt Palthainon einnehmen, euer anderes Monument des Verrats?«

Der Elf näherte sich. Seine Augen hingen an dem Papier und den Zahlen, die der Marschall schrieb. Seine Hand war bereit, es an sich zu reißen. »Ihr habt leicht reden, Mensch«, erklärte der Elf bitter. »Ihr wurdet nicht wie ich als Diener geboren, ohne jede Hoffnung auf Änderung Eures Schicksals. ›Du solltest stolz auf dein Leben sein‹, sagt man mir. ›Schließlich hat schon dein Vater dem Königshaus gedient, genau wie dein Großvater und dessen Großvater vor ihm. Du bist in das Dienerhaus hineingeboren. Wenn du versuchst, es zu verlassen oder dich selbst zu erheben, führt dies zum Untergang der Elfengesellschaft!‹ Ha! Soll mein Bruder sich erniedrigen. Soll er buckeln und vor der Herrin kriechen. Soll er für sie rennen. Soll er darauf warten, eines Tages mit ihr zu sterben, wenn der Drache angreift und sie alle vernichtet. Ich habe etwas Besseres mit meinem Leben vor. Sobald ich genug Geld gespart habe, verlasse ich diesen Ort und gehe meiner eigenen Wege.«

Medan unterschrieb die Notiz, ließ geschmolzenes Wachs unter seine Unterschrift tropfen und drückte seinen Siegelring hinein. »Hier, nimm das. Ich freue mich, dass ich zu deinem Verschwinden beitragen kann.«

Der Elf schnappte sich den Zettel, las den Betrag, verneigte sich lächelnd und machte sich davon.

Medan warf den Rest des Brotes in den Teich. Dann erhob er sich. Dieses jämmerliche Subjekt, das ihn aus reiner Habgier über die Frau unterrichtete, die seine Herrin war und ihm vertraute, hatte ihm den schönen Tag verdorben.

Wenigstens, dachte Medan, kann ich diesen Palin Majere außerhalb von Qualinost fassen. Es ist nicht nötig, Laurana hineinzuziehen. Wäre ich gezwungen gewesen, Majere im Haus der Königsmutter festzunehmen, so hätte ich auch sie festnehmen müssen, weil sie einem Flüchtling Zuflucht gewährt hat.

Er konnte sich vorstellen, welch ein Aufstand nach einer solchen Verhaftung losbrechen würde. Die Königsmutter war ungemein beliebt. Offenbar hatte ihr Volk ihr vergeben, dass sie einen Halbmenschen geheiratet hatte, und dass ihr Bruder als »Dunkelelf« im Exil lebte, als vom Licht Verstoßener. Der Senat würde sich aufregen, die ohnehin unruhige Bevölkerung wäre aufgebracht. Es bestand sogar die entfernte Möglichkeit, dass die Nachricht von der Verhaftung seiner Mutter dazu führen würde, dass ihrem unwürdigen Sohn ein Rückgrat wuchs.

So war es viel besser. Auf eine solche Gelegenheit hatte Medan gewartet. Er würde Majere und den Gegenstand Beryl übergeben, und damit wäre die Sache erledigt.

Der Marschall verließ den Garten, um seinen Fliederzweig ins Wasser zu stellen, damit er nicht austrocknete.

BLANVALET

DRACHENLANZE

Der Fantasy-Welterfolg

Die legendären Abenteuer aus Krynn – der phantastischen Welt, in der Magie und Zauber, dunkle Mächte und tapfere Kämpfer regieren.

Die Zitadelle des Magus
24538

Schattenreiter
24673

Die Ritter des Schwerts
24887

Drachennest
24782

BLANVALET

MARGARET WEIS · DRACHENLANZE

Der Fantasy-Welterfolg

Margaret Weis, die Schöpferin der Drachenlanze-Saga, erzählt die Geschichte ihres Lieblingshelden, des Erzmagiers Raistlin.

Die Zauberprüfung
24907

Der Zorn des Drachen
24930

BLANVALET

RAYMOND FEIST
DER MIDKEMIA-ZYKLUS

Raymond Feists Midkemia-Zyklus – das unerreichte Fantasy-Epos von Liebe, Krieg, Freundschaft und Verrat, Magie und Erlösung.

»Wenn es einen Autor gibt, der im Fantasy-Himmel zur rechten von J. R. R. Tolkien sitzen wird, dann ist es Raymond Feist.«
The Dragon Magazine

Die Verschwörung der Magier
24914

Der verwaiste Thron
24617

BLANVALET

R.A. SALVATORE • DIE VERGESSENEN WELTEN

Das mitreißende Epos von Krieg und Frieden, Freundschaft und Verrat, Liebe und Magie.

Die silbernen Ströme
24551

Der gesprungene Kristall
24549

Brüder des Dunkels
24706

Kristall der Finsternis
24931